在我和世界之间

——现当代文学的阐释与批评

李 玫 著

东南大学出版社
·南京·

图书在版编目（CIP）数据

在我和世界之间：现当代文学的阐释与批评/李玫著.
—南京：东南大学出版社，2020.12
　ISBN 978-7-5641-9324-9

Ⅰ.①在… Ⅱ.①李… Ⅲ.①中国文学－现代文学－
文学研究－文集②中国文学－当代文学－文学研究－文集
Ⅳ.①I206.6-53

中国版本图书馆 CIP 数据核字（2020）第 257697 号

在我和世界之间——现当代文学的阐释与批评
Zai Wo He Shijie Zhijian—— Xiandangdai Wenxue De Chanshi Yu Piping

著　　者：李　玫
出版发行：东南大学出版社
地　　址：南京市四牌楼 2 号　邮编：210096
出 版 人：江建中
网　　址：http：//www.seupress.com
经　　销：全国各地新华书店
印　　刷：兴化印刷有限责任公司
开　　本：700 mm×1000 mm　1/16
印　　张：17.5
字　　数：334 千字
版　　次：2020 年 12 月第 1 版
印　　次：2020 年 12 月第 1 次印刷
书　　号：ISBN 978-7-5641-9324-9
定　　价：68.00 元

本社图书若有印装质量问题，请直接与营销部联系。电话：025-83791830

目　录

第一辑　作品研究

在四月里如何谈论衰老——西川《一个人老了》解读　　　　　　　/ 002

"植入"的增值与磨损——从长篇小说《蒙古里亚》
　　看民族文学的民族化路径　　　　　　　　　　　　　　　　/ 019

诗性话语建构与新时期生态写作的本土化生成——以《额尔古纳河
　　右岸》为中心　　　　　　　　　　　　　　　　　　　　　/ 029

从当下秦淮河游记看《桨声灯影里的秦淮河》的游记美学　　　　/ 043

海洋书写的古典元素与现代维度——以张炜《刺猬歌》为例　　　/ 055

空间叙事与时间叙事：王安忆《长恨歌》从小说到电影　　　　　/ 065

倾听自己的呼吸——何其芳《独语》解读　　　　　　　　　　　/ 074

说，是什么样的秋——陆蠡《秋》解读　　　　　　　　　　　　/ 079

城与剧：《蒋公的面子》中的诗性与民国气质　　　　　　　　　/ 083

第二辑　作家研究

在多重视界里人剑合一——当顾彬走向中国新诗　　　　　　　　/ 088

在"我"和世界之间：马行诗论　　　　　　　　　　　　　　　/ 099

"走神"的沈东子："寻找"与"溯游"的感伤行旅　　　　　　　/ 112

空间的生态伦理意义与话语形态——叶广芩秦岭系列文本解读 / 118

从看见到复魅：于坚诗歌中的生命旋律 / 130

时间对生命的唯一意义是淘洗——《曾心小诗500首》中的诗质转换

/ 144

第三辑 文学现象研究

"问题"之问："问题孩子"的历史修辞与新时期写作 / 158

新时期中国大陆生态写作的本土化路径 / 173

新时期生态写作中的自然科学话语 / 190

"身体"审美范式的生成与生态伦理意义的建构——新时期文学中

　　生态伦理精神的"身体"话语解读 / 200

自我建构的深渊、歧途与眺望——从鲁迅的《奔月》到鲁敏的《奔月》

/ 213

成长·异化·幻灭：1930年代都市小说主题话语分析 / 225

迪斯尼动画片中的生态叙事——从《小鹿斑比》到《海底总动员》

　　再到《熊的传说》 / 254

从动物的角色功能看当代电影的生态意识 / 264

后　记 / 273

第一辑　作品研究

在四月里如何谈论衰老
——西川《一个人老了》解读

我注意到这首诗的写作时间是在四月。一个人为什么会在四月里突然想到谈谈衰老？这个季节应该是草长莺飞春风拂柳的人间四月天——除非他真的感觉到了老之将至。但1991年这一年作者西川28岁。28岁的西川何以会突然意识到衰老的存在，在无限春光里，一个28岁男人的世界不应该是长空浩荡大地无限地伸向远方吗？

两年零两个月之后的某一天，西川写下了他的另一首带着具体年龄刻度的诗《写在三十岁》。这在彰显诗人对时间的敏感之外是否暗示这个年龄段对其个人来说别有意味？从生命的刻度看，相对于与衰老之间的巨大跨度来说，此年龄显然应该是离青春期更近，但个体生命的感悟往往与刻板的生理时段切分并不同步。具体到这首诗中，在写作时间、生命状态和诗要表达的情绪三者之间可能存在较大的反差。这意味着，这是一个风华正茂的青年在春天里写一首谈论衰老和秋天的诗，这种反差使我们对诗歌本身产生隐隐的期待：这应该是一首有张力的诗，在生命的个性化感悟与生理时段的群体性刻板切分之间，在诗性与科学、生理与心理之间的张力。它不是一首老人谈老的诗，不是在秋天谈论秋天，不是在经验层面进行实时触摸和现场直播，它是超越的。因为超越而产生诗，如同一次为挣脱地球引力而努力朝向相反方向的飞行，耳边有呼呼的风声。

诗歌乃至文学中从来不缺少对衰老的谈论，这是个体生命面对时间之流时对自我的体认，也是人类在浩渺的时空中遥相呼应的形而上的探索。"老"是什么？在漫长的农耕文明和长者本位文化中，"老"一度是与经验和智慧之间呈现对应的，但在此后现代性进程的迅疾节奏中，衰老却因来不及更新而意味着缓慢与力不从心，意味着衰朽和被取而代之。而共和国文学长久以来的美学范式则是一路倾斜着驶向"待到山花烂漫时，它在丛中笑"式的"化作春泥更护花"的革命豪迈的激情范式，它和心甘情愿的牺牲相对接，用集体永存的慷慨宏大遮蔽个体消失的焦虑与虚无。它们和"螺丝钉""铺路石""没有花香没有树高的小草"一起，共同组建了个体生命被悬置的集体美学。

那么，属于个体生命衰老的美学将走向哪里，成为西川的十字路口：轻车熟路意味着光滑顺畅疾驰而去荡起一阵尘土然后再四散着落去，无声无息；倘若寻找一条新路，则可能在一路披荆斩棘的推进中体验新的困境。西川没有选择，确切地说是诗没有选择，它时时需要新的打磨和擦亮。

一

解读这样一首在语言的表层没有障碍的诗是容易的。它从中心/边缘、速度、高度、清醒度等方面来呈现一个衰老的个体面对世界时的感慨：

当世界被划分为中心/边缘时，"老"是随着身体的衰落逐渐被推向世界的边缘。衰老这样慢慢浮现："在目光和谈吐之间/在黄瓜和茶叶之间"，如此自然，如同烟的上升，如同水的下降。在万有引力的自然规律里，轻的自会上升，重的必要下沉，阴晴圆缺，生老病死。但这是一个黑暗渐渐走近的过程，头发变白，牙齿脱落，肉身渐次干枯。老了的生命像一则旧时代的逸闻，已然不能再吸引阅读者的目光；或者戏曲中的配角，在时间的隧道里，从世界的中心渐渐后退，退到舞台的边缘，静待生命的大幕在某一天落下，灯光暗沉。首尾都是"一个人老了"，是循环，也像是一个封闭的结构，没有突围的出路。

如果换以速度作为比对的参数，以世界的正常运转速度为基本参照，则"老"是被公共的节奏所落下的，跟不上世界的节拍。仅从生理特征上看，肉身在走向衰老的过程中呼吸和脉搏都是日渐缓慢的，老是慢一拍的节奏。如果"老"还是季节，那个季节当是在秋天，时间在年度的三次轮换中渐趋收束，经历了春生夏长之后，秋收和冬藏都是收束的。秋露是凉的，这一季的节气中先是白露，后是寒露，露是秋天的水。北雁南飞，"落伍的""熄灭的""未完成的"都是在时间的节奏中慢一拍的，机器不再转动，是停滞的，青年恋人走远，远去背影留下的依然是被时间遗弃了的生命，飞鸟转移了视线，没有人会在停滞不前的物体面前一直停留。在西川的诗中，很多隐喻都是大有深意的，比如"鸟"："鸟是我们理性的边界，是宇宙秩序的支点。……神秘的生物，形而上的种子。"①但在表层意旨的梳理途中,暂且不作深究也无妨。

倘是从生命高度的俯仰关系定位人与世界,"老"是站在时间累积的河床之上,俯视世界之川,于边缘处,在被落下之后。"所有掉进这河里的东西,不论是落叶、虫尸还是鸟羽,都会化成石头,累积成河床。"②生命在无数次的涨落累积里获得一个新的高度。时间累积也有它的收获,比如终于积攒了足够多的经验判断善恶,但是,随着衰老的降临,人生的轨迹也近乎完成,生命不会再有大的转机,需要判断和选择的机会越来越少。机会和时间一样,如同指缝间的沙子滑落,而生命之门在次第关闭。夕阳西下,牛羊下山,关门闭户,等待一个结束和安息的夜降临。

换之以局内/局外的清醒度切分,则"老"是因为远和慢而得以清醒地旁观。时间把一个人从世界中隔离开来:个体生命在衰老时,整个世界仍在继续,如同一架设定好程序的机器——有人在造屋、绣花、下赌,各行其是,"生命的大风吹出世界的精神",只有老年人能看出这其中正在遭受摧毁的时时刻刻,此处的"老"有着俯视的智慧和省察。

如同秋收之后是"冬藏",衰老的尽头是与死亡衔接。一个人老了,徘徊在记忆的时光隧道里,随时要被淹没。无数的声音涌来,如同肉身终将挤进小木盒。游戏结束了,收拾好尘世的一生:藏好成功、藏好失败、藏好写满爱情和痛苦的张张纸条,藏在房梁和树洞中……爱如流水,恨似浮云,一切都将归于大地。老了的生命不再有收获,也不再要摆脱。如同一棵在秋天里走向枯黄的植物,不会再有花开果熟,亦不会再有冲突和对抗,一切走向和解,走向生命的最初。老就是重新返回生命的最初,像动物那样,然后留下骸骨的坚硬。

二

在这首诗中,对于"老"的伤感和失落是淡而远的,表层文字中并不见沉重,这或者跟整首诗的抒情节奏直接相关。全诗是在三重不同的维度之间穿梭,以此生成它的悠远淡然的抒情节奏。

---

① 西川.远景和近景·鸟[M]//标准诗丛·我和我——西川集1985~2012.北京:作家出版社,2013:144.

② 保罗·柯艾略.我坐在彼德拉河畔,哭泣[M].许耀云,译.海口:南海出版公司,2011:7.

一重是自然现象：烟上升，水下降，秋天的大幕落下，露水变凉，雁南飞，大风吹起，落叶飘扬。在这一重维度中，所用意象都是淡远清凉的，是秋的萧索，像宋朝的山水画。

在西川的诗中，"秋天"一直是淡远安详的，他的另一首题为《秋天十四行》的诗中，"大地上的秋天，成熟的秋天／丝毫也不残暴，更多的是温暖""甚至悲伤也是美丽的，当泪水／流下面庞，当风把一片／孤独的树叶热情地吹响"。在对西川诗世界的延伸阅读中，我们读懂了当他把"变老"和"秋天"对应时，诗的情绪何以呈现出如水般的淡远而清凉的质地。在另一首题为《黑暗》的诗中，也同样写道，"但你举火照见的只能是黑暗无边／留下你自己，耳听滴水的声音／露水来到窗前"。"水"和"露水"一直在西川的"秋天"中反复出现。

当然，在浩渺的诗世界里，这样的意象并不带来原创性的陌生质地，它们在古典文学中曾不止一次地和我们对视过。在中国古典诗歌中，有"蒹葭苍苍，白露为霜""譬如朝露""朝露待日晞"，在露与清晨对接的思维惯性中，原本是应该产生清新的质感的，但当其以"易干"的物理属性与时光的转瞬即逝相对应，则焦灼之感顿生。而在西川这里，露与暮色相伴，并与温度对接，夜凉如水，由此产生温度走低的审美质感；与之相应，在古典诗词里，"水"和"衰老"相组接时，是取其"流逝"之意，即在水流的速度和去而不返这一层面上使它和生命的衰老相叠合，"子在川上曰：逝者如斯夫"奠定了这样的抒情思维图式。而在本诗中，水被使用，则是取其"重"，与烟的"轻"相对应，通过烟上升水下沉来对应自然衰老的不可抗拒。对自然之律的认可，代替了无能为力的恐慌。因而，尽管在意象的使用上，本诗与古典诗歌有重合和近似之处，但因为使用的角度和组接的层面不同，新的意涵得以生成。

另一重维度是与身体相关的元素：目光，谈吐，头发，牙齿，骨头。在身体维度中，肉身的衰老呈现为"变少"，是生命在做减法。在纵贯全诗的身体维度中，衰老对应身体的变化：先是身与心的分离，"一个青年活在他的身体中，他说话是灵魂附体"；之后，"身体"开始置身于"昔日的大街"，并随时被落叶遮盖；最后，"整个身躯挤进一只小木盒"，游戏结束，仅存"骨头足够坚硬"。

在中国古典诗歌中，以身体变化写衰老是其常见的抒情图式，其中尤其以"发白"和"齿稀"为普遍。如，"君不见，高堂明镜悲白发，朝如青丝暮成雪"（李白《将进酒·君不见》），"胡未灭，鬓先秋，泪空流"（陆游《诉衷情·当年万里觅封侯》）等。"在白居易诗中，最常用的表现衰老主题的语言是'华发''霜毛''白须''雪鬓'",以及"'昏眼''衰齿''落发'"[1]等。西川的诗中承继了这一点,但在身体的生理性变老之外,写出肉身衰落之后与心灵的不同步,由此产生张力,使衰老变得丰富和具有层次感。

　　第三重维度是动作：看、说话、抓住、徘徊或停步。动作是个体生命和世界发生关联时的姿态,从"看"中所见的世界实则是对自身处境的省察。雁被从集体中拆散,从群体中析出,意味着它不再是和天空和雁群一起在"南飞"中指称季节与时令。其中对"落伍"的强调,旨在突出在线性时间中的落后,是与衰老相对应的;而在古典诗歌中"雁"的离群并不与衰老相关,"孤雁"往往强调精神上的孤独感,不具有内在的时间元素。

　　跟"看"的视觉性相对,"说话"是语言表达,"抓住"是手部动作,而"徘徊"与"停步"则是通过足部动作实现对肉身的移动和控制。如果说第二重维度的身体还以肉身的静态展示为主,第三重维度则关注肉身的行动力与机能,以及与外部世界互动的可能性。

　　倘是维度的单一,容易使情绪密集、深重和急促,但本诗有上述三重维度作为基本构架,诗的每一节,都是在三重维度间穿梭切换,抒情的力度和对身体的感知不断地被自然风物隔开,如同"看""说话"和"徘徊"的动作不断地被天地之间的种种细节吸引,在影绰飘忽中且走且停,因而显出节奏悠然、情绪疏淡。

三

　　在对抒情节奏的清点时,事实上已经开始接近对抒情肌理生成的追问。

　　从抒情肌理生成的影响渊源看,中国现当代诗歌的影响因素主要有三点：中国古典诗歌、西方诗歌和汉译英诗。创作主体的个性化整合,以及由此生成的三种元素配比差异,是不同诗歌个性特征的生成机制。在抒情肌理的生成问题上,本诗首先是在对古典诗歌的接近与疏离中生成新的质感。西川自己说过,"请让我取得古典文学的精髓,并附之以现代精神。请让我面对宗教,使诗与自然一起运转从而取得生命。请让我复活一种回声,它充满着自如的透明"[2]。从前述分析可以看出,西川诗歌中有大量曾出入于古典诗词的意象

---

[1] 王红丽.白居易诗中衰老主题的文化阐释[J].青海社会科学,2000(4):69-71,97.
[2] 西川.艺术自释[J].诗歌报,1986(10).

或隐喻,但在本诗的使用中却有了与既有传统不同的新的质地和光泽,在对核心主题"老"的呈现亦是如此。正是在这种复杂的呈现机制中,使这一话题与1990年代那场著名的诗歌争论产生对接。

在当代诗歌史上,西川的名字是和"知识分子写作"这一概念紧密相连的。"'知识分子写作'乃特定称谓,它专指王家新、欧阳江河、西川、臧棣、孙文波、张曙光、陈东东、肖开愚、翟永明、钟鸣、王寅、西渡、孟浪、柏桦、吕德安、张枣、桑克等人的诗歌写作";"最早提出知识分子写作概念的是西川"[①]。在坚守思想批判的精神立场的同时,"知识分子写作采用与西方亲和互文的写作话语",其中"西川的诗歌资源来自拉美的聂鲁达、博尔赫斯,另一个是善用隐喻,行为怪诞的庞德"[②]。在这场声势浩大的诗歌论争中,不论是赞美还是否定,都是不约而同地指认西川和聂鲁达、博尔赫斯以及庞德之间的关系。具体到本诗而言,亦可发现抒情肌理的生成中有明显的异质渊源特征。

首先是隐喻的使用。《一个人老了》中有明显的博尔赫斯式的隐喻风格。在中国古代诗歌传统中,通常"以感叹死亡、病痛、美人迟暮、时光易逝为主的衰老主题,是为数不多的几个重要主题之一",而在衰老主题的意象选择中,集中体现在以"'水'的流动性、不可挽回性与时间的同类性质相合",或"以'暮''晚''春''秋'为核心的时间更替系列",以此传达对生命不可避免走向衰老的叹息[③]。

如果说,中国古典诗歌中,"老"是通过物象的时间性予以确认的话,在西川《一个人老了》中,则更多是通过空间关系展示生命在时间中的渐次远离,其间有着明显的博尔赫斯式的异域质地。博尔赫斯乐于通过"迷宫"等隐喻探讨生命和时间的关系,而"迷宫"的物理属性恰恰是空间的,是空间的"交叉"与纷乱。与"迷宫"的隐喻相对应,西川的诗歌中用"街道"和"门"呈现个体和世界的关系,这在博尔赫斯的诗中可以找到渊源与互文:《界线》中"有一条邻近的街道,是我双脚的禁地,/有一面镜子,最后一次望见我,/有一扇门,我已经在世界的尽头把它关闭",在对个体与世界和时间关系的定位中,"街道"和"门"成为重要的物象。这种物象大量地出现在其诗歌中:"我的脚步遇到一条不认识的街道"(《陌生的街》);"时间残忍的手将要撕碎/荆棘般刺

---

① 罗振亚."知识分子写作":智性的思想批判[J].天津社会科学,2004(1):90-96.
② 程光炜.岁月的遗照·序[M].北京:社会科学文献出版社,1998.
③ 王红丽.白居易诗中衰老主题的文化阐释[J].青海社会科学,2000(4):69-71,97.

满我胸膛的街道"(《离别》);"还有那荒凉而又快乐的街巷"(《离别》);"时间中虚假的门,你的街道朝向更轻柔的往昔"(《蒙得维的亚》);"拥有庭院之光的街道"(《蒙得维的亚》);"我来自一座城市,一个区,一条街"(DULCIA LINQUIMUS ARVA);"今天曾经有过的财富是街道,锋利的日落,惊愕的傍晚"(《维拉·奥图萨尔的落日》);"这是我所居住的一片街区:巴勒莫"(《布宜诺斯艾利斯神秘的建立》);"这些在西风里深入的街道/必定有一条(不知道哪一条)/今天我是最后一次走过"(《边界》);"这条街,你每天把它凝望"(《致一位不再年轻的人》);"在南边一个街角/一把匕首在等待着他"(《阿尔伯诺兹的米隆加》);"有一条邻近的街道,是我双脚的禁地"(《界限》);"夜里一阵迷路的疾风/侵入沉默的街道"(《拂晓》)。

作为"一个只熟知街道、集市和城郊的城里人"①,博尔赫斯诗中大量使用"街道"的意象,甚至街道成为感知与世界关系的重要场域;"多年来,我一直坚信我是在布宜诺斯艾利斯近郊富有传奇色彩、夕阳灿烂的街区长大的。"②对于空间场域中"街道"常与城市的关联,西川同样是有着自觉的体认和运用的,"城市的兴起是这样的:起初是贸易,……随后窝棚多了起来,有了街道、地窖、广场……"③

与上述"街道"的隐喻相对应,博尔赫斯的诗歌中亦常以"门"呈现个体生命与时间和世界的关系:"有一扇门,我已经在世界尽头把它关闭"(《界限》),"某一扇门你已经永远关上"(《边界》),"宇宙是记忆的一面多彩的镜子,/一切都是它的组成部分,/它艰巨的过道无穷无尽,/你走过后一扇扇门相继关上"(Evemess④)等。这一隐喻习惯在西川诗歌中亦有回响,他多次写到的"门",在隐喻意义上与之同质。如果说"一些门关闭了,另一些门尚未打开"(《写在三十岁》)对应的是生命与世界的阶段性关系——一些结束了而另一些可能开始,本诗中"门在闭合"则对应着与走向尽头的生命相对应的终极结束。

上述诸多中国诗歌传统中少见的隐喻方式使本诗在抒情肌理中呈现新的

---

① 罗佐欧.博尔赫斯诗歌中的隐喻艺术[J].柳州师专学报,2013(12).
② Peter Witonski. Borges of Pampas[J]. National Review,1973(5):272-273.
③ 西川.近景和远景·城市[M]//标准诗丛·我和我——西川集1985～2012.北京:作家出版社,2013:148.
④ 阎保平.为了诗意的栖居:现代主义经典文本解析[M].北京:人民文学出版社,2006:98-99.

质感。

其次,在思维图式上,本诗亦与汉译诗的思维运转轨迹有相近之处。"因为大多数'知识分子'出自高校受过正规的科班教育,写诗之余都能做一点翻译。这种经历和境遇折射到创作中就有形无形地会利用翻译的便利,让外国诗歌中的一些语汇、语体驻扎进自己的诗里。"① 比如在《一个人老了》和聂鲁达《马楚·比楚高峰》②之间,可以较为清晰地指认出艺术思维方面的互文性,其中开头部分的语言组接方式尤其相似:

1. "在……之间"的短语结构。聂鲁达用了"在街道和大气层之间""在春天和麦穗之间",西川则是用了"在目光和谈吐之间""在黄瓜和茶叶之间"。

2. "像……""仿佛……"等比喻的支撑功能。聂鲁达密集地使用了"好像一张未捕物的网""像在一只掉落在地上的手套里面""仿佛一钩弯长的月亮",西川则是用"像烟上升,像水下降""像旧时代的一段逸闻""像戏曲中的一个配角"。

在句式相似的基础上,以相近的思维图式进行组接,由此形成两首诗的基本相似的抒情纹理。所谓思维图式相近,是指诗意感受和诗意呈现的方式的相近。具体在这两首诗之间,体现为:将具体的意象置于能够产生张力的两种物象之间,但并不对物象本身予以描摹,而是直接用比喻呈现,在喻体中注入表意的因素,以此完成对诗意呈现的基本支撑:

> 从空旷到空旷,好像一张未捕物的网,
> 我行走在街道和大气层之间,
> 秋天降临,树叶宛如坚挺的硬币,
> 来到此地而后又别离。
> 在春天和麦穗中间,
> 像在一只掉落在地上的手套里面,
> 那最深情的爱给予我们的,
> 仿佛一钩弯长的月亮。
>
> (聂鲁达《马楚·比楚高峰》,节选)

---

① 罗振亚."知识分子写作":智性的思想批判[J].天津社会科学,2004(1):90-96.
② 赵振江.聂鲁达集[M].蔡其矫,林一安,译.广东:花城出版社,2008:29.

一个人老了,在目光和谈吐之间,
　　在黄瓜和茶叶之间,
　　像烟上升,像水下降。黑暗迫近。
　　在黑暗之间,白了头发,脱了牙齿。
　　像旧时代的一段逸闻,
　　像戏曲中的一个配角。一个人老了。
　　秋天的大幕沉重地落下!
　　露水是凉的。音乐一意孤行。
　　他看到落伍的大雁、熄灭的火、
　　庸才、静止的机器、未完成的画像,
　　当青年恋人们走远,一个人老了,
　　飞鸟转移了视线。

（西川《一个人老了》,节选）

"80年代以来,大量出现的汉语译诗,成为诸多诗人的模仿对象。诗语的欧化成为20世纪末汉诗诗语变化的主要倾向"[1],《一个人老了》中诗语的欧化特征和"译诗"风格,可以指认出清晰的影响路径,以及抒情肌理的生成机制。

四

此外,本诗在价值体认与生命观方面,亦有明显的异质元素。

在对诗歌史上"知识分子写作"的解读中可以看出,作为"知识分子写作"的倡导者,西川的很多诗并不强调自我经验或者中国经验,更多来自阅读产生的精神体验,这种经验有时来自本土与古典,但显然已走出更远。比如《厄运·E00—八三》[2]:

　　……

　　子曰:"六十而耳顺。"

---

[1] 丁帆.中国新文学史·下册[M].北京:高等教育出版社,2013:159.
[2] 西川.厄运[M]//标准诗丛·我和我——西川集1985～2012.北京:作家出版社,2013:116.

而他彻底失聪在他耳顺的年头：一个闹哄哄的世界只剩下奇怪的表情。他长时间呆望窗外，好像有人将不远万里来将他造访，来喝他的茶，来和他一起呆望窗外。

子曰："七十而从心所欲，不逾矩。"

在发霉的房间里，他七十岁的心灵爱上了写诗。最后一颗牙齿提醒他疼痛的感觉。最后两滴泪水流进他的嘴里。"泰山其颓乎！梁木其坏乎！哲人其萎乎！"孔子死时七十有三，而他活到了死不了的年龄。他铺纸，研墨，蘸好毛笔。但他每一次企图赞美生活时都白费力气。

此诗的主体框架看似源自《论语》，但其对生命的解读显然异于传统的儒家价值体系。此处节选的是在年龄上和"老"对应的部分，在儒家价值理念中，个体生命随着年龄增加而使智慧和自由也渐次获得，从"耳顺"到"从心所欲，不逾矩"，个体生命与世界的关系是随着时间的沉淀而趋于和解的。

但在这首《厄运》中，相对应的心理状态却是个体生命在面对时间时的悲凉与徒劳，是"长时间呆望窗外"和"每一次企图赞美生活时都白费力气"的怅惘。这一文本直观地体现了基于阅读的精神体验如何生长出新的诗歌体验。

相比较而言，《一个人老了》中的生命体验，更易于在西方诗歌中找到互文，如博尔赫斯的诗。关于"一个人老了"，博尔赫斯写过一系列的诗，对"老"作整体和诗性的展示，如《某人》《坎登，1892》《致一位不再年轻的人》等[①]多首：

> 你已经望得见那可悲的背景
> 和各得其所的一切事物；
> 交给达埃多的剑和灰烬，
> 交给贝利萨留的钱币。
>
> 为什么你要在六韵步诗朦胧的
> 青铜里没完没了地搜寻战争？
> 既然大地的六只脚，喷涌的血
> 和敞开的坟墓就在这里

---

① 博尔赫斯.博尔赫斯诗选[M].陈东飚,译.石家庄:河北教育出版社,2003:145,139,120.

这里深不可测的镜子等着你
它将梦见又忘却你的
余年和痛苦的反影。
那最后的已将你包围。
这间屋子
是你度过迟缓又短暂的夜的地方
这条街,你每天把它凝望

(博尔赫斯《致一位不再年轻的人》)

其中"望得见那可悲的背景/和各得其所的一切事物",写出了世事在时间沉淀中渐次清晰可见,与《一个人老了》中的烟上升水下沉一样,是世界图景在老年人眼中的呈现,是"有了足够的经验判断善恶"和"唯有老年人能看出这其中的摧毁"的清醒。在生命的征途中,看得见终点,是经过时间沉淀之后的清晰。"敞开的坟墓""深不可测的镜子""屋子"都和西川诗中老年人面对的未来世界图景有内在的一致性,具有必然、不可知和吞噬性等质地。

咖啡和报纸的香味。
星期天以及它的厌烦。今天早晨
和隐约的纸页上登载的
徒劳的讽喻诗,那是一位
快乐的同事的作品。老人
衰弱而苍白,在他清贫而又
整洁的居所里。百无聊赖,
他望着疲惫的镜子里的脸。
已经毫无惊讶,他想到这张脸
就是他自己。无心的手触摸
粗糙的下巴,荒废的嘴。
去日已近。他的嗓音宣布:
我即将离世,但我的诗谱写了
生命及其光辉。我曾是华尔特·惠特曼。

(博尔赫斯《坎登,1892》)

"咖啡和报纸"与"黄瓜和茶叶"似乎是老年人日常生活图景的中西版的互文和呼应,"去日已近"与"机会在减少""一系列游戏的结束"都是在生命的标尺中看出"老"所在的刻度,叠放好一生的成败悲欢,是这一刻度应有的从容。而"快乐的同事"与老人的"衰弱而苍白"形成对照,正如《一个人老了》中将"老"与年轻人的对比。"疲惫的脸""粗糙的下巴""荒废的嘴"都是写身体的陈旧和破败,尤其是"荒废的嘴"写出"老"之后生命与世界联结的某些机能的衰退,比如"表达"。

另一首《某人》,亦是把焦点稳稳地聚在"被时间耗尽"的"老了"的人:

  一个被时间耗尽的人,
  一个甚至连死亡也不期待的人
  (死亡的证据属于统计学
  没有谁不是冒着成为
  第一个不死者的危险),
  一个人,他已经使得感激
  日子的朴素的施舍:
  睡梦,习惯,水的滋味,
  一种不受怀疑的词源学,
  一首拉丁或萨克森诗歌,
  对一个女人的记忆,她弃他而去
  已经三十年了,
  他回想她时已没有痛苦,
  一个人,他不会不知道现在
  就是未来和遗忘,
  一个人,他曾经背叛
  也曾受到背叛,
  他在过街时会突然感到
  一种神秘的快乐
  不是来自希望的一方
  而是来自一种古老的天真,
  来自他自己的根或是一个溃败的神。

> 他不需细看就知道这一点，
> 因为有比老虎更加可怕的理智
> 将证明他的职责
> 是当一个不幸者，
> 但他谦卑地接受了
> 这种快乐，这一道闪光。
>
> 也许在死亡之中，当尘土
> 归于尘土，我们永远是
> 这无法解释的根，
> 这根上将永远生长起，
> 无论它沉静还是凶暴，
> 我们孤独的天堂或地狱。

这三首诗涉及与"老"相关的不同元素，而这些元素，与西川《一个人老了》对"老"的解读形成互文关系。其中"被时间耗尽""连死亡也不期待""感激日子的朴素的施舍"以及"回想她时没有痛苦"等，都是生命与时间在不同层面关系的呈现，是在时间淘洗中泛出特定光泽，是"藏起成功，藏起失败"之后的从容与珍惜。

有意思的是，博尔赫斯的上述诗作是被收录在出版于1969年的诗集《另一个，同一个》中[①]，是晚年重新写诗时的作品，彼时，生于1899年的诗人已近七十岁。即便给写作和出版之间留有足够的时间差，写作这些诗作时，博尔赫斯也已真正进入老年阶段，这应该是基于生命体验本身的写作。

而"知识分子写作"中，对阅读的信赖很大程度上取代了个体生命的直接体验，至此，我们大致可以回答本文开头的提问了——一个二十多岁的年轻人何以在春天里谈论衰老：对于西川而言，衰老和生命的诞生与死亡一样，可能是个哲学命题，是人生话题，是文学命题，但却不一定是个体生命的体验。从某种程度上说，"知识分子写作"通过对纯粹的形而上的问题的思索，使其避开或者忽略了个体生命体验的缺失。

---

① 博尔赫斯.博尔赫斯诗选[M].陈东飚,译.石家庄：河北教育出版社,2003：51.

五

中国传统文化是长者本位文化,"老"意味着经验与智慧的累积,仙人的形象往往是须眉皆白、鹤发童颜。《论语》中,"三十而立,四十不惑,五十知天命……"年龄的增长是与智慧的累积相对应的。苏辙《读旧诗》诗中"老人不用多言语,一点空明万法师","老"意味着在时光的沉淀中收获的清晰和澄澈。传统的民间文学中,老人形象亦对应着智慧和善,甚至"具有某种超自然的神秘的才智"①。

但现代中国文学从五四开始,是长者本位文化向青春型文化的转型。"新文化""新文学""新青年""新潮",所有的"新"都把更明朗的世界许诺给未来,连鲁迅先生也一度认为新的总比旧的好,年轻的总比年老的好——新意味着新生与进步。所以梁启超有《少年中国说》,其中是将"少年"代表未来和希望,实现对衰老和陈旧的超越。郭沫若《凤凰涅槃》中的凤凰更生中,一个重要的欢呼源自"我们新鲜,我们净朗,我们华美,我们芬芳","新鲜"和"净朗"正是与年轻相对应的。

20世纪中国文学的"父子冲突"主题中,除"改革文学"时期短暂地将父一代等同于传统伦理的美好化身外,在大部分时段内,都是以父一代的落后于时代而成为被批判和教育的对象。巴金《家》中的祖辈父辈,茅盾《春蚕》中的老通宝,柳青《创业史》中的梁三老汉,都是以"老"对应着陈腐与落后。

在农业文明时代,"老"与经验相对应,因而也是受尊重的。但在现代化进程的价值坐标中,"老"则意味着落伍,"传统社会中最重要的是劳动经验,劳动经验的丰富在一定程度上意味着生产的高产和物质的满足,因此整个社会就是以深具生产经验的老年人为重,但是处在新科技、新文化被普遍时尚化的都市空间中,老年人却成了对社会变迁缺乏相应的知识储备和文化准备的一代人,自然,他们不得不让位给代表着新的社会力量的新一代年轻人。整个社会结构趋向于青年社会的形成。青年开始在社会中受到人们的普遍关注,得到特权优待。"②

社会传媒在价值导向上强化了上述社会角色的刻板定位,老年人被指认

---

① 陈静.民间故事中智慧老人形象的社会伦理功能[J].铜仁学院学报,2007(5).
② 王涛.代际定位与文学越位——"80后"写作研究[M].成都:巴蜀书社,2009:24.

为"'社会弱者''旧事物''落伍'的代言人""中国大陆媒体上呈现老年人的形象主要有以下特点:在年龄上,渴望年轻,惧怕衰老;最大的行为特征是喜欢怀旧……体弱多病,生活单调"①。

变动中的20世纪的中国,在现代性的焦虑中追寻速度和效率,在对旧的恐慌中追赶什么或者被什么所追赶,因而在"老"中更多地解读出陈旧与过期,需要在对"老"和"旧"的不断超越中缓解焦虑和确认方向,时间在这里是单向和单维的,是向前和谋新的。

但在西方文学传统中,"老"常常意味着生命的升华。时间之于生命的意义不在于在日复一日的磨损中趋于黯淡,而是在雕刻与打磨中赋形并臻于完善——因有了时间的累积,生命的果实散发出香醇。这是诗才能看到的生命的另一重意义,隐于实用主义强光之后的意义。

将时间与果实的醇香直接对应成为诗中生命感生成的重要途径。在澳大利亚诗人A.D.霍珀的诗作《晚熟酒》中,"老"是一种在时间中缓慢酿造的晚熟酒,是必须经过岁月的打磨才能慢慢流溢出的生命质感:

> 如果我记得没错,
> 那晚摘酒美味优雅,
> 就像我年少时追求的目标;
> 但成熟度并非致胜的一切。
>
> 年轻人仍然在寻找着完美,
> 那岁月中学到的彼岸的崇高;
> 过火的成熟加上荒唐的酿造,
> 反倒可能到达那至上的美境。
>
> (A.D.霍珀《晚熟酒》,节选)

这首诗值得称道之处在于,它是从生命本身来定位"老"的意义,而非如长老文化那样将老与经验丰富对应,从而衍生出功利的解读。在这样的解读中,"老"对应的是时间累积之后果实的芬芳,生命的美是需要时光雕刻和赋

---

① 郭子辉,金梦玉.中国大陆媒体老人形象窘境及其影响[J].新闻传播,2014(11):51-52.

形的,是不能速成的。诗作原题为德语的"Spätlese","在德国的评酒系统中,是最高级的'晚采摘型葡萄酒'(late harvest wines)。晚采摘型葡萄酒就是在葡萄成熟之后,仍然让它们留在藤上,甚至自然风干变成葡萄干才用来酿酒",在诗中,"'Spätlese'被比喻成人到晚年才能够达到的境界。这种境界是年轻时无法理解和想象的。"①

事实上,这种侧重于从生命意识的角度体认"老"之魅力的角度在西方文学中并不缺少。叶芝的诗《当你老了》和杜拉斯的小说《情人》同样是对"老"的肯定:

> 多少人爱你青春欢畅的时辰,
> 爱慕你的美丽,假意或真心,
> 只有一个人爱你那朝圣者的灵魂,
> 爱你衰老了的脸上痛苦的皱纹。
>
> (叶芝《当你老了》,袁可嘉译②)

> 那时候,你还年轻,人人都说你美,
> 现在,我是特为来告诉你,
> 对我来说,我觉得现在你比年轻的时候更美。
> 那时你是年轻女人,与你那时的面貌相比,
> 我更爱你现在备受摧残的面容。
>
> (杜拉斯《情人》③)

但这两者都有些逆流而上的抵抗感,"多少人""人人"和"一个人"形成数量上的绝对反差,让人感觉到一个人逆流而上的决绝和孤单,而缺少对"老"的细致审美更容易让它们滑向爱情中的主观和个人性的体验,而不带有普适性,因而,并不能充分确立对"老"的认可。

西川《一个人老了》也有对立感,不过其对立并不产生于人类内部的立场分歧。对"老"的价值认可在本诗中并无障碍,真正问题在于生命在时间面前

---

① 光诸译,选自"读首诗再睡觉"公众微信平台,2015年1月24日.
② 叶芝.叶芝诗选·I[M].袁可嘉,译.长沙:湖南文艺出版社,2012:51.
③ 玛格丽特·杜拉斯.情人[M].王道乾,译.上海:上海译文出版社,2005:3.

的无力。它两次强调"老"的优势:"有了足够的经验评判善恶""唯有老年人能看出这其中的摧毁",却更多次省察这一优势必然困境,"但是机会在减少,像沙子/滑下宽大的指缝,而门在闭合""黑暗迫近""……偶尔停步,/便有落叶飘来,要将他掩盖",张力由此生成——弃绝和推崇都是单向和顺畅的,唯有呈现这二者的反差才会看到美和忧伤。"老"的日臻完善的美好品质被置于渐趋衰败的肉体之中,时间凝聚和沉积的价值终将被时间的潮水卷走,"七十岁的心灵爱上了写诗……每一次企图赞美生活时都白费力气"(《厄运·E00—八三》),生命在强大的必然性面前是如此薄脆和不堪一击,琉璃碎了一地。

行文至此,又重新复习了大卫·芬奇执导的改编自菲茨杰拉德同名小说的电影《本杰明·巴顿奇事》。在衰老问题上,影片提出了一种新的设想:假如生命是逆流而上的,一个人以垂暮之年作为生命的起点,开始人生的旅程,而终至复归婴儿,与整个人类的既有轨迹互为反方向,以个体生命与整个物种的群体相对而视,又会如何?不过影片的关注点在爱情,因而对这个看似新颖的视角并未作过多的展示和停留,但它无疑给生命和时间的关系提出了另外一种视角和可能性:假如生命的日趋完善对应的不是肉身的同步衰老,又会呈现怎样的风景与困境?

从这个意义上说,在四月里谈论衰老也未必不可能。因为一首诗而使很多与生命相关的问题被想起和追问,阅读因而呈现出一种基于人类整体生存的高度而被重新擦亮的质地,倘能如此定位读诗的意义,也就够了。

2015年4月

"植入"的增值与磨损

——从长篇小说《蒙古里亚》看民族文学的民族化路径

如果拨开纷繁的枝叶直奔主题,郭雪波近作长篇小说《蒙古里亚》[①]是在谈论什么?谈论的话题之于其本人此前的写作是否有新的推进、是否有与同时代其他作家对话的可能,我是说,有没有作为对话基础的共性,以及作为交谈存在必要性的差异?这差不多是我们面对一个持续关注的作家新作时最本能和常规的阅读诉求:重复还是改变?强化或是超越?此呼彼应抑或是埋头独行?

郭雪波创作中很大比例都是在讲述草原保护的故事。沿着这个思路,《蒙古里亚》差不多可以概括为"一个来自首都的并不太出名的作家,在回到家乡期间所见到的草原开发导致的生态危机",核心情节是窝囊的族弟与破坏草原的开矿者之间的短兵相接:牛被偷吃,草地被卡车碾坏,直至人被撞死,其中夹杂着来历不明的孕妇身份构成的悬念。

如果仅是上述内容,也差不多只够写一篇关注现实书写时代的小说,古老的天人合一的生存在现代化进程中遭遇厄运和摧毁,叙事立场通常选择站在被损害的一侧伤感怀想,由此升腾起对欲望掌控下人性堕落的悲愤与厌恶。近年来的很多小说走在这条路上,余华的《第七天》、阎连科的《炸裂志》、迟子建的《群山之巅》、范小青的《我的名字叫王村》等文本都曾从局部的夸张、想象与荒诞,完成一个或多个社会新闻式的情节逻辑。包括郭雪波本人,此前创作中也是与这一模式遥相呼应,《狐啸》《大漠魂》等一再讲述的都是草原被毁、生态渐恶和人性失衡。

但是这一次,孤独的反抗者约苏,一反同类角色既往的冷硬倔强,而变得无力甚至窝囊。与此同时,故事中另外植入了一个哈士纶探访蒙古文化与音乐的故事。这个故事和叙事主干部分的对接方式,是通过"我"对亨宁·哈士

[①] 郭雪波.蒙古里亚[M].北京:北京十月文艺出版社,2014.

纶《蒙古的人和神》[①]一书的阅读。总体上以眼前与历史交替进行的方式安排章节关系，不断寻找人物之间灵魂转世的渊源，并最终在结尾处实现对关系的指认。

是的，此处用到了"植入（implantation）"这一初为医学术语后广泛应用于传播学的概念。在传播学中，"植入"的常见形态通常是通过道具、台词、剧情、场景、音效、题材、文化等实现广告营销的目的，"把产品或其服务具有代表性的视听品牌符号融入视听媒体中，使受众在观看电视、电影的过程中，就能自然地接触到品牌和产品的相关信息，以达到潜移默化的宣传效果。"[②]文学写作中文本植入通常是指为实现某种叙述效果而将文本之外的异质性内容或文体穿插于叙事中，不同于传播学之处在于它指向作品本身的增值而非源自利益的驱动。

一

在简要地厘清之后，重要的问题是：植入了什么，如何植入，以及效果怎样？

首先，《蒙古里亚》植入的方式，是将亨宁·哈士纶的《蒙古的人和神》中关于萨满教与蒙古历史的内容大板块移植，实现对故事主体的支撑与深度补给。如前文所述，在《蒙古里亚》中接入《蒙古的人和神》一书是通过"我"的阅读，将斯文·赫定探险史的相关情节和史料引入，被植入部分和原作之间可以看到清晰的对应关系（具体参下表统计）。文本中已故的大博额师阿拉坦嘎达苏被叙述为曾与哈士纶直接交往，而当下故事中幸存至今的姥姥冬青嘎尔娃是大博额师的编外徒弟，约苏则是大博额师的亲孙子。如此，一个当下虚构的故事和历史上斯文·赫定的西部探险史实现了对接，当下困窘现实由此被赋予了历史纵深感，植入的增值效果由此产生。

[①] 亨宁·哈士纶.蒙古的人和神[M].徐孝祥，译.乌鲁木齐：新疆人民出版社，2013.

[②] 米切尔·舒德森.广告：艰难的说服——广告对美国社会影响的不确定性[M].陈安全，译.北京：华夏出版社，2003：11.

表1 《蒙古里亚》与《蒙古的人和神》情节内容的对应情况

	《蒙古的人和神》相关内容	《蒙古里亚》植入方式
前言	土尔扈特公主尼尔吉德玛的信	全文直录
	育尔根·安德森·施勒斯维希《东方游记》	全文直录
第二章	"我"成为斯文·赫定考察队的一员	以第三人称重述为"唱片的故事"
第四章	竹尔罗斯喇嘛	拜见竹尔罗斯活佛过程为完整重述,但此后活佛关于灵魂转世的预言则是为衔接小说中故事所作的缝合
第十、十一、十二章	沙漠功过审判	完整重述
第十七章	沙漠中的土匪城堡	主要情节重述

与这种大篇幅的植入格局对应,在植入手法上也超越了作者此前草原系列创作中仅仅通过引证材料完成个别佐证。而是包括:直接摘录哈士纶著作中的内容(蒙古公主的序)、对局部情节乃至细节点燃或演绎(博额师的故事)等。其中最明显的是将原书中大段大段故事直接重述,实现高相似度的移植。如窃贼奥伯根的故事,从人物的来历到事发到追捕全过程,直至最后的审判与处置的关键细节,都几乎是《蒙古的人和神》中相关章节的翻版,在文中占据了大量的篇幅。在具体的衔接策略上,文本通常使用"头下枕着一本书《蒙古的人和神》"(P5)、"桌上摊着《蒙古的人和神》"(P28)、"包里顺便带着这部《蒙古的人和神》"(P28)、"我合上《蒙古的人和神》"(P201)等明确的表述,呈现植入的开始与结束,以简朴的方式实现不同文本间对接的有效性。增值效果体现在,一方面借斯文·赫定探险的史实来援助灵魂转世的神秘,另一方面通过对萨满—博额教文化的植入,探究其教义中对天地自然的敬畏,实现文化层面的生态支撑。家庭史和宗教史的揭秘不再是作为局部和叙事动力的功能存在,它成为一个元气充沛的点,源源不断地释放着"天人互动"的气息,经由家族史追溯完成对民族灵魂转世的确认。

其次,是对《蒙古的人和神》一书中涉及的某一层面的文化进行细节发酵,如将其中提及的蒙古音乐、建筑等相关知识添加具体细密的情节,在叙事中提升生动性与质感,实现民族文化的充实与丰盈。其中最精妙和令人击节的是对蒙古音乐特质的展示。文本在哈士纶书中提及的蒙古音乐基础上虚构了大博额师阿拉坦嘎达苏带领哈士伦学习呼麦的过程:从躺在树槽中练习发声,到悬崖下聆听鹰啼、山涧边坐听瀑布与松涛的和声,再到在母鹰的生命终结方式中顿悟以突破最高音的难关,一次次在山川大谷中聆听风声雨声兽啸鸟鸣,以此来艰难地领悟呼麦这一神奇的发音法中蕴涵的天人合一的妙理。哈士伦从最初的困惑,经由艰难的研习,到最终的顿悟,通过缓慢悠长的叙述,完成对蒙古音乐富有质感的呈现,并将呼麦的发音原理、发展历史、经典作品与演唱技巧等内容妥帖地安置于其中。在郭雪波另一部近作《大萨满之金羊车》的第三章"图兰·朵之呼麦"中师徒之间同样经历了漫长的呼麦研习过程,将音乐与自然融合,由此得到升华成为天籁。通过蒙古音乐呼麦生成机制的呈现,展示天人连接的奇妙机理。这是《蒙古的人和神》中所没有的细致绵密颇富质感的细节,是在文本和植入部分的衔接处激活和催生的新质。

表2 《蒙古里亚》与《蒙古的人和神》文化植入的对应情况

《蒙古的人和神》中相关内容		《蒙古里亚》中对应部分
第七章	萨满教的祭天仪式	P218-P230
第八章	萨满文化的"黑风咒"	P261-P262
第九章	蒙古茶文化	P291
第十章	蒙古民歌	P324-P326
	蒙古音乐中的"呼麦"	P337-P346

上述表格中的植入内容是经由对《蒙古的人和神》一书中相关情节的演绎实现的。其中篇幅较长的祭天仪式和"呼麦",在呈现民族文化特质方面尤能体现出充分和丰赡的特点。

《蒙古里亚》是一个建立在反工业化立场上的欲望批判的故事,"矿上"是现代化开发的缩影,草原生态进而是人的精神生态遭到破坏,草原的和美不复存在。在这样的场景中,约苏的出场有着堂吉诃德式的悲壮与苍凉,与诸多生态写作的文本遥相呼应,比如叶广芩《狗熊淑娟》中的林尧、《山鬼木客》中的林华、贾平凹《怀念狼》中的子明、姜戎《狼图腾》中的毕利格老人……这个名单还可以列得更长,他们的共同之处是在欲望升腾底线坍塌的处境中逆流而上孤军奋战,面对现代性进程的滚滚巨轮冲上前去,用肉体的被撞毁完成对精神和理想的献祭。他们被拍死、被摔死、被追打得遍体鳞伤无地可逃,如同一个世纪前对红眼睛阿义说"大清的天下是我们大家的"而挨了嘴巴的夏瑜的鲜血被他所悲悯的人吞下。从国民启蒙到生态启蒙,肩住黑暗的闸门与在重压下毁灭的孤独者们遥相呼应,形成新世纪文学中不绝如缕的气场。而《蒙古里亚》的前述植入,将这种气场和历史上的"最后一个博额师"形成纵向的回响,由此构成文本之间山呼水应般的"和声"效果。

二

　　与"增值"的清晰醒目相比,"磨损"之处是略显隐蔽的。
　　首先是现实故事和现实人物的卑微、琐屑,与"植人"部分探险史中所述的宏毅、坚卓、磅礴、粗粝之间,形成一定的割裂感。当然,作者一定程度上是在用历史的恢宏反衬现实的卑琐,但在处理这一问题的过程中有时疏于细节,会导致这种割裂感在具体人物身上时有漂移,比如,姥姥在玄妙高深和世俗日常之间的切换。
　　以叙事的元气充沛著称的郭雪波不是一位在技巧方面过于关注的作家,他的长篇小说经常是若干短篇小说的组合,《大漠狼孩》就是此前《公狼》《母狼》等一系列狼题材的短篇小说的拼接。这种拼接通常是要先经由边缘的缝合而在形式上成为整体,再重新确认情节趋动力与故事逻辑以达到"融合"或"整合",而细节的疏忽常会使这一过程留有缝隙。这种缝隙在《蒙古里亚》中体现为,人物容易面目模糊,在语言方面尤其明显。一个人常在此处说一种风格或立场的话,在彼处则又另是有一番情形,比如《蒙古里亚》中的姥姥:

> 哈哈,你倒是拿住老身了,事已至此,人命关天,老身只好就拿从师爷那里偷学来的一点功法,勉为其难,试试看吧!
>
> （第三章,P57）

> 这块地发生过太多杀戮,早先林丹汗的孙子布日尼王起事抗清经这里奔奈曼旗,被清兵围堵在养息牧河北岸这片口子,战死了好多人;民国初要开垦养息牧河流域草原,很多牧民围困旗王府请愿,逼死要出荒的那个大喇嘛王爷,官兵在这儿追杀了不少人;"土改"和"文革"运动中,这儿的老树上又上吊死过不少人……唉,这片土地上,聚集了太多太多的冤魂啊,随着漫漫岁月,就形成了驱不散的冤魂恶鬼群体气场,不时作乱为害生灵,天公只好时时发雷示威,以给惩戒弹压……
>
> （第三章,P60）

文本中"姥姥"是位九十七岁高龄的老人，曾追随萨满-博额教，但其语言中常充满复杂的构成元素，彼此冲撞，比如"老身"和"勉为其难""杀戮""漫漫岁月""群体气场"与"天公"，这些分别属于早期白话、文艺、时尚热词与纯粹的民间话语元素，在文中被粗略组合。语法方面，则既有省略成分明显的口语式句法，如"你倒是拿住老身了"，也有句式规整的书面风长句，以及"不时作乱为害生灵"等文白参半的表述。这种撞色感在一定程度上影响了叙述效果，易使人物面目显得飘忽。

作为亨宁·哈士纶《蒙古的人和神》中不曾出现过的人物，姥姥在《蒙古里亚》中承担的叙事功能是以那段历史的幸存者讲述和演示萨满-博额教的精神，她是用来连接粗糙困窘的当下和风云激荡的历史之间的纽带。从这个意义上说，正是她的存在，使"我"乃至《蒙古里亚》得以顺理成章地前往《蒙古的人和神》中寻找史实支撑。文本一方面为她追加了充满智慧和豪侠之气的历史，使其成为带领哈士纶们寻找蒙古音乐的重要人物，因而要有与《蒙古的人和神》相匹配的厚重与神秘；另一方面，在现实的琐碎中却常是个神态模糊的垂垂老矣的牧民。这两种角色的对接中需要有效整合之后的稳定质地，以避免因背景植入导致人物定位漂移浮动。

在人物形象方面的另一种"磨损"，则是源于缝合针脚的粗疏。比如，主人公约苏要建蒙古包，遂找来几本书看，之后灵性大开悟得了高深的建筑文化与背后的深层哲学。作者显然意识到了这一情节在合理性方面的欠缺，所以在此处为人物追加了"读过初中"的受教育程度。但对于真正实现逻辑的畅达和自洽而言，此处的追加显得力不从心。

文本中引用的建筑文化部分颇具理论深度，除涉及建筑学的基本常识外，还涉及哲学、伦理学、人类学等内容，使用"拾壹律"等生态学术语，且有具体建筑施工的数据比例等，在知识的深度上超出一般科普性文字，兼有文、理、工科的视界：

　　……逐水草而居，是蒙古人从远古就遵循的"诗意的栖居"生态生活原则。当代人研究出"拾壹律"定律，解释自然资源在消耗低于十分之一的情况下才能自行恢复持续再生，一旦超越此界限生态将面临危险。蒙古人千年来无形中遵循这"拾壹律"保护草原，蒙古包也应此定律而诞生……

……蒙古包是最原始的科学日晷。而哈纳高度和椽子之长度之比等于天窗直径与椽子长度之比是0.615；柱高与基底直径比是0.6112；哈纳斯斜高与椽子长度比是0.616。这比例非常接近著名的"黄金分割比例"。

　　蒙古包的形状和结构不仅是技术的选择，也是一种文化的选择，是宇宙观的反映，体现出游牧民族"天圆地方"的认识。这跟蒙古民族信仰的萨满-博额教有关，崇仰长生天为父长生地为母的宗旨渗透到蒙古包的结构之中，也体现出对生命的解读……

（《蒙古里亚》第十章，P329-P330）

　　文本用近半章的篇幅，将多达1698字的关于蒙古包文化的介绍一次性植入，异质的块状段落使文气在此处有明显的阻滞感。尽管给约苏补叙了中学教育经历，但让其在几天之内完成对如此艰深的蒙古包文化专业书籍的吸收、消化和输出，叙述显然有些仓促，由此影响了人物性格发展内在逻辑的有效性。

　　联系前文，约苏是连对基层医院中医护人员使用的"细菌"一词都存在理解困难的普通牧民：

　　"……他们就是死活不让进，说我身上全是细军，可我连民兵都不是。"

　　"是细菌。"汉哥忍住笑，继续询问……

（《蒙古里亚》第六章，P168）

　　约苏听不懂的，还有"信仰""零容忍"等等：

　　敲敲桌子，清清嗓子，八处人说："我问你的话你要听清楚，我要你告诉我，你有什么信仰，就是问你有什么宗教方面的信仰？"

　　宗教方面的信仰？可怜的约苏还是一脸茫然。

（《蒙古里亚》第七章，P236）

"希望你们往后,继续提高维护自己权益的意识,对侵害你们利益的霍伦矿要做到零容忍……"

"零容忍……是啥意思?"约苏歪下头问。

(《蒙古里亚》第七章,P234)

不懂"细菌"和对"信仰""零容忍"困惑在人物身上是彼此支撑和相互呼应的,顿悟建筑文化的部分则有明显的异质感。尽管文中的约苏被安排读书和反抗,但其格局的转换仍显突兀。而此后的情节中,约苏再次出现时仍然反弹回原先的见识。仓促"植入"易使人物性格发展缺少必要铺垫而难以胜任,叙事效果的"磨损"由此产生。

三

民族文化植入以辅助实现文本写作的民族化,在当下写作中并非新课题,"优秀的少数民族文学给文坛提供了不同于内地主流文学的新鲜的经验和独特的阅读感受。"① 同样是写蒙古文化,蒙古族作家鲍尔吉·原野的散文中充满草原质地的自然灵性之美。而叶广芩对满族文化的使用更是浑然自如,同样是用建筑风水文化植入"天人合一"的理念,《采桑子·不知何事萦怀抱》处理得绵密谨严:廖世基先生的身份虽只是建筑队的普通工作人员,但有深远的家学根基和长期实践经历,在为四格格金舜镡墓地选址过程中,通过他与儿子、四格格、"我"的对话,一次一次地讲出对建筑的理解,如国画山水中的皴染之法,先勾以轮廓,继皴以层次,终染以色彩,通篇形神兼具元气沛然。据此,廖先生其人虽位卑,但却深谙建筑文化的精髓,其大儒大雅能合理而令人信服。

相比较而言,《蒙古里亚》将类似使命赋予约苏则显得勉为其难。该人在此前的语言、行为等诸方面均与文化很少有关联,缺少有效承接这一使命的气质与先期素养。

这种"植入"的仓促产生的割裂感进一步延伸到作者的整个创作,则呈现为不同文本在植入"萨满-博额"文化时价值立场缺少内在的连贯性。郭

---

① 普布昌居.关于少数民族文学民族性问题的思考[J].雨花·中国作家研究,2016(1):3.

雪波是一位能把该文化写得流光溢彩分外迷人的作家，其小说中对于男性博额（孛）师的书写尤为精彩，着力通过他们濒临绝境时的搏杀展示其具有的恢宏胸怀和持续的神性力量，如《大漠魂》和《银狐》中的老铁子师傅及其本人，《天音》中的老孛师，《蒙古里亚》中的阿拉坦嘎达苏等。对那些前来寻访萨满-博额教的知识分子角色也保持稳定的判断，如雨时、白尔泰等，均天性纯良朴拙，性情文弱但却能为保护民族文化遗产挺身而出等等。但在对待萨满教中女性巫师的书写方面却时有游移，不同文本在价值立场上存在反差。

《大漠魂》中的荷叶婶，《银狐》和《乌妮格家族》中的杜撒嘴儿，描写均有负面成分。《大漠魂》的负面比例占小半，荷叶婶最后的死被书写得悲壮凄美，但前文中其大半生的私生活却是被笼罩在不检点与不洁净的指认中的：

> 别人传说她一生疼过不少男人，也被不少男人疼过，年轻时当列钦，走乡串村，引起过多少个风流男人的艳羡啊！土改时取缔了她赖以混饭吃的列钦行当，打成搞迷信的巫婆，相依为命的师傅也弃她而死。她无处投奔时想起了那双黑炭眼睛，便寻到哈尔沙村来。谁曾想，黑炭眼睛已成婚，她进退两难，茫茫不知去向。这时村支书关怀她，把她嫁给了自己的瘸子弟弟。她虽不大情愿，但除此也别无他路，只好认命，瘸子跟她睡了五年就死了，村里人议论他这是经不起列钦的折腾的结果。从此，她被认为是男人的克星。说是这么说，可一见这风骚的妇人，这些个男子都流口水。

（郭雪波《大漠魂》，节选）

村长孟克在向外来寻访安代文化的雨时介绍时，也称"荷叶婶这人，嗯，这么说吧，她当过列钦，一生行为随便，作风嘛——那个，有点影响"。而文中通过其相好之人铁柱之口，这样解释为什么不肯娶她："那时的'列钦'女，跟窑子娘们差不离……"虽然叙事立即通过听者的愤慨对其进行批判，并将其指认为"猥琐"，但客观上提供的信息事实上佐证了叙述文字。《大漠魂》和此后《大萨满之金羊车》中相关片段对此解释说，"'孛'和'列钦'，虽属同教，但是属于互相排斥的两个门派，一般不在同一祭奠上做法事"，亦提及其在两性关系方面的混乱。

长篇小说《银狐》中对杜大婶（杜其玛）的书写，则更强化其污浊度，是将"列钦"和"萨满女巫师"之间画上等号：

> 这位杜大婶六十来岁,年轻时当过"列钦"——萨满女巫师,走南闯北,后被政府遣送回村,是个出了名的风骚女人,曾嫁过两个丈夫,都被她折腾死后就再也没嫁了,一个人过日子。她平时说话五迷三道,对什么不服就先撇嘴,人们就给她起了个"杜撇嘴儿"这外号。她听着也不在乎。
> 　　　　　　　　　　　　　　　　　　　　　　　　（《银狐》,P12）

同样是女性博额师,《蒙古里亚》中的"巫德干"冬青嘎尔娃在年轻时曾为保护神山与迫害者周旋,到年迈后仍拼力拯救被雷击而垂死的孩子,被着力凸显其智慧、勇敢、善良而又深情的诸多美好品质。短篇小说《天音》中,萨满教另一支脉列钦·幻顿的唯一传人80多岁的老奶奶达日玛,在尽兴地聆听了老孛爷天风演唱之后,将其承传的《天之风》下阕与老孛爷掌握的上阕合至一处,使传说中的神曲在消亡之前实现最后的圆满,老人的出现成全了世间最后的绝唱,其形象充满神性和美感。

《大萨满之金羊车》中说:"'萨满'这说法是书面语,主要出现在汉文字记载的史料中(也写'珊满''萨蛮'等),蒙古人和蒙古文字史料中一般均称'博额BOO'(后简称'博',也写'孛'),还有其他几种称呼如'幻顿''列钦'等,但泛称'博'为比较普遍。"或者在萨满教中,"列钦"的身份原本就是复杂而清浊参半的,但具体到写作中价值立场的游移仍是应该被警惕的。

在蒙古族作家的民族书写中,对于萨满文化的关注通常有两个相反的向度。其一是对萨满文化神秘性的维护,如孛·额勒斯的"萨满系列"《重复神谕》《布敦阿拉坦的圣树》等;其二是从玛拉沁夫的《活佛的故事》到额鲁特·珊丹的《安巴的命运》均是对萨满文化神秘性的解构。郭雪波对萨满文化的立场显然属于前一种,但植入的粗疏在一定程度上影响了价值立场的稳定性。

民族文学的"民族化"是少数民族写作实现主体性建构的重要环节,而对本民族文化的有效化用是可以依托的路径。但如何化用的技术性困境背后仍有诸多问题需要省察和正视,我们有理由期待一种"增值"和"磨损"比例不断调整直至后者消失的"民族化"进程与路径。

2017年3月

诗性话语建构与新时期生态写作的本土化生成

——以《额尔古纳河右岸》为中心

世界范围内的生态科学和生态文学最初都源于西方现代自然科学的发展与生态观念的传播,在与中国本土语境的对接中需要经历本土化过程才能建构真正属于中国文学的生态写作,而在本土文化资源中寻求生态呼应是对接的重要途径。

在既有的对于新时期生态写作的研究中,过多强调外源性生态意识的影响,即作家如何接受外来的现代生态观和生态思想,如何将习得的西方生态学理论应用于对中国生态问题现状的分析和判断,并以理性的伦理立场和自然科学的话语体系,建构生态写作的美学形态。对于本土资源在生态写作生成中的能动性,尤其是生态书写的本土化审美形态关注不够。事实上,新时期以来的大量生态写作中,科学话语及其承载的理性生态认知并未真正获得作为文学话语的主体性,而很容易滑向对自然科学生态观、生态伦理观的被动演绎。本文试图通过对《额尔古纳河右岸》(迟子建)等作品的分析,解读在世界生态写作的宏观视域下,本土生态写作如何通过在自然中"感悟"的方式获取生态理念,并通过诗性话语、意象思维等方面的审美建构,呈现生态写作的本土化特质。

《额尔古纳河右岸》讲述了古老的鄂温克民族的生存方式及其逐渐走出山林的故事。在这一蕴涵着人类学、文化学、生态学等多重命题的文本叙事中,以天人合一的诗性生存、自然维度的诗性隐喻、感悟式的思维,实现了诗性话语的建构,并以东方式的生态伦理立场,为生态写作的本土化策略提供了重要思路。

一、诗性生存：天人合一的生命观与时间哲学

在故事层面，《额尔古纳河右岸》的本土化特征首先体现在叙述天人合一的生命形态。

对于理想生存形态的建构，是生态写作中的核心命题。人如何与自然、与非人类生命共生，是新时期生态写作中切入核心命题的重要维度。郭雪波的草原系列、叶广芩的秦岭系列、贾平凹的《怀念狼》、张炜的《刺猬歌》、赵本夫的《无土时代》等文本的切入点皆在农业文明与现代化进程交汇之后的生态灾难，伦理立场上的激进生态意识使叙述视角凝聚在现代文明之下人类生命的粗陋与麻木。与前述文本不同，《额尔古纳河右岸》将视点放在山林中的自然生命形态——一块现代文明的"飞地"。前者关注破坏之后的失序、慌乱与急迫，后者则是呈现破坏到来之前的宁静与和美。

与西方文学从《圣经》到培根、笛福、歌德、海明威等始终将人与自然关系书写为对立状态的传统相比，中国文学传统是以"天人合一"为核心书写二者的关系。"天人合一"是中国哲学的核心命题，"'天'的含义大致有三：一是指主宰之天，也就是通常所说的天神；二是指自然之天，通常也称为天然；三是指义理之天，也称为天理。"① 在故事层面，"天人合一"的诗性生存，融合上述多重含义，体现为天人合一的生存方式（人类的全部日常生活都与自然界联系在一起）和天人合一的思想体系（人类的生命观、时间哲学具有与自然的同构性）。

天人合一的环境产生天人合一的生命观。生活在额尔古纳河右岸的人们，他们以天然之材自制衣、食、住、行的日常生活用品，用兽皮换取盐，自己生产，用萨满跳神治病，"我的医生就是清风流水、日月星辰"，并最终通过风葬回归自然。他们取食山间的生命同时又为另一部分生命充当食物，用这样的方式使自己的生命嵌入大自然的森林与河流："我不愿意睡在看不到星星的屋子里，我这辈子是伴着星星度过黑夜的。如果午夜梦醒时我望见的是漆黑的屋顶，我的眼睛会瞎的；……听不到流水一样的鹿铃声，我一定会耳聋的；我的腿脚习惯了坑坑洼洼的山路，如果让我每天走在城镇平坦的小路上，它们

---

① 宋志明，向世陵，姜日天.中国古代哲学研究[M].北京：中国人民大学出版社，1998：25.

一定会疲软得再也负载不起我的身躯,使我成为一个瘫子;我一直呼吸着山野清新的空气,如果让我去闻布苏的汽车放出的那些'臭屁',我一定就不会喘气了。我的身体是神灵给予的,我要在山里,把它还给神灵。"[①]"星星""流水一样的鹿铃声""坑坑洼洼的山路"和"山野清新的空气",分别对应了人体的视觉、听觉、触觉、嗅觉,共同长养着生机盎然的生命形态——神灵给予而最终也必将回归至神灵的身体。只有与自然融为一体的生命,才会弥漫着无与伦比的清新气息。《额尔古纳河右岸》中呈现了人与自然合一的诗性生命形态:人是自然界的一环,而不是外在于自然的某个他者。

天人合一的生命观,决定作为生命终点的死亡被视为对自然的回归并转化为另一种生命形态。死亡是对自然界的回归,重新与自然融为一体,开启下一次生命轮回的开端——"叶子变了颜色后,就变得脆弱了,它们会随着秋风飘落——有的落在沟谷里,有的落在林地上,还有的落在流水中。落在沟谷里的叶子会化作泥,落在林地的叶子会成为蚂蚁的伞,而落在流水中的叶子就成了游鱼,顺水而去了"。在对自然季节变化的叙述中,融入了对生命的诗性感悟,通过树叶与泥、与蚂蚁、与水的丰富关联,隐喻了不同物种之间的循环往复、生生不息。人的生命和万物一样,可以在生命的季节轮换中化作"种子"重新发芽:"妮浩在离开母亲风葬之地的时候说:她的骨头有一天会从树上落下来——落到土里的骨头也会发芽的";安葬妮浩的孩子时,我们"用手指为他挖了一个坑,把他埋了。在我们眼中,他就像一粒种子一样,还会发芽,长成参天大树的";至于优莲,则是"你不要以为优莲是死了,她其实变成了一粒花籽"。死亡叙述在这里是如此天然和富有诗性:生命的死亡是以一种形态转化为另一种生命形态——化为种子重新回归大地再次生根发芽开花,或者升到天空和小鸟一起飞翔(比如列娜和老达西)。一种生命形态的结束并不意味着长久的终结,而是以转化为另一种形态实现生命的续接,这样的解读方式足以淡化生者对死亡的畏惧和伤痛,从而在面对死亡时更为从容淡定:"我想起尼都萨满说列娜是和天上的小鸟在一起了,就觉得她是去了一个好地方,而不怕再想起她了"。

在中国传统文化中,"对万物流逝、变化和不断生成的欣然接受,是中国思想的特质""死不是绝对的,它只是宇宙生命过程中的一个环节。在道的展开过程中,先是逝,是远,最后是反,反也是返,即回到本原的道中。宇宙生命

---

① 迟子建.额尔古纳河右岸[M].北京:北京十月文艺出版社,2005:4.

是一个大循环。个体生命之死,只是回到宇宙整体生命这个大熔炉中,投入整体生命的再造之中。从个体看,死亡是一种毁灭,然而,从全体看,死亡是生命的另一面,另一环节,另一阶段"①。对于死亡的解读,使人类回归自然界万物之一员,是自然循环中的一环,人类取食其他生命,并最终将自己的肉身返还自然,"号物之数谓之万,人处一焉"②。如同姜戎《狼图腾》中草原人死后将身体交由狼群食用,《额尔古纳河右岸》中狼吃掉达西、熊杀死瓦罗加、毒蜂刺死交库托坎,都和人饮桦树汁、取熊胆、猎杀堪达罕一样,是生命之间的自然关系。以本土化的生态立场,绕开了激进的生态主义理论中的尖锐话题,比如反对"狩猎"、肉食和以皮草为衣等。

上述生命观背后,是以自然坐标为参照的时间哲学。在整部作品中,有两种时间维度:诗性时间与历史时间。其中与鄂温克民族生命形态密切相连的是诗性时间。在纵向时间之流的建构中,它的时间坐标是以春夏秋冬四季轮回为刻度,自然界的循环运转成为确立时间的参照系,时间的存在与天空和大地相连,是天人合一关系在时间维度中的体现。在"上部·清晨"中,时间的行进是以季节轮换、物候变迁和月亮圆缺为参照。开篇"我是雨和雪的老熟人了,我有九十岁了。雨雪看老了我,我也把它们给看老了",把主人公置于与自然万物对视的定位中,人与雨雪的互相"看"意味着双方互为时间参照,意味着在时间的流逝中人与自然间相互依存的关系。在诗性时间哲学的背后,是人与自然和谐共生的状态。

此外,与现代时间中具体时刻划分以钟表的刻度为参照不同,在诗性时间的测度中,具体时刻的划定是依照一天之中日升日落予以标注的,"太阳和月亮在我眼里就是两块圆圆的表,我这一辈子习惯从它们的脸上看时间。"张炜散文《人生麦茬地》中母亲在儿子指着腕上的手表告诉她到了正午时,"疑惑地盯着指针——指针没有指向太阳,怎么就是正午?"③日月星辰和钟表的对立,是两种天人关系的对立。迟子建在《时间怎样地行走》④一文中说:"挂钟上的时间和手表里的时间只是时间的一个表象而已,它存在于更丰富的日常生活中——在涨了又枯的河流中,在小孩子戏耍的笑声中,在花开花落中,在

---

① 吴国盛.时间的观念[M].北京:北京大学出版社,2006:40-41.
② 庄周.庄子[M].郭象,注.上海:上海古籍出版社,1987:87.
③ 张炜.人生麦茬地[M]//张炜散文.北京:人民文学出版社,2008:4.
④ 迟子建.迟子建散文[M].北京:人民文学出版社,2008:138.

候鸟的一次次迁徙中……"区分了两种时间的差异并认同诗性时间与生命之间的内在关联。诗性时间以自然为参照系,因而它是循环的。对自然时间的认同,使个体生命顺天应时,在自然时间序列中从容自适,由此支撑了对死亡淡定与从容的生命观。

到"中部·正午""下部·黄昏""尾声·半个月亮"部分,依次出现民国、"康德"(伪满州国年号)和公元纪年的时间刻度,回响着战争、建设、开发等时代的足音,时间的维度以重大历史事件以及与之相应的历史进程作为参照,人的命运与历史的方向密切相关,时间远离自然的生命节律,转而附着于人类社会无限前行的、不可逆转的单向时间,由此形成历史时间。在历史时间中,具体时间的测度则依靠作为现代科技产物的"钟表"。"人们同样地感受着黄昏　这个词不是来自树林的间隙或阳光的移动/而是来自晚报和时针　从前人们判断黄昏是根据金色池塘　现在　这个词已成为古代汉语……"[1]晚报和时针作为时间刻度,挤走并取代了树林、阳光和金色的池塘。作为现代科技产物的"钟表"以机械设置取代了原本时间测度中人对自然的观察和仰望,人与自然在时间维度上的关联由此被割裂和阻断。历史时间的介入,意味着人与自然之间单纯的天然互动关系的终结,在使时间的测度脱离自然坐标的同时,也使人与自然的关系被人为地割裂和疏离。人的命运受历史进程的影响与掌控,丧失了生命的从容,生态平衡也由此被打破。

由此生态伦理问题被以时间哲学的方式提出,逐步展示了历史进程与生态失衡之间的对应关系。时间维度的变迁,清晰地凸显了文本对生态问题的逻辑归因,时间哲学中涵蕴较为明确的生态伦理立场。

二、诗性话语系统:形态、本土性及其天人合一的生态伦理内含

诗性话语是指"通过描写一个具体的自然事物来给人一种感性的启示,以诗的形式阐述抽象的哲学问题,这就是中国独特的诗性智慧"[2]。以自然科学为指归的生态写作中,在生态认知的催生下,大量使用自然科学的生态知识、术语,理性地解释生态灾难的起源并严谨地推理论证,寻求解决的方案,

---

[1] 于坚.在钟楼上[M]//于坚的诗.北京:人民文学出版社,2000:128.
[2] 傅道彬.《易经》与中国文化的诗性品格[J].华夏文学论坛,2009(00):16-24.

由此形成富有理性气质的自然科学话语系统,曾是新时期生态写作话语层面的突出特质①。《额尔古纳河右岸》等文本的存在,以独特的诗性话语语法对应文本中的诗性生存,通过以自然为喻的诗性话语建构,沟通人与自然之间、自然万物彼此之间的内在关联。

(一)诗性话语形态

文本诗性话语形态的特点之一,是以具体的自然物象作为喻体,实现对抽象概念的界定。与自然科学话语的生态写作中大量使用科学术语不同,诗性话语中对抽象概念的界定多通过形象比喻:

> 我始终不能相信从书本上能学来一个光明的世界、幸福的世界。但瓦罗加却说有了知识的人,才会有眼界看到这世界的光明。
>
> 可我觉得光明就在河流旁的岩石画上,在那一棵连着一棵的树木上,在花朵的露珠上,在希楞柱尖顶的星光上,在驯鹿的犄角上。
>
> (迟子建《额尔古纳河右岸》,节选)

"光明"无疑是个抽象的概念,但文本并未用抽象逻辑推演和理性思辨作缜密的阐述,而是用"河流旁的岩石画""一棵连着一棵的树木""花朵的露珠""希楞柱尖顶的星光""驯鹿的犄角"这样取自自然生活具有鲜活生命质感的感性形态予以描述,以飘忽而意义不确定的审美形态对本应抽象严谨的理性思考做出诗性的置换。由此强调了人与自然之间的本质联系:"光明"是应存在于自然生命之中,存在于自然之美的引领中,存在于自然的生机与活力中。此类例证在文本中大量存在,如以"黑夜中跳出的一轮明月""雨后山间升起的一条彩虹""傍晚站在湖畔的一只小鹿"等灵动意象的叠加来对应马伊堪的"美"等等。与之相呼应,郭雪波、陈应松等作家的生态写作中亦有大量诗性话语界定抽象概念的例证:"仇恨,的确让人变得古怪和失常,把人的血搅得紧绷绷、黑乎乎、冷冰冰;而爱的情感,则完全不同,就像那明媚的春光,和煦的暖风,淙淙的山溪,清脆的鸟鸣。"②对于抽象的"恨"与"爱"的情感,以"春光"(季节)、"风"(物候)、"溪"(地舆)、"鸟鸣"(动物)等天地之

---

① 李玫.新时期生态写作中的自然科学话语——兼论生态写作的本土化、现代化途径[J].江苏社会科学,2014(4):187-193.

② 郭雪波.银狐[M].桂林:漓江出版社,2006:371-372.

间的自然物象,以生动鲜活的喻体传达感性启示,以此来替代对抽象概念的阐述与理论建构。

诗性话语形态的特点之二,是以熟知的自然现象蕴涵的内在逻辑,取代复杂而抽象的理论推演过程。逻辑推演是对概念界定的进一步拓展,类似从组词到造句的递进关系。

……娜拉说,他们跟额尔古纳河没有关系,怎么会来这里?依芙琳说,如果没有好的猎手,有肉的地方就有狼跟着。

……我又到尼都萨满那里去,我说娜杰什卡带着吉兰特和娜拉跑了,你是族长,你不去追啊?他对我说,你去追跑了的东西,就像用手抓月光是一样的。你以为伸手抓住了,可仔细一看,手里是空的!

(迟子建《额尔古纳河右岸》,节选)

上述两例中,所要表达的认知是抽象而深刻的:前者是日本人为什么入侵鄂温克人聚居的额尔古纳河右岸,这是一个复杂的军事、政治乃至历史问题,其间蕴涵着深层的理性逻辑,依芙琳用"猎手—肉—狼"三者关系的类比,形象而又举重若轻地完成表述;后者讨论是否要去追已经跑了的东西,则是一个蕴涵深刻哲学思考的心理难题,尼都萨满用手抓月光的感性经验给予了到位的类比和判断。类似的话语逻辑还有,以自然万物之间的物理关系喻抽象复杂的人际关系:用额尔古纳河右岸的人们异常熟悉的物象"光着脚在冰河上走过"喻玛利亚对杰芙琳娜的难以接受;以"两块对望着的风化了的岩石"喻坤德夫妇关系的恶化;以云彩给盛夏带来的阴凉、穿透阴云的明媚阳光、驱散湿柴水汽的火苗等与生活息息相关的物象分别传达父母/子女、夫妻、祖孙、朋友等人际关系细微的差异,等等。

诗性话语形态的特点之三,是以一种自然物象比喻另一种物象的某种特质,以此实现自然万物之间语义的跨领域衔接、衍生与创造,进而沟通万物之间的生命联系。"驯鹿很像星星,它们晚上眨着眼睛四处活动,白天时回到营地休息",以星星的特点对应驯鹿的生存状态,将自然的灵性引渡至生灵,让天空与大地相连;"如果说篝火在白昼的时候是花苞的话,那么在苍茫的暮色中,它就羞羞答答地开放了。黑夜降临时,它是盛开,到了深夜时分,它就是怒放了",以花朵的开放过程,对应篝火在夜间不同时刻的意义,使篝火弥漫着生命感;"如果说夕阳是一面金色的鼓的话,这些晚霞就是悠悠鼓声了",以鼓和鼓声的关系喻夕阳和晚霞之间的亲密关联。本体和喻体均来自自然界,这意味着,在话语系统建构层面,拥有自足的逻辑推演方式,不需要外在的话语引入用以解读他们的世界。

上述诸形态的诗性话语,并不是散落在文本中彼此孤立存在的修辞手法,而是通过不断延展、衍生、交织和连缀,建构内在的宏观逻辑并生成整个话语体系。以文本的第一段为例:

> 如今夏季的雨越来越稀疏,冬季的雪也逐年稀薄了。它们就像我身下的已被磨得脱了毛的狍皮褥子,那些浓密的绒毛都随风而逝了,留下的是岁月的累累瘢痕。坐在这样的褥子上,我就像守着一片碱场的猎手,可我等来的不是那些竖着美丽犄角的鹿,而是裹挟着沙尘的狂风。
>
> (迟子建《额尔古纳河右岸》,节选)

对于"生态恶化"这一抽象问题的叙述,先是以具有时间堆积感的"磨得脱了毛的狍皮褥子"喻逐年稀少的雨雪,之后在作为喻体的"褥子"上衍生"坐"的动作,并由此延伸出新的物象"守着一片碱场的猎手",再借猎手的身份牵引出鹿的消失和狂风肆虐。叙述通过喻体在动物(狍、鹿)和气候(雨雪、风沙)之间的流动、转换不断向前推进。象喻的密集、叠加,不断衍生又切换呼应,表明上述话语形态特点并非仅仅是语言层面修辞策略,而是贯穿全文的叙事特质,是支撑整个话语系统的经纬。

(二)诗性话语的本土性与生态伦理意义

生态写作中诗性话语系统的本土性体现在,它延续了"立象尽意"的汉语诗性传统。"在言、意之间插入一个'象',是中国古人对语言学、符号学、诗学、哲学等不同学科的重要贡献。"[①]西语以逻辑推理实现对语义的论证与穷尽,而中国诗学则以"立象"实现对语言的模糊化感知与延展,实现不同领域的对接与沟通。作为文化源头的《易经》,"对自然、社会、人类、哲学等现象的种种论证,总是立足于具体的意象表达,因而形成了从具象性事物向抽象性哲学演化的表达特点"[②]。

---

① 朱玲.文学符号的审美文化阐释[M].合肥:安徽大学出版社,2002:108.
② 傅道彬.《周易》的诗体结构形式与诗性智慧[J].文学评论,2010(2):36-44.

与西语的逻辑中心而隐喻边缘不同，汉语是以隐喻为中心的。"如果说西方诗学是以'是'为其话语方式的核心，是'焦点'式的；那么，传统汉语诗学则是以'似'为其基本言说方式，是'散点'式的。传统汉语诗学因此也就没有'……是……'之类'属加种差'而形成的明确的定义，它的言说是'隐喻性'的，常用'形象化'的表达方式，是一种非聚焦的方式。"①如，《道德经》整个话语体系皆是将缜密、抽象的哲学思考作飘忽、形象的审美置换，"古之善为道者，微妙玄通，深不可识。夫唯不可识，故强为之容：豫兮，若冬涉川；犹兮，若畏四邻；俨兮，其若客；涣兮，其若凌释；敦兮，其若朴；旷兮其若谷；混兮其若浊"②，以隐喻式的描述，取代定义式的解说。以"豫""犹""俨""涣""敦""旷""混"等飘忽而语义不确定的语词，来构建"古之善为道者"的诸多特质，以"冬涉川""畏四邻""若客""凌释"等跨度较大的具体情境作喻体，对应不同的性状，体现出中国文化诗思同源的诗性哲学品格。《额尔古纳河右岸》在话语方式上承继汉语的诗性思维，在新时期生态写作的自然科学话语之外，重建汉语的诗性话语，实现了生态写作在话语层面的本土化特质。

语言语法背后通常蕴涵着深刻的思想语法。诗性话语系统背后蕴含着深层的生态伦理意义，通过恢复语言的有机性，不断召唤语言背后深刻的生态伦理精神。"隐喻的基础是：人与自然的基本相似性。"③《世说新语》曾以大量自然风物作喻体，比喻人的风貌，彰显了魏晋时代对自然天性的张扬："太尉神姿高彻，如瑶林琼树"；"王公目太尉：'岩岩清峙，壁立千仞'"；嵇康"肃肃如松下风，高而徐引""岩岩如孤松之独立"；"时人目右军：'飘如游云，矫若惊龙'"。"有人叹王恭形茂者，云：'濯濯如春月柳'"④，以"树""壁""风""松""游云""惊龙""柳"等为喻体，通过隐喻的话语方式，赋予本体以放诞飘逸的自然天质。

生态写作中，诗性话语的建构，通过自然喻体的隐喻设置，在话语层面抵达人与自然的诗性沟通。其喻体中，主要取自树木花草、山川河流、雨雪阴晴

---

① 张小元."似"：隐喻性话语——传统汉语诗学的基本言说方式[J].文学评论，2006（3）：39-44.
② 饶尚宽.老子（译注）[M].上海：中华书局，2006：37.
③ 耿占春.隐喻[M].北京：东方出版社，1993：5.
④ 刘义庆.世说新语笺疏·容止第十四（修订本）[M].刘孝，标注；余嘉锡，笺疏.上海：上海古籍出版社，1993：605-625.

等人类生活中熟知的自然现象：属于山川河流等地舆范畴的"冰河""淙淙的山溪"等；属于花草树木的"一棵连着一棵的树木""花朵的露珠""湿柴"等；属于气候等阴晴雨雪的阳光、月光、"希楞柱尖顶的星光"，微风、夕阳、星星、明月、山涧彩虹、寒流、闪电、初春的小雨、盛夏飘来的一片云；属于飞禽走兽虫鱼的"驯鹿的犄角""湖畔的小鹿""鱼"等；属于日常中的自然现象的篝火、火苗、灯等。在自然喻体和它所指涉的本体之间，通常借助自然界的生机与灵性赋予本体强烈的生命气息和天然质感。"哲学上的感应或意象思维最明显的好处就是：活力呈现，生命感突出。"①

"在存在论的角度，隐喻指示了人与自然之间一种更原始的存在状态"，上述隐喻的存在，"能把语言与存在的源始关联时时唤回现场"②，从而在语言层面上使人类在前行的途中不断反顾自身。以自然万物作为喻体，来比喻人、人与人、人与万物、万物彼此之间的关系，将人类情感与自然表象通过隐喻整合，保持人与自然在深层机制的密切关联，沟通深隐在松散表象背后的世界万象之间的血脉渊源。在文本形态上实现人与自然的浑然一体、天人合一的美学品格。

三、诗性思维：推己及人、感悟与天人合一的本土化认知

思想语法的背后，是较深层面的思维语法。诗性话语的生态伦理维度背后，是"天人合一"的诗性思维方式。天人合一是中国哲学的基本思路，"在中国传统哲学中，天道是指对世界的认识，而人道则是对人自身的认识"，在思维方式上，"中国哲学家特别重视认识世界与认识人自身的一致性"③。对于生态认知问题而言，这种一致性一方面体现在人类常通过对自身情感的体悟，获取对待万物之理，即"同理心"，推己及人、将心比心，由此确立生态伦理的原则与立场；另一方面，人通过对外部物象的体悟，实现对自身的认知，即主体

---

① 余治平.中国的气质——发现活的哲学传统[M].北京：中国社会科学出版社，2004：145.
② 范爱贤.汉语言隐喻特质[D].山东大学文艺学专业，2005：6.
③ 宋志明，姜日天，向世陵.中国古代哲学研究[M].北京：中国人民大学出版社，1998：42.

通过自然现象实现对生态问题的"感悟"。前者是由内及外,后者是由外及内,二者共通之处在于人对天的信念依赖和人与天的交流沟通。

首先,是"推己及人"的中国式感性认知方式,通过将个体感受迁移至外部世界,获得生态伦理理念和立场。

与西方理性思维"以范畴、概念判断为基点,以逻辑、演绎、推理为方法,以确定性、清晰性和统一性为目的"不同,诗性话语背后的意象思维,则几乎"不用逻辑、演绎、推理的方法,甚至连确切的范畴、概念、判断都找不出来,更谈不上思维过程与最终结果的确定性、清晰性和统一性了"。其依据是"人同此心,心同此理。也就是中国人常说的推己及人、将心比心。这在中国人的观念里、在中国传统哲学里几乎是不言自明的道理,根本无须任何实证化的理论分析与解释",即"人心内在的想象力以及由此而引发出的建基于物莫无邻、以类相召之上的感通与应和"。①

在新时期生态写作中,作为主体的人类生态意识萌发通常源自三个维度的触动:自然科学中的生态学知识、人文理论中的生态伦理观念与诗性立场中的生命感悟。其中数量较少的以人文精神的价值维度作为依托的文本中,保护生命和自然的意义在于建构人类的精神高度并以此实现人类自身的完善,如贾平凹的《怀念狼》、张炜的《刺猬歌》等。占较大比例的以自然科学话语为支撑的文本,通常以生态学知识论证生态保护的合理性,以自然科学中生物相克相生的理论,来反驳人类中心的伦理立场,进而重新定位人类和万物在自然界的生态伦理关系,提醒人类对其他物种的敬畏:"狼要吃羊,是因为它的生理需要,因为它的食物链所安排"(叶广芩《老虎大福》);"沙漠里的动物和植物互相都有依附关系,形成特殊的生物链,不能随便伤害其中任何一物一草的"(郭雪波《沙葬》)。姜戎《狼图腾》中,以老鼠、野兔、旱獭、黄羊乃至蒙古马对草场的祸害,叙述草原狼存在的巨大价值与合理性,依据的都是生态科学结论影响之下的生态认知。人类对生灵的关爱源自生态维持的理性需求,以此确定对待自然和不同生命的生态策略,以科学的认知取代一己的情感好恶,通过理论的引用和逻辑推演获得结论。

与前述两种立场的理性色彩不同,《额尔古纳河右岸》等文本中,对生态伦理的认同,来自与意象思维相对应的"人同此心"式的情感主导下的认知迁

---

① 余治平.中国的气质——发现活的哲学传统[M].北京:中国社会科学出版社,2004:127-128.

移:触动放生念头的,是源自人类内心的情感偏向——不希望小水狗一睁开眼睛就看不到妈妈,"那四只小水狗还没有见过妈妈,如果它们睁开眼睛,看到的仅仅是山峦、河流和追逐着它们的猎人,一定会伤心的",所以放过它们,并在此基础上形成保护行为的长期性;同理"我"因为自己热爱与自然相合的山林生活,而相信让驯鹿下山圈养是对生命的戕害等等。对自然和其他生命的关爱,源于对人类自身伦理取向的领悟和迁移,与本土文化中"老吾老以及人之老,幼吾幼以及人之幼"或"己所不欲,勿施于人"具有思维方式上的内在一致性。与科学思维的理性、实证不同,"人同此心,心同此理"式的伦理确认,具有明显的感性定位特征,是通过人类自身的情感体验,推及自然和其他生命的情感需求,通过认识自身实现对自然准则的觉察和认定,并在此层面上实现天道与人道的统一。

其次,"天人合一"的思维特征还体现在通过对自然现象的"感悟"获得对人类行为准则的认知,进而建构创作主体的生态观,在自然生态和精神生态之间建立关联。在获得知识的认知过程中,与西方经由逻辑推演的思维方式不同,中国的传统则强调直觉与沟通,重视以直觉来感悟,尊重自然感官的直接体悟,淡化形式的、抽象的结构逻辑。

在新时期生态写作的本土化进程中,创作主体在对自然的亲近与认同中,获取对人类生命的感悟和对世界的认知,是其本土化思维建构的重要体现。在新时期作家中,通过现代西方生态科学、生态哲学与生态文学的影响形成生态观是常见途径:叶广芩在其散文集《老县城》[1]中多次提及利奥波德、边沁、劳伦斯等人的理论,苇岸、韩少功等对于《瓦尔登湖》多有推崇和吸收。另有部分作家在领受西方生态认知的同时,努力从本土文化资源中寻找呼应:郭雪波小说中大量借鉴蒙古萨满教教义,于坚认为"中国古代的思想越来越成为一种现代思想"[2],贾平凹、张炜对传统文化的执著钟情等。而在《额尔古纳河右岸》等具有诗性话语特征的生态写作中,生态理念和作家内在的契合,则是经由东方式的独特认知方式——感悟,在对自然万物的感悟中熔铸、生成创作主体的生态观。

从作家本人的散文作品中可以看出,其生态观的形成,更多基于童年时期的生活经历和对自然的亲近,是由个体体验出发,借助东方式的直觉和"感

---

[1] 叶广芩.老县城[M].北京:中国工人出版社,2004.
[2] 于坚,谢有顺.于坚谢有顺对话录[M].苏州:苏州大学出版社,2003:267.

悟"获得：

> 我经常看见的一种情形就是，当某一种植物还在旺盛的生命期的时候，秋霜却不期而至，所有的植物在一夜之间就憔悴了，这种大自然的风云变幻所带来的植物的被迫凋零令人痛心和震撼。我对人生的最初的认识，完全是从自然界的一些变化而感悟来的。比如我从早衰的植物身上看到了生命的脆弱，同时我也从另一个侧面看到了生命的从容。因为许多衰亡了的植物，在转年的春天又会焕发勃勃生机，看上去比前一年似乎更加有朝气①。

对人生和宇宙规律的认知不是源于先验的理念或自然科学知识的研习，而是来自感性的体认，来自对日月星辰季节流转生命轮回中的感悟，这是中国式的思维特点。赵本夫书写人类与土地精神渊源的长篇小说《无土时代》中表达过类似的认知途径：

> 如果有秋天的衰败、冬天的枯萎，一年中有一段时光能看到地上的落叶和枯死的草棵，我们就会珍惜生命，也尊重死亡。会感到生命的短促和渺小，会看淡世俗的一切，用一种感恩的心情看待我们的生活。人也由此变得平静、淡定而从容。大自然会给人许多暗示的，千万不要小看这些暗示，这种暗示如清风细雨浸润着我们的身心，不知不觉间已经改变了我们，也改变了这个城市②。

在自然与人的关系中，"暗示"和"感悟"分别对应了自然的蕴涵/赐予和人的领悟，共同呈现了人类从自然的盛衰枯荣中探询人生规律的认识途径。通过人对自然变化的感应，获得对自然的认识和对生命的敬畏，进而获得正确处理人类社会问题的准则，这是感悟式认知思维的基本过程。以"融入野地"的情怀参与生态写作的作家张炜，谈及与野地的关系时，亦表明对自然的领悟是其获得生态意识的重要途径：

---

① 迟子建.我的梦开始的地方[M]//迟子建散文.北京：人民文学出版社，2008：152.
② 赵本夫.无土时代[M].北京：人民文学出版社，2008：145.

辽阔的大地，大地边缘的海洋。无数的生命在腾跃、繁衍生长，升起的太阳一次次把它们照亮……当我在某一瞬间睁大了双目时，突然看到了眼前的一切都变得簇新。它令人惊悸，感动，诧异，好像生来第一遭发现我们的四周布满了奇迹。

我极想抓住那个"瞬间感受"，心头充溢着阵阵狂喜。我在其中领悟：万物都在急剧循环，生生灭灭，长久与暂时都是相对而言的；但在这纷纭无序中的确有什么永恒的东西[①]。

赵本夫的"暗示"以自然为主体，强调自然发出的信息和启示，自然生态中涵蕴精神生态命题。迟子建的"感悟"、张炜的"领悟"则强调人类"悟"的行为和结果。其共通之处在于，都强调了自然之道与人类之道的可沟通性、可迁移性。体现在思维特点上，都"不是来自对事物的唯一的、本质的抽象，而是一种奇特的'隐喻'和联想。它不必遵守形式逻辑的基本规律，而主要地是靠'直觉'和'顿悟'"[②]。这种思维方式可以在中国传统哲学和科学思维中得到印证。学者杨义在对"感悟"深入研究之后，肯定其在本土文化中的核心地位："感悟思维已成了中国诗学中几乎无所不在的思维方式，成了中国诗学关键词中的关键词。"[③]"感悟"式思维方式的存在，是生态写作本土化生成的重要指征。与中国古代哲学"格物致知"的认知方式及诗歌传统中的"心物相感""感物兴怀"具有内在思维运转方式的一致性，并以此区别于自然科学话语中的"科技理性思维"。

新时期生态写作经历了对生态科学的演绎和对西方生态写作的借鉴之后，终于寻找到属于自身的本土美学形态，并以此实现与中国式诗性智慧的对接，在世界生态写作的宏观格局中实现本土化特质的生成。

2012年12月

---

① 张炜.融入野地[M]//张炜散文.北京：人民文学出版社，2008：5.
② 傅宗洪.东方的感悟与西方的思辨：从哲学人类学看中西方不同的理论形态[J].四川师范学院学报(哲学社会科学版)，1993(1)：47-51.
③ 杨义."感悟"的现代性转型[J].学术月刊，2005(11)：112-119.

从当下秦淮河游记看《桨声灯影里的秦淮河》的游记美学

以一篇现代散文史上的经典和一份草根网文《夜游秦淮河》[①]游记作为比照显然是先天失衡的,是需要解释和积累合法性的。

这一思路的产生源于好奇:朱自清的游记美学的特质在哪里?为什么看似单薄的文本中隐含着难以超越的质地。当然,我在使用"单薄"一词时犹豫再三:在某种程度上,朱自清的文风与其说单薄,毋宁说是醇厚的,《桨声灯影里的秦淮河》时期尤其如此。这种醇厚来自景物书写的浓墨重彩。即便是《荷塘月色》这样的黑白世界里,景物书写依然是工笔般的"浓"。在这一点上,《桨声灯影里的秦淮河》亦是如此,从船到水,从月到树,笔致浓密。除此之外,抒情或者称之为情绪的流动也常是浓的。但它依然是单薄的,比如,文本基本构架只是沿途风景和面对歌妓时的心理矛盾,仅此而已。所以,浓是笔墨层面的,单薄是构图层面的。

从这个意义上说,草根游记的引入参照,是作为底色和映衬,以显现那些在构图和笔墨之外的真正支撑和充盈朱自清游记美学的质地与元素,进而看见当下的匮乏和流失。

一、"限游不逍"与泛舟夜游的美学模式

在开始解读本文之前,我特意去关注了当下秦淮河景区的景点、游览路线、服务项目和游船类型及收费标准。作这样的关注是试图区分,我们在今天能否复原或一定程度地复原朱自清的秦淮河之旅。《桨声灯影里的秦淮河》是一篇景点记录清晰的游记,很容易理清游览路线。而按图索骥式的旅游差

[①] 山中虎.夜游秦淮河. http://www.mafengwo.cn/i/7649135.html.

不多是当下向经典致敬的"套路",是旅游规划与宣传中备受关注的亮点。

所以,我的关注有两点,如果能复原,我们能否在重走秦淮河中体验桨声灯影的风情;如果不能,缺什么?

朱自清文章中的路线是"东关头—大中桥—(复成桥)—大中桥—东关头"(这一路线可以在同行者俞平伯的同题散文中得到印证),交通工具是船。而当下旅游信息中路线与乘船方式如下:

路线一:东水关码头—桃叶渡—又一坊—江南贡院—夫子庙码头—来燕广场—朱雀新坊—中华门码头—东水关码头

路线二:夫子庙码头—来燕广场—朱雀新坊—中华门码头—江南贡院—又一坊—桃叶渡—东水关码头—夫子庙码头

路线三:中华门码头—朱雀新坊—来燕广场—夫子庙码头—江南贡院—又一坊—桃叶渡—东水关码头—中华门码头

画舫费用标准:

全程:票价30元/人

画舫+6大景点:票价80元/人(全线6景点门票共72元)

半程游览+景点:票价40元/人。东线从夫子庙上船,至东水关,游吴敬梓故居、江南贡院。西线从夫子庙出发,至中华门城堡,游览李香君故居

小画舫自驾:可容纳2人,80元/小时

与朱自清先生的自由行相比,当下的旅游路线基本上属于"限游"。中国古代的旅游美学中,审美主体通常拥有较高的文化层次,"兴会标举"(沈约)、"应目会心"(宗炳)等均体现了旅游形态中较高的境界。而被规定旅游路线的"限游不遒"是旅行中被否定的审美模式之一[①]。

在所有备选项中,除"可容纳2人"的情侣版的小画舫可以一定程度上自行掌控时长外,其余皆是路线固定因而时长也相对确定的成熟浏览线。"成熟"意味着很多人/次的重复和确认,行走的路线被规定,起止、先后、经停等一切

---

① 王思任.王季重十种·游唤[M].任远,点校.杭州:浙江古籍出版社,2010:107.

都在规定的流程中。导游固定的解说词可能成为唯一的解读角度,随机搭配的游客甚至取消了友伴选择的可能,既定的行走顺序和逗留时间使体验被固定成流水线似的批量生产,游赏的快乐由此被物化和模式化。以最大限度地增加客流量进而提升盈利的商业规划很大程度上束缚了人的自由行走。

本文是在上述语境中反顾《桨声灯影里的秦淮河》,进而辨析其中的审美质地及其生成机制。

文本延续了传统文人旅游审美模式和择良辰美景邀三五亲朋写诗文以为记的雅兴。在有月的晚上,作者邀好友俞平伯等,泛舟秦淮,并拟下题目各自写文以记之。中国古代的游记美学从魏晋时代的"乱世逃避"到郭熙时代的"盛世补偿",再到徐霞客时代的科学与审美兼具,是具有清晰的体系和丰富的形态的。在审美形态上,夜间旅游亦是中国旅游美学的重要特征之一,而在这一美学模式中,对水、月的书写尤为成熟。以苏轼为例,其涉及夜游的诗文共有98篇,其中与水和月有关的共计64篇,占总数的65%。《赤壁赋》中"明月东升""水光接天"更是夜游的常见景物书写模式。

《桨声灯影里的秦淮河》的"泛舟夜游"中最突出的亦是水、月和舟:

观水。与现代人面对一潭水时停留在清澈与否的审美冲动单薄与匮乏不同,秦淮河的水的颜色是碧阴阴,质感是厚而不腻。从天色将黑未黑时漾漾的柔波,到灯火明亮时的"沉沉""黯黯""冷冷地绿着",次第打开,层次丰盛。

赏月。赏月不止于月的阴晴圆缺,还有大小、明暗,从月和自然界的关系中生发出月和灯的关系、和树的关系等。三两株垂杨柳和盈盈地上了柳梢头的月,不知名的老树光光地立着,疏淡而矍铄。

而"桨声"与"河"核心对应的自然是荡舟。朱自清先生对"舟"是有着稳定而长久的审美偏好的,其散文、日记中多次提及:

……"小划子",真像一瓣西瓜,由一个男人或女人用竹篙撑着。乘的人多了,便可雇两只,前后用小凳子跨着:这也可算得"方舟"了。后来又有一种"洋划",比大船小,比"小划子"大,上支布篷,可以遮日遮雨。"洋划"渐渐地多,大船渐渐地少,然而"小划子"总是有人要的。这不独因为价钱最贱,也因为它的伶俐。一个人坐在船中,让一个人站在船尾上用竹篙一下一下地撑着，简直是一首唐诗，或一幅山水画。①

  我是刚起手划船，在北平三海来过几回；最痛快是这回了。船夫管着方向，他的两桨老是伺候着我的。桨是洋式，长而匀称，支在小铁叉上，又稳，又灵活；桨片是薄薄的，弯弯的。江上又没有什么萍藻，显得宽畅之至。这样不吃力而得讨好，我们过了一个愉快的下午。②

当下的游览自然也会乘船，但并不将其称之为荡舟。"乘船"更多是带有工具性的意义。从一个地方到另外一个地方，目的是为了通过交通实现身体的转移，坐船者往往更关注船什么时候出发、什么时候到达。

行船之于朱自清先生，则是审美的。船在水上如"一首唐诗，或一幅山水画"，而"音乐节奏繁密，声情热烈""在微微摇摆的红绿灯球底下，颤着酽酽的歌喉，运河上一片朦胧的夜也似乎透出玫瑰红的样子。"甚至舟本身，也是值得细细观赏：

  秦淮河的船约略可分为两种：一是大船；一是小船，就是所谓"七板子"。

  大船舱口阔大，可容二三十人。里面陈设着字画和光洁的红木家具，桌上一律嵌着冰凉的大理石面。窗格雕镂颇细，使人起柔腻之感。窗格里映着红色蓝色的玻璃；玻璃上有精致的花纹，也颇悦人目。

  "七板子"规模虽不及大船，但那淡蓝色的栏杆，空敞的舱，也足系人情思。而最出色处却在它的舱前。舱前是甲板上的一部，上面有弧形的顶，两边用疏疏的栏杆支着。里面通常放着两张藤的躺椅。躺下，可以谈天，可以望远，可以顾盼两岸的河房。大船上也有这个，但在小船上更觉清隽罢了。

文中对于船的审美思维与表达模式，与有"明代士大夫书斋生活百科全书"之称的文震亨《长物志》中对舟的用途、布局之书写视角颇为相似：

---

 ① 朱自清.扬州的夏日[M]//朱自清全集.第一卷.长春：时代文艺出版社，2000：127-128.
 ② 朱自清.西行通讯[M]//朱自清全集.第一卷.长春：时代文艺出版社，2000：326.

舟，形如划船，底惟平，长可三丈有余，头阔五尺，分为四仓：中仓可容宾主六人，置桌凳、笔床、酒枪、鼎彝、盆玩之属，以轻小为贵；前仓可容童仆四人，置壶榼、茗垆、茶具之属；后仓隔之以板，傍容小弄，以便出入。中置一榻，一小几。小厨之上以板承之，可置书卷、笔砚之属。榻下可置衣厢、虎子之属。幔以板，不以蓬箬，两旁不用栏楯，以布绢作帐，用蔽东西日色，无日则高卷，卷以带，不以钩。他如楼船、方舟诸式，皆俗。①

文本的线性结构，亦与传统游记美学保持呼应，类似苏轼《湖上夜归》的"乘船夜游"模式："行到孤山西，夜色已苍苍。清吟杂梦寐，得句旋已忘。尚记梨花村，依依闻暗香。入城定何时，宾客半在亡。睡眼忽惊矍，繁灯闹河塘。市人拍手笑，状如失林麞。"②舟行水上，岸上风景次第开，是动态和连续的。

这与西方"乘船旅行"中的自然科学视界以及在此基础之上带有西方绘画构图思维的书写方式明显不同：

　　……我们靠着船桨欣赏打量着怀河的这一段，它在这里形成一个巨大的河湾，在我们眼前铺开来。右这是河岸，极其险峻，林木茂密；河岸后面，一处陡峭的岬角探出身子，顶上矗立着一座城堡，掩映在树木之中。③

作为一段河的乘船游记，此处构图中平面结构壮观，又有侧景对应；视角从背景至前景，有明显的透视感。这是西方的，而《桨声灯影里的秦淮河》更中国。

二、美有质地

在美学取向和品质上，本文用作参照个案的《夜游秦淮河》是模糊而斑驳

---

① 文震亨，李霞，王刚.长物志·卷九·舟车[M].南京：江苏凤凰文艺出版社，2015：322.
② 曾枣庄，舒大刚.三苏全集·七册[M].北京：语文出版社，2001：135.
③ 马尔科姆·安德鲁斯.寻找如画美：英国的风景美学与旅游，1760—1800[M].张箭飞，韦照周，译.南京：译林出版社，2014：127.

的。比如"古色古香的机动画舫"的矛盾表述。对照壁色彩的"朱红"和尺寸"为全国之冠"的排行榜的在意,将"金色巨龙"的"闪烁"定义为"活灵活现、栩栩如生",其审美取向是粗糙、张扬和走华丽风路线的,带有暴发户式的对热闹的偏好。而将"秩序井然""平均分配"和"有节奏"用来描述游船之美,同样是审美的匮乏:

> 走到夫子庙大成殿广场下的码头,对面有段朱红色石砖墙,这就是夫子庙的照壁,全长110米,高10米,据说建于明万历三年,长达110米,为全国照壁之冠。上面雕刻两条金色巨龙戏珠,灯火闪烁中,活灵活现、栩栩如生。
>
> 码头处游客人头攒动,水中画舫秩序井然,将河道平均地分配成双行道的公路一般,有节奏地往来着。

除了阅兵类仪式中对整齐划一之整饬美的需求,更多的审美看重参差与灵动。跟整齐平均相比,船与水的组合中很显然更需要轻盈和摇曳,"整齐"和"平均"容易走向板滞。

在这样的参照之下反观《桨声灯影里的秦淮河》的秦淮河书写,在写桥内两旁人家的"密密"之后,接下来是桥外"疏疏的林,淡淡的月",这是朱自清的审美,是疏密有致的,是有美学的;"微风的吹漾和水波的摇拂"是轻盈灵动的,"漾漾的柔波"是"恬静、委婉"的;盛夏的暑气借"新生的晚凉和河上的微风"消散,而夜是薄薄的;秦淮河的水是"静静的,冷冷的绿着",是"碧阴阴的",是"厚而不腻"的。这样的审美带有古典和文人气质,有着文人画的清冷。而在布局上,亦是变化中的均衡。

这一审美取向是相对稳定的。多年后,我们在《佛罗伦司》中读到对达·芬奇、乔陀、沙陀等绘画的品鉴,对多处教堂等建筑的赏析,依然可见如此沉稳的艺术见解:"这不独是线形温和平静的缘故,那三色的大理石,带着它们的光泽,互相映显,也给你鲜明稳定的感觉;加上那朴素黯淡的周围,衬托着这富丽堂皇的建筑,像给它打了很牢固的基础一般。"[1]线形是"温和平静"的,"富丽堂皇"是由"朴素黯淡"来平衡的,色彩与结构的和谐均衡是被赞美的。描写对象的典雅固然是基础,但能否以及在何种角度上将其析出,是作者艺术

---

[1] 朱自清.朱自清全集[M].第一卷.长春:时代文艺出版社,2000:259.

积累和审美偏好中非常明显的部分。

将历史人物神化或污化是通俗文学的常见模式。而以名人传说增加风景的魅力是导游解说词最常见的修辞。《夜游秦淮河》中沿袭了这一思维：

> 秦淮河畔，河中的画舫都是仿照明代建筑风格制造的，船头挂有大红彩球和红灯笼。这种风气在明代就已盛行，据说明太祖朱元璋微服巡察京城，当他来到秦淮河畔，看到两岸绿树成荫，河水清澈，亭台楼阁，风景宜人，随口说了句："惜河中缺游船。"皇帝开了金口，官员就连夜差人赶造画舫，以博取皇帝欢心。从此，秦淮画舫成了这里的一大特色。

传说客观存在，但在游记中植入关于景点来历的"传说"如何不显出浅俗的导游风？朱自清先生在另一文中的做法是：

> 所谓胜棋楼，相传是明太祖与徐达下棋，徐达胜了，太祖便赐给他这一所屋子。太祖那样人，居然也会做出这种雅事来了。①

这里是有评价和判断的：太祖那样人，居然也会做出这种雅事来了。所用传说是在作者的掌控和检视之下的，而不是仅仅将传说及其人物视为符号来倚仗。汪曾祺《天山行色》中写关于林则徐的传说亦是个很好的示例，对引用的传说有辨析、有思考、有评价，一言以蔽之，将其纳入自己的审美体系，而不是将全部的审美使命倚重于传说。

风景审美中当然可以辅以书卷气，但书卷气却是不能靠掉书袋完成的。支撑《夜游秦淮河》这一网文游记的，是大量掉书袋式的引用：

> 心思神往，这秦淮河流淌了千年，包容了无数朝代里文人骚客……留下多少名篇诗句："烟笼寒水月笼沙，夜泊秦淮近酒家。商女不知亡国恨，隔江犹唱后庭花。"杜牧的一首《泊秦淮》道尽了经过秦淮河畔时的家国忧思的感情；刘禹锡的"朱雀桥边野草花，乌衣巷口夕阳斜。旧时王谢堂前燕，飞入寻常百姓家。"（《乌衣巷》）抚今怀古，借乌衣巷昔日的繁华昌盛，如今野草丛生，荒凉破败，感慨沧海桑田，世事无常；还有孔尚任

---

① 朱自清.朱自清全集[M].第一卷.长春：时代文艺出版社，2000：174.

"梨花似雪草如烟,春在秦淮两岸边。一带妆楼临水盖,家家粉影照婵娟"(《桃花扇》)……

朱自清先生对风景的品赏通常是《林泉高致》式的"穷其观、极其照",将审美的敏感多方位地形诸文字。在与《桨声灯影里的秦淮河》同时期写作的散文中,《歌声》写声音之美,《温州的踪迹》写画,写梅雨潭的绿,写瀑布(白水漈),均颇具质感。《桨声灯影里的秦淮河》从船到水到月和树,是有感官参与的,是"注视"的。感官诸多层面的细腻感知,并用文字将这些飘忽的审美感知予以固定,是沉稳和训练有素的。

《桨声灯影里的秦淮河》中当然也是有诗词的,但却不是披红戴绿,而是美人在骨不在皮的:"只愁梦太多了,这些大小船如何载得起呀?""远近的杂沓,和乐器的嘈嘈切切,合成另一意味的谐音……""那晚月……她晚妆才罢,盈盈的上了柳梢头",等等。将古典诗词打散开来,重新按照现代汉语的语法结构来进行组接,由此形成了一个新的质地:古典的情调,现代汉语的质感,如盐在水。

而且,在眼前景中,有荡开一笔写西湖水的舒展,有与颐和园、西湖、瘦西湖的体验比对的开阔。与此相比,仅仅是诗词和往事的堆积,其实是另一种贫瘠。

这样的对比,可以看见当下审美的粗糙与芜杂。以及,粗糙和芜杂何以生成。

三、始于赏览,归于沉思

还有审美落脚点的问题。一篇游记的审美取向终于走向哪里,这是决定其质地、层次和格局之处。

作为"现象"的《夜游秦淮河》,包含以下美学:

一是依托古诗词的汇嵌,形成"按原计划激动"的审美思维。文中列举杜牧的《泊秦淮》、刘禹锡的《乌衣巷》等,并努力追赶直到获得"果真如同古诗描绘"的审美体验,由此仿佛长舒一口气。当然,其中不可避免地要"想起青葱少年时,我就读过朱自清的《桨声灯影里的秦淮河》",这样的审美中个人体验通常被阅读经验覆盖得异常苍白。

二是图片对文字的拦截与遮挡。读图时代,图片对文字的遮蔽或援助是一大特点。图的具象化与文字通过想象力形成的弹性空间在质地上是不同的。而图文并茂时代图的出现很大程度上遮蔽了文字的表现力和可能性。对于游记美学而言,图片是语言的捷径,它纵容了人类的懒惰。因而我们从色彩缤纷的配图中获取直观和支离破碎的印象,它以固定的造型与线条呈现单一的角度与光影。我们如此直接地看到了船的大小和水的波纹,河道的宽窄,灯的明暗。因此,图文版的游记一定程度上省略了直接的文字描写。而阅读的过程,由此也止步于直观的造型与色彩,不再需要一个将文字兑换成画面的过程。与之相关的,省略了兑换过程的审美往往也顺便省略了思维被调动和情感被触动的过程。所以,朱自清式的"见天地"之外的"见自己"便稀薄了很多。图像参与了当下游记美学从丰厚走向平面的进程。

三是在价值取向上,是从王朝更迭中追昔抚今,表达当下的幸福感,进而作国泰民安的盛世之叹。在感叹过"历经沧桑,几番兴废""走过六朝,走过明清,走过战争的洗礼,又沐浴新时期的改革春风""灯火璀璨,流光溢彩,盛世的繁荣"之后,最终指向的是秦牧、杨朔、刘白羽式的"人民抒情":

> 如今,秦淮名姬、胭脂金粉化为烟云,醉死梦生、靡靡之音不再,而十里秦淮繁华依旧,灯影桨声依旧,风采依旧,浪漫依旧……我欣喜地发现,这里不再是达官贵人云集的地方,这里是老百姓自由游玩的地方,四面八方游客任意驻足的地方。

这是类似秦牧《土地》中的价值指向:土地曾经历经风雨,如今终于是人民的土地。是以"老百姓/人民"代替"自我",体现新旧时代的变化的共和国美学,"自我"是退隐的。没有自我的审美很容易滑向苍白和荒诞。

而《桨声灯影里的秦淮河》最根本的格局在于,它是最终走向自我省察的。从赏览的朱自清走向沉思的朱自清,是其文人性下沉而知识分子性上升的时刻。

古典文人的诗性生存通常包括:高卧、静坐、尝酒、试茶、阅书、临帖、对画、诵经、咏歌、鼓琴、焚香、莳花、候月、听雨、望云、瞻星、负暄、赏雪,等等。民国时期的知识分子在审美上仍是文人的,但区别于传统文人之处在于,以现代的价值观和价值立场为依托,观照社会也反省自身。比如,周作人一面在《北京的茶食》中表达"我们看夕阳,看秋河,看花,听雨,闻香,喝不求甚解的酒,吃不求饱的点心,都是生活上必要的",一面写《人的文学》《平民的文学》，对女性解放和儿童问题亦颇为关注。

关于歌妓部分是一个现代知识分子的自我审视。自我审视本身并不能完成对其知识分子性的自证，反省行为亦不能区别古典还是现代，差别在于反省时参照的价值标准。"吾日三省吾身"从行为姿态上同是自我反观，但反省的是：为人谋而不忠乎？与朋友交而不信乎？——忠信属于古典价值体系。而在此文中，反省是以现代的价值观作为参照，是具有现代知识分子气质的。

文人性决定其有听歌的愿望。在文中遇到歌妓之前，作者已然对其无端的消失甚为怅然。所以，可以想见，当自己的怅然因歌妓船的出现瞬间可能得到补偿时，心理期待的能量远非现场诱惑所能及。"我被四面的歌声诱惑了"，降服了。"而远远的歌声仿佛隔着重衣搔痒似的，越搔越搔不着痒处，我于是憧憬着贴耳的妙音了。"盼望固执，有如饥渴。

非常想听但并没有听，以文人性为参照，狎妓似乎并不是一个品德的问题。沈复《浮生六记》的漫长推崇史中，其狎妓的情节是被无视的。在古典文人而言，狎妓属于文人的日常，并不指向道德问题。

作为五四先驱的知识分子，朱自清们的价值体系内被注入了关于真理、人权、平等等基本元素。所以，胡适在面对人力车夫时亦不能心安理得地端坐。所以理性的突显之下拒绝是必然的，尽管痛苦倍增。

与此处反思形成颇具意味对照的是，《夜游秦淮河》谈及书生狎妓时，与朱自清先生的自省和崇尚理性相反，在诱惑与抵制诱惑的对立中，承认诱惑的强大和放弃抵御的合理性：

> 一边是贡院书屋的谦谦君子，一边是阁楼红帐里的二八佳人，因了"君子不过桥，过桥非君子"这话，衍生了渡才子过河会佳人的画舫，想来"擦边球"古来有之。想想也是，这样灯红酒绿的环境里，秀才们怎能坐守席榻，安心读书呢？

朱自清先生著文亦坦陈女性对自己的吸引力，在《阿河》等文中均有清晰的呈现。且从其日记到散文，均有对女性之美惊鸿一瞥式的悸动与表达。

承认欲望，但仍可寄希望于理性之力量。这一过程正可以看见一个体内同时拥有文人性和知识分子性的作者自我反省的艰难和疼，也是一个人从人性的幽深处挣扎而出时的光，是文学终于能引领人类在泥泞中仍能仰望星空的希望所在。

四、趣味是一个人的综合实力

"一个小丑也许会说他喜爱清晨,但是一个'有趣味的人'会在更高的层次上感受清晨。"①《桨声灯影里的秦淮河》只是朱自清先生的冰山一角,那些不曾浮出的部分,是由一个素养丰厚情趣风雅而又思想新锐的朱自清在支撑。

其游记美学是有储备的。这些储备包括但不限于:一、游记的阅读;二、真实和丰富的游历;三、审美能力与雅趣;四、文字表达能力,即游记美学的最终体现,等等。

除常规的经典阅读外(《经典常谈》书中涉及《说文解字》、《周易》、《尚书》、《诗经》、《礼》、《春秋》、《四书》、《战国策》、《史记》、《汉书》、"诸子"等),朱自清先生的阅读谱系中有专门的游记系列:《小方壶斋舆地丛钞》《徐霞客游记》《南洋旅行漫记》《山野掇拾》②《欧洲十一国游记》《洛阳伽蓝记》《水经注》等,"这些或记风土人情,或记山川胜迹,或记'美好的昔日',或记美好的今天,都有或浓或淡的色彩,或工或泼的风致……"③

在实地的游历方面,国内涉及温州(《温州的踪迹》)、绍兴(《航船里的文明》)、上海(《白种人——上帝的骄子》)、从北京到徐州(《背影》)、乡下(《阿河》)、杭州(《飘零》)、北京(《白采》)、台州(《一封信》)、南京(《旅行杂记》)、天津(《海行杂记》)、扬州(《扬州的夏日》)等,不胜枚举。国外更是行至欧洲,旅居伦敦。行迹所至,山川风物、人文积淀,所涉甚多,《欧游杂记》和《伦敦杂记》中均可见。而且,他是有自己的旅行观的,认为"旅行也是刷新自己的一贴清凉剂"④,希望"能够遍游全世界,将世界上的事事物物都放在脑筋里的炽炉中锻炼一过,然后才能成为一种正确的经验,才算有世界的眼光"⑤。

当然,朱自清先生是有文人雅兴的,其古体诗写作中多唱和、赠别,有看

---

① 约翰·克莱尔.约翰·克莱尔散文选[M].London:Routledge & Kegan Paul,1951:174-175.

② 朱自清."海阔天空"与"古今中外"[M]//朱自清全集.第一卷.长春:时代文艺出版社,2000:118.

③ 朱自清.山野掇拾[M]//朱自清全集.第一卷.长春:时代文艺出版社,2000:185.

④ 朱自清."海阔天空"与"古今中外"[M]//朱自清全集.第一卷.长春:时代文艺出版社,2000:112-117.

⑤ 梁绍文.南洋旅行漫记[M].上册.上海:民国中华书局刊本(复印本),1924:253.

花、观霞、听泉,见书/画等诸般雅事:

看花——《看花》,《晴日乍暄,海棠盛放》,《圣陶为言今年少城公园海棠甚盛,恨未及观。遑公权见和之作,有"各自看花一畅颜"语,再叠前韵奉答,并示圣陶》,《忆宜宾公园中木芙蓉作,次公权暨介弟公逊倡和韵》,《蜡梅,次公权韵》,《忆旧京西府海棠,次公权韵》,《为春台题所画清华园之菊》

观霞——《忆曲靖至昆明车中观晚霞作》

听泉——《山泉》

览书/画——《题所藏〈李晨岚沅陵图〉残卷》《市肆见〈三希堂山谷尺牍〉爱不忍释,而力不能致之》《题马公愚所画〈石鼓图〉》

游园——《绍谷伉俪北来,同游香山静宜园,话旧奉赠》

赏月——《宴后独步月下》《中秋月》

泛舟——《辛酉岁在杭州,十一月十四日俗谓阿弥陀佛生日,与圣陶、伯唐乘月泛舟至净寺。兹念昔游,宛然在目,赋此兼怀二子》,《中秋月》(余来旧京之年,先室人尚居白马湖。值中秋夜月甚美,男女学生放舟湖中,歌声互答……)

而作为五四新文学的亲历者、研究者与讲授/传播者,参加新潮社,参加五四运动,在北京的街头讲演,写作新诗、新散文、新小说,为新文学写评论,乃至教授《中国新文学研究》课程,现代知识分子的价值理念显然是其标配。与之相应的审美与思想的输入输出,使其思维始终在高位运行。

这是一个人的高度、深度、广度,以及理性的含量,是一个民族的文化与历史和世界接轨的点,是游记美学之下未曾浮出水面的比例巨大的那部分,是趣味生成的支撑力量和整合机制。

2018年10月

海洋书写的古典元素与现代维度
——以张炜《刺猬歌》为例

海洋书写是生长于胶东半岛的张炜在小说中时隐时显的地域特色,长篇小说《刺猬歌》更是重复出现了古典小说中常见的"海洋探险"模式,并在对古典情节的回应中融入现代意识和现代价值立场。本文以同为齐文化覆盖的古典小说《聊斋志异》中的海洋书写作为参照,寻求张炜小说中的古典元素与现代维度。

一、重复出现的"海洋探险"情节

在《聊斋志异》中,关于"海洋探险"的篇目《夜叉国》《安期岛》《罗刹海市》《仙人岛》《海公子》《粉蝶》等6篇,其对海上奇遇的书写情况如下:

篇目	人物	目的地	因由	海岛印象	结局
《夜叉国》	交州徐姓		泛海为贾,忽被大风吹去,开眼至一处。	深山苍莽……两岩皆洞口,密如蜂房,隐有人声。	婚配,携子归陆
《安期岛》	刘中堂	安期岛	闻安期岛神仙所居,欲命舟往游。	时方严寒,既至,则气候温煦,山花遍岩谷。	回归陆地
《罗刹海市》	马骥		从人浮海,为飓风引去。	水云幌漾之中,楼阁层叠;贸迁之舟,纷集如蚁。	婚配,携子归陆
《仙人岛》	王勉		被道士劝诱前往。	重楼延阁,类帝王居。	婚配,携妻归陆
《海公子》	张生	古迹岛	闻其佳胜,备酒食,自掉扁舟而往。	花正繁,香闻数里;树有大至十余围者。	回归陆地
《粉蝶》	阳曰旦		偶自他郡归,泛舟于海,遭飓风。	舍宇连垣……松竹掩蔼。时已初冬,墙内不知何花,蓓蕾满树。	归陆,延续海岛姻缘

上述文本中，属于"主动探险"的有《安期岛》和《海公子》两篇，遭遇飓风而"被动探险"的有《夜叉国》《罗刹海市》《粉蝶》三篇，《仙人岛》中的王勉则是被道士劝诱前往，介于主动和被动之间。无论探险的起因为何，诸文本在情节模式都有其内在的高度一致性：主人公从陆地来到某海岛，见识岛内各种自然和风俗奇观，在岛上停留、与岛人交往（婚配或结缘），若干年后返回陆地并延续此前的生活。

《刺猬歌》的海洋书写中，"海洋探险"的情节模式亦反复出现，且皆属于"主动探险"的叙述模式，即行动主体有意识的探索行为。具体情况统计如下：

人物	目的地	因由	海岛印象	结局
徐福	三仙山	访仙		成仙
霍老爷	三仙山	访仙	楼船一去无踪影。它从大河入海的那一瞬，海面上突然腾起一阵乳雾，像一只手拉起了幔子，就这样把楼船收入了帐内。当夜风起云涌，据跟到海边的人讲，大海翻腾了一宿，白浪卷起数丈把高拍向河口，轰隆隆一直拍到天明才算平息下来，然后消息全无。	遇强盗葬身海底
徐后	某不大的海岛		海里的宝物多了，神仙多了，奇花异草多了，而且是、主要是——美女无数！	遇财富、美女
唐童	三仙山	访仙	三个相距不太远的小岛近在眼前，它们看上去个个草木葱茏、生机盎然。一群鸥鸟又出现了，像三个岛派出的使者，翻天旋动，叫声嚶嚶，对来访的楼船表示了热烈欢迎。	误入三叉岛，占据并开发
戚金	三叉岛	搜集鱼戏		产生复杂情缘，离开
廖麦	三叉岛	寻找戚金与荸荸	三个岛的面积比想象中的还要小。他以前从戚金的转述中得知这是海水上涨的结果：实际上只留下三个小小的山头而已。令他奇怪的是原先岛上那么多人，还有开发旅游之后涌入的大量人口，他们现在都挤向哪里？	深入了解海岛，离开

上述六次海洋探险中，除发生在秦代的徐福求仙故事是通过后人想象之后的转述外，其余五次均发生在近现代时期，在文本中有详略不等的正面书写。与古典小说中海洋探险模式的相同之处是，主人公均自陆地出发，向海岛

寻求发现,但在探险结果上呈现复杂而多样的叙事形态,有成功登陆并在海岛停留探索与岛居人士产生交往行为,实现探险目的,如戚金和廖麦对海岛的文化寻访之行;亦有中途遇险葬身大海,如霍老爷中途遇海盗;或原目的地未能如愿抵达而意外地到达另一海岛从此占据开发的,如唐童。

正是在与古典小说的相似与相异中,《刺猬歌》实现了对古典元素的继承,并预留了现代意识的展示空间,以此实现古典与现代的整合。

二、海岛奇观与古典元素的延续

古典小说中,生存在陆地上的人有意识或被动地产生从陆向海的身体位移,由此产生发现的惊奇和故事情节的展开,是从陆地的视角看海洋。海洋通常以仙境的形式存在,充满财富、美女等陆地世俗社会所企盼的,除《夜叉国》中呈现落后、荒蛮外,其余海洋书均呈现海岛作为"仙境"的奇幻与富足,并以此实现对陌生化与奇异性的展示。

海洋的陌生化与"奇异性",首先在于对"异观"的书写中,自然风物的奇美是其重要的一维:

"东海古迹岛,有五色耐冬花,四时不凋。而岛中古无居人,人亦罕到之。登州张生,好奇,喜游猎。闻其佳胜,备酒食,自掉扁舟而往。至则花正繁,香闻数里;树有大至十余围者……"

(《海公子》)

"时方严寒,既至,则气候温煦,山花遍岩谷。"

(《安期岛》)

"见一门北向,松树掩蔼。时已初冬,墙内不知何花,蓓蕾满树。"
"见园中桃杏含苞,颇以为怪。晏曰:'此处夏无大暑,冬无大寒,花无断时。'"

(《粉蝶》)

与古典小说的叙事思维相近,《刺猬歌》中唐童寻找徐福旧踪的探险中,被误入的三叉岛亦呈现生机葱茏的景观:

"三个相距不太远的小岛近在眼前，它们看上去个个草木葱茏，生机盎然。一群鸥鸟又出现了，像三个岛派出的使者，翻天旋动，叫声嘤嘤……"

（《刺猬歌》）

与遇异景相关联的，是遇见身怀绝技的异人。《粉蝶》中岛上的女主人琴艺高超，会弹奏世间绝响；《仙人岛》中地仙之女绿云充满灵气与才情，姐姐芳云更是具有能遇水以白绸化长堤、以草编房舍和奴婢落地变而为真等神奇技能；《安期岛》中的老人藏有饮一口而增百年寿命的冰水。《刺猬歌》中沿袭这一海岛想象的思路，三叉岛的人物设置中，有演鱼戏能颠倒众生的小沙鹃、水性奇佳颇近水族的毛哈等。奇景与异人，共同凸显了海岛异于陆地的特异之处。

抵达海岛后，世俗愿望得到全面满足，是古典小说中又一常见的情节模式，张炜在《刺猬歌》中延续了这一模式的基本逻辑。文本先后有五次提及陆地向海洋的探索，除戚金和廖麦的行动属于精神领域的探寻外，其余三次均相似度颇高地呈现了这一形态。徐福的海洋行程情况，由自称是其后人的船长徐后讲述，在讲述中，徐福求仙成功之后的生活状态是：

"好酒好菜吃不完，吃鲅鱼光吞鱼肚，吃鲷专挖鱼眼，海蛎剥吃，海胆活着取子儿。夜里把上好的大闺女全编了号，想怎么睡念个号码就中。长生不老丸装了一瓦罐，觉得头重脚轻时伸手摸一丸咽下。各路仙人与他平起平坐，练练宝剑下下围棋，交换仙丹。"

此段文字中包含了陆地世俗社会对神仙世界的期许：美食、美女、富贵与长生不老。这与《罗刹海市》中马骥在龙宫的圆满际遇具有内在逻辑的一致性：

"少时，酒罢，双鬟挑画灯，导生入副宫。女浓妆坐伺。珊瑚之床，饰以八宝；帐外流苏，缀明珠如斗大；衾褥皆香耎。天方曙，则雏女妖鬟，奔入满侧。生起，趋了朝谢。拜为驸马都尉。以其赋，驰传诸海。诸海龙君，皆专员来贺；争折简招驸马饮。生衣绣裳，驾青虬，呵殿而出。"

（《罗刹海市》）

而身处现代的唐童对仙山的寻找,虽未达传说中的三仙岛,但在误入近海的三叉岛后,最终仍能通过世俗方式的投资开发,完成财富积累,以现代的方式实现上述诸多欲望的满足,亦是对古典小说中登岛成功后各种际遇的呼应。

三、叙事模式的现代形态

尽管因受齐文化的影响,《刺猬歌》对海洋探险充满奇异的想象,并与《聊斋志异》等古典小说在叙事模式上存在诸多渊源,但作为具有现代思考和价值体系的现代小说,其在叙事模式上无疑会产生诸多新的形态或格局。

其一,以陆地对海洋的开发与占领,书写具有现代特征的海陆关系新格局。在古典叙事中,陆地接近海岛多是经由意外的契机到达,短暂的停留之后重新回归陆地,是到此一游和惊鸿一瞥式的。《刺猬歌》中则出现主动寻找然后长久地占据:在现代性的开发进程中代表着经济与金钱暴力的唐童率楼船登陆三叉岛后,通过海选岛主、创建色情娱乐业等方式,从政治、经济等层面全面和根本上改变岛中原有的生态格局,改变了古典叙事中海岛以"仙境"之喻而得以被陆地的人间形态长久仰视的对比设置。在陆地长驱直入的开发中,海岛显出其被动和依附性。而陆居之人的主动出击,亦与现代性进程中人类对自然资源的开发和利用的实况相呼应,科技的发展在打破海岛神话神秘感的同时,也给人类在大自然中的疆域拓展注入了野心和信心。

其二,寻根模式的重新建构。与古典小说中海洋向陆地的寻根不同,《刺猬歌》在海陆关系中建构了新的叙述模式。在古典小说中,"寻根"模式通常是陆地在海洋的短暂停留期间留下的子嗣,数年后通过各种途径向陆地寻父/寻根,是传统伦理中认祖归宗的"血缘寻根"模式的体现。与古典小说中海洋向陆地寻找血缘和家族之根的单一模式不同,《刺猬歌》建构了陆地向海洋的"精神寻根"和海洋向陆地的"血缘寻根被拒"两种模式,前者是寻根方向的重设,后者则是寻根结果的修改,二者共同完成了对古典叙事模式的解构。

文本通过戚金寻找鱼戏,建构了精神寻根的海洋探险新模式。厌倦了陆地上现代工业文明的功利与异化的戚金,在三叉岛上古典而美轮美奂的鱼戏中寻找到精神支点,呈现陆地向海洋的逆向寻根。而在"血缘寻根"模式中,《刺猬歌》与《聊斋志异》诸文在初始情境上颇为相似:人类与异物结合并在海上产子,后伺机返归陆地,多年之后,被留在海岛上的孩子向陆地"寻根"。"寻根"是其共同行为,但最终却指向不同的寻根结果。《罗刹海市》中,公子与龙女所生一双儿女,在三年后从海上漂来,由为父者亲自接还。《夜叉国》中,夜叉母子三人最终栖身陆地,长子彪劝母前往时,其母亦有所顾虑——"恐去为人所凌",彪安慰其母的理由是"儿在中国甚荣贵,人不敢欺"。登陆之后,以"学华言""读经史"作为进入陆地社会的必经之途。海之子顺利地寻找到陆地之根,并带领其母获得稳定的社会地位,其中有陆地主动的"寻找"和"接纳"行为。但在《刺猬歌》中,传说中人与海猪结合而生的长蹼的毛哈,前往陆地历尽辛苦终于找到传说中的生母珊婆,对方不但拒绝接纳还令人四处追杀以绝后患。毛哈的寻亲之旅屡遭拒绝,使海洋对陆地的寻根显出一厢情愿并流露被拒后的受伤感,亦可从中看出宗法社会解体之后,对子嗣和血缘珍视的观念已渐趋淡出,由此在叙事惯性方面产生新变。

其三,复杂多向的两性关系与情爱模式的现代质地。在古典小说的海洋探险或遇险中,主人公的经历中通常伴有遇见美人并成功婚娶的情节元素,但在《刺猬歌》中,为财富而探险的唐童迷上了唱鱼戏的小沙鹂,对方始终茫然不为所动,而小沙鹂心仪的精神探险者戚金,真正喜欢的却是小沙鹂的母亲芊芊,其婚恋愿望亦未能有效实现。现代婚恋观的复杂和可选择性,使古典小说中相遇即婚的简单模式受到冲击,因而情感组接方式呈现多元可能性。古典书写中,对海岛女性年轻美貌和品性贤淑的关注成为吸引陆地探访者的主要元素,但《刺猬歌》明显颠覆了这一叙事惯性:通过廖麦视角来确证的三叉岛传奇女性芊芊的魅力在于,"那神情一下子就吸引了廖麦:年纪已近五十或更多一点,脸庞稍窄,未有皱纹,头发中掺了不少银丝。她有一副让人看一眼即不再忘记的目光:警觉,犀利,然而极其美丽。"精神世界的相互吸引是现代婚恋观中的新质,廖麦最终离开美蒂而追寻女诗人修,也是因为修的内心保存纯洁的诗性和精神力量。

其四,在"看与被看"的震惊中,一改古典叙事中陆地对岛屿的惊奇,而呈现出海岛对陆地的反向围观与仰视。唐童的船登岛之后,船上的美女轮番下船在岛上展示招摇,引起岛民的围观和赞叹。这与古典小说中陆地主人公登岛屿后见诸多美色和为之倾倒的情节相反。《粉蝶》《海公子》《罗刹海市》等皆有通过登岛之陆人的视角对岛屿女色的赞赏:

有婢自内出,年约十四五,飘洒艳丽""则一少妇危坐,朱弦方调,年可十八九,风采焕映。

(《粉蝶》)

忽花中一丽人来。红裳炫目,略无伦比""女言辞温婉,荡人神志

(《海公子》)

但《刺猬歌》中的情形则是相反,彻底改写了看与被看的基本格局:

> 所有小姐在楼船停下后都兴奋无比,洗漱打扮一番,求得领班应允之后轮流登岛。她们的出现让岛上人着实不安起来,虽然只有前后一个小时在岛上光溜达,却让一些打鱼的后生彻夜难眠。他们只从画上见过这样整齐划一的美人儿,瞧她们高胸长腿,微微发胖,简直是一个模子里出来的。'天哩,也许南岸那边有一台造美人的机器吧?瞧人家清一色的物件,一块儿腆着胸脯上岛来了……'

此处书写中,陆地与海岛的关系,由古典时期的"人间/仙境"对比,转变为现代世界的"文明/荒蛮"的区分。

此外,陆地所代表的现代文明对海洋的冲击还体现在,与古典小说中海岛的神力无边不同,陆地以扭曲变形的方式使古典海洋探险中的诸多元素被改写。如,道士在古典小说中是神奇法力的代表,《聊斋志异》的《仙人岛》《安期岛》中均有道士帮助主人公以超自然之力实现在不同时空之间穿行,《粉蝶》中的姑丈姑母亦通过修道成仙从而定居仙岛。但《刺猬歌》中的道士不但法术全无,且品行恶劣、助纣为虐,虚伪好色而又行为猥琐。文本另在叙事边角之处看似不经意地设置了一个名为夷伯的人物,该人借助身居要职的姐夫的势力任意妄为,甚至强迫他人满足自己非常态的同性需要。"夷伯"之称是对古代大贤"伯夷"二字的颠倒,以此呈现海洋在遭遇陆地经济侵略之后道德的无底线下沉,与前述诸元素共同完成对海陆关系的重新书写。

四、生态意识的体现与价值体系的现代质感

叙述模式的诸多新质,是由文本对海陆关系的重新设置而产生的。通过关系重设,张炜在《刺猬歌》中着重凸显了现代文明进程对自然的摧毁,以及在物质及其催生的欲望裹挟中人性的堕落,并试图通过维护海陆之间的良性生态寻找拯救之途。

具有明显生态意识是张炜在当代作家中的重要标识之一，从早期《怀念黑潭中的黑鱼》《鱼的故事》等文本中即显示出其在陆海关系中探讨生态问题的独特思路。写于新世纪初的《刺猬歌》更是将陆地与海洋、人类与水族之间关系的生态维度进一步予以凸显，并在海洋书写中得到充分体现。

在古典海洋书写的文本中，人与异类结合所生之子女，在形貌上多强调其"近人"性，《罗刹海市》中因为龙女已修得人形，故一双儿女基本上与人类无异，"貌皆婉秀"。即便是《夜叉国》中强调徐姓男与岛上夜叉女所生二子一女在孔武有力等体能方面与人类略有差异，但本质上仍"皆人形，不类其母"，且在进入人类社会之后亦开始有意识地接受人类文明的教化，进而彻底实现对陆地世界的融入。

在人与异物种结合而生海洋之子这一情节单元中，古典文学通过强调其与人类从外形到性情上的相似性，在潜意识中实现人类中心主义对万物的"招安"——向人类靠拢并无限趋近，以此展示万物归顺与世界大同的必然趋势。《刺猬歌》乃至张炜小说的现代气质体现在，对传说中人与海猪结合生下的孩子毛哈的书写，处处凸显其脚上长蹼等"非人"的水族特征：

"……刚走到近前，一眼看到了一双长蹼的脚，立刻呆住了。因为这人刚从水里出来不久，长长的头发全粘在脸上，所以看不出有多大年龄。他身上没穿多少衣服，一件橡胶皮雨衣又像袍子一样的东西脱下来，半盖半铺在身上，露出了大半个黑胡桃色的躯体，上面全是暗红色的密挤挤的汗毛；特别令人震惊的是，他的胸部至少有并排两对乳头，萎缩在茂盛的体毛中；两条腿圆鼓鼓的，下半截突然细了下来，像婴孩一般……"

（P187）

"……下了湖干活一个顶好几个，在水里就像大鱼一样，钻到底下老大功夫不浮出来换气，饿了就随手捉些螺蚬鱼虾吃，出水里嘴巴沾满了鳞。再看他的胸脯和脚……活活一个精怪。"

（P188）

"毛哈听了啊啊叫起来，粗粝的嗓门泛着尖音，这真的能让人想到水中大型哺乳动物的叫声。他一边叫着，大滴泪水刷刷滚落，滑过脸颊，流到了棕色的胸毛里……"

（P210）

反复书写意味着频繁的提醒，《刺猬歌》多次书写毛哈的形体特征，通过毛哈脚上长蹼、身上密毛、下肢细弱、叫声粗粝等生理特征，强调其"水族"性，即在生理及性情特征上不断凸显与人类的差异。通过这种差异性的肯定，强化其保持自身的物种特质的合理性，其中蕴涵了对生物多样性的认可，是对人类之外其他生命的接纳和尊重。文本对不同物种彼此之间互不同化的认可，显示对生态文学写作群体性特征的呼应：为使万物保持主体性而让其与人类之间刻意保持"悖离"感，以此强调"异质"性，这一点可以在同为生态写作力作的叶广芩的小说《长虫二颤》中得到印证。叶氏小说中二颤是传说中女性与颤（蛇）结合之后的产物，文本刻意凸显了其从形体到性情特性方面与蛇的相近，甚至专设情节描写其像蛇那样喜随音乐起舞，以印证人类之外的其他生命更能与大自然天然地契合。文中多处书写了二颤的"非人"特征：

"二颤光着身子像条长虫一样绕在树杈上。太阳照在二颤黝黑的皮肤上，二颤的身体反射出鳞甲一样的光泽。王安全想，这哪里是人，分明是一条长虫。"

"见松贵喊他，二颤从树上退下来，退的姿势也颇像蛇……"

"王安全眼前的二颤四十开外年纪，一双眼睛小而圆，不会转动，全是黑眼珠，见不到眼白，像是一双蛇的眼。二颤身材修长，头扁而尖，颈细而长，光着上身，一条黄色的军用裤衩，勉强地遮住了裆下的物件，除了裤衩以外，全身上下竟然再找不出一根布丝。"

……

"不远处，有'嘶嘶'的声音，很怪异，很独特，王安全循着声音过去，发现是二颤，二颤站在'养颤池'边，对着大坑挥舞着双臂，上下跳跃，嘴里'嘶嘶'地往外喷气。"

《长虫二颤》中二颤被叙述为人与颤结合后的产物，身份为人，但其生理特征诸多方面都体现与人类的不同，甚至存在语言缺失的动物性特征。在对二颤的描述中，从体形、五官、皮肤、动作、声音等方面，呈现其在生理上与人类的相异，这一点与《刺猬歌》中对毛哈的书写逻辑极为相似。他们的共同之处是因对人类世界的疏离而更具与自然沟通的能力,这在诸多具有生态意识的文本中得到群体性印证:郭雪波书写草原人狼关系的《大漠狼孩》,讲述人之子被母狼收养长大之后,从体态到意识到语言,都已充分狼化,尽管人类母亲在将其找回之后试图努力唤醒其人类文明的基因,但最终以其逃回荒野宣告失败。姜戎的《狼图腾》则通过写人类收养了小狼,但自始至终未能改变其狼之天性,直至最后以死亡结束人类试图驯化的努力,从另一角度证明了远离人类方能更近自然的叙事逻辑。

强调生物的生理性特征,意味着凸显其物种特性,凸显其在宇宙万物之间的存在感,这是生态写作中非常明显的一个特征。亦与其对非人类的"身体书写"日趋细腻、多元和完善的宏观趋势直接相关[①]。

《刺猬歌》是在庄园被毁、农业文明和古典式人与自然关系式微的大背景下展开的叙述,张炜有着自觉而清醒的生态意识,这在其早期《怀念黑潭中的黑鱼》《问母亲》《三想》等篇幅较短的小说和大量随笔中都有所体现,因而,海洋书写在其笔下亦承载生态叙事的特殊功能,进而与其他作品共同建构生态思考的价值体系,在与古典文学叙事传统的背离中确立海洋书写的当下属性。

2014年9月

---

① 李玫.新时期文学中的非人类"身体"话语解读[J].中国现代文学研究丛刊,2011(6):206-216.

空间叙事与时间叙事：王安忆《长恨歌》从小说到电影

在小说产生的10年之后，电影版的《长恨歌》在瞩目、猜测与期盼中喧闹出场。对于一部原著已被长久和充分阅读并已收获大批赞赏者目光的作品的改编，在漫长的被期待之后接踵而至的各种声音中，无疑会有比较、批评甚至指责。

在诸如情节与原著相去甚远、演员气质不符、人物身份合并等声声不满中，事实上一个重要的点一直被忽略着：电影和小说之间的真正差异，并不仅仅是前者对后者的浓缩、提炼，更深层的区别在于，二者事实上运用了全然不同的叙事方式。正如关锦鹏本人在北京首映答记者问时坦言，"现在的电影《长恨歌》其实是对小说的一种完全不同的解读方式"[1]。

从叙事学的角度看，同样是关于王琦瑶的故事，小说是一个在空间中展开的文本，而电影是一个在时间中发展的故事。不同的叙事方式源于原作者和编剧对于故事的不同理解。而不同叙事方式背后的价值观念和审美取向，是真正使两个版本的作品沿各自的方向扬长而去分道扬镳的深层原因。

一、小说的空间叙事结构

在叙事学的话题中，空间和时间观念在叙述故事中的差异，是解释人与世界关系的根本分野。"时间的本性是将事物组成一条无限行进的线，事与事之间的关系是前与后的秩序；空间的本性，则让事物进入彼此共存的结构之中，事与事的关系是相互参照的形状、方位与广延……两者的存在都以克服对方

---

[1] 刘嘉琦.关锦鹏不挑《长恨歌》毛病，借王琦瑶与上海谈恋爱[N].东方早报，2005-9-25.

使对方融化成自己的内容为前提,因此时间观念亦即将空间用时间连续性进行系列化,空间观念亦即将时间的历史次序转化为共时状态。"①

时间叙事和空间叙事作为不同文本在叙事结构方面的差异,正是昭示了对被叙述对象的不同理解。

小说的《长恨歌》,是一个在空间里展开的故事,由一个空间和一个空间组接起来,每一个空间都是上海性格的一部分,是"站在一个制高点看上海"。

作为故事的空间,先是"弄堂",然后是"爱丽丝公寓",接着是"平安里"。分别对应着小姐妹的情谊,李主任、毛毛娘舅/康明逊、萨沙、老克腊等的依次出场。在每一个空间里,王琦瑶都不是单数,她的故事都是"王琦瑶们"的故事:

弄堂:

"王琦瑶是典型的上海弄堂的女儿。每天早上,后弄的门一响,提着花书包出来的,就是王琦瑶;下午,跟着隔壁留声机哼唱'四季调'的,就是王琦瑶;结伴到电影院看费雯丽主演的'乱世佳人',是一群王琦瑶;到照相馆去拍小照的,则是两个特别要好的王琦瑶。每间偏厢房或者亭子间里,几乎都坐着一个王琦瑶。"

(第一部·第一章)

爱丽丝公寓:

"这城市里不知有多少'爱丽丝'这样的公寓,它们是这城市的世外桃源……"

(第一部·第四章)

平安里:

"上海这城市最少也有一百条平安里……这种牌子,几乎每三个弄口就有一块,是形形色色的王琦瑶的营生。她们早晨起来……她们熄了酒精灯……她们便提了一个草包……"

(第二部·第二章)

---

① 薛毅.无词的言语[M].上海:学林出版社,1996:235.

数不清的弄堂、爱丽丝公寓和平安里蔓延成一座叫上海的城市,成群结队的王琦瑶们共同组成了上海这座城市的芯子,成了时光流转中那些沉淀着的不变的部分。在这里,被凸显出来的是一个个展开了的被凝视的空间。每一个空间都是这座城市的组成部分,它们共同讲述老上海的命运,是一个空间和城市的故事。

每一个空间都是有血有肉的,这些是上海的血肉,它们本身就是上海,是在上海骨髓里日积月累沉淀出来的。王琦瑶只是漂浮在这厚厚的沉淀表层的模糊影子,故事借这个叫王琦瑶的影子演绎了一座城市的命运。王琦瑶的每一步,都是与置身其中的空间丝缕相关:

"王琦瑶没开好头的缘故全在于一点,就是长得忒好了。这也是长得好的坏处。长得好其实是骗人的,又骗的不是别人,正是自己。长得好,自己要不知道还好,几年一过,便蒙混过去了。可偏偏是在上海那地方,都是争着抢着告诉你,唯恐你不知道的。所以,不仅是自己骗自己,还是齐打伙地骗你,让你以为花好月好,长聚不散。帮着你一起做梦……"

(第二部·第一章)

——上海教唆了她的虚荣心。

"母亲又说:这样出身的女孩子,不见世面还好,见过世面就只有走这条路了……"

(第一部·第四章)

——上海给了她见这个世面的条件和机会,提供摩登传奇的机遇,并指引了她的走向和归宿。

"平安里的相熟都是不求甚解,浮皮潦草……"

(第二部·第二章)

——上海给了她退一步的容身之地。

在这里，空间成了滋养故事一步步发芽抽枝展叶开花结果的土壤、空气和水。王琦瑶是每一个空间的命运代言人，她从一个空间走向另一个空间，不同性格的空间之间的辗转更迭，推动和构成了故事起承转合的整个序列。

小说的《长恨歌》里，也不是没有时间的存在，只是这时间似乎在某个点上被凝固了，其存在不再与故事的前行相关，因不具有时间刻度和"发展"的意义而很容易地就被忽略不计了。以文本的第二部为例，此处所涉及的时间区段大致是从新中国成立后一直到"文革"初期。王安忆特意在小说中抽去了昭示上海发展的时间刻度，摒弃了这一历史时序中那些无产阶级最高亢最热烈的声音，悄悄展示着一个潜在的、柔软的、市民社会的上海。它在革命和政治的上海之外，构成了这座城市的根基和更加持久的民间生活。这个对时间的存在视而不见的民间，是在国家权力中心控制范围的边缘区域所形成的文化空间，被遮蔽了的生活空间。在这个空间里，革命、破四旧、样板戏和交流学习毛选心得体会等能够凸显该时代时间刻度的声音都是不存在的。

这个世界是"平安里"日复一日的"下午茶"和"围炉夜话"：

"这是一九五七年的冬天，外面的世界正在发生大事情，和这炉边的小天地无关。这小天地是在世界的边角上，或者缝隙里，互相都被遗忘，倒也是安全。窗外飘着雪，屋里有一炉火，是什么样的良宵美景啊！……"

（第二部·第二章）

小说有意将王琦瑶和她周围的私人空间带离40余年来时间和意识形态所凝定的时代与社会风暴的漩涡中心，外面的历史风起云涌，这里的小空间风平浪静。

这些空间是历史的宏大叙事之外的民间场所，是在"发展""进步""改造""前进"等历史进程序列之外的，属于民间的"安稳"和"沉淀"的东西。在其漫长的日复一日的安稳中，时间的因素因微不足道而使其存在就像不存在一样，任外面的世界朝云夕雨，城市依旧，上海依旧。

就这样，小说中这个放逐了历史的弄堂世界以空间的叙事代替了时间的结构，消解了个体生存与历史困境之间的张力。

二、电影的时间叙事结构

电影《长恨歌》删去了的、压缩了的、省略了的,恰恰就是原作中那些细致绵密的空间展示和悠然衍生的感性描绘。在大量地删削了那些在空间上定格然后衍生出来的细节、质感和气息,删削了那些品尝与把玩的从容舒缓之后,加入了时间因素,从而重新叙述成一个时间的故事。

在电影里,时间的前行是有刻度的,这些刻度是原著中没有而此处特意以不同的系列设置和添加进来的,这种多重系列的添加和设置是为了强化时间的存在,使之异常醒目。

刻度系列之一,是以一种有些老套的方式,用不同时期的流行歌曲传达着时间变迁的信息:

"世情冷暖,我受不住这寂寞孤单……"

(《相见不恨晚》,20世纪40年代)

"天大地大,不如党的恩情大,爹亲娘亲,不如毛主席亲……"

(《天大地大不如党的恩情大》,20世纪60—70年代)

"何必逼我,记住一个你……"

(《怎么开始》,20世纪80年代)

"不知道为了什么,忧愁它围绕着我……"

(《千言万语》,20世纪80—90年代)

刻度系列之二,是以不同时代具有历史特点的事件(其间还夹杂着轰鸣的宣讲时代政策的高音喇叭),时时提醒着时间的足音频至:

王琦瑶公寓的捐献
康明逊家股份的充公和被迫搬迁香港
程先生的上山下乡

王琦瑶公寓的发还
……

刻度系列之三,是间隔出现的字幕,醒目地标示着时间和时代变迁的坐标:

"新中国的歌曲欢唱,人们都勇敢地做出新的决定"
"过了一年,又过了一年,然后一个接着一个,人们陆续回到自己的城市"
"新中国大门打开了,许多人回来,看看三十年来思念的月色"

三重系列的时间标尺交错展现,一重比一重更直白。这里的时间刻度是以历史作为参照系的,因而某些历史细节具有充当时代的分隔符与标志点的作用,比如公寓的捐献和康家股份交公所指涉的公私合营,程先生上山下乡所指涉的"文革"的开始,等等。

那些原作中刻意忽略了的东西在影片中被郑重其事地制造出来,由此产生了对时间的凸显效果,进而对推动故事转折的动力也给出了全然不同的解释。原本在小说的《长恨歌》中,康明逊和王琦瑶的分道而行,是源于康明逊生活的环境/空间,对于王琦瑶的不能接纳。而程先生的终于离开,则是漫长等待后的无望,与时间/历史及其指涉对象无关。影片为了强化时间和历史作用的存在,特意强调了康明逊是在公私合营后被迫去的香港,程先生亦是在"文革"期间才有的短暂离开等。这样,他们的消失就很自然地成为被历史的必然车轮碾碎时脆弱的回响。电影以加入时间因素的方式,全然改写了情节转向背后的那只看不见的手的性质,以时间/历史因素来推脱原本属于空间环境的责任。

如此梳理之后可以发现,电影通过增加多重时间刻度,把一个空间分布与转换的故事重述成一个体系完整的时间推进的序列。这自然有电影篇幅和讲故事的需要,但更多的是,叙事模式背后价值观念的深层改写——时间的存在意味着纵向发展,意味着历史元素的介入,时间亦成为促使一切事件起因、发展、高潮和结束的根本要素。而这些,原本在小说的世界里是由积淀在一座城市里的丰厚文化因素来决定和完成的。

影片生生地定制了一整套时间的框架,给王琦瑶的一生制定了年谱,而这年谱与历史进程之间又是有一个整齐有序的同步对应。把小说中努力摒弃到视野之外的宏大叙事的声音，重新嵌了进来，正是这种时有闪烁的"嵌"，真正使电影与原作相距甚远。

客观地说，电影版《长恨歌》也是不可能完全没有空间的，只不过这空间不是那空间。弄堂、爱丽丝公寓和平安里在影片中成为面目模糊的一堆空洞地名，没了小说中悉心铺叙的性格，甚至连明确的地名也不一定有。影片中倒是另外独创了一些新空间，它们是李主任在军政界的风云跌宕，是程先生在上山下乡中的"文革"场景等。

小说中的李主任亦是身居要津，风云跌宕的：

"各种矛盾的焦点都在他身上，层层叠叠。最外一层有国与国间；里一层是党与党间；再一层派系与派系；芯子里，还有个人与个人的。他的一举手，一投足都是牵一发动千钧。外人只知道李主任重要，却不知道就是这重要，把他变成了个活靶子，人人瞄准。李主任是在舞台上做人，是政治的舞台，反复无常，明的暗的，台上的台下的都要防。李主任是个政治机器，上紧了发条，每时每刻都不能松的。只有和女人在一起的时候，他才想起自己也是皮肉做的人。"

（第一部·第三章）

只是小说的《长恨歌》刻意省略了那些风云跌宕的军政场所，只呈现"只有和女人在一起的时候，他才……"中"只有"的那一点，那"只有"的一点正是爱丽丝公寓这一空间的全部底色。而电影的《长恨歌》恰恰是把小说中省略了的军政场上的惊心动魄的那一部分强化出来，以作为对历史时间刻度上某一重要瞬间的定格、放大，进而展示时代气息的惊涛骇浪。程先生上山下乡的场景，更是影片出于类似考虑的凭空制造。

时间叙事在具体人物处理方式上对于空间叙事模式的改写，源于不同叙事策略对叙述重点选择的不同。对于此类作为时间/历史形象注脚的空间的加载，是与总体上的时间序列的叙事模式相适应的。

三、不同的审美取向：民间世界的慨叹和海上旧梦的追忆

空间结构和时间结构在文本中的不同，不仅仅是故事叙述方式的差异，更重要的是，不同叙事方式背后隐含着价值观念和审美取向的真正分野。

对于《长恨歌》而言，小说的空间叙事方式，以逃逸在时代的"宏大旋律"之外的民间叙事，讲述着一座城市中沉静安稳、悠远绵长的血脉。而电影的时间叙事方式，恰恰是让时间的声音一再地介入，突出和强化这种声音，使之显得醒目和刺耳，在不断的强化中显示时间及其所对应的社会/政治/历史的力量对于旧上海风情的侵犯。

它们原本就应该是属于两个不同世界的。

作为小说的《长恨歌》应该属于这样一个世界，在这个世界，它和在它之前的《流逝》《好婆与李同志》《纪实与虚构》《"文革"轶事》，以及在它之后的《富萍》等，共同讲述着上海故事。在它们的讲述中，人物和情节千差万别，但上海却只有两种面目：作为本来面目的"弄堂里的上海"和作为后来者的"同志的上海"。其实情节和人物面目并不重要，它们讲述的反正是上海这座城市的故事，个人只是这座城市的投影罢了。在这座城市的两种面目中，后者通常是一种异质性的声音，大张旗鼓、大声喧哗却又事实上和这座城市格格不入的，比如《好婆与李同志》中的李同志，他们是这座城市的胜利者和在相当长一段时间地位上的优越者，但却始终未能真正融入这座城市的血液和骨髓。而"弄堂里的上海"才是这座城市真正的芯子，它是安静而不事张扬的，却又是从容持久和贴心贴、肺铭心刻骨的。

这个芯子，是《"文革"轶事》中那个世外桃源的亭子间，也是小说《长恨歌》中的弄堂和平安里。王安忆津津乐道的，是一座城市中的持久和坚韧的民间世界的生命力。

作为电影的《长恨歌》，它属于另一个世界。它应该嵌在这样一个序列中：《胭脂扣》《阮玲玉》《红玫瑰与白玫瑰》等。在这个世界里，关锦鹏一直念念不忘对虚幻中的旧上海的想象。而在他遥想中的海上繁华梦及其所指涉的风姿绰约，多是殖民时代已逝的那些奢华的风花雪月。电影《长恨歌》是镶嵌在这一序列中的又一个文本，承继了该系列中惯常的怀旧情结，对旧上海的怀

念,对旧上海所拥有的风情万千的恋恋不舍。

对旧上海的怀想,是和对新上海的厌倦相对应的。关锦鹏在接受访问时一再强调,他想表达的是对现实上海的厌倦和对老上海的怀念,拍摄目的之一是表达"老上海的繁华不再"。关锦鹏表示,自己有很深的"上海情结",但是现在他已经不喜欢上海了。"我现在经常会看到一些1949年前后移居到香港的上海人,他们会在一个明媚的午后,穿戴漂亮,很优雅地去享受一杯咖啡。如今这种情调以及特有的质感在上海已经逐渐消逝。"

至于追逼和催促了这种情调迅速烟消云散的,影片中解释说正是那些不断涌现的历史/时间的声音和脚步。关锦鹏狠狠地强调了这一点,在影片中每隔一些时候就大声地宣布这些历史前行的足音的从天而降,是它们让李主任驻足异国,蒋丽莉、康明逊远走他乡,进而使旧的优雅和风情七零八落、风流云散,只剩下王琦瑶留下来并经受着历史的风霜一轮又一轮的频频侵染。

这一点,从影片对蒋丽莉这一角色的改写中也可以看出来。小说中的蒋丽莉参加革命做了干部,和纱厂的军代表结婚并因病早逝,是脱离了上海弄堂女儿的自然人生轨道而沉入历史时间隧道的另一种选择,从而成为与王琦瑶相反相成的一个倒影。而关氏的改写,则是让远走香港的蒋丽莉能够在几十年后依然精致而暗香犹存地活着,并为其设计一个叫Simon的儿子从香港来向王琦瑶转述她后来的生活:"在我爸眼里,我妈永远像个小女孩。"这或许恰恰寓示了,与王琦瑶历经了在时间河流里的沧桑前行相比,没有被新时代历史足音频频惊扰的蒋更能保有旧时的风情,保有前文所述关氏所赞赏的那些"1949年前后移居到香港的上海人"的优雅。

影片中通过对时间的存在以及历史的声音的强调,并进而将其指认为杀死旧上海风情的元凶,从而表达了关氏一以贯之的对海上繁华旧梦失落的长痛不息。

这或许才是电影中选择时间叙事的真正原因,真正能够昭示差异却很容易被忽略的潜因。

2005年11月

倾听自己的呼吸

——何其芳《独语》解读

如果在"现代中国知识分子的精神史"中与何其芳猝然相遇，那种源自内心深处的触动甚至震动会让解读的目光流连忘返。何其芳的起点和走向，醒目地划过20世纪中国文学的夜空，在灰色云层的空茫处引人注目。"画梦"与"还乡"，对两部作品无意为之的命名是颇有意味的，它们以寓言的方式被凝定成两种相反的瞬间姿态：何其芳以"画梦"始，然后，在"画梦"和延安之间"找到了一条相通的道路"，延安作为"还乡"之所成了他最终的归宿。改造得那么彻底，那么心甘情愿。"画梦"和"预言"时代的那些高悬于空中的美丽，终因与"劳动人民的思想感情"根本不相和而在奔向大地的途中被撕成碎片，纷纷飘落。

《独语》是"画梦"时期的生存方式，隔着半个多世纪的时空，依然在1934年的阳光下透明地飞舞。在那一年的3月2日，何其芳面对着窗外，一定有些什么，在他的脑海里慢慢浮起……

我们对于《独语》的解读，首先从"词解"这样一个"前阅读行为"开始。在英文中，"独语"即Monologue，是相对于"对话(Dialogue)"而言的，这两个词都是由词根logue(说)组成，区别在于前者中mono是指"单一的"，而dia则是指"双的""两个"。从这个意义上讲，对话是两者之间的交流，交流的双方互为听众。而独语则是自己说给自己听，即倾听行为中倾听者的缺席。只是在阅读中，我们会不断地发现，另一种与"说"无关的行为也被命名为"独语"，比如，文中脚步"枯寂的声响"，维特的"一挥手"，阮籍车至穷途的一场大哭，"长春藤影"在死者床榻上的"爬"，印度王子在菩提树下的"枯坐"，这些动作都是作为"独语"的另一种方式，对logue这一"说"的含义的质疑。当语言学的解读方式一再遭到质疑时，我们进入了文学层面的阅读。

一旦进入文学层面，我们的阅读可以先关注一些作为散文的常识：首先，它的"形"是散的,它似乎是从古今中外拉拉杂杂地说来,历史史实和文学世界,漫无边际的想象和过去现在的亲身经历,搜罗了一大堆关于"独语"的话语,一起朝文本蜂拥而来。我们感觉得到各种"独语"之间的相同和相异,接近和远离。我们的阅读有义务首先对文本作一次清晰的梳理。

在文本中,可以作两种层面的解读,借用叙事学上的术语,分别称之为"叙述层"和"超叙述层"(叙述分层的标准是上一层次的人物成为下一层次的叙述者):

第一部分(文章的前六节)作出了对"独语"的种种"设想",主要是叙述层中各主体的独语。在文本的叙述层中,作为"独语"的发出者分别是自己的脚步、维特、阮籍、古代的建筑物、杰出的书中的各个人物、死者床榻上的常春藤和"我"。维特的"独语"的外在形式是"离开了绿蒂"后"独步在阳光与垂柳的堤岸上",而真正的"独语"是,用手中的"刀子"对命运作出叩问时"那寂寞的一挥":成为画家,还是不?没有被点名的西晋人物阮籍,"驱车独游"时,"痛哭而返",这一"独语"的真正内容是——路在何方?另外,"古代的建筑物"中"画檐巨柱"的"诉说"、"低小的石栏"发出的"声息"……都是基本叙述层中被并置的"独语"。以上为第一部分,独语之种种,主要在叙述层展开。随之而来的发问"绝顶登高,谁不悲慨地一声长啸呢?是想以他的声音填满宇宙的寥阔吗?等到追问时怕又只有沉默地低首了",是讲述者的感慨,渐渐清晰的是超叙述层的声音。

接下来的八节是第二部分,是"我的思想"的"神往"与"忖度","我"是前面那些故事的讲述者,而我的讲述本身也是自说自听的独语。因而,在这一部分中,超叙述层的声音作为主体(超叙述层的"独语"的发出者是"我",叙述层中的诸多"独语者"在此已成为讲述的对象)。文中有两个人称——"我"和"你",二者之间不断发问:"那寂寞的一挥手使你感动吗?你了解吗?""我能很美丽地想着'死',反不能美丽地想着'生'吗?……我被人忘记了,抑是我忘记了人呢?""天色……这就是我抑郁的缘故吗?"……"你"是一个设定的倾听者,是既定问题的可能回答者。只是事实上,"问"的欲望和"答"的可能都只是源于主体的内部,接受发问的只有他自己。接连而至的问号,似乎是空谷回音,在前不见古人后不见来者的宇宙间不绝如缕。

以上两部分中,"我"时而讲述其他人的故事,时而发几句议论,"其他人的故事"是属于叙述层的内容,"我的议论"是超叙述层的声音,两重主体时分时合:一分为二然后合二为一,两层"独语"交替出现。

最后一节是第三部分,是作者的目光在窗上"徘徊"时以超叙述层为主体的独语。"我"终于走到幕前,表明前此种种所形成的文本,都是"我"的一次独语——文本主体是"我"在谈论种种"独语",而我的"谈论"本身又恰是一场漫长的"独语"。

在上述三部分中,有一种东西是共同的,那就是——所有的独语,都是自己"说"给自己"听"。事实上,文本内部曾两次出现过"可能的倾听者",但文本自身很快又构成了对倾听者/倾听行为的消解。第一次在物/我关系中,潜在的可能性听众是"我"。"我曾经走进一个古代的建筑物,画檐巨柱都争着向我有所诉说,低小的石栏也发出声息,像一些坚忍的深思的手指在上面呻吟",只是"我自己倒成了化石"……古代的建筑物的画檐巨柱都能表达时,原本可以作为倾听者的"我"却成了"化石";另一次,"杰出的书"中有各种各样的"诉说",彼此之间却又不知所云。每颗心都相同,只是最后仍然无法沟通。倾听的行为成为不可能:每个人都是表达者,却没有听众。

个体的生命赋予了痛苦感性的、互有差别的独立性。痛苦是个体性的,人是那样的不能相通。每个人都在说,我们却无法倾听。是倾听者的缺席,使所有的"表达"都成了"独语"。

深植于文本的形而上的思考,往往是从对"意象"的诗意感受基础上升华的。文本中的意象主要有两种:

其一是"影子"。"影子"是文本中多次出现的意象。"独语"是以"影子"始,以"影子"终的。主体/影子的分离,形成表达/倾听的断裂。文中唯一出现的"倾听者"是"影子",而事实上"影子"只是自我的隐喻,甚至因是自我的组成部分而本身就是"自我"。影子的反复出现,使表达/倾听的两种行为在"自我"内部身兼二职地完成。自我表达,然后自我倾听,自说自听使真正的"独语"得以持久。甚至,在文章的最后一段,连"影子"都被消解了:结尾处"在窗格的左角,我发现一个我的独语的窃听者了。像一个鸣蝉蜕弃的躯壳,向上蹲伏着,噤默地。噤默地,和着它一对长长的触须,三对屈曲的瘦腿。"窃听者的出现,曾使"倾听"行为在那一瞬间成为可能,而表达/倾听的断裂似乎得到刹那的续接。然而不,几乎在发现倾听者的那一刻,忽然记起"它"只是"我用自己的手描画成的一个昆虫的影子",一个在"过逝的有阳光的秋天里"画下的影子。"影子"常常与实体相连,甚至在某些时刻可以部分代整体地成为实体的隐喻。只是,"画下来"使之更深一层地成为无源之水。而且,"过逝的秋天"这一时间上的距离,进一步生成"影子"与"实体"的错位。这样,最初对"窃听者"发现的惊喜消失了——倾听行为在开始之前就已结束。而"影子"是当年画下的,文本之外的"画影子"的行为又是人在孤寂之极时类似"举杯邀明月,对影成三人"式的动作,成为在"寂寞"中"反抗寂寞"的行为,"影子"的出现总是与"光"(阳光,灯光)相伴而生,"影"与"光"相互对抗又相互依存:影子因光而生,而又在光下更显孤独,无地可逃。

其二是"声音"。"荒凉的夜街上"的"枯寂的声响",阮籍的穷途而哭,画檐、巨柱的"诉说",杰出的书中的或"温柔"或"悲哀"或"狂暴"的独语,都是"想以他的声音填满宇宙的寥阔"。以"声音"填满"宇宙"成为想冲破寂寞的隐喻。只是,寂寞正如宇宙般的"寥阔"——寂寞是那么大:在阳光下、在灯光下,在醒里、在梦里,在尘世、在阴间,前也是寂寞,后也是寂寞;寂寞是那么长:与生俱来,却不能与死俱去,"死者的床榻上常春藤影在爬"。古已有之,今仍未绝;寂寞又是无孔不入,"憎固愈令彼此疏离,爱亦徒增错误的挂系","我被人忘记"或"忘记了人","过分缺乏"或"过分充溢",都会有寂寞悄然而至。几组相反的表述,程度上难以把握,稍不留神,寂寞就会破门而入——"寂寞"的无边无际、无始无终,使"反抗寂寞"的行为成为一场踩着屈子、李白、堂吉诃德的脚印的孤军奋战。寂寞的无处不在,使反抗寂寞者无家可归、无地可逃,"一个永远期待的灵魂死在门内,一个永远找寻的灵魂死在门外",上帝关上了所有的门,"每一个灵魂是一个世界,没有窗户"。

"声音"和"影子"的意象的存在是意味深长的:它们试图"反抗寂寞"的努力成为文本主体"寂寞"情绪风平浪静表层之下一股忧伤的潜流。

对人与人之间的隔阂的关注和对孤独感的强烈体验,是西方现代派文学关注的主题,作为中国的知识分子,何其芳毕竟不同于西方真正的唯美主义者,而是身上有着儒道两方面的性情。他一方面咀嚼品味着寂寞,一方面又心有不甘,因而出自20世纪30年代中国作家之手的本文,在将人生的寂寞表露出来的同时,又将不甘寂寞的内在经验提供出来。这样,《独语》成为一种在"寂寞"中"反抗寂寞"时对于无望的执著。"人在孤寂时常发出奇异的语言,或是动作。动作也就是语言的一种。"它试图以语言或动作的方式,来冲开漫无边际的寂寞——以声音来填充宇宙,或把昆虫的影子画下来,希望挽留住点什么(作为倾听者)。这样,弥漫于文本内部的是"寂寞"和"反抗寂寞"相互纠缠的情绪。在"寂寞"中"反抗寂寞"的方式就是"独语"。独语,是对话的组成部分,是缺失了的对话。渴望"对话",是人类的本性。《独语》是一次试图摆脱"独语"的努力,是在"独语"中不断寻求"对话"可能性的尝试。在这里,"独语/对话"构成奇怪的置换,维特的"独步"、阮籍的独游、古建筑的诉说,甚至死者魂灵的"独自返回"生前的屋子,都是期待对话而发出的声音(语言的或动作的)。只是,那些"声音"都在过往的风中纷纷飘散,成为"独语"的碎片和"反抗寂寞"时留下的指纹。作为文本的《独语》是对孤独、寂寞的观察和体验,又是对摆脱孤独、寂寞的探索和思考。

在百年中国文学的历史叙事中,20世纪30年代是两个"共名时代"之间的"无名"时期,是两段激情岁月之间的一缕苍白,时代的灰色空蒙为敏感者提供了气息相通的时空。何其芳的散文是30年代文坛上的另一种声音,安宁,寂寞,它属于从前。"企图以很少的文字制造出一种情调""追求着纯粹的柔和,纯粹的美丽"①。只是,没有星星的夜里,只能倾听自己的呼吸。倾听就意味着思想,意味着内心深处表达的欲望。

《独语》是在个人话语沉入宏大叙事之前的年代,在激昂明亮的空隙处,在黎明前的黑暗抑或是暮色将至的黄昏里的"独白",是在心灵的大雨倾盆之夜作出的湿漉漉的纯美的注视。不久之后,他终于走出"独语"之境,加入时代的众声喧哗之中,倾听时代的足音,也终于能够被时代所倾听——他说,他"还乡"了。

2000年9月

---

① 何其芳.我和散文(代序)[M]//还乡杂记.上海:文化生活出版社,1949.

说，是什么样的秋

——陆蠡《秋》解读

陆蠡（1908—1942），是一位不该被遗忘的散文家。1933年开始创作，生活和创作的时间都很短，仅留下三本薄薄的散文集：《海星》《竹刀》和《囚绿记》。但他以浓郁的诗意、小巧的格局和真纯的风格，在20世纪30年代的文坛悄然走过时，留下自己的足迹。

从宋玉的《九辩》起，"悲秋"一直成为诗赋的主题。写秋的诗文，如满地黄叶，堆积在文坛的每一段时空。陆蠡说的，又是什么样的秋？

"秋是精修的音乐师，而是绘画的素手"，这是作者最初的发现，而这个发现却一直被叹为太"平凡"。发现的"平凡"是相对于发现对象而言的，被发现者，想必是"不平凡"的。两者暗含对比，形成了平凡/不平凡的对照。类似的对照贯穿文章的始终，这样"秋"就有了双重文本：一重是文字层面的表述，一重存放于作者的心灵世界。而事实上，话语和经验的悖逆，使文本在语言层面从一开始就陷入了表达的困境：已经被言说，被表述的，太"平凡"，而我们又永远无法知道作者心目中那没能被表述的真实应该是怎么样的。"当时……始终不曾……"这些可以暗示时间的词，又表明这种"发现"和对"发现"的评价是在很久以前就有的，因而话语和内心体验之间的断裂，并不是在讲述的时候才开始的，而是和探询的欲望一样是由来已久的，只不过是在"今夜"，这样一个满窗西风、四野秋声中重新被唤起。于是《秋》从一开始就是在寻求一种能够言说"秋"的方式。这样，文章的主体成了一次又一次试图言说以超越这种失语症状的努力，这种努力，一共经历了两次现实和两段梦境。

第一次试图对秋的言说，是以"我爱秋，我爱音乐，也爱绘画"这样的表述开始的。但这样的表述，很快又被作者以"无奇的笔调"否定了。而且，在表述之前作者已把自己的表述作了"拙于手和笔"的定论——表述和表述对象之间因存在差距而构成对比，而表述者也是很明确地意识到这种差距的。"八年前的秋天——夜里。旋风在平地卷起尘沙……处处积着梧桐树和丹枫的广阔的黄地红斑的落叶……旦夕将死的秋虫的鸣声愈见微弱可哀了。"这是文字所能描述的"秋",但作者心灵世界所感悟的"秋",显然在话语之外。

言说的欲望驱动黑白键上的手指,又束缚着指尖的移动。左冲右突,却又找不到言说的途径,黑白键上的音符无法传达内心被"瞿瞿叫着的秋虫"唤起的旋律,试图用音乐来诠释心灵之"秋"的努力失败了,试图借这种诠释行为来言说秋也因此陷入困境。

于是,就有了第二次——"四年前的秋天"。"天色是蒙暗的,没太阳。空气中浮悬着被风刮起来的尘土,四周望去是黄褐色的一圈……"是言语所能表述的秋,接下来"多拙劣的设色"否定的是眼前的秋景,也是对表述的否定,拙劣/不拙劣的对照,又一次表明话语和经验的错位。作者心灵世界所感悟的"秋"不是这样的,他试图在一张中国纸上用色影描绘,甚至再加上两句诗以点睛"是西风错漏出半生轻叹/秋葭一夜就愁白了头"。然而,笔下所绘是"一堆乱草",既无"遒劲之致",又无"偃俯之态"。作者抱怨笔的笨拙,无疑是对笔下所绘之"秋"的不满,色彩与诗的秋,同样与心灵之秋形成对照。因为太爱,所以苛责,一次又一次试图言说的努力,注定是一次又一次徒劳的接近,却永远无法到达——所要表达的,永远在表达之外。

现实无法接近,那就借助梦境吧。"昨晚,友人持来一枝芦花",带来了缤纷的秋意,也提供了梦的语境。梦有两个飘忽的片段,前一个片段,可以说是童话《豌豆公主》的翻版,后一个是回到"我所熟识的溪畔",也许是童年在时光里沉淀下的一片美丽的记忆。时光是一把筛子,筛去的是不快,留下的全是美好。"头上的天好像穿了许多小孔的蓝水晶的盖,漏下粒粒的小星,溪中显出的是蓝水晶的底……"这仍是一个童话化的世界,在这世界的晶莹剔透里,连歌声也是透明的,"一枝小芦荻"的简单的节奏,月光般的清白……与现实的晦暗萧索相比,梦境是明朗而缤纷的。在色调上,从现实到梦境,似乎是完成了一次从人间到天堂的飞升。与现实的场景相比,梦境应该更能逼近心灵世界,然而,一经表述,梦境依然是停留在话语层面,在话语层面上竭尽全力地靠近,却依旧无法再现梦的完美,就像那个似乎是伸手可及而又倏然消逝的白色影子,言语的表述永远在体验的门口止步,无法触摸。友人能听到的和我们能读到的梦境,都是要经过话语的传达,而这种传达,在听者听来却是"痴人说梦",言说的动机和效果的反差,从另一个角度表明话语的无力与苍白。

"友人"是为言说而设置的"听众","我"与"友人"的关系是颇有意味的。

依照"友人"的反应,"我"的言说是一场"痴人说梦",是失真。而根据"我"的思考,那些不是梦的,也未必真实,也许还是梦更接近真实一些。"我"与"友人"交流的唯一途径是靠话语的表述与话语的接受,而话语层面的可信与否,又依赖于话语的表达与心灵世界在多大程度上的接近。"友人"是依据"我"的话语表达来探索"我"内心的真实,而话语层面与心灵世界的距离,又使这种探索自始至终成为不可能。

《秋》以种种途径(音乐、绘画、文字等)作为言说之筏,却依然无法到达心灵世界的"秋"。这些途径的失败,使借助这些行为来表述秋的话语的失败成为必然。全文是从眼前——过去——再回到眼前,文章之初,"拙于手和笔"的"悲哀"已表明这次回溯的本身,是对"失败"的回述。

总是在试图言说,而每一次表述之后,又总是急忙用一种不满的语气来否定刚刚作出的表述(称之"平凡""无奇""笨拙"),言说的对象和言说的行为构成了"秋"的两面:一面是美的、神秘,一面是拙劣、平凡。同时,表述与对表述的否定又形成了另一组对照。两组对照相互扭结,显示出文本的悖论:必须用言说来表达言说的对象,而对言说本身的否定,又明示了这种努力的徒劳。那个在中国纸上画画,刚画完随即又撕毁的细节是意味深长的:描绘,然后撕去,它寓示不断表述,又不断地否定表述的效果的过程。这样,表述——否定的循环,使"表达"成了一个不及物动词,一种无法触及对象的行为。

这样,"秋"成了《秋》想表达而无法表达的话语,是一种没有能指的所指。

"秋"永远在《秋》言说的彼岸,而《秋》没有达到的,也许永远都不会到达了。文章的魅力还在于,言说的过程本身就是一场诗意的追逐。语言层面的诗意和童话般的色彩,能在现实的疲惫和落魄中,让我们记起从前的一些轻快的生活和干净的欲望。

"我羡慕两种人。一种赋有丰盛的想象,充沛的热情,敏锐的感觉,率真的天性……是诗人的性格……"陆蠡本人就有着他在《囚绿记》的序中所表述的这种诗人的性格。他以璞玉般的童心感悟这个世界,表现出诗性的感悟力,让人惊羡他总能在这个没有多少诗意的世界中捕捉到诗意。他想和《皇帝长着兔耳朵》里的小理发匠那样,在地上挖一个洞,来安放自己小小的秘密;他能在芦花的香气里,做一个《豌豆公主》的梦:梦在水晶的透明的天地间倾听童年的歌谣,然后,再逢着一个"在苇叶编成的吊床"里摇摆的拇指姑娘般的女郎。丰富的想象力和诗性的感悟力,使他"游息于美丽的幻境中",捕捉到童真的诗意。

在诗情的表现方式上，用的是呓语般的诉说。他选择在西风扑窗、秋虫四起的秋夜，面对一个很可能是虚拟的友人，开始的一场漫长的独白。这样的表述方式，很难找出青春的豪迈、成年的谨严，也缺乏长者的平和抑或是女性的温婉。他只是说着，说着，带着点理想，带着点浪漫，带着点感伤，还带着点偏执——像一个孩子一步三回头反复呢喃着一串心仪已久却又拿不到的糖葫芦——而诉说之初，就已知道这种无望，就是"拙于手和笔者的悲哀"，而这种呓语式的回述，适合于这种对"悲哀"的回溯。

流淌于言语层面的，是一种古典的情调。"满地黄叶""秋声四起"和所谓"其色惨淡""其声凛冽""其意萧条"的意境暗合。"花青""赭石"等色彩和景物描写的寥寥数笔的写意国画之风，还有，那些一再出现的芦花的意象，而这些，还只是写在表层水面之上的。起伏在深层的，一再试图言说而不得的心灵世界的经验之"秋"，一直"在水一方"，永远在彼岸，永远是一种诱惑，这一点与《蒹葭》隔着浩渺的时空遥遥相应。

说，是什么样的秋？"说"，是一再重复的行动，而停留在心灵世界的"秋"，却永远在所能言说之外。没有柳暗花明，我们解读的兴趣停留在山重水复间的诗意的往返。

《秋》的写作之时，正是民族危亡之际，作品中看不出多少时代的气息，这也就是作者自己说过的"未能予苦难的大众以鼓励和慰藉"。然而这时，他还在途中。几年之后，面对凶敌舍身成仁。而这几年间，他渐渐写出一些悲苦，也写出一些残酷。

1998年7月

城与剧：《蒋公的面子》中的诗性与民国气质

南京的诗意当然可以由它的天地和四季来证实，在空间、时间和人的关系中定位一座城市是多么顺理成章的事。事实上，我们在这样的指认惯性中一路走来已经绵延了很久。直到某一刻，这种惯性才可能被以一个猝不及防的急刹车的方式，提醒重建坐标的必要：当房屋、道路、山水、植物与动物不再拥有田园时代的诗性生命，如何在工业文明的缝隙里费力地搜集对于土地和农业质地的怀想，然后去心安理得地按惯性延续着对诗意的辨识和指认。

那个让你在惯性思维的滑行中紧急刹车的，可能是一部作品、一个人、一件事、一种声音，甚至色彩或者味道。总之，它让你重新打量这个习以为常的世界或者深信不疑的指认方式，然后突然看见天地或者众生的另一种气象，并随之惊觉。

当然，它也可能是一部题为《蒋公的面子》的话剧。

你甚至不知道，它是如何生根发芽抽枝展叶的，等你注意时，它已经顶着毛茸茸的叶芽在晨光里亭亭玉立。我想说的是，它重新唤起了我们对一座城市和一段时空的气息微弱的记忆，在一所大学、一座城市和一个时代之间，重新建立起关于诗意的新的想象方式与逻辑。

一部作品当然可以选择自己和这座叫南京的城市之间的距离。走近它，触摸它，像影像版的《金陵十三钗》那样，将方言的标识稳稳地抛出；也可以像《无土时代》那样，在是与不是的扑朔迷离中辗转腾挪宛在水中央；抑或是用叶兆言式的文字直接游走在这个城市的街头，由不得你不注意。

但《蒋公的面子》属于另一种，它远在这个城市之外，却让你在凝视它的间隙，不断下意识地回头，如同越墙而来的硕果累累总让人忍不住想张望它的根之所在。

在它类似《哥本哈根》式的戏剧结构中，对于蒋介石的请吃饭，三位中央大学的教授在讨论,要不要给他面子。给与不给之间,是选择的可能性空间。

是的,我们说到了选择,这是个体在不同维度间寻找属于自己的节奏和姿态然后安身立命的前提。它让你不断地闪回到另一个时空,在那个时空里,那些游走着的个体,他们可以有选择,并在选择之后持守着自己的节奏和姿态,以此和那个世界保持着适度的时间差,进而形成复调而不是共鸣,这是他们与世界相处的方式。

比如蔡元培,每次大学在强权干涉之下不能自由时,自是可以选择离开,不必再与之同步;比如马一浮,军阀亲临结交时他淡然拒见,连假装不在的敷衍也懒得:不,我在的,我只是不愿意相见;还有刘文典,学校当然不是衙门,不是你蒋介石想视察就能视察的,非要不识趣地来,那也只能报以冷淡的白眼,连"文典"二字都是供父母长辈称呼专属,请君自重;同样在文职和军事长官之间清晰地划定界限的,还有马寅初,文人自是不必搭理军事长官,蒋介石又如何,不过是他的旧学生一名,如此而已。所以当剧中的时任道们,从这样的群体中向前一步迈向舞台,很自然会力主蒋公或可以入主党校、军校,但决不能掌中央大学。

所有的传奇都有共同的备选项:一边是权势,另一边是自己;向前是世俗的天地,向后是自己的内心;左边是位高权重,右边是低调尊严。他们总是选择后者,对于底线清晰的人来说,选择通常是不应该会有悬念的。退一步即是持守,中央大学教授的文稿因此和白崇禧的作战计划同等神圣不可侵犯。

所以你能理解,《蒋公的面子》中"校长"和"行政院长"在夏小山那里从来就是不可能随意替代的概念。在一个以自己的价值判断来执行思想和人格自由的疆域里,决定是否给一个军政人士的面子因而不会是什么难题。父母长辈和达官贵人,学术与政治,师生与军民,在不同的维度各行其是,这是对不同规则和疆界的确认——疆界之内,每个人都是他自己的:自己的身体和思考,自己头顶的星空和心中的道德律令,自己的底线。

所以,火腿豆腐也好,珍本书籍也好,它们都将站在蒋公的另一边,君子有所为有所不为。为与不为之间,是每个人自己的分寸,个体不会因为坚持自己的节奏与姿态而惶惑和心事重重。

这种持守于时太太而言则是乱世中的机敏与端谨,即便是在需要借钱维持的生计中,也能巧妙地用精美的伊府面作为心意来偿还,以此获得平等和尊严——如同当年上海的金枝玉叶郭四小姐郭婉莹即便只有煤炉和一只变形的小铝锅,也能在匮乏的时节烹制出精美的西点。在她们转过身的瞬间,甚至偶尔会惊现一丝胡适笔下母亲的隐忍淡定,抑或是让朱生豪先生在文字里开出花来的宋清如的坚韧平整。

眼前就算只有窝窝头夹咸菜,一个人也能衣衫整洁、身姿笔直地坐在餐桌前,优雅地吃掉,这是那个时空特有的姿态。汹涌而来的压力与匮乏,粗暴而尖锐,但生活保持着它细致的节奏和尊严,勤谨端庄远离粗糙。

这是属于女性的疆域和质地,从容淡定,大气舒展。

每一个人都有自己的节奏,世界才能不慌不忙。在不慌不忙中花开,水流,风吹,草长,莺飞,这是在一座城市春去秋来的表象之后,更深层的气韵流转、生动甘美。

那些支离破碎的传说当然可能枝繁叶茂于南京之外的各地,比如重庆之于《蒋公的面子》,比如昆明之于西南联大。但是,当一切散去,南京默默地承载了我们似乎一夜之间悄然盛开的对于民国的怀想。

如同一场花事之后,落英缤纷,归于大地。

没有谁比南京更合适了不是吗?

南京是这个怀想开始的地方,是它的出发点又是所有追忆的最终落脚之处,当一切散去,这座城市承纳了长久以来对它与民国精神之间关系的指认。

这种指认落在坡屋顶、拱券和青砖质地的民国建筑,落在关于民国文人、女人、军人的扑朔迷离的传说,和一茬一茬持续收割着的民国题材的电影、小说和事件。

如此在不同文化领域内参差错落的回望,因各自回望的时间点、契机和角度的不同,从而形成频频回首的错觉。

对于一座城市而言,有什么比大街小巷都涌动着富有尊严感的生命气息更为迷人的呢。

当周围的世界都在以加速度升腾起干燥、喑哑、破碎和尘土飞扬,只有它还记得另外一种节奏的湿润、轻盈、完整,天地清明。

2014年6月

第二辑　作家研究

在多重视界里人剑合一

——当顾彬走向中国新诗

一个亲手制作过器物的人总是容易对工艺更了解。选料与制坯,锻造与打磨,烧制与抛光,雕花还是施釉,每一道工序的处理都会有基于制作者触感的领悟与表达。这种领悟与表达迁移到对器物的品鉴中会以另一种话语形式或隐或显地影响着检选和判断。

诗当然不是器皿。但它确实盛酒也盛水,加盐也加蜜,每一次的注满和倾倒,都需要好的握持和恰如其分的角度。一个诗的从业者的长久劳作生成的肌体记忆因此颇有意味。对于中国新诗的研究者、译者顾彬的关注,因而可以安心地从他的一段备受柏桦赞许的诗作《于道观中》[1]说起:

> 穿过后门,我们进来
> 本该左行,却误入右门
> 道姑静待在那里,一袭白衣
> 法名曰常琼
> 她让我们回转过去,重新迈出生命的步伐
> 此刻是岁月永恒,幸福无量
> 我们在太一打听太一:
> 是神还是榜样?只是榜样,她答道。
> 她纤细的左手中,轻握一部白色乖巧的手机

诗中有明显的撞色感:"左行"与"右门"的隐喻,"道"之虚静与现代物品"手机"的异质拼接,"神"与"榜样"的陌生与张力,以及道观、太乙(又称太

---

[1] 顾彬.顾彬诗选[M].成都:四川文艺出版社,2010.

一)与俗世的多点透视。这种撞色感,我们在顾彬的其他诗作中很容易能找到呼应,比如《扬州》中档案与月亮与人造气球与圆融,"档案记录有些夸张:/此地无皓月。/事实与档案不同:/月亮有如人造的/气球,带着绳子升入高空,/膨胀而圆融。"甚至是随笔里,"在谢烨餐桌上包饺子的地方,顾城摊开了巴黎观光时的照片"①。然后是评论,张枣"文言古趣与现代口语交相辉映""德语的深沉与汉语的明丽甜美相调和"②。还有文学史叙述,冰心和庞德的并置手法、余光中的重叠视角③,等等。

　　一个体内携带着如此繁复基因的诗人、当代中国诗歌在德国的首席翻译者、新诗传播与批评者、新诗发展史的叙述者,他的视界如何生成,又何以表达,他的存在是修改了中国批评的基因序列,还是直指批评肌体内的某些痼疾,是值得期待还是另有恐慌?与基因科技发展相似,外源性的注入和改写会引发震动;与自然科学不同,批评视界的基因变动并不会指向脱靶与不可控,相反,必要的激荡才能真正催促批评生态的重组和唤醒批评机能的新生。

一、不知荒芜

　　而批评界的常态经常是单色度的,比如领地。在研究领域越来越细化的学术界,一个新诗的研究者的领地往往有清晰的边界:从诗文本、诗人个案、诗人群落、诗歌史,到诗现象的捕捉、追踪与定位,总结规律并拓展理论。在长期的精耕细作中自行维护并开拓疆土,然后根据个人偏好,选择捕猎目标设定美学资源导航,在惯性归因之路上披荆斩棘并对途经之处给予指认、描述和确认逻辑关联。

　　在这样的纯度中,偶尔出现在著述中持续保有一定量对诗之外的其他文体或时段关注的研究常常让人新奇甚至是惊喜,这意味着凝神屏气之外有环顾四方。前者固然有助于保持学术专注力,但后者却可以避免"寸步不移,犹恐失之"的拘谨与狭窄。物种单一的生机勃勃其实是另一种荒芜。

　　从这个意义上说,顾彬的所来之径是可以欣喜的。在德语文化的母体之外,他从1970年代起即着手研究中国传统文人的自然观与抒情传统,熟知并

---

① 顾彬.一千瓶酒的英雄与一个酒壶的故事[M].北京:北京出版社,2017:74.
② 顾彬.综合的心智——张枣诗集《春秋来信》译后记[J].作家,1999(9):39-41.
③ 顾彬.二十世纪中国文学史[M].上海:华东师范大学出版社,2008:75.

翻译过《论语》《孟子》《老子》《庄子》等传统经典和六卷本的《鲁迅选集》等。而在十卷本的《中国文学史》(2008)中，除《二十世纪中国文学史》，其个人还撰写了中国古典诗歌史、中国传统戏曲史和部分中国散文史。在新诗的点之外，是有线和面的。

如此的所来之径在面对中国新诗时至少有如下的优势：

一是根系完整的批评路径。与学术分工日益细化之后各种划时段为界的研究路数相比，顾彬从古典文学出发抵达当代的路径是在与文学同方向生长中确认一片叶子的萌出，因符合自然节律而有着根深叶茂的扎实感。新诗用斩断根系的方式宣布自己靠扦插自行生根或嫁接于西方文学的母本存活，终究是一场急于宣告叛逆和出走的意气用事。剔骨还髓的新生既不可能，对原株发达根系的关注显然更利于发现曾经的固着、支持、营养输送与贮藏。一个"在古代希腊语文的节奏和唐朝诗歌的诗意之下创造"诗行的诗评者，一个"从王国维或宗白华来看中国文学"[①]并能娴熟地使用"君子不怨""陋巷"等话语重述德国深邃的哲学传统的译者，因根系完整、植株健全，更容易实现嫁接顺利、存活良好。

二是多于诗的文体参照。文体壁垒的存在，部分是源于研究者基于个人偏好的令人尊敬的学术热忱，但也未始没有学术体制中生存压力之下畏惧逸出舒适区的惰性。长久地对目标之物保持凝视之姿是否更有利于提升目力的敏锐和判断的稳健？显然不是。恰恰相反，那些灵活而富有新意的洞见常常来自远距离的瞬间打通或击穿。比如余华在《红字》中读到肖斯塔科维奇《第七交响乐》的变奏处理，比如陈从周在园林中看见《红楼梦》的布局谋篇。而文学内部各文体之间更是长期在呼应和差异中彼此照见与各自完成。专心致志于某一文体固然可能更便于趋向"专业"，但在不同文体穿行中持续的离开和重新回来却能更好地在参差对照中确认自身："我最近看过的长篇小说，无论是美国的、德国的或中国的都比不上当代诗歌、散文、中篇小说的表达力量。"[②]

三是别岸的清醒与轻捷。抛开上述基于知识结构的个体差异和语言间的摆渡能力，一个域外汉学家面对新诗时的优势在哪里？在于置身另一岸的视界、文化基因，以及更纯粹的批评关系。"德国的文化是一种怀疑文化，我

[①] 顾彬.一千瓶酒的英雄与一个酒壶的故事[M].北京:北京出版社,2017:176,113.
[②] 顾彬.一千瓶酒的英雄与一个酒壶的故事[M].北京:北京出版社,2017:137.

们老是怀疑我们自己。因此我们知道除了自己的观点以外还会有别的观点。美国文化不是这样,美国文化是一个老肯定自己的文化。美国汉学界当然也是这样。"① 顾彬自觉地将自己置身于汉学家队列并以怀疑与审视确立自身特质,先天地抽离出过于痴缠的国族本能和盘根错节的人情牵绊,以此避免与本土的研究者混同。后者因与中国诗歌共生而常常难以剥离出自身,他们是中国诗歌供销一体的组成部分,某种程度上说正是其与诗歌生产群体荣辱与共的特殊互动方式共同参与完成了诗歌写作。

据此,顾彬对中国新诗的关注,是先汲一桶水再取一杯饮的,是推门进来之前先阅尽千山,带着一个采集者的挑剔和诉求的。所以,他采集时的眼光和检选后的评价,是有美学标准且对品质控制有意义的。当其将新诗置于世界文学的宏观格局与中国文学的总体成长中描述和判断,结论常常丰饶。

二、从陆地下水

在世界文学发展格局中看中国诗歌,顾彬关注的是不同版块的漂移、碰撞、接近和分离,是世界诗歌的大陆漂移。他的思维切入点、走向与习惯性图式,他用于完成透视的视点、地平线、消失点以及由此形成的纵深感和立体效果,因此是不同的。

20世纪中国文学在相当长的时段内与世界文学之间的对接是延迟、集中爆发和错位的,少有实时互动。国内文学史学的视线因而常胶着于文学从史学中的析出,找寻文化史与诗学之间的矛盾与遇合点,致力于文学类型从生到死的描述和不同作家基因的揭示,比对文学事实选择与作品评价比例,关注文学之变与时代内部之通。对于与世界文学的关系,重在于中国文学的历史大逻辑中对审美经验清理,厘清其中从西方文学中吸纳而来的基因。

而在顾彬的逻辑体系中,以人类共通的书写在不同文学间产生个体间的撞击、裂变、新生是成为世界文学的基本样态,自我的建构与语言的演变生成是现代化含量的表征,而翻译是中国文学走向现代化的有效驱动力。因而对于当下诗歌研究的生态而言,顾彬存在的意义并非是版图的拓展和批评视角量上的增加,而是一个新的透视点。

顾彬的描述中,表征新诗从古典诗歌的坚实地表下破土而出的,是"我"

---

① 顾彬.一千瓶酒的英雄与一个酒壶的故事[M].北京:北京出版社,2017:108.

的降生、丢失和重新找回：找回声音，找回语言，它们是诗的肉身。"如果不看透现代性作为自我提升、自我指涉、自我褒扬和自我庆典的实质，现代性的基本文本就无法理解"①，郭沫若的《天狗》因此被视为新诗"自我"建构的起点。而对该诗的分析中可以看见顾彬新诗研究的常规视界与论证图式：儒释道共通的知足和自谦先天缺少个体意识萌发、存活所需的温度和土质，甚至难以自行孵化出个体意识本身。故《天狗》中"自我"的异质感，其易燃性与膨胀力来自外援，比如尼采，而郭沫若作为《查拉图斯特拉如是说》中国译者的身份支撑了影响渊源的确认。在诗语层面上，出现39次的"我"则是具足《旧约》中上帝的气质，"堂而皇之地告别了中国诗歌中无我的传统语法"。在逻辑搭建中所使用的引证文献，分别取自马利安·高利克的比较文学视角和拉尔期·艾尔斯多姆的政治阐释视域。同样是"诗人在诗人中间"，本土研究的逻辑建构模式通常是以研究对象为立足点，通过同构思维确认外来影响。而顾彬更多的是用对比推理以"异"来凸显特质，于各自的方位指向不同视点，共同完成对"自我"的透视。这一诗文本阐释模式在对新诗发展的讲述中是持续和稳定的，在对冰心的分析中，以泰戈尔的并置手法和庞德的不连续性作为对照，指出其古典情境与《圣经》式格言风，而作为支撑的引证文献源自奚密的《中国现代诗歌》。"我们回忆一下这位与冰心同时代人的著名的两行诗：'The apparition of these faces in the crowd/Petals on a wet black bough.'（人群中这些面孔幽灵一般呈现/湿漉漉的黑色枝条上的许多花瓣。）冰心也采取类似手法把画面彼此隔开，例如《春水》第32篇……"②与将中国文学既作为消失点也作为立足点的批评相比，这样的视界有两点透视的立体效果和穿透力。

如果延伸到与诗文体周边的对接，可以生成体系更宏阔的逻辑框架。在《黑夜意识和女性的（自我）毁灭——评现代中国的黑暗理论》③一文中，从现代性的视角，在政治和审美的角度分析"黑暗"的不同层面，其中后者的代表作是爱德华·杨格（Edward Young）的《黑夜沉思》（Night Thoughts）、诺瓦利斯（Novalis）的《黑夜赞歌》（Hymnenan die Nacht）和德国一位无名诗人创作的散文《伯纳文图拉的守夜人》（Nachtuachen des Bonaventura），以及将黑夜作为其表现对象或背景的弗雷德里希（Casper David Friedrich）的绘画作品。

---

① 顾彬.二十世纪中国文学史[M].上海：华东师范大学出版社，2008：44.
② 顾彬.二十世纪中国文学史[M].上海：华东师范大学出版社，2008：75.
③ 顾彬.野蛮人来临：汉学何去何从？[M].北京：北京出版社，2017：121-135.

之后从哲学和宗教层面对中国传统的阐述中确立中西方"黑暗"的共性,继而以刘鹗的《老残游记》、鲁迅的《呐喊》、茅盾的《子夜》、巴金的《寒夜》以及丁玲的《夜》、王蒙的《夜的眼》、艾芜的《夜归》等小说和郭沫若诗集《女神》为参照,指出翟永明是以《黑夜的意识》《黑夜里的素歌》等诗集实现对自我和性别的确认。这一论证,直接以"黑暗"的西方文化内涵为视点,延伸至其在中国文化中的文学表达。以小说中的美学形态为参照,最终指向翟永明的诗。如此出发之处、途经路线以及最终的落脚点,更为清晰地呈现了批评者与本土研究的视界差异。这不是在解剖标本中进行实验室研究的辨析成分与分析肌理,而是在世界文学的动态格局中确认生成机制。

能与人类沟通的写作才有存活力,只关注民族国家的表述因丧失交流能力而不能在物种的交互作用中获得基因完善。所以在价值和美学上不断地突破"对中国执迷"以成为"世界文学",是顾彬对新诗乃至中国文学的执著吁求。

批评亦是如此。时段、文体、国别甚至批评的惯性和置身群体的安全感需求,都可能成为一个批评者的井底,我们因此对"从陆地下水"(《顾彬的诗·扬州》)保持敬意。

三、伤与药

一个优秀的诗人要有高辨识度的声音,要打开,要持续拔节和不断蜕变,要春生夏长秋收冬藏。

近三十年,顾彬持续而审慎地把新诗引向德语世界并推向更远的新天新地。他的质检标准包括:借明晰之我与世界对谈,在不同语言的相互交换和哺育中把自己养大成人,对停顿和自我重复保持长久的警惕。所以那些被认可的诗应该能够"通过它可以让我了解到'我是谁'""世界观、语言表达都极为复杂,形式也很独特",以及"对当代社会问题尤为关注",而"一个人不突破自己,就无法获得长足发展"[1]。

他用这样的标准在新诗中反复拣选,在1990年代后渐成集束:翻译北岛、顾城、杨炼、张枣、梁秉钧、赵野、欧阳江河、王家新、舒婷、多多、丁当、李亚

---

[1] 季进,夏云."我并不尖锐,只是更坦率"——顾彬教授访谈录[J].书城,2001(7):28-39.

伟、翟永明、食指；2000年后译成于坚、王小妮、陈东东、西川、海子等人的合集。当代诗歌朝向德语世界的输出方阵渐次形成，面、质及量，都是重镇①。

值得关注的不只是诗学标准，更重要的是诗歌标准的建立依据，并用自己的文本实践持续予以支撑、验证、调试和再生。剖析对象并不断审视自身的剖视行为和标准，永远提问，永远对质询保持召唤，"我们今天的看法和昨天的不一定还一样"②。所以，"北岛、顾城等人在'文革'和二十世纪七十年代所写的是好诗，但一成不变的延续到当下就是可怕"，"重复自己"的杨炼是开始停滞，而"当代诗坛唯一一个在不断追求变化发展的"翟永明才是保持生长。③日耳曼式的怀疑批判学统和他深爱的鲁迅因此有了某种魂魄相通。在现代与当代之间截取前者敲打后者，在当代诗歌与小说中锻造诗歌而弃置小说，在诗歌中激活一部分而批评另一部分，不断在对对象的切分中指认和细化问题，始终目光笔直、勤勉、警惕、直指症结，而不是迟钝、无可无不可与一团和气。

公允地说，这种训诫与挑剔同样是指向世界的。"我提的问题不光是一个中国当代文学的问题，它也是一个世界文学的问题。"④他在批评中国诗歌的同时也以同样的锐利剖视德语世界及其他，"谁要是关注德语当代文学的话，就会出乎意料地发现，它比起华文文学来并不见得好多少"⑤，是在世界文学的机体内诊断中国诗歌的阴阳表里寒热虚实。如此批评更应该理解为一种思维，而不是所谓立场。

所以他引领，也训诫，捧出珍宝也展示瑕疵。

语言是最大的伤。"民国时期（1912—1949）作家们的语言水平是非常高的，许多作家是多语作家。他们通常不只掌握多种语言，也以各外来语文书写文学作品""中国的语言在1949—1979年间遭到破坏，因此中国作家有必要从头学中文，就像德语作家重新学他们的母语。"⑥全称判断或许未必严谨，但在时间纵轴中凸显语言之伤的因果逻辑却足见其重。

---

① 冯强.顾彬对中国当代诗歌的传播[J].长城，2012(3)：166-171.
② 顾彬.一千瓶酒的英雄与一个酒壶的故事[M].北京：北京出版社，2017：179.
③ 季进，夏云."我并不尖锐，只是更坦率"——顾彬教授访谈录[J].书城，2001(7)：28-39.
④ 顾彬.一千瓶酒的英雄与一个酒壶的故事[M].北京：北京出版社，2017：137.
⑤ 顾彬.二十世纪中国文学史[M].上海：华东师范大学出版社，2008：2.
⑥ 顾彬.从语言角度看中国当代文学[J].南京大学学报（哲学·人文科学·社会科学版），2009(2).

而翻译有药。在语言的生成中翻译的建构能力曾被证实,多语言补给对诗人的生长是有效的。在戴望舒与洛尔伽、冯至与里尔克、穆旦与奥登之间,都曾由翻译渡他们过河。"陈敬容1946年在上海开始翻译波德莱尔和里尔克,并由此变成了一个女诗人。我们在前面戴望舒那里也看到了一种类似的创作和翻译的统一"①,"北岛是在'文革'期间通过汉语译文接触了西方现代主义诗歌中晦涩、拒绝释读的创作方法……中国朦胧诗派的诗学背景主要来源于两次大战间罗曼语族国家的文学流派。我们可以从北岛至今喜欢使用的并列手法中很容易看出这一渊源。"②倍受顾彬赞赏的诗人张枣是其中醒目的个案,德语给过他母语中没有的关于精确的练习,勒内·夏尔帮他找到黑暗中的甜,而对史蒂文斯的翻译更使他有机会一再地探索汉语的边界。

我们更多地看到翻译在语言的不同容器之间反复倾倒时的不断洒出和磨损,却更少看到建构,很少看到翻译对自身语言的修补和调动,以母语中富有表现力的部分完成翻译对象对母语的重建。以及,这一过程中通过对情感温度、表意的隐显和色度明暗的拼接与调配,使母语的潜力得到激活,组合的可能性被更多向度地探索。

顾彬视之为重器,所以心存敬畏,唯有对所翻译领域深有所知而又能以一流的母语相对位的人才可以被许可进入窄的门。他对当代诗人的德译中有很好的践行:比如对张枣的翻译中保持了汉语的陌生性,使"张枣独特的话语结构和内在节奏"具体可感;比如对王家新则是精准地把握其"语言所要求的平衡感"和"平缓而保持一定紧张"的语调③。这与他对二者"将语义荷载填充到了几乎全然不可理解的程度"和"朴实无华"的文学史定位是相匹配的④。被语言哺养过的人,复以语言回报,摆渡是相互的。

词的精准配位是一次性的,所以他把最好的词语给了自己翻译的诗人,从此不再重复使用,"好的翻译也是爱。我翻译的时候,我会把我自己的时间,也会把我个人词汇里头最好听的词都给别的诗人,给夏宇、罗志成、郑愁予、欧阳江河、王家新、梁秉钧、翟永明等。我为他们提供完全我自己、别人完全不用的词,我写作时不能再用。"⑤这意味着不是挪用和混用,是量身定做的。

---

① 顾彬.二十世纪中国文学史[M].上海:华东师范大学出版社,2008:218.
② 顾彬.二十世纪中国文学史[M].上海:华东师范大学出版社,2008:309.
③ 胡桑.翻译,作为摆渡——关于顾彬的中国诗歌翻译[J].诗歌月刊,2017(7):82-85.
④ 顾彬.二十世纪中国文学史[M].上海:华东师范大学出版社,2008:367.
⑤ 顾彬.一千瓶酒的英雄与一个酒壶的故事[M].北京:北京出版社,2017:45.

我们的母语曾长时间地按标准化的模型锻造和成形,除此之外它们不知道其他的可能,那种公共性使语言生硬。为接近对象的力度与柔韧度,需把母语表达中从未有过足以试探其弹性和张力的那些部分反复锻造和敲打,炙烤和淬火。在不断的拉伸和折拗中,增益其延展和塑形能力——那些从未被尝试和要求过的能力。有幸经过反复抻展的语言方能质地优良。

四、"我"的偏好与拒绝

一个将现代性视为标尺的批评者,需要有鲜活的个人和边界清晰的自我作为标配才有可能实现人剑合一。在规范完备却面目模糊的学术场,人剑合一的自我如此重要却常常稀缺。定义一位研究者的可以是其知识谱系、价值立场、学术渊源和思维惯性,但这些精神生物学意义上的肉身如果不能化术为道,将终于只是栖身于器。

顾彬在《二十世纪中国文学史》中说,"我的偏好与拒绝都仅代表我个人","偏好"和"拒绝"都是自我的边界。在其最能体现一个人性情的随笔集中有以下几点令人印象深刻:一是对语言的重视;二是敬畏生命;三是赞赏童稚。元素和不同配比的调试形成在诗歌翻检中的视界,决定"看见"的可能和时机,比如顾彬之于于坚。按理说,顾彬应该更早和更稳地看见于坚,他们在对万物生灵的审美和敬畏层面是有机会轨道并行相互致意的:"我不在的时候所有的虫子都在我的东西上举行了不少宴会,蜘蛛还向蟑螂学会了在冰箱开party""猴子的美学跟人的美学可能不太一样"[①],"我希望我能了解到蚂蚁在我窗台上的书之间的快乐"[②],"它们会感谢我吗?不用。我感谢我自己,因为我对生命表示敬畏"[③]。这样的文字让人想起于坚的诗。于坚写蚂蚁,写避雨的鸟,以视角切换表达对人类中心的自愿弃绝:"你在暗处转动着两粒黑豆似的眼珠/看见我又大又笨一丝不挂毫无风度"[④],"我的耳朵是那么大 它的声音是那么小/即使它解决了相对论这样的问题/我也无法知晓 对于这个大思想家/我只不过是一头猩猩"[⑤]。当然,他们相见并不晚,只是各自对语言

---

① 顾彬.一千瓶酒的英雄与一个酒壶的故事[M].北京:北京出版社,2017:196.
② 顾彬.一千瓶酒的英雄与一个酒壶的故事[M].北京:北京出版社,2017:171.
③ 顾彬.一千瓶酒的英雄与一个酒壶的故事[M].北京:北京出版社,2017:267.
④ 于坚.于坚的诗[M].北京:人民文学出版社,2000:86,77.
⑤ 于坚.于坚的诗[M].北京:人民文学出版社,2000:77.

的执念和分歧一度推远了他们，但很多年后当顾彬终于在一本合集的翻译中与于坚以诗重逢并在语言相互校准中对话时，这种对生命的审美和敬畏会帮助他更快地抵达对方吧。不同个体在特定元素的有无、配比和各自体内的排序决定对接的时机、方式和可能性。但那些核心和本质的东西，有和没有是不同的。

物壮则易老。理性的认知和穿透力注定会需要在对直觉和敏悟有所磨损中生长。一个穿过人类智识的整饬而收获满满的人，通常需要放下童稚和感性，才能捡起理性的利器。收下锐利的手很容易松开之前握紧的清澈。但顾彬奢侈地拥有了哲学的锋利和孩子气的坦然无忌。他有条不紊地将诗人在严肃的文学史座席上一一安置，也无所顾忌地保留了那个天真的声音，比如说冰心"世故、做和事佬和温情脉脉"①，比如坦言北岛改动一首诗的写作时间是"为了能够发表"②。人性和常识因此使文学史的学理整饬气质端然中保存了真实的触感。这与其说是诚实和勇气，毋宁归结于元气充沛和未蒙尘。诚实和勇气是要和自己暗中角力最终克服引力与惯性的，而无机心只需要安于护持和不受损。哲学从一个层面抵达的，童稚经由另一个通道殊途同归，空气很透明。

与翻译和研究对象在现实人生中相互介入颇深，但并不因为私谊的生成而预设立场或让结论改道与绕行，以此区别于当下熟人社会社交形态带来的批评中心照不宣的遮蔽。他与他们既有同行的步履："从8月中起，他们搬进我柏林的住宅……"③"北京的诗人王家新与住成都的诗人翟永明……他们两位参观我的故乡"④"跟北岛、梁秉钧、翟永明等诗人去过中心公墓""最近我把欧阳江河、王家新介绍给维也纳"⑤"王家新带我在德国、奥地利看欧洲作家的故居"等。也有文字的唱和：《北岛》《哈楞湖畔的诗人们》等诗是写北岛和顾城，《孤寂宫》《灭火骑士》《没有英雄的诗》分别有副标题"致张枣""致翟永明"和"致王家新"。但顾彬还是会用很长的篇幅写顾城包括疑似有家暴行为的日常，纹理粗粝质地可感，浑然而坦白。对于诗艺上深深赞赏的张枣，他也会平静地记录下"北岛老帮助他，支持他，可北岛2000年没有获得诺贝尔文

---

① 顾彬.二十世纪中国文学史[M].上海：华东师范大学出版社，2008：74.
② 顾彬.二十世纪中国文学史[M].上海：华东师范大学出版社，2008：304.
③ 顾彬.一千瓶酒的英雄与一个酒壶的故事[M].北京：北京出版社，2017：59.
④ 顾彬.一千瓶酒的英雄与一个酒壶的故事[M].北京：北京出版社，2017：199.
⑤ 顾彬.一千瓶酒的英雄与一个酒壶的故事[M].北京：北京出版社，2017：204.

学奖,他却非常高兴,并且给朋友打电话表达他的兴奋"①之类有破绽感的细节。这样敞开的知人让我们在光滑顺畅和理所当然中时常幡然醒悟,提醒自己对净化结论的惯性引力保持警惕。

在无数的面无表情或意会但不言传的共谋中,中国新诗的批评需要这样的忧而不惧,需要有人以不同的视界在批评现场穿行,手持刀锋,心有甘露。

他当然也会有疑点和破绽,比如,外语能力的不足是否必然会成为一个蓬勃充沛诗人的致命短板;比如对翻译的过于依重是否会让诗的复杂生成机制被简化;比如,一个诗人是否可以因为"不够谦逊"而被忽视其诗学史价值仅安置于注释中,等等。但诘问之下,方能有光照进。太多的批评者将刀光剑影仅限于在学术的案几上切割与操作,并不同步于人生。而顾彬在面对新诗时是人剑合一的,人就是剑。他因此勇敢而有力,"根本不知道荒芜是什么"②。

2018 年 11 月 29 日

---

① 顾彬.一千瓶酒的英雄与一个酒壶的故事[M].北京:北京出版社,2017:143.
② 顾彬.中国往事[M].北京:中译出版社,2017:38.

在"我"和世界之间：马行诗论

我在准备写这篇诗评之前习惯性地寻找或者说等待一个合适的切入点降临时，分别想起戴望舒和北岛的一首诗。这当然可能是源于学院派评论的某种思维惯性，一个不断需要参照和寻求援助才能打开的解读习惯，以及由此带来的引经据典式的拖沓、烦琐和隔膜。但这样的联想有时也是好的，它让一个诗人置身于很多诗人中间，这其实是残酷和有效的：它能让那些原本面目模糊的人坠入更深的模糊中，但也让另一些人在人群不能遮挡处异常醒目地脱身而出。

一

被想起的戴望舒的诗是这首《无题》：

> 我和世界之间是墙，
> 墙和我之间是灯，
> 灯和我之间是书，
> 书和我之间是——隔膜！

诗中"我"和世界之间经过层层阻挡最终是隔膜的，这是那个时代常见的对于个体孤独感的关注，这首诗从外部形态到内部体验都是收束的。它被想起很大程度上是因为，马行的诗中也有孤单感，但却呈现相反的抒情模式，"我"和世界之间是互动和不断打开的。

在这个打开的世界里，"我"和它们是从亲密走向更亲密："小蒿草坐着，我也坐着／整个上午／我们肩并肩，坐在念青唐古拉山北麓，海拔4000米的／山坡上"（《小蒿草》）；和一块砺石"并排坐着，你等你的／我等我的"（《陪着一块风砺石在准噶尔戈壁滩上》);"天上月把我当兄弟/小野菊认我做大哥/草原是我客厅,沙漠是我书房,戈壁是我后园,荒山是我座椅"(《勘探途中:当我遇到诗神》)。从身体之间物理距离的贴近,到亲族关系指认与家园依恋的建立,互动是清晰和不断升级的。

或者共同分享与彼此融合:"塔里木,大风分两路/一路吹我/另一路跃过轮台,吹天下黄沙"(《大风》),甚至,"我就是/罗布泊"(《在罗布泊》)。废墟上的荒草,"可是另一个我/还在疯长"(《废墟上的荒草》)。或者,"我"就是黄河的支流:"我的波浪,是芦苇、羊群、奔马、雄鹰//我的上游,是祖父的微笑,祖母的琴声/我的下游,是大风和云朵在渤海湾与帕米尔高原之间,来回游荡"(《我就是黄河的支流》)。世界是张开怀抱涵纳万物的,每一个"我"都以无数个"我"的形式附着在万物之中,"我"与众生同在。

这种浑然是普适性的。诗人可以,姚师傅也可以。"等我们再次来西藏,有缘就能见到他,无缘,也会见到另一个他"(《姚师傅》)。万物之间也可以转换和流动:"沙子一堆堆,一缕缕,有的是骆驼/有的是王妃,有的是楼兰"(《坐在塔克拉玛干的沙山上》);"青藏高原上的电"可以化身为"薄薄的云""滑翔的鹰""闪电""蒿草""雪莲花""酥油灯"(《青藏高原上的电》)。跟农业质地的植物相比,电作为工业时代的产物其实不太容易生长诗意和抒情,但这首诗通过这样和万物关联的连接方式,完成诗意的对接。

更深的机缘是在时间的循环往复中累世叠加:它们是"我"前世的父母、兄弟,甚至就是生生世世的"我"。在"我"和万物之间,马行常用"似曾相识"来实现对可能存在的渊源的指认或暗示:"似曾相识的小蒿草"(《那些人》),"似曾相识的青海女子"(《茫茫》)。这种飘忽的似曾相识甚至成为一首诗的全部抒情驱动力:

> 从山东的黄河口,来到青海的玉珠峰下
> 难道只是为了相遇
> 它到底受了多少雨淋日晒
> 到底在那里等了我多少年,心情又如何
> 我统统不知
> 它沉默,好像在思考什么
> 难道数百年前,我像它一样,也是玉珠峰下
> 一块石头

为了前世,也为了今生
我用地质放大镜左看右看、仔细地看……我感慨它粗粝的背面
像我没有做完的梦

(《石头记》)

一块石头在玉珠峰下等了数百年,一个人从黄河口风尘仆仆来到遥远的青海,前世和今生的界限渐次退去,轮回的秘密顷刻间被洞悉,我们都是这个世界结的果实,岁岁年年。所以,牛羊是火车前世的兄弟和朋友,"昆仑山坡的石头",前世"是一群小羊",而"林芝原始森林的那棵杏树/曾是月光的爱人"(《茫茫》),它们在各自一世又一世的轮回里相遇,"风和经幡相遇在山坡""蒿草和牛羊相遇在河谷"(《在阿里》)。青藏高原和"隔世的冰峰"噙泪相见(《当下》),隔着很多个时刻等一个时刻,隔着很多个世纪,小院等另一个人,"那小院,看上去/多么眼熟,仿佛很多个很多个世纪以前,有一个人把院门打开/等,等我此刻/再回来"(《青海草原上》)。

所以,跟戴望舒诗中的"世界"逐渐收束到墙、灯、书这样的近和向内相比,马行的诗刚好是不同的:"我"打开万物也打开自己,壁垒在拆除,"我"和世界交汇重叠,然后,从近走向更近,从远走向更远。这是不同的质地和气象:敞开的,浑然的,有元气和初生的。

这种质地是珍贵的,也是危险的。它的危险之处在于,跟个体生命的完成一样,抒情主体的建构与成长,是需要在自我与世界的分离中完成的。能否完成并呈现这种不断走向完成的动态过程是用来甄别一个诗人质地的重要指标,也是接下来必然会审视的问题。

二

北岛被想起的诗是《一束》:

在我和世界之间/你是海湾,是帆/是缆绳忠实的两端/你是喷泉,是风/是童年清脆的呼喊

在我和世界之间/你是画框,是窗口/是开满野花的田园/你是呼吸,

是床头/是陪伴星星的夜晚

在我和世界之间/你是日历,是罗盘/是暗中滑行的光线/你是履历,是书签/是写在最后的序言

在我和世界之间/你是纱幕,是雾/是映入梦中的灯盏/你是口笛,是无言之歌/是石雕低垂的眼帘

在我和世界之间/你是鸿沟,是池沼/是正在下陷的深渊/你是栅栏,是墙垣/是盾牌上永久的图案

很显然,跟戴望舒诗中"我"与世界的隔膜相对应,这首诗是寻找连接的。所以在它多达30种意象中,容纳了涉渡(帆)、界说(画框、窗口)、标度(日历、履历)、指引(罗盘)、照亮(光线、灯盏)、开启(序言)、阻挡(鸿沟)等多重关系,是不断地探寻一个人和世界之间的各种可能性。

一个人要看见世界和自我之间的界限才能回到自身。一个和世界浑然一体的人注定是要在反复的质询、分辨和寻找中确认自我:我是谁,我从哪里来,要到哪里去?这是个体生命用来回应整个人类的精神命题。在一个人的诗中完整看见这样的追寻过程是让人惊喜的。毕竟很多人终其一生从未被唤醒然后坐卧不宁地想要启程过,无论是被自己还是外部世界。

马行的诗中,这种确认个体和世界关系的路径是质询、辨析和起身寻找。

这里有持续不断的发问:"矮矮的蒿草在等谁/小鸟在等谁/德吉梅朵老阿妈,拄着拐杖在等谁"(《在当雄小城》);"是谁把巴颜喀拉山放在了青海,又是谁让万里黄河从这里起程"(《青海》);"你是谁的使者,又是谁/让我们相遇"(《格桑拉姆》);"她是花神,还是前来迎接我的一个小女儿?//她啊/到底是谁?"(《菊花》);"工人公寓、假山、人工湖/女勘探队员、越野卡车、玩泥巴的小孩子/又是谁的赌注……//哦,勘探基地啊,这废墟上的荒草,可是另一个我/还在疯长"(《废墟上的荒草》);"一座座雪峰,是谁的思绪/一只只斑头雁,是谁的目光/一条条小河,是谁的脚步/一朵朵雪莲,是谁在笑"(《在喜马拉雅山》)。

然后是寻找。"我找寻大海的前世,以及三百年前/住我隔壁的女子"(《在禅寺》)。这种寻找是上天入地和预约来生的:"给月亮写信""给水星和

火星发电子邮件",写"春之风沙,夏之落花,秋之空远,冬之寂寥",但收信人是"下辈子,远方,一个坐在云朵上的人"(《信件》)。他的寻找,是"从轻风里寻找到灯芯,从流水里找到火柴"(《冈底斯山》,P45),是"想遇到一朵雪莲的灵魂"。这样高远而没有归途的寻找,是一座山的孤单,是在尘世中没有终点:牦牛走了,雄鹰带走了云彩,"这是异乡还是故乡,我的孤独如此空荡"(《在冈底斯山下的洛江小镇》,P46)。

这些让人坐卧不宁的质询和不断地起身寻找,使抒情主体开始拥有自己的轮廓,这是个体和世界的边界,是自我生成的驱动力和不能或缺的疆界:

> 我总想
> 到大雪山的里面看一看
> 我疑惑
> 大雪山不是一座山,而是一扇前世的门
> 我招手,喊话
> 向大雪山投掷石子
> 却不见有人把门打开
> 难道,凡俗人
> 永不能看到命运的另一面
> 临走时
> 我依然不甘心
> 我再次捡起一块石子,向大雪山
> 投去

这首《面对大雪山》让人想起卞之琳的《投》,除了"投"石子动作的相似外,更本质的,是隐蔽在其中的孩子气的不断探究的好奇里有哲思。在卞之琳的诗中,小孩子投石子的动作里有着海德格尔式的"被抛",是对存在的体认。而这首诗里至少有四种人生的命题:我们想要洞悉自身所来之处的秘密,这是一个人终其一生的好奇;我们用半生的努力向未知处不停地询问却终无应答;我们的疑惑:是否有些秘密终生不会对人世敞开;我们接受,但转身撤离时仍会心有不甘。

一个人走向完整的过程必然要这样追问来处与归途。所以,对于一个不断寻索"我"和世界关系的生命来说,"家"是一个必然被打捞和追问的名词。

我想安一个家
屋前是可可西里草原,屋后是可可西里山

在那里,我要做的第一件事
把阳光做成我的拐杖,把月光做成手提的灯笼

然后我到可可西里深处
做第二件事,找回我迷失在前世的
藏羚羊:一只是我兄弟,他比春天小两岁
一只是我姐姐,她比夏天还要大三个月
还有一只是我的
女人

花开的时候,我做第三件事
骑一头草黄色的可可西里野驴,带着三只前世的藏羚羊

  这首《可可西里之恋》是马行诗中关于"家"的较为精准的描述和向往:阳光做拐杖,月光是手提的灯笼,"比春天小两岁"的兄弟和"比夏天还要大三个月"的姐姐,这个以季节为参照的年龄标度的方式是不是很迷人?更重要的是,"我"会"骑着一头草黄色的可可西里野驴",带着打了包的时光和幻觉,一起回到今世此生。
  还有些时候,"家"是这样:"我想安一个家/就在大孤岛,就在大孤岛无边无际的槐树林里/在那儿,我吃天上的月亮/饮地上的露水/在那儿,天上有多少星星/地上就有多少蜜蜂"(《大孤岛》)。或者是这样的:"在大地上,我有三个家/黄河滩/开满梨花的园子/帐篷"(《我在大地上一天天地游荡》)
  这是同一个答案的不同版本的解法。在很多种解法中,我们抽绎出被打散的关于家的得分点。比如:幕天席地的物理空间,逸出今生今世的时间长度,与日月星辰同一序列的食物链定位,与天地万物之间的拥有和被拥有。
  还应该提及《勘探奇遇记》,这是比"家"更大的理想世界:它是城市的前生和乡村的来世,"那儿的骏马比星星还多,那儿的女人比桃花还美""那

儿的春天像现代童话,那儿的河流比玻璃还要明亮",有"参天的古树"和"开满鲜花的田野"。但这个世界无法抵达,因为"要想找到那儿,须由星星引路""我没带指北针",以及,知道地址的"勘探队的老队长""已经去世了",而"更清楚宝藏的位置"的众神已消失。

至此,我们看清了一个诗人关于个体和世界关系的完整表达。

三

在这样的清理之后,还要说到其中类似味觉体验的质感:前调与后调,入口与回甘。

马行的诗给人最初的印象显然是浩荡和辽远,但其后调中却具有某种反差很大的温和柔软的气息。

我们在那些被反复指认过的坚硬的骨架般的气质中可以看见很多处不同的质地:《电建施工时刻》中,在大山的浑厚内敛和草地的温和辽阔之间,在小草的柔弱和千年冻土的坚硬之间,大胡子队长面对藏羚羊到来时"后退三里,让一条路"的一声令下,有父性的浑厚与母性的悲悯,是百炼钢和绕指柔同在的反差与张力。《弯月》中新月的钩上有"糖",舟上有短发女子,梦里有小狗小猫,这锋利的藏刀般的新月因此有男性的凛冽、女性的甜美和孩子的稚气。

马行的诗中有很多"小":"小猫小狗"(《弯月》)、"小猫或小狗"(《夜空》)、"小弯月"(《拉萨夜》)、"小新月"(《小新月》)、"小蒿草"(《那些人》《天上》)、"小小麻雀"(《影子》)、"淡黄小花"(《藏地词》《那曲草原:一朵淡黄小花》《冈底斯山》《在青藏高原上》)、"小羊"(《杏花杏花》)、"一只模样俊俏的小羊"(《那曲:赶火车记》)、"一群小羊"(《茫茫》)和"小小的甜"(《可可西里地质探区》)等等,仿佛世间辽阔而生命稚弱,强大总要和柔弱相依偎。

与"小"相对应的,经常有很多叠词:"轻轻"(《火车来到了唐古拉》)、怯怯(《那曲:赶火车记》)、"青亮亮""泪汪汪"(《电建施工的路上》)、"青青的,亲亲的"《在青藏》)。它们是长空浩荡与长空浩荡之间一小片的温柔缱绻:

从天山向北,整个准噶尔盆地
加速,再加速
就在古尔班通古特沙漠边缘,东经91°23、北纬44°16

> 一棵小野菊,一个小仙女
> 拦住了我
> 她小小的,瘦瘦的,似乎迷了路,在地质越野车轮的前面
> 向我举起淡黄小花
>
> (《小野菊》)

在"大风""大山""大雪山"之后,在强悍粗壮的地质越野车轮前,"小小的""瘦瘦的"和"迷了路"的"淡黄小花""举起"的动作,是如此纤细和脆弱,是让人心疼和想要保护的。像那幅触动人心的摄影作品,战火中的叙利亚幼童,面对摄影记者的长镜头,慢慢地举起了双手,这是她从小学会的投降的动作,她以为那是一把枪。这是文字和视觉艺术共同触动人心的东西,罗兰·巴特所说的"刺点"。

而另外一些时刻,马行又会把那些本应质地温软的词写出凛冽之气:"思念像大海一样辽阔……那个零下十二度的弯月/如尖刀",月亮是零下十二度的,而且,如尖刀。不是"小弯月"或"小新月"(《望星空》),这里的温情没有缠绵。

或者,把"小"写得气势开合:

> 从念青唐古拉山南麓的当雄草原到昆仑山北的戈壁滩
> 多么空远
>
> 那一株株矮蒿草、小蒿草
> 它们最低海拔四千米,还有一些
> 高过了六千米
>
> 因为居高
> 天空看到了它们仰起的脸,白云猜出了它们的迟疑,就在它们身下
> 那小得不能再小的一丁点阴凉里
> 我看到
>
> 一队神秘的蚂蚁,正从那儿
> 悄然走过

(《苍茫》)

蒿草的"小"里,有海拔数千米的厚重来支撑,而它们那些丁点的阴凉里的蚂蚁是更"小",但这小因为背靠着山麓和戈壁滩的"空远"而有"神秘"和磅礴之气。

还应该提及这首《大山》:

我有三座大山
昆仑、唐古拉、喜马拉雅
它们的乳名分别是小风、小雪、小石头

迎着昆仑的狂风
当我叫一声小风,我看见的是
飞沙走石

当我在唐古拉
向一棵又一棵小蒿草,说及若干年前的小雪
雪峰开始高耸,雄鹰向我飞来

在喜马拉雅,当我伸出臂膀
大吼一声小石头啊小石头,但见浅云飞散
光芒四射

它有一个十分辽阔而又特别干净的开头:一个人居然拥有三座分别叫昆仑、唐古拉、喜马拉雅的大山。说它干净,是因为这不是财富占有者的张扬,我是说,不是一个地产商拍下某一片地皮时闪耀着金属光亮的霸气和嚣张。这里面有着孩童拥有玩具时的干净和喜悦,诗人给它们取了可爱的乳名:小风、小雪、小石头。你给自己的布娃娃取过名叫妞妞,把家里的小狗叫过"汪汪"吗?

"我"叫它们时,天地变色,飞沙走石,雪峰高耸,雄鹰飞来;"我"伸出臂膀大吼一声,"浅云飞散""光芒四射",这样的思维图式里有人类童年时期的元气淋漓,有远古神话的荡漾缥缈:盘古开天,清气上升,浊气下沉,逐日的夸父轰然倒下,手杖生根发芽,枝繁叶茂,满树桃花葳蕤,桃之夭夭,灼灼其华,轻风过处,硕果累累。

而"向一棵又一棵小蒿草,说及若干年前的小雪",这个温柔的小细节,使那些无边无际的力度,归于柔软的质地,如同一个大踏步的男人,在漫天的雨水里俯身抱起一只湿漉漉的小猫。就像这首《青藏高原》,在吞吐江河宏阔里,有着属于人间的"凉"和"甜":"青藏高原,我弯下腰喝一口长江源,又手扶巴颜喀拉山抿一口黄河源/它俩像唵嘛呢叭咪吽/有些凉,有点甜"(《青藏高原》)。

能在这样坚硬和柔软、沉稳和惊奇、巨大和微小之间俯仰切换的诗歌,无疑是有着大开大合、大起大落的坚韧和力度的,这一刻的诗人仿佛雄鹰附体:"时而又把天空缓缓抬高到云彩里,时而把天空狠狠降下来"(《天气》),这是一只雄鹰看世界的体验。这样的诗性的获得来自旷野的情感体验,以及由此生成的看世界的角度。

四

对于诗的讨论最终是会回到诗体的,诗体应该是一首诗的起点和归途。

但很多时候,我们谈论文体更像是在谈论器物。材质、造型、工序,色彩、线条、装饰的纹样,工匠的师承渊源、手法和元素,等等。我这样说并不意味着对文体的否定,相反,好的器物是经得起时间和最挑剔的目光的,是每一个细节都反复打磨、精益求精,每一个角度都恰到好处,是连瑕疵都能成为另具特色的别致之处的。人类文明史上遗留下的从青铜器到古瓷都足以让人叹为观止。

跟这些相比,马行的诗是少有"设计感"的,那些对于语言和诗体搭建层面精雕细琢的考究,那些复杂的意象或充满动力的换喻。印象最深的无非是"瓦蓝瓦蓝的两个女儿"这样的简单修辞,或《帐篷门口》中将生命切割成段,然后再重新对接,并在结尾处骤然擦亮:"……,加上……/加上……,加上……/加上……,加上……/加上……/……,又加上……/……在午夜,加上满天星辰。"包括《大风》这样诗性充沛的诗,也全无装饰。

这样的诗体结构带有自然生长的植物质地,仿佛旷野中的树:沉寂的单棵,参差错落的三五棵,和声般的很多棵。

它的生长方式之一,是按时间的顺序:早晨、中午、晚上,如同一节一节长出的枝丫:"从早晨开始,就有两朵白云/远远地守在半空/下午时分,不经意/又望到那两朵白云/依然守在那儿……//现在,一堆堆篝火已熄,山谷寂寥/坐在帐篷外/借着月光,我隐隐约约,又看见了那两朵,一动不动/守在半空的白云。"(《冈底斯山》)

或者,是随着天然物象的变化:风在刮、风还在刮;天黑了、天更黑了。"都三天了/大风还在刮/……/大风还在刮/……/大风还在刮/……"(《在罗布泊》);"天黑了……/天更黑了……"(《行驶在准噶尔戈壁滩的黑夜里》)。

还有,某个生命体的活动轨迹:在一天或者一个时段内的日常。比如一小群野骆驼的飞奔而去:"八头,也许九头,在天山南麓的大峡谷/一动不动//像土丘,像停下来的风,又像传说中的西域散仙/向着它们/我靠近,再靠近//突然,它们昂起头颅/向着隐约的地平线,绝尘而去……"(《野骆驼》)或者,一个人试图和雪山对话:"……招手,喊话/向大雪山投掷石子……/我再次捡起一块石子,向大雪山投去。"(《面对大雪山》)

这种朴素的近乎速记的诗体结构在马行的诗中占很大的比例。越是朴素的东西其实是越难驾驭的,一不小心就会滑向对自然秩序的复制,所以它注定属于少数人。那些不动声色的点燃方式,因此有大道至简的力量感:比如《电网通到了巴仁多村》,平静地叙述了电力工程的进展,然后电灯亮起时,"琼拉姆伤心地哭了,她第一次发现/电,是那么的亮"。一个人为物质的匮乏或心愿达成而哭泣,是生活;而为电那么亮而伤心哭泣,却是诗。《太平洋传》顺序地罗列了黄河流过的轨迹,但在结尾处有了不一样的感觉:"这个夏天,我第一次来到美国西海岸,就又遇到了那些水/已名叫太平洋。"关于水文的记录是地理学,但看见世界上所有的水是相通的,这是诗。《写在日历牌上的》前面四个日期都是日常的事件,在第五个日期有了挣脱日常的一点:"我在五月十二日的背面,写下'晴,无所事事,唯黄河从门前懒洋洋地流'。"日复一日的生活是故事,黄河从门前流过时的懒洋洋,是诗。

每一个诗人的写作都可能面临的困境是,正在进入的是一个被无数人不断表达和彼此相互遮挡、覆盖的世界,他们需要不断地拂去既有的各种抒情图式而在挤挤挨挨的狭窄空间里努力伸展,除非他进入的是一个从未被表达过的场域。马行的独特之处还在于,他的"无人区"开始逐渐生成一种相应的美学品质。

所以,"无人区"是地理概念,也是诗学概念。这是我接下来要说的另一个诗体特质:一无所负的歌谣般的轻快感。在人类文明的路途中,歌谣对应着个体生命或整个物种的童年时期，带有初民行走在广阔天地间的质朴、轻快和无所顾忌。这样的气息在马行的诗中经常被感知到：

  风在天上，天上有窗
  有布达拉，有海拔八千米的珠穆朗玛，有大昭寺

  水在天上，天上有雷，有闪电
  有长江源，有黄河源

  羊在天上，天上有可可西里
  有小蒿草

  火车在天上，她也在天上
  我看见，她从唐古拉站下了火车，顶着一弯月亮，到山的那边去了

  这首《天上》中，有着类似诗经、歌行、民歌、儿歌和民谣的质地。"风在天上，天上有窗""水在天上，天上有雷"，顶真修辞加跳跃性强的名词，有初民的思维，也让人想到"一生二，二生三，三生万物，万物归一"式的万物相生绵延不绝。

  相比较而言，《杏花杏花》前三节，更像是儿歌的语法或修辞：

  杏花杏花，春天来了
  雁阵雁阵，秋天来了

  西风西风，寂寞来了
  江河江河，大地来了

  远方远方，火车来了
  雪山雪山，雪莲来了

  前世前世，卓玛赶着小羊来了
  今生今生，我无边的悲喜，青藏高原上一朵又一朵白白的云，也来了

姜戎的小说《狼图腾》中,浩茫的蒙古草原上毕利格老人也哼唱过一段类似的歌谣:

> 百灵唱了,春天来了
> 獭子叫了,兰花开了
> 灰鹤叫了,雨就到了
> 小狼嗥了,月亮升了

这些接二连三的到来,仿佛一场雨后春天里不断拔节的声音。但人群聚合处的生长是这样容易被喧嚣的市声遮蔽,这些脆生生的音节因此更适合出现在人迹不常抵达的地方。

它们当然可能会像世界上所有的水都相通那样在深深的地层和我们根脉相连,但却是在遥远的地方生出的新植株:"九月蒿草,十月劲风/此时,我的朋友扎西达瓦/正在准备过冬的棉衣、肉干、牛粪墙"(《天气》),其中有向《诗经·豳风》中"七月流火、九月授衣"的致敬,但它鲜亮的游牧气息是古老的农耕文明中不曾长出过的。

这是新的。

2017年10月7日

"走神"的沈东子:"寻找"与"溯游"的感伤行旅

多年的专业性阅读训练,事实上使我们产生一种阅读障碍:我们其实已经很难放弃一种探究的眼光,而仅仅对放在面前的印刷品作一种纯粹的感性注视。这样,在我们的阅读中,大量关于作者姓名及姓名之外的信息常常倍受我们关注,比如年龄、居所、学历,比如情感经历、婚姻状况、社会地位。我常常试图弄清楚一个似乎与学术无关的问题:我们对于创作者上述有关信息的关注,说到底,是源于研究需要的学术兴致,还是世俗的好奇心乃至猎奇心理的驱使。或者说,更重要的是,这种信息的获得对于研究的意义,是透视,还是障碍?

我始终认为,在文本与创作主体之间能找到某种"对应",如果不是源于批评的附会,对创作者而言,或多或少是一种不幸。在经验与文本之间,在史实与文学之间,在"有我"与"无我"之间,在大地和星空之间,是应该先抓住点什么,然后起飞。

阅读沈东子,我再次清醒地意识到这种障碍并试图拆毁。如果学术的不断积累与传承,覆盖了我们对文本的具体体验,让我们抽空它。轻松地摆脱惯性导致的暧昧不明的探究意识和习以为常的纠缠不清。面对文本,选择感觉。

一

阅读沈东子,对于文本叙述的最初感觉是:走神。"走神"是一种与"凝视"相对的状态,一种对"全神贯注"和"聚精会神"的逃避。只是一开始,你往往搞不清楚:"走神"的是沈东子,还是我们的阅读?我起先认为,这种"走神"是文本对于"故事"的稀释导致的阅读/接受状态。应该说,沈东子的故事至少不违背20世纪90年代公众的阅读习惯(如果不是暗合的话),故事的框架中常有一种让道德漠然而大众趋之若鹜的那种男人和女人之间、一个男人和多个女人之间的故事。这样的故事被置于商厦、时装店、咖啡厅,还有美国。这些场景让人们在身临其境的恍惚中倍感亲切。辅之以让那些在20世纪90年代具备阅读能力和兴致的人会心一笑(对此有记忆者)或眼前一亮(对此无记忆者)的乡姑村野的残垣断片。只是,文本中这些情节往往被剪成碎片,然后注入大量情绪、体验、智性的思考。被稀释后的故事,使阅读的目光在一片茫茫然的文字中找不到一种可以作为参照物和落脚点的情节因子、向度,只能四顾茫然,然后"走神"。这种情形很容易让人联想起一种现象:雪盲。后来,随着阅读的深入,渐渐发现,"走神"的阅读状态,恰好与文本特征暗合。"走神"是沈东子小说的叙述方式。

　　沈东子的小说缺少一种"凝视",缺少"凝视"的执著与耐心。《电影》是在电影院内的一次"走神"。按照标题,叙述的视点应该定位于屏幕,但"电影"的现场事实上在文本中一共只被凝视两次,在开始之后才开始("我没有看到影片头"),又在结束之前结束(估计影片已接近尾声,便站了起来)。而"走神"则是从进入影院之前即已开始:"我"的少年时代……巫……河湾的钓竿,风干的鱼……"走神"的喧宾夺主使"凝视"备受冷落。我们对于《绿眼睛》的阅读似乎是在清点了关于"童年的那个蓝蓝的夏天""父亲""小芳"和"绿眼睛"的所有叙述之后,才恍然大悟:我们津津有味地"注视"的东西,竟然只是"他"躺在床上望着污迹斑驳的天花板时偶然的几次"走神"。《离岛》是"走神"与"凝视"之间的一场精彩和颇有意味的短兵相接。文本的独特形式,又使我们似乎得以走到后台,目睹了"走神"登场的正在进行时:"走神"部分的内容在版面设置上是用一种比"凝视"小一号的字体,似乎暗示一种与生俱来的上下尊卑。"凝视"才是正途,而与"凝视"相比,"走神"显得飘忽、琐细和游移。只是,这种"长幼有序"渐渐被打破了。那些"走神"的文字最初只是只言片语,一字半句,星星点点,丝丝缕缕;不久就由单句而复句而成块状和片段,断断续续,飘飘忽忽;而最后大段大段接踵而至——"走神"部分终于取代"凝视",由"在野"而"执政"。而文本内容视野之内的"凝视"之岸,终于在"走神"的浩渺冥思中越来越远而只剩下断断续续的地平线。

　　小说的叙述不仅仅是一种行文策略,一种文学现象,而且是人类体验、理解和解释世界的一种方式。叙述暗含一种对现实的感知方式,一种置身世界时自我姿态的选择。这样,"走神"成为沈东子关注现实的一种状态。沈东子叙述目光一触及熙熙攘攘、混乱而又充满生机的现实场景,就开始"走神",川流不息的生活河流随之被中断被视而不见,而回到或远或近的过往岁月。阅读沈东子使我总是忍不住想起邱华栋又竭力忍住不想。我知道,两者之间的"相似联想"可能只是一种幻觉甚至是假象。"都市"与"人"的关系是20世纪中国文学的历史叙事中绵延不绝的文学话题和思想话题。只是,沈东子并没有真正地介入这场谈话。或者说,刚一开始,他就"走神"了。邱华栋的主人公有着骑士生于中世纪之后的生不逢时之感。面对都市,置身其间而又怒目相向。他们站在街心花园,面向摩天大厦举起手中的剑成了他们共同的造型和一次带点炫耀的集体谢幕。而沈东子不同,在他眼里,城市已经死了,是不战而败,是自取灭亡和寿终正寝。用不着举剑,甚至不需要如剑如炬的目光。"这座城堡正在死亡",他只是站在悲悯中投去潮湿的一瞥。而且,他们使用不同的词汇,邱华栋说"狂奔",说"挣扎",说"深恶痛绝",说"控诉";而沈东子只说"游走",说"心事重重",说"叹息"。

　　沈东子和邱华栋是同时代人,但前者没有介入那场本应属于他们的共同谈话(我无可逃脱地陷入对于创作背景的关注的惯性,而又终于证明"惯性"的无能为力)。"走神"不是走开,仍然在场,或者,他只是坐在角落里,在话题刚刚开始时,他打了个哈欠。他的思绪正"神游于九月的暮色中",游荡于冥河两岸。

二

　　我想说的还不是这些,我关注的是沈东子的"走神"终于走向何处。

　　在沈东子的文本世界里,在缤纷故事的表层经验形态下,拂去那些种种对于叙述重点与人事纷争的不同处理方式,有一个共同的母题:寻找——溯游。

　　我在阅读中关注这样的一些句子:

> 他一直在寻找一种永恒的东西,想用那种东西来驱散对生活的恐惧。
>
> (《玫瑰酒》)
>
> 他确信那个男人也在寻找他,隔着无数条腿,隔着穿梭来往的车辆,两个人在相互寻找。
>
> (《阳光下的阴影》)

我本来渴望远方的河流，梦想能溯游而上，去寻访少年伙伴……

(《电影》)

把所有作品按时间顺序一一排列，"寻找——溯游"是那么触目惊心以致形成耿耿难眠的情结：方小文寻找巫和当年放在河湾的钓竿(《电影》)，艾丹丹寻找"褐色蝴蝶结"(《空心人》)，《阳光下的阴影》中的"他"寻找"镜中男人"，《南方！南方！》寻找一个见过一次面的女人，寻找爱情……生活在别处，爱情在别处，只能出发，总是寻找。

"寻找"母题在深层结构上完整的叙事模式是：失去——寻找——找而不得。

"失去"应该算一种"前寻找"行为。在沈东子的小说中，"失去"的方式有两种：一是失去女人，一是城市的死亡。"女人"和"城市"都是颇有意味的。"女人"是男性欲望的对象和载体，而"城市"是主体置身其中的环境。男性失去女人意味着失去把握世界的支点。文本世界中的女人亦有两类：一类是清新早晨型，如林小妮(《玫瑰酒》)、桃(《郎》)、文慧(《变色鸟》)、香儿(《绿眼睛》)、"小天鹅般的姑娘"(《灰蝙蝠》)……；另一类贪婪少妇型，如万玫(《太平洋商厦》)、马英(《变色鸟》)……两种女人以相对应的姿态出现：前者如早晨一样清新，一样明媚、一样芳香，又如早晨一样倏然而逝。她们是原野，是丛林，是大地，是绿色的大森林和金色的油菜花；而后者"身上从发卡到丝袜，都是商厦提供的……连微笑都与海报上明星们很相似"(《太平洋商厦》)，那些带着"月下弹唱西班牙情歌"气质的男人注定要失去前者而只有后者，注定要在无望中寻找，寻找"曼妙的诗意"。在众多文本中，《空心人》是独特的，在视角上是与上述"寻找"相向而行的一次行程，是艾丹丹对于男性的寻找。事实上，无论"女人""男人"，还是"城市"，都仅仅是一个意味深长的隐喻。在沈东子的文本世界中，这种隐喻如此之多，以至于我们的阅读不得不随时保持警惕，以免在表层故事的流连中忘却和失去深层探究的使命与快感。"对那位鬈发柔软的英俊男人的依恋，一方面排解了没有男友的空虚，另一方面又增加了寻找合意男友的难度。"其间沧海之水与巫山之云的潜在意象，凝成一种理想主义的高度，无法企及与超越——理想主义的旗帜，是出发的动力，又恰是抵达的障碍。

城市的死亡。《阳光下的阴影》中具有象征色彩的情节，成为"城市死亡"的隐喻：为了等待"镜中的男人"，"他"把自己的电话号码刷遍了全城的广告栏。可是,"他的电话号码被各种性病诊治广告包围着、淹没着,最后也成了一则性病诊治广告……",于是,"从黄昏到午夜,铃声疯狂而密集,犹如整座城市都已被梅毒损害,在痉挛中发出绝望的求救。"死亡的气息在城市的街道上穿梭,然后上升,舒展于天地之间,不舍昼夜,弥天漫地。《太平洋商厦》对于城市场景的展示,是关于"城市死亡"的另一寓言。那个充斥着"假发""假花"和"淋必净"的城市,没有呼吸,没有脉搏;"不同指针指向不同的时间,没有哪只钟是正确的。"没有时间,意味着在即将开始的寻找之旅上分不清日出和日落,把黄昏当黎明欢呼和朝拜。上述文本提供了"城市死亡"的场景和活动,是城市死亡前的一场告别演出、一次在执行枪决前的现场宣判。

不断地"失去"导致"失血过多"而死亡的城市,需要不断地拂去五彩斑斓的尘埃,拂去黄昏提前降临的感觉,寻找生命中那个"如梦的夏天"。

"寻找"在"失去"的尽头起步。"寻找"是故事层面的视线转移方式,是故事不断衍生的动力。纵观沈东子的小说,先是"寻找"然后才是"溯游"。"人在楼层的狭缝间,心想的却是大漠和荒原。"(《离岛》)如果断章取义,"楼层的狭缝"和"大漠荒原"恰好在向度和时段上构成两种方式:(1)现实层面的"寻找"。这是一种"在楼层的狭缝间"的东张西望。现实层面是可以穿行其间的,是有路可走的。但是,在街道两旁欲望如橱窗般使劲地眨着眼睛的城市中,路的尽头,无家可归。这种"到南方寻找爱情"的左顾右盼注定是一场错误的投奔,一次失败的回家之旅,一段南辕北辙的感伤行旅,又是一种清醒的自欺欺人和自我解嘲:"南方只有咖啡间,只有无数美丽的女郎和无数性病诊所……只有不安全",可是,"既然感到不安全,为什么不回去?"(《南方!南方!》)"回去",即是文本世界的"溯游"。(2)溯游。溯游,是寻找的一种特定姿态,是一种方向后指的寻找。这种后脑勺向前的行进方式,是指向生命本原更为终极意义上的探索。在文本中,体现为个体生命的回望:对儿童玩具的迷恋,对童年友侣的追忆……但是,没有回去的路。和现实层面的"有路无家"不同,这里是"有家无路"。来时的路已杂草丛生,真伪难辨。儿童柜台已"再也不会有那种方形的积木",而当年的"鱼"也被风干。或许,个体生命的本源并不是"寻找"的终极指向,真正的指向应该是大地,那个让我们呼吸和给予我们生生不息的生命的大地。只是,沈东子好像还没走那么远,还在路上,还没有找到文化的依托。他的"寻找"只是在现实世界的行走,在个体生命的行程中"溯游",隔河相望,回不去了。"回不去了"的惶恐和伤感在文本的世界里绵绵不绝。事实上,写于创作之初的《红苹果》已过早预言了"寻找"与"溯游"的虚妄:"在一个雷声大作的初夏的夜晚我决定逃亡……这是一座设计精巧的古城,有喷泉有假山,还有高墙和枪眼,是历代中国人集体智慧的结晶……其实,我知道我不可能逃亡,因为这是我第11次作出逃亡的决定……逃亡计划屡屡由我策划又屡屡被我扼杀",只是"我出逃的决心从未动摇"。"逃亡"的无路可走与"逃亡"决心的不断升腾,成为文本内部纠缠不休的话题。

"逃亡"是与"流浪""漂泊"更为相近的意象,是人的生命深处对于自由的向往。"一个人总不能在一座城市里度过一生啊,无论多么好的城市……漂泊是一种比居住幸福一百倍的生活方式。"(《南方!南方!》)"漂泊"是不断寻求人与自身的协调与和谐,诱惑着绿叶对根的寻找。

"寻找"是不断地漂泊与流浪。"寻找"不仅仅是一个动词,更是寻和找的状态,是探测人生的连续性动作。"寻找"意味着不能挤入人群参加作为一种仪式的"围观",意味着即使无法脱身也会不断地"走神"。

这种"寻找"无疑是艰难和荆棘丛生的,然而在披荆斩棘中,一种富有生命力和内在质感的东西一定会和大地上蓬勃生长的庄稼一样生生不息,枝繁叶茂。

我再次联想到邱华栋,联想到他的"我们是在寻找,但我们深刻地怀疑,寻找本身都是无意义的"(《环境戏剧人》)。他们在说这些话时,沈东子一定又"走神"了。他在文本世界漫长的"寻找"与"溯游"的感伤行旅中,一定想起了前理想主义者张承志和他的"翻越大坂"。

三

关于沈东子,我们还应该说点什么呢?一定有些东西,在梳理的删繁就简中丢失了。比如"宿命",那种在黄昏之后"跟命运相对而坐",让我想起史铁生又只能避开。理性的限度无法容纳更多,我只能尽力让自己保持"凝视"之态。这意味着,我是以"凝视"来捕捉沈东子的"走神"。我意识到某种障碍并为此不安,同时感到超越的困境。

1999年11月

空间的生态伦理意义与话语形态
——叶广芩秦岭系列文本[①]解读

空间意识的强化,是近年来诸多具有生态意识的写作中一个醒目的特征。郭雪波对大漠草原的书写、陈应松对"神农架"的关注、杜光辉的"可可西里"展示,都曾各自形成了不同特色的空间特质。曾以家族小说写作而备受关注的叶广芩,以往关于空间的自觉书写并不多,《采桑子》9篇系列文本中,直接涉及空间的文字总计只有8处。而秦岭系列8篇小说中,因生态思考的出现,使空间展示的频率大幅度增加,直接展示的文字共计有25处,其中《山鬼木客》和《长虫二颤》中单篇即分别有7处和8处。

在具有生态意识的叙事中,空间不仅具备一般叙事中衍生故事、推动情节和传达行动结果等功能,更重要的是空间设置体现了人与自然、人类与非人类的相对关系。叶广芩的空间书写不仅展示了独立而醒目的生态伦理特征和相应的话语形态,更重要的是在时间的序列中,书写空间的裂变以及由此形成的话语冲突,并以其清醒而理性的叙事立场超越同时代人实现对百年中国文学话题不同层面的续接。

一、空间的伦理特征及其话语形态

空间的叙事功能首先是衍生故事,在秦岭系列的文本世界里,衍生故事的空间具有鲜明的生态伦理特征。

在人类文明的伦理体系发展进程中,"人类的伦理关系经历了从最初

[①] 特指其近年来创作的,以秦岭自然山水作为故事空间,以关注秦岭生态为主旨的8篇中篇小说,收入小说集《老虎大福》(太白文艺出版社,2003),不包括《青木川》等书写人文历史的文本。

的血缘关系扩展到亲缘关系再扩大到种族、国家及全体人类的历史发展过程"①,其伦理结构也随之不断发生变化。"在儒家那里,在行为规范的方向上,除人类之中的由父母、兄弟、夫妻、家族到朋友、邻人、乡人、国人、天下人这样一个推爱的圆圈,在人类之外,还有一个由动物、植物到自然山川这样一个由近及远的关怀圆圈,前一个圆圈又优先于后一个圆圈。"②中国传统文化中,虽然有天人合一等对自然尊重的朴素传统,但其伦理体系的总体构架是对人际伦理问题的思考。

20世纪一百年文学的伦理思考中,从对人的权利的呼唤,到对阶级、民族权利的探求,加之此后急促的现代化进程中工具理性的影响,自然和非人类存在物一直是既有伦理结构尚未覆盖到的人类的使用对象和附属物。直到1980年代以后,伴随着思想领域内生态意识的产生,文学叙事中才开始把伦理对象的范围从人类社会扩展到非人类的自然界,关注人类之外自然和其他非人类生命,作为该体系思考核心的伦理结构从"人与社会"、"人与人",延伸至"人类与非人类"的关系。

叶广芩的写作从家族小说到秦岭系列文本的转换,亦是在其个人的创作历程中不经意地演绎了这种从人际伦理到种际伦理的伦理关怀的时代转向。在其特定自然空间内蕴涵着独特的生态伦理精神和自足的伦理体系,用以处理人与自然、人类与其他非人类生命之间的伦理关系。这一伦理体系的核心是人类对自然及非人类生命的敬畏。

首先,在处理人类与非人类生命的关系时,强化二者之间的"亲族关系"。与"家族"系列小说中以家族内部人伦关系作为故事的伦理支撑相比,文本的"亲族"理念则是将人类自身种群个体之间处理血缘与伦理问题的准则延伸到了处理人类与自然、人类与非人类关系时的立场。在叶广芩家族小说中,大家族兄弟姐妹们的名字各有含义并相互呼应,如《采桑子》中的舜铻、舜镅、舜铭等。而秦岭系列文本中,老虎"大福"被二福认作"大哥"与人类有了兄弟式的排序,"山里人忌讳多,出于对大自然的敬畏,头生孩子从不称'大',长子都从第二开始排,把第一让给山里的大树、石头、豹子、狗熊什么的,都是很雄壮、很结实的东西,跟在它们后头论兄弟,借助了它们的生命力和力量,意为好养活,能长命百岁。这一地区的孩子每人都有属于他们自己的'杨树

---

① 雷毅.生态伦理学[M].西安:陕西人民教育出版社,2000:34.
② 何怀宏.生态伦理:精神资源与哲学基础[M].保定:河北大学出版社,2002:31.

大哥'' 豺狗大哥'。"(《老虎大福》)小说《老虎大福》与纪实性散文《老县城·华南虎》中关于最后一只华南虎的故事有很明显的互文性,两者所述情节极为相似,恰恰是在这种相似中可以看出其中的修辞策略:小说给老虎取名为大福,把现实生活中的学生、九娃子、屈匡寒等若干与老虎打过交道的人,重组成一个叫"二福"的孩子,在对虎与人的重新"命名"中增加两者之间的亲族关系,强化自然空间的伦理倾向。文本叙事在对非人类生命的亲族指认中,使人类与非人类的关系获得一个全新的定位。

与之相应,当人类使用非人类的生命作为食物、药物时,有其稳定的伦理准则。跨越种际的人类与非人类的关系,毕竟要面临着人际伦理所无法覆盖的命题——人类在自身的生存和发展过程中,不可避免地存在着对非人类身体的使用。人类对非人类生命是否拥有管理权,是否有择取非人类身体或身体的部分为人类所用的权利,是厘定人类和非人类伦理关系必须面对的一个难题。文本世界特定的自然空间以其朴素的立场和自足的伦理体系,在利用和尊重之间寻找到了很好的平衡点:"三老汉说,长虫坪的人从来不吃颤,以前就是取胆也从不杀颤。""三老汉说,要是为了治病救命,用多少蛇胆长虫坪的人都不在乎,长虫坪的颤们也不会在乎,那是积德行善的功德,怕的就是无辜杀生……"(《长虫二颤》)长虫坪居住的人类有着久远的剖蛇取胆历史的同时,亦有着源远流长的对于蛇生命的尊重传统。作为"这一地区的评论家和诠释者",三老汉的"治病而不杀生"的观点无疑代表了这一空间用以处理利用和尊重之间的伦理困境时所持的立场。取胆行为因出自"治病"的动机而具有"积德行善"的价值,辅以取胆之后送颤回山上调理养伤的配套措施,文本据此推测颤应该会因为这种道德认可而"不在乎",使"取胆"因兼具主观意愿和客观的救人功能而获得合理性,由此在"救人"与"杀生"之间寻找到了一个合适的平衡点,从而将对非人类身体的"利用"与"尊重"作了恰到好处的对接。

其次,与上述伦理规则相适应的,是文本世界建构和凸显出一套具有明显生态意识倾向的话语系统,在语音、词汇和话语修辞等诸多方面,都有其鲜明的生态伦理倾向。

在语音方面,《长虫二颤》中,颤坪人把蛇读作"颤"的语音改变中蕴含深层生态意识:"陕西民间将'蛇'称为'颤',写出来仍旧是'蛇',读出来就变成'颤'了。有姓'蛇'的,要是真把它当'蛇'来念,'老蛇''小蛇'地叫,姓蛇的人会以为你不懂规矩,缺少文化,就像有人把姓'单'的念成单,把姓'惠'的念成'惠'一样……这种变音的读法有敬畏、隐讳的意思在其中,跟古代不能直呼大人的名姓是一个道理。"特定自然空间内话语使用过程中语音和语义的分离,产生和保存了对生命的敬畏。而文本中对这一传统起源上溯到从汉至唐、明、清朝的时间序列,则从另一侧面论证了这一观念的深入和持久。

在词汇方面,亦可寻找到对上述语音特点的呼应。"在山里……话不能随便说,要用特有的术语,比如管石头叫'胡基',管风叫'雯雯',管鱼叫'顶浪子',老虎叫'大家伙'……这中不排除有土匪黑话的流传,但更多的是对山野神明的敬畏和崇拜。"① 对自然万物和各种生灵的独特称呼,形成了特定话语体系中的词汇系统。在这一系统中,称熊猫为"花熊",以传达对山野精灵的认知,"花熊是熊,活跃在山野间的那些黑白相间的东西只能是熊……花熊是山野的精灵"(《熊猫"碎货"》);将老虎称为"彪"则是表达"对大自然的敬畏"(《老虎大福》)。词汇的语用特征体现人类与自然之间,人类与其他生命之间特有的伦理关系。

在话语修辞方面,上述生态伦理精神体现为叙事过程中对民间传说的选择和使用。民间传说的选用之于话语系统建构的意义,类似于诗词中的用典,以一种抽象并积淀其中的深层含义隐寓于具体故事中。《黑鱼千岁》以"汉武帝捕熊"的传说,解释了儒热爱猎杀的深层动因。《山鬼木客》和《猴子村长》中父辈对山间生灵忏悔的"传说",则启示人类对生命的怜惜与敬畏。散落民间的各种传说本身是驳杂的,不同传说之间的价值立场往往是混乱和相互拆解的,在纪实文本《老县城·山与水》收录的秦岭关于蛟的三则传说,后两则分别讲述蛟的"知恩图报"和"恩将仇报",在对蛟善恶判断的价值立场上是相反的。但《长虫二颤》在叙事中舍弃了非人类"恶"的一面,而强调在非人类与人类的关系问题上,人类所持的立场决定最终的结果:刘秀杀蟒遭报应,而殷家姑娘护颤被全山长虫朝见,表明人类对颤加害,则颤报复;人类对颤友善,则颤必回报。在民间传说对小说空间的营造中,作者有意识选择、保留了其中具有生态伦理倾向的部分,使特定空间的伦理取向得到净化与提纯,锐化了自然空间的生态伦理色彩。

这样,在这个衍生故事的自然空间中,朴素的生态伦理精神和鲜活的话语系统合二为一,这片"少被人侵害的残存下来的幸运土地,人们的生活观念虽落后,但是与动物相处得和谐自然,平等、共存的生态观念绝对是世界超前

---

① 叶广芩.老县城[M].北京:中国工人出版社,2004:110.

的"。[①]

二、异质话语的产生与伦理体系的破碎

空间在叙事功能上,除衍生故事外,还通过其自身的分裂推动故事情节的发展。秦岭系列文本中的空间分裂之后,引发既有的伦理立场遭受到前所未有的冲击,在话语层面上体现为异质话语不断涌现。

所谓"异质性话语",是指在原有空间的话语系统内部,出现在对待自然、非人类生命、人类和非人类关系的看法上,不同于前述话语系统中审美、敬畏和亲族意识的话语,导致价值观重组出现不和谐的声音。异质话语产生主要来自与现代文明的知识体系和外来价值观念的接触。作为话语层面裂变的结果,异质话语背后是现代文明附着的深层伦理意识的改变。它的出现,对既有空间形成了压力乃至尖锐的挑战,进而导致原有的生活经验、人与自然/非人类生命的相处模式、人类的生态伦理立场四分五裂。

首先,规范化的现代汉语话语引入,引发自然诗性的消解。诗性的存在,是自然空间魅力得以存续的内在动力,也是既有话语系统得以持续有效运转的深层保障。异质话语的出现,分裂了话语和自然之间的对应:

> 爹把猎杀叫"枪毙",这是爹的叫法,爹常运用一些新名词,比如把"花熊"叫"熊猫",把"娃娃鱼"叫"大鲵",把"爬坡"叫"上海拔",把"柏羊"叫"羚牛"什么的。
>
> 爹是桦树岭大队的队长,队长的语言应该和普通老百姓有所区别。
>
> (《老虎大福》)

在规范化的现代汉语引入之前,秦岭系列文本所书写的空间内是有一套自足的话语来表达和判断自然和其他生命的审美价值的:"当地人管熊猫叫花熊,祖祖辈辈都这么叫,山里人认为,叫花熊比叫熊猫更准确,熊猫是什么,熊猫是猫,花熊是什么,花熊是熊,活跃在山野间的那些黑白相间的东西只能是熊……花熊是山野的精灵。"(《熊猫"碎货"》)动物分类学的专业知识在把花熊定义为"熊猫"并对其进行纲目规范的同时,也使名称本身丧失了作为生

---

① 叶广芩.老县城[M].北京:中国工人出版社,2004:202.

命体来自荒野的自然属性，失去了它勃勃生机和盎然的诗意与灵气。队长所用的词汇和普通村民词汇的差异，在于前者是现代汉语的规范化。前者对后者的替代，是现代社会语言规范化作出的处理，经过处理的语义更明晰和富有理性色彩，但却过滤/抽去了其中固有的生机、活力和清新的诗性特征。话语和自然的日渐疏离，隐寓着人与自然关系的隔膜与断裂，语言规范化的同时意味着机械化，并最终导致审美性的衰退和枯萎。

其次，科学话语的传播，导致神秘性的消解、自然的祛魅与敬畏之心的淡化。

使置身其中的人类对其产生敬畏的诸多因素之一，是自然本身的神秘感的存在。既有自然空间内科学话语的不断传入，使许多原本不可知的现象得到了自然科学的解释，于是，自然的神秘性渐渐消失。《长虫二颤》中前来颤坪作调研的中医学院教师王安全，用中医学知识重述了殷姑娘用扁豆花下蛊的传说，消解了山间巫蛊之术的神秘性。《黑鱼千岁》中捕熊馆村每年夏天蛮霸狠厉的风雷大作，一直被作为汉武帝的巡视以引起百姓的长久敬畏与惶恐，而"现代气象学将此叫作'气流涡旋'"，则用气象学知识消解了自然现象的神秘色彩。《老虎大福》中黑子扑朔迷离的野性背景，在二福从杨陵农学院获得基因杂交知识后被终结，"豹和犬是两个科目，受基因限制，它们之间不可能有任何杂交成果，黑子就是黑子……没有任何野性背景。"《狗熊淑娟》中王老剩卤煮火烧店的衰落与店面扩充冲撞神灵之间的因果关系，被林尧岳母的现代经济学和心理学知识所拆解："生意红火的关键在于店面的挤和吃主的等上，站在那里看着别人吃，越看越急，越急越吃不到嘴，好不容易挤个座位吃上一碗，花费的代价非同一般，自然觉得格外珍惜。"科学话语的传入，使自然的神秘性消解，人类对自然的敬畏之心也由此淡化。

在总体情节上，《黑鱼千岁》《长虫二颤》都有类似民间传说中恶有恶报式的"因果报应"故事模式，前者是杀鱼的人类最终与鱼同归于尽，后者则是杀蛇的人类最终被死掉的蛇头咬而中毒失去一条腿。但科学话语则通过用现代科学知识重新用生物学和物理学知识作了解释，以使其因果逻辑符合科学认知："被身首分离的蛇头撕咬，听起来是奇事，但据动物学家解释却不足为奇，离开身体的头在一定时间仍可存活，这是脊椎动物的本性，人不行，可是蛇可以……"（《长虫二颤》）"死了的儒和鱼被麻绳缠在一起……人们在解那根绳时才知道这项工作的艰难，浸过水的麻膨胀得柔韧无比，非人的手所能为，只好动用了刀剪，于是大家明白了水中的儒为什么在最后的时刻也没有解开绳索逃生。"(《黑鱼千岁》)这样,原本扑朔迷离的"因果报应"文本被解构,在赋予科学的理性色彩的同时,自然空间中原有的神性逐渐消散。

自然空间在继诗性之美沦丧之后,又遭遇了神性光辉的黯淡。于是,基于诗性和神性基础上的以敬畏之心为核心的伦理系统失却了原有的内在支撑点,商业话语伴随着经济价值观念长驱直入,改变了生存其间的人类原有的对自然和其他非人类生命的伦理禁忌和制约。

再次,商业话语对欲望的催生和既有伦理体系的冲击。

一种伦理观念在特定空间得以存续,是与其长期稳定的生活方式、生活节奏以及相对稳定的价值体系相联系的。伴随着现代化进程中经济发展的辐射力,通过各种信息渠道和外来人员的传播,原有自然空间内的价值体系总体上受到了全新的冲击,由此产生话语系统的裂变和伦理观念的受创。《熊猫"碎货"》中,四女爹以熊猫是国宝来劝导四老汉继续为之提供奶源,被"我那羊能卖钱,花熊谁敢卖,变不成钱的东西就一钱不值"所驳斥。金钱成为衡量生命价值的一般等价物,取代了对生命的关爱和敬畏。二老汉对羊奶由大方到吝啬,源于商业话语引进了"价值""价格"与"交换"的理念,用金钱来弥补损失,用利益来重新理顺人类与非人类生命之间原本天然相依相亲的关系,使原本大方地让兔儿随时来取奶的二老汉产生了赔偿观念和交换意识。如果说交换意识带来的还只是对其他生命关爱的淡化的话,利益诱惑之下则产生对自然和其他生命理直气壮无所顾忌的掠夺:"笼里的猴对村民来说都是钱,活的钱,不能随随便便地丢到山里去。"(《猴子村长》)迫切的脱贫致富的欲望和精明的物质利益计算,使村民对猴群进行了灭绝式的捕杀。"谁都在为钱伤神"更是成为推动所有情节集中暴发从而使狗熊淑娟最终丧命的关键性因素(《狗熊淑娟》)。"钱"成为新的话语系统中使用频率颇高的词汇的同时,亦承载了欲望催生的功能,渐次改写了人类与其他非人类生命之间的"亲族"之爱。

秦岭系列文本特定的自然空间内,原本对非人类生命的使用,仅限于"救命"等"积德行善"行为的有效节制被冲破。长虫坪长老们的取胆救命而不杀生的伦理观念也遭遇了佘震龙商业话语的出击:"老佘说,观念得改改啦,北方的馆子以前也不做蛇,现在不也卖得很红火,油煎、清炖、红烧、黄焖,人家日本还做成了生的撒西米,吃的花样多了……"(《长虫二颤》)在这里,"以前"和"现在"以时间的刻度形成了不同时段间的对比。在一个习惯把时间的前行和"发展""进步"相对应的话语系统中,"现在"因时间上的进步而使其附载的价值观念比"过去"更具有合理性。这样,空间的分裂引发的时间错倒,使原本并存于同一时段的空间,产生时间意义上的落差。这种落差又很容易地被理解为进步/落后或者文明/愚昧的差别。于是,"观念"需要"改改"就成为异质话语冲击下价值立场重组的合理诉求。

商业话语以一种强有力的姿态,在已然失却诗性与神性的自然空间内长驱直入、所向披靡,在使既有话语系统更加支离破碎之后,又使得原本开始松动的生态伦理坐标进一步坍塌。空间分裂和各种力量的重组成为推动故事情节向前推进的叙事动力。

三、叙事的立场:百年探索的困惑与整合

前述话语冲突中分明蕴涵了传统与现代的分歧、对峙、妥协和矛盾。话语分裂与伦理体系破碎的背后,是现代化进程对原有空间的冲击与改变。因而,如何叙述这种改变体现了文本世界的叙事立场。

在20世纪一百年的文学叙事中,从对"民主"与"科学"的关注核心,逐渐衍生出了更为复杂的价值立场和伦理体系。在"西方"与"民族"之间、在"现代"与"传统"之间、在"科技"与"伦理"之间,文学的叙事一再寻求自己合适和合理的支点,来参与历史进程的思考。20世纪80年代以来,伴随着现代化进程飞速运转带来的生态问题日趋严峻之后,生态伦理与人文精神、生态立场与科技发展、生态关怀与现代化走向等问题随之浮现。尤其是对现代性方案的反思和疑虑,更是使文学叙事中的价值立场变得复杂而多向,一大批作家用自己的书写来传达对生态问题的文学思考。叶广芩之外,郭雪波、于坚、贾平凹、张炜、迟子建、陈应松等人都在不同程度以不同的角度介入其中,或对自然科学的生态理念作文学阐述,或对自然和非人类生命作诗性审美。叶广芩正是从秦岭这一特定自然空间的生态伦理特征和话语形态的书写中,在与同时代写作者就生态问题对话的同时,体现对百年中国文学叙事中若干话题的续接。

首先,是对人文精神的理性拓展。

20世纪初以来,中国文学以不断书写对人的价值和权利尊重的人文精神追随着"德先生"的指引。在秦岭系列文本中,叶广芩的写作把人文精神中尊重的对象拓展到人之外的自然和其他非人类生命,实现了生态伦理与人文精神的对接。从人文精神发展至生态伦理精神,使自由、平等、博爱的理念由

对人与人之间关系的调整惠及自然和非人类,拓展了人文精神的理论内涵:"……'生态伦理',给一个陈旧的话题又赋予了许多新的含义,在理论家们探讨人与人、人与社会的伦理关系时,'伦理'的外延扩展得更为广泛,人与自然何尝不存在着伦理道德的约束,在我们谈论保持人类尊严的时候,人与自然的和谐、共处、发展,对动物的尊重,何尝不是保持人类尊严的一个重要部分。"[1]

叶广芩是有着自觉的生态伦理意识的,但在对待人类与自然、人类与非人类的关系问题上,其生态伦理立场却显示出难得的客观和理性。这种清醒的理性体现在文本叙事中,是当人类和非人类的利益产生伦理冲突时,并未如激进的生态中心主义者所主张的那样,一味地强调自然和非人类利益的至高无上,让人类无条件地退出荒野。《熊猫"碎货"》《山鬼木客》等文本在关注山民们精心种植的农作物和饲养的家畜被保护区的野生动物不断地损坏中,敏锐地意识到"保护区"这一现行动物保护方案中人类利益的被忽略。与此同时,文本还通过老王们撤退前的担忧中谈及人类从山野的撤退,同样会使非人类的生存更加艰难。

与诸多生态写作者主张人类将山野归还给非人类的激进态度相比,叶广芩的伦理立场是宽容而实际的,她不主张任何一方为另一方放弃既有的生存空间,而是主张一种在"敬畏生命"前提下,在互利和共存基础上的"共生"。

其次,是对现代科技的清醒审视。

"科学"和"民主"一样,在一个世纪以来一直散发着激动人心的光华。然而现代科技在带来舒适、方便和快捷的同时,渐渐显示了它在赋予人类征服自然能力之后对生态环境的负面影响。因而如何评价现代科技成为生态写作者叙事立场的一个重要维度。叶广芩对待现代科技的态度是双向的。一方面,是对自然科学的信赖。体现在用科学知识来援助民间伦理对非人类生命权利的尊重,运用现代科学话语对既有伦理体系进行重新解读和修补。比如,文本中用来自民间的命名方式肯定非人类生命与人类之间的"亲族"关系,但在证明大福"吃饭"的合理性时,使用"食物链"这种现代科学的理论:"狼要吃羊,是因为它的生理需要,因为它的食物链所安排,动物有动物们的秩序和规则……"(《老虎大福》)从科学的角度,论证既有民间伦理的合理性。另一方面,对高科技对自然生态的修复和拯救功能表示怀疑。在现代科技发展对生态的毁灭性破坏上,叶广芩和很多生态写作的作家一样,认为现代科技给人类

---

[1] 叶广芩.老县城[M].北京:中国工人出版社,2004:228.

提供了征服自然的能力,是生态破坏的技术帮凶,"人类掌握了高科技,'征服'了自然,也彻底改变了人与自然的关系,带来了人类的辉煌,也带来了人类的灾难。"① 但对希望在科技进一步发展中寻求拯救途径这一生态写作中普遍存在的倾向,却并不认可。在这一点上和同样致力于生态写作的郭雪波亦有不同之处。在对生态损害的原因分析方面,他们同样认识到近百年来权力运作和现代化发展过程给生态带来的破坏。但在对高科技的自然生态修复和拯救功能态度上,郭雪波一方面批判现代社会的发展,破坏了既有的生态平衡,另一方面,又期待科技的进一步发展以解决现有的生态危机,希望科技人员研究出更先进的治沙方案来解决草原的沙化问题。而叶广芩认为自然生态的最终获救并不是完全来自生态保护技术的更发达,更多地相信拯救最终依靠人类的自省——来自人类内心精神生态和精神空间的重建,"世界的希望不是在政治家们手里,不是在企业家们手里,甚至不是在科学家们的手里,而是在我们的手里,在你我的手里。"②《猴子村长》中侯长社在失掉村长之职后在父辈故事中的自省,《长虫二颤》中佘震龙在失掉腿之后的"自新",都是一种全新的伦理关系重新建构的希望的出现。"生态危机源于人的心态危机……"③,"人类不是万物之灵,对动物,对一切生物,我们要有爱怜之心,要有自省精神。"④ 既然是人类"在生存的过程中,逐渐生成了以自然为敌、以征服自然为目的的理念"⑤ 导致自然生态的灾难,因而拯救之旅的起点也应源于人类精神理念的改变,"……一切的症结所在,在于人心。"⑥ 在于人类在漠视自然和非人类的利益并受到严厉的教训之后的自省。

现代科技本身不具备善恶品质,区别在于如何使用,其关键点在操控它的人类。在接受现代科技的同时,要尊重传统的生态伦理,破除迷信但尊重其间蕴涵的伦理立场,并最终以精神生态的重建来实现自然生态的恢复和保护。从这个认识看,叶广芩比同时代的生态写作者具备更多的理性和深度,在历史理性和道德感性之间,寻找到了很好的平衡点。

再次,是对现代化发展的冷静反思。

---

① 叶广芩.老县城[M].北京:中国工人出版社,2004:243.
② 叶广芩.老县城[M].北京:中国工人出版社,2004:256.
③ 叶广芩.老县城[M].北京:中国工人出版社,2004:254.
④ 叶广芩.老县城[M].北京:中国工人出版社,2004:231.
⑤ 叶广芩.老县城[M].北京:中国工人出版社,2004:243.
⑥ 叶广芩.老县城[M].北京:中国工人出版社,2004:229.

与激进的田园主义者面对现代发展过程中的诸多问题时的伤感和重返农业文明时代以恢复人与自然良性关系的诗性诉求不同，叶广芩对于现代发展的反思是冷静的。

　　一方面，意识到现代文明对既有伦理体系与清洁精神的冲击，在《长虫二颤》《狗熊淑娟》《老虎大福》等文本的人物书写中，总体倾向上是对富有经济头脑擅长经商者的批判：精明商人佘震龙，成功企业家代表丁一、三福、四福，无一例外地都在金钱利益的诱惑之下，失去了对生灵的怜惜和对生命的敬畏。与此同时，对甘于固守清贫，生性淡泊的王安全、林尧和二福等人则给予了很大的肯定，在他们身上依然保留了对生命的敬畏和与生灵的交流能力。而《山鬼木客》中的回归山林的主人公，更是被赋予了与山野和不同生灵和谐共处的灵性与魅力。在对两种人物的不同书写中，很大程度上体现了叶广芩对现代化进程中金钱与欲望导致人性堕落的忧虑。

　　另一方面，这种忧虑并未导致对现代发展的总体否定和怀疑。文本世界亦认识到荒野生活的粗糙和改善的必要性，对走出山野投奔文明的出走者们表示了应有的理解。从故事情节设置看，尽管《熊猫"碎货"》《长虫二颤》对人们弃置山野流露出了无限惆怅，但同时也对大山中四女母女两代对外面世界的向往和失落流露出伤感，对四女们离开荒野投奔现代文明表示了一定程度的理解。《山鬼木客》中回归山野者的最后死亡，也使文本显露出对回归自然的疑虑。叶广芩对现代文明是质疑的，但质疑的是其带来物欲膨胀和由此导致的人性的沉沦，而并不是现代发展本身。因而在文本的叙事立场上，认为追随现代文明弃置山野和放弃文明重新回归自然都不是出路，叶广芩的思考最终定位在"……不是人要走出大山，是我们的目光想法要走出大山。"[①]

　　在关注现代发展对人的精神栖居地的毁灭，以及这种毁灭延伸到话语层面影响方面，诗人于坚同样意识到了"诗人应当怀疑每一个词。尤其当我们的词典在二十世纪的知识中浸渍过"[②]"怎么只过了十年　提到你　我就必须启用一部新的字典……"[③]等文字，都表达了对现代性进程使既有的人与自然的审美联系断裂的批判。但于坚对现代文明的批判更多的是诗人式的忧伤和情绪化，叶广芩则在长期的基层生活中更多接触到封闭和粗糙生活带给山民

---

① 叶广芩.老县城[M].北京：中国工人出版社，2004：137.
② 于坚.于坚的诗[M].北京：人民文学出版社，2000：402.
③ 于坚.于坚的诗[M].北京：人民文学出版社，2000：113.

的贫穷与痛苦之后,有了更多的理性的思考和立场,也因而在批判的时候少了立场鲜明的尖锐,多了于坚所没有的冷静和宽容。

在对当下的生态关注中,融入对人文精神、现代科技和现代发展等问题的清醒而理性的深入思考,这一叙事立场很大程度上体现了对百年中国文学困惑已久的若干命题的探索与整合,从这个角度来说,叶广芩的秦岭系列文本是对20世纪以来一直被热烈而持久的谈论的文学和思想话题继续深入的"接着说"。

2008年12月

从看见到复魅：于坚诗歌中的生命旋律

2005年，诗人于坚在《关于敬畏自然》①一文中慨叹："三十年前，我还像马匹那样弯腰直接饮滇池的天赐之水，现在它已成为死水。那些敬畏自然的人太虚弱了……"该文在表达了敬畏自然的历史渊源和现实诉求的同时，也成为对于坚诗歌中丰富和扑面而来的生命意识的理论呼应。

对于自然生命的关注，是于坚诗歌世界中一个持久而深刻的话题，这一话题的开启和深入，甚至成为其诗学理论的深层基点。于坚写作中对自然的审美化关注，是从两种不同角度和途径抵达的。其一，是通过对自然生命的细节摹写展示其本身的魅力；其二，是以"拒绝隐喻"的自然书写来抵御象征传统的语词覆盖，进而完成对自然的复魅之旅。而在其诗学理论建构的背后，是对工业文明时期自然工具化思维引发的诗意沦陷和大地危机的忧虑。

一

于坚对自然的敬畏，是从诗歌中对于人类之外的其他生命的发现、敬畏和审美化关注开始的。对细节敏锐的于坚，正是从细节处入手，衍生出对非人类生命的温热与脉搏的感知，甚至时时飘溢着青草和树叶的清新，从而形成一种湿润而敏感的文本质感。

"我们听到它在风中落叶的声音就热泪盈眶
我们不知道为什么爱它，这感情与生俱来"

（《避雨之树》②）

---

① 于坚.关于敬畏自然[J].天涯,2005(3):54-57,59-62,3.
② 于坚.于坚的诗[M].北京：人民文学出版社,2000:26.

一棵树的死亡会引起对生命的战栗:"谁见过那阵风碰落了那么多树叶/谁在晴朗而明亮的下午/看见那么多的叶子/突然落下 全部死去/谁就会不寒而栗"(《作品112号》①)而来自大自然和世界的声音足以引起热泪盈眶的感动:"秋天的下午 我独坐在大高原上/巨大的红叶 飘在阳光和天空之中/世界的声音涌来 把我的耳膜打湿/那是树叶和远方大海的声音/那是阳光和岩石的声音/那是羊群和马群的声音/那是风和鹰的声音 那是烟的声音/那是蝴蝶和流水的声音/……这伟大的生命的音乐/使我热泪盈眶"(《作品105号》②)

于坚把人类放在和其他生命相同的处境,让人类俯身倾听那些听不见的声音,并在对其他生命的平视中重新定位人类与这个世界、与其他生命之间的关系。

在共同生存的辽阔空间中,"我"在对另一种生命的倾听中反观人类自身时产生了渺小感:"昨夜在云南高原/我和一群大树呆在一起/我们并不相称/我是附着在世界表面的植物/说不定什么时候 就被一阵风带走/而它们和大地血肉相连/它们是大地的手"(《昨夜当我离去之后》③)"我"以一种"说不定什么时候就被一阵风带走"的"附着在世界表面的植物"的身份,谦逊地与一棵树对视,在对视中感受到别一种生命的力量。

树是作为大地之手而与大地血肉相连的,相比较而言人类更像是大地上随意闯入的过客与陌生人。"我"总是在向往着抵达它们的世界,渴望与另一种生命一起呼吸大自然青草的香气,与它们共舞,"我奔跑在两群马之间/……我要完全进入一匹马的状态"(《在马群之间》④)"我"渴望"像一匹马那样驰骋",提出"黑马 你来看电视 我来嚼草",但"它站在我的道路之外对我无动于衷""它站在我的道路之外/另一个宇宙 我永远无法向它靠近。"(《黑马》)"我"对那个世界无限向往,"它"诱惑着我,但我却永远没能抵达。"我洒些饭粒 还模仿着一种叫声 青鸟 看看我 又看看暴雨 雨越下越大 闪电湿淋淋地垂下 青鸟 突然飞去 朝着暴风雨消失"(《避雨的鸟》⑤)我渴望着它的停留,并以饭粒相邀,但在人类的窗子和暴风雨之间,

---

① 于坚.于坚的诗[M].北京:人民文学出版社,2000:43.
② 于坚.于坚的诗[M].北京:人民文学出版社,2000:55.
③ 于坚.于坚的诗[M].北京:人民文学出版社,2000:78.
④ 于坚.于坚的诗[M].北京:人民文学出版社,2000:81.
⑤ 于坚.于坚的诗[M].北京:人民文学出版社,2000:80.

它毅然选择朝向暴风雨飞走。

　　诗人设想着在别一种生命眼里,人类亦不过是渺若尘埃,并以迥异于它们的方式显示着无可置疑的滑稽:"你在暗处　转动着两粒黑豆似的眼珠/看见我又大又笨　一丝不挂　毫无风度"(《灰鼠》[①])"我的耳朵是那么大　它的声音是那么小/即使它解决了相对论这样的问题/我也无法知晓　对于这个大思想家/我只不过是一头猩猩"(《一只蚂蚁躺在一棵棕榈树下》[②])

　　与在大自然空间中的渺小相对应,人类在时间长河里的存在亦只是偶然和短暂的停留。在《避雨之树》[③]中,一棵树在人类世界中不忧不惧地活着,它的生命比人类更久远,"我们甚至无法像报答母亲那样报答它　我们将比它先老。"在人类世界的沧海桑田之后,一棵树将超越时间和空间淡然地站立着:"它站在一万年后的那个地点　稳若高山";它是人类最后的拯救和归宿,"像战争年代　人们在防空洞中　等待警报的解除/那时候全世界都逃向这棵树"。"我知道我会先于你死去……/在死亡的秩序中　这是我惟一心甘情愿的/你当然要落在最后　你是那更盛大的　你是那安置一切的……"(《哀滇池》[④])滇池是比母亲更富涵母性的自然,它的生命比人类要永久,这是作为人类的"我"所心甘情愿认可的秩序。

　　于坚的诗作以一种仰视之姿和倾听之态,重新调整了人类在看待自身和其他生命之间关系的姿态:人类原本就不是这个世界的中心和万物的主人。"我们"或"他们"和"它们"一样,只是大自然中的一个小小物种和匆匆过客,是芸芸众生中的一员,甚至"它们"是比人类更早和更长久的居民。姿态及其背后的心态的调整,锐化了诗人对人类之外其他生命的全新和审美化感知。诗人希望人类从自以为是的虚拟高处回到地面,重新关注和感悟那些被我们忽略已久的众生。

　　正是由于对自然生命的关注,于坚对人类之外的其他生命与事物的摹写,变得分外的细致,写出了它们的细节、肌理和质感。

　　于坚对于生命展示的关键动作是"看",因为看,使那些非人类生命获得细节的呈现:"我看见那些绿色的手指/为春天之水洗净的手指/在抚摩大

[①]　于坚.于坚的诗[M].北京:人民文学出版社,2000:86.
[②]　于坚.于坚的诗[M].北京:人民文学出版社,2000:77.
[③]　于坚.于坚的诗[M].北京:人民文学出版社,2000:27.
[④]　于坚.于坚的诗[M].北京:人民文学出版社,2000:108.

理石一样光滑的阳光"(《阳光下的棕榈树》①)"它不是一种哲学或宗教　当它的肉被切开/白色的浆液立即干掉　一千片美丽的叶子/像一千个少女的眼睛卷起　永远不再睁开/这死亡惨不忍睹　这死亡触目惊心"(《避雨之树》②)在这里,用人类的身体和动作来描摹一棵树的细节,"手指""抚摩""皮肉""眼睛""死亡"等与人类的肢体和行为相关的语词,使树在这些词语的点燃中有了生命的形体和气息。

在对生命的生理细节关注的同时,《避雨之树》还写出了亚热带丛林中一棵执著于生命的树的超然:它不关心外面世界的沧桑风雨,不关心"天气""斧子"抑或是"鸟儿",不关心生命之外的哲学还是世界——只关注那些"从树根上升到它生命中的东西",那些让它们生命更美的东西。除此之外,人类是叫它伞还是风景,把它当作春天、柴火或是乌鸦之巢,都忽略不计。诗作以独特的构思写一棵树对那些在人类的世界里至关重要的东西视而不见,展示了树之为树的生命主体性和尊严。

长期以来的过多的言说和命名覆盖之下,生命的生物性及其审美性已遭到长久的悬置、忽略进而事实上形成空白和表达的盲区,于坚对于其丰富的生物性细节的关注改写了这一状况。于坚诗中的"树",不是意象、象征或者隐喻,不意味着某种人类惯常赋予非人类的意义,比如坚忍与沉默,比如无私和伟大,等等。一棵树就是一棵树,和人类、蛇、鼹鼠、蚂蚁、袋鼠、蝴蝶、鹰以及小虫们一起活在这个世界上的生命。它为后者挡住突如其来的风雨,然后在风雨过后从容而淡定地看它们离去,继续平静地享受着雨过天晴后的缕缕阳光。

于坚立足于人和人类之外的自然生命的平视,自然之魅力由遮蔽走向澄澈。这是他在自觉放弃人类中心意识之后获得的一种审美能力。

二

于坚诗作中对于人类之外的其他生命的发现、敬畏和审美化关注,是与其关注细节的诗学理论密切相关的,并通过"拒绝隐喻"的"去象征化"努力而抵达的:

---

① 于坚.于坚的诗[M].北京:人民文学出版社,2000:32.
② 于坚.于坚的诗[M].北京:人民文学出版社,2000:26.

>"一个声音,它指一棵树。这个声音就是这棵树。Shu!(树)这个声音说的是,这棵树在。这个声音并没有'高大、雄伟、成长、茂盛、笔直……'之类的隐喻。在我们的时代,一个诗人要说出树是极为困难的。Shu已被隐喻所遮蔽。"
>
>"如果一个诗人不是在解构中使用汉语,他就无法逃脱这个隐喻系统。"
>
> (《从隐喻后退》①)

20世纪以来,以主/客体二元对立的哲学为基础的实践美学,在将自然人化的审美惯性中,使一棵生命之树被隐喻的积淀覆盖得异常苍白。于坚的忧虑正是源于对实践美学在诗歌领域内之影响的深刻体悟。无数人类之外的生命体曾经在20世纪汉语诗歌的长河中被抽象成名词的薄片漂浮在各种深层隐喻的表层。

以"树"的形象为例。我们把目光沿着于坚面对"阳光下的棕榈树""避雨之树"时所凝成的瞬间姿态,向更远处眺望,会发现在20世纪现代汉语诗歌中,一个人面对一棵树时的凝视之姿在百年诗歌长长的路途中风景各异。

早在遥远的世纪之初,一棵树曾出现在沈尹默的《月夜》里:"我和一株顶高的树并排立着,却没有靠着。"但此诗是表现了"不依不靠,独立自主的人格和心境"②,是五四时期个人意识觉醒之后的象征。在对人/树关系书写中,《避雨之树》是"我"对一棵树的阅读、理解、赞美和倾听。人类在此成为表现树的一个视角,"树"才是真正闪烁着光华的被瞩目的主角;而《月夜》则强调"人"的人格独立与尊严,诗中的树,显然不是与人类相对视的别一种生命,而更多的是作为一种参照物和富有隐喻意义的道具,以供主体在对与树关系的选择中彰显人格的独立。如果说五四一代睁开眼睛发现了人自身,而于坚则是拨开了人类中心的重重文化迷障,发现了"树",发现了其他非人类生命的存在,是人类自身姿态的一个优雅转向和重新调整。

而在沈尹默和于坚这两点之间,"树"的身影亦时时闪现:曾卓和牛汉分别写于1970年和1972年的《悬崖边的树》和《半棵树》,正如牛汉在对曾诗的

---

① 于坚.棕皮手记[M].上海:东方出版中心,1997:241,244.
② 孙玉石.中国现代诗导读(1917—1937)[M].北京:北京大学出版社,1990:22.

评论所言,是"用简洁的手法,塑造出了深远的意境和真挚的形象,写出了让灵魂战栗的那种许多人都有过的沉重的时代感……那棵树,像是一代人的灵魂的形态(假如灵魂有形态的话)。"① 舒婷的《致橡树》②(1977年),通篇以树的意象存在,从根、叶、干和花朵等属于树的细枝末节,宣告"我必须是你近旁的一株木棉/作为树的形象和你站在一起",以两棵并立的树尽管靠近却各自独立的形态,写出在人性苏醒的季节里,女性在爱情中的独立和在性别意义上的尊严。从世纪之初的人的独立,到此时的女性独立,树的意象所指称的内涵在时间的长流不息中不断地漂移,但树依然未能摆脱它的意象身份。

树的影子频频出现在诗人的视野中。一个人面对一棵树,不同的时代和诗人有不同的解读,进而形成各自的切入视点和内在抒情结构。但在长长的行程中,那棵被凝视的树从来没有作为生命而存在过,人类的目光习惯穿越它所有的枝繁叶茂、清新挺拔而直指向一个遥远的虚拟中的某个象征点。它们是人性的独立,是女性的独立,是人类在历史的风风雨雨中饱经风霜的倔强身影,唯独不是一棵树。在政治、经济、思想、文化、宗教及科学的层层围裹之下,一棵树的生命显得模糊、可疑、繁杂和具有多向度的含义。

和一棵树的宿命一样,《蝴蝶》(胡适)、《秋蝇》(戴望舒)、《蛇》(冯至)、《华南虎》(牛汉)、《野兽》(黄翔)、《疯狗》(食指)和《马》(欧阳江河)等诗歌中,那些飞翔的蝴蝶、秋蝇、乌鸦或者老鹰,那些爬行着的蛇与虫,那些奔走飞跃的虎、豹和马,它们从来没有作为真正的生命体被注视过,它们总是被当作某种人类品质或关系的象征,当作某种事件和现象的隐喻,等等:

"从未有人注意过这生物的细枝末节/比如 它那红色的有些透明的蹼/是如何猛扑下来抓牢了大地的/一点点"

(《赞美海鸥》③)

对于这些树和其他生命的不同凝视、理解、处置和书写方式,实际上体现了集结于具体生命之上的复杂向度。人类之外的其他生命是沉默的,它们长

---

① 牛汉.一个钟情的人[M]//张新颖.中国新诗:1916—2000.上海:复旦大学出版社,2001:301.

② 舒婷.致橡树[M]//张新颖.中国新诗:1916—2000.上海:复旦大学出版社,2001:401.

③ 于坚.于坚的诗[M].北京:人民文学出版社,2000:95.

时间无声地承受语言的涂抹和覆盖,承受着修辞对生命的视而不见和遮蔽。

于坚"拒绝隐喻"的诗学理论,正是建立在对实践美学传统二元论模式突破的基础上,实现对自然生命的审美化关注,让人类之外的自然和其他生命重新恢复被忽略已久的魅力。

这与他关注细节的诗学理论亦是密切相关的。于坚主张"一种具体的、局部的、片段的、细节的、稗史和档案式的描述和0度的诗"①,又说,诗歌的口语写作应该"具有细节、碎片、局部,对个人生命的存在,生命环境的,基于平常心的关注"②。

如果说,诗歌写作中漫长的象征之旅是对自然的祛魅过程,于坚则通过拒绝隐喻的"去象征化"完成了对自然生命的重新"复魅"。因而,可以说,对自然本真状态的审美关注,是对20世纪诗歌写作中的"人化"自然的惯性思路的改写:

"也许它们早已和文学史上那些已被深度抒情的益鸟无关/高尔基已死 它的海燕已死 那个二十年代的象征已死/死了 旧世纪命名一只海鸥的方式/事实上 只要把目光越过海鸥这个名称/就可以看出 它们是另一类鸟"

(《赞美海鸥》③)

重重象征修辞遮蔽了人类之外的自然生命本身的生命之光,于坚通过拒绝隐喻的方式,使被遮蔽的生命获得了"解蔽"的过程,由遮蔽通过解蔽获得了生命本真的呈现。因而诗中出现了前文所述的生命本身的质感和光泽。

《对一只乌鸦的命名》④展示了那些把生命覆盖成看不见的声音的层层语词:"对付这只乌鸦 词素 一开始就得黑透/皮 骨头和肉 血的走向以及/披露在天空的飞行 都要黑透/乌鸦 就是从黑透开始 飞向黑透的结局/就是从诞生就进入孤独和偏见"。

无数的命名曾经铺天盖地汹涌而来,把原本生动而富有质感的生命体覆

---

① 于坚.拒绝隐喻[M]//中华今文观止.第六卷.北京:中国社会出版社,2000:24.
② 于坚.诗歌之舌的硬与软:关于当代诗歌的两类语言向度[J].诗探索,1998(1):1-18.
③ 于坚.于坚的诗[M].北京:人民文学出版社,2000:94.
④ 于坚.于坚的诗[M].北京:人民文学出版社,2000:89.

盖得形象异常模糊和可疑。于坚诗作中对生命的诉说冲动,使他总是在努力拨开重重话语的覆盖,让生命回归生命本身:

"我要说的 不是它的象征 它的隐喻或是神话/我要说的 只是一只乌鸦 正像当年/我从未在一个鸦巢中抓出过一只鸽子/从童年到今天 我的双手已长满语言的老茧/但作为诗人 我还没有说出过 一只乌鸦"①

于坚在拆解传统命名方式和试图言说自己对于一只鸟的理解的同时,感到超越的困境。"……诗人应当怀疑每一个词。尤其当我们的词典在二十世纪的知识中浸渍过。"②

于坚的写作,致力于把生命从言语的覆盖中拯救出来,从文明的遮蔽中解救出来。让生命历经重重突围之后,重新绽放出属于生命本身的质感与光泽。《赞美海鸥》和《对一只乌鸦的命名》表达了类似的诗学构想,海鸥只是海鸥,让它们从冲出文学史上语词的暴风雨的重重包围,回到生命自身。

让一只鸟像鸟那样在天空飞翔,让一棵树像树那样在大地上挺立,是对生命之为生命的审美独立性的尊重。拨开诗歌传统中隐喻的重重积淀,人类以平视的目光才能实现与其他生命的真正重逢:"我梦想着看到一头老虎/一头真正的老虎/从一只麋鹿的位置 看它/让我远离文化中心 远离图书馆/越过恒河 进入古代的大地/直到第一个关于老虎的神话之前/我的梦想是回到梦想之前/与一头老虎遭遇。"(《我梦想着看到一只老虎》③)梦想中的老虎是真正的活生生的生命之虎,它在语词之外,在时间之前,在人类文明长河的源头之前,没有被任何神话的色彩所沾染过的生命。而"我"和老虎对视的角度,亦不是作为一个背负着重重文化烙印的"人",而是在人类习以为常的视野之外,从麋鹿的位置,从另一来自荒野的生命视野与之相遇。

三

自然生命本真之美被诗歌表达的惯性忽略,更深层原因在于工业文明时

---

① 于坚.于坚的诗[M].北京:人民文学出版社,2000:88.
② 于坚.于坚的诗[M].北京:人民文学出版社,2000:402.
③ 于坚.于坚的诗[M].北京:人民文学出版社,2000:121.

期对自然审美传统的失落。自然的"工具化"是其审美性失落的最根本的原因。

中国的文化传统中是有着对自然的敬畏的,"中国历史当然也有对自然征服和改造的这一面,但它更是'道法自然'的文明史。中国文明可以说就是敬畏自然的、道法自然的文明。自然对于中国来说,是道之所在,是文明的灵感源泉。"① 但,"二十世纪以降,汉语教科书日复一日,通过政治、语文、地理、物理、化学、生物等课程,用这种思想——'自然不过是一个可资利用的对象',教育着一代又一代的中国人。无须敬畏自然的思想,是五四以来教育的基本核心,没有人可以逃避这种教育"②。

于坚所指的"二十世纪"以降的时段,正是现代性工程的启动和开展。而在这一漫长和持久的现代性进程中,"科学技术是第一生产力",而生产力的定义则是"人类改造和征服自然的能力"。工具理性和二元论哲学惯以人类为主体,自然始终被当作人类奴役和使用的对象。

"那一年我还是在校的学生/我写不出关于你的作文/在干燥的词典中你是娱乐场　养鱼塘　水库/天然游泳池　风景区　下水道出口/谁说神灵在此?"(《哀滇池》③)现代性工程赋予滇池以"娱乐场""养鱼塘"和"水库"的使命,它们分别对应了娱乐、养殖和灌溉等服务设施和生产资料的功能。同样,"在当代诗人那里:'黄河像一个巨人,在这里困囚了千万年……'如今:'它把光明和动力,通过没有尽头的输电线,远远地送入大戈壁,高高地送上祁连山'(冯至)。这是近代以来文学对自然的新认识"④滇池的生命之音被工业文明导引下的实践美学话语所掩蔽、简化甚至异化成为娱乐场、养鱼塘、风景区和下水道的出口。而黄河亦是被书写成现代化建设的灌溉工程。

《事件:棕榈之死》⑤中那棵作为"木料和电线杆中惟一的一棵树"的棕榈树,在诗人的视野里和人类一样富于勃勃生机和丰盈的生命力,"坚硬　挺直　圆满　充盈弹性和汁液"。但它"根部已被水泥包围""它种植在一个要求上进的街区　'革命'已成为居民的传统""这是个无神论的街区",一棵树先是被革命的象征秩序忽略,然后被无神论的视野失去敬畏,并最终被以现代化的

---

① 于坚.关于敬畏自然[J].天涯,2005(3):54-57.
② 于坚.关于敬畏自然[J].天涯,2005(3):54-57.
③ 于坚.于坚的诗[M].北京:人民文学出版社,2000:109.
④ 于坚.关于敬畏自然[J].天涯,2005(3):54-57.
⑤ 于坚.于坚的诗[M].北京:人民文学出版社,2000:332.

名义夺去生命:"那一天新的购物中心破土动工　领导剪彩　群众围观/在众目睽睽之下　工人砍倒了这棵棕榈""这不是凶杀　也不是暴行　不会招致公愤　也不会爆发欢呼/……这种事与鬼神无涉/图纸中列举了钢材　油漆　石料　铝合金/房间的大小　窗子的结构　楼层的高度　下水道的位置/弃置废土的地点　处理旧木料的办法/没有提及棕榈",在汹涌而至的现代化工程面前,一棵棕榈树无声地倒下。在这样的工程中,精心设计了材料、结构甚至废弃物品的处理方式,唯有棕榈的生命被忽略不计。

现代工业文明带来机械、自动化、速度和效率的同时,也破坏了人与自然和谐共生的共同家园:

"我问的不是一个/环境保护的问题　那位叫作'现代'的时髦女神我们跟着你走/也请稍微问一句　你的家那边/有没有河流　有没有夏娃和亚当家里/那类常备的家私?"

(《读康熙信中写到的黄河》[①])

早在1982年,于坚就写下过他所向往的那个有着"夏娃和亚当家里/那类常备的家私"的世界:"发白的鸟蛋蹲在树叶的天空/唱一支小雨的歌子/绿阴阴的阳光筛过我的思想/和甲壳虫和草叶和　一条蛇一起躺下/我用松树的头发编着一个弹弓/痒痒的浆果味长满我的双耳/长角的黄鹿在山坡上猜测着我/兔子笑眯眯地告诉熊我不是一只蜜蜂/那钟声听不见了听不见了/一只母狼多情地望着我秋天落在地上/那时候我看见一棵橡树后面生下了/夏娃的声音"(《作品3号》[②])诗人对于理想世界的构想中,关注的重点是不同生命在大自然怀抱中的和谐相处。正是工业时代的到来,人类永不满足的入侵,结束了人与自然和谐共生的伊甸园模式。而无休止欲望引发的汹涌开发,使大地上的无数生命甚至物种不断地死亡和消失。

在诗作《空地》[③]中,写"我"在"高山的西面"发现一块空地,这空地上曾经有过的森林、阳光、树木,甚至一头豹子在风淌过的泉边饮水。但"我"因为喜欢上了这样的居住之地,而开始设想着在此处建别墅,挖水池,筑家园写作,

---

① 于坚.诗集与图像2000—2002[M].西宁:青海人民出版社,2003:16.
② 于坚.于坚的诗[M].北京:人民文学出版社,2000:33.
③ 于坚.于坚的诗[M].北京:人民文学出版社,2000:71.

于是除草、挖沟、锯树、筑墙并呼朋引伴招来亲友谈论城市的欢声笑语。然而,人类以自我为中心的侵入并自以为是按自己的意愿设计之后,"那头高傲的豹子再也没有出现"。这首诗寓言般地呈现了"现代性进程"中欲望不加节制之后的伴生结果:人类的自以为是和无休止地拓展自己的领地,构成了对其他生命的侵扰,人类按自己的一厢情愿筑墙砍树,终究隔开了与其他生命之间的交集。

四

事实上,于坚真正置疑的并不是现代性进程本身,而是痛心在此过程中人类无休止的贪欲释放之后,对自然敬畏之心的不断缺失,而这将会引发人类精神最后栖居地的沦陷。

生命的光泽除了曾被语词覆盖得异常黯淡和被"自然工具化"解读之外,更是会被人类中心观念所扼杀。人类常常只关注人与人之间的规则与秩序,关注由来已久的文化所重构的狭隘的利益,缺乏对自然的谦敬和对生命的敬畏,缺乏对湖泊、天空和大地的注视和疼惜:

"世界啊 你的大地上还有什么会死?/我们哀悼一个又一个王朝的终结/我们出席一个又一个君王的葬礼/我们仇恨战争 我们逮捕杀人犯 我们恐惧死亡/歌队长 你何尝为一个湖泊的死唱过哀歌?/法官啊 你何尝在意过一个谋杀天空的凶手?/人们啊 你是否恐惧过大地的逝世?"

(《哀滇池》[①])

诗作《哀滇池》从滇池生机的消散中,发现大地的危机。人类的文明记载着王朝的终结和君王的葬礼,哀悼过辉煌的沦落和人类自身生命的死亡,但因为缺少对于自然生命的敬畏之心,人类从来未能注意到大地的被伤害:"那一年 在昆明的一所小学 老师天天上语文课/教会我崇拜某些高尚的语词 崇拜英雄 但从未提到你/在人民的神之外 我不知道有另外的神……"[②]滇

---

① 于坚.于坚的诗[M].北京:人民文学出版社,2000:115.
② 于坚.于坚的诗[M].北京:人民文学出版社,2000:107.

池作为自然的精灵被排斥在一个民族的母语之外,意味着彼时的文明从未注意到它的存在,时代的上空高亢嘹亮着的是别一种旋律,让人类无暇倾听生命之声。人类以万物灵长的主人身份自居,他们傲慢的眼神闪烁着英雄主义的兴奋,却从未光顾过大地。

在20世纪的诗歌中,有过艾青《我爱这土地》[①]中"为什么我的眼里常含泪水?/因为我对这土地爱得深沉……"式的对"土地"的抒写,但这些曾被书写过的土地,更多只是一个介质,由土地的抒写很快会滑向对那些土地上生长着的人们的情感。在这里,土地有时候是国土,有时候是作为人类用以谋求温饱的生产资料,是附属于人类的物质与财富,被当作以人类为中心的环形生存结构中的某个点。相应的,与土地密切相连的"河流"和"山川"亦是经常披裹着象征的外衣,或是被当作地理意义上的"国土"的一部分进而指称着整个祖国。写于世纪之初的周作人的《小河》和写于五十年代和六十年代之交的贺敬之的《桂林山水歌》,皆写到山川河流,但前者是五四精神与河水流动性之间的对接,后者则是国家话语和国土象征思维的延续,是土地古老的国土观念和现代国家观念融合的产物,都与于坚说的大地不同。当周作人写小河以及河边的稻田桑树和田里的蛤蟆时,他其实只不过是在思考社会问题时所作的一次拟人化的分角色朗读,而非具体的河床和流水的组合。同样,当贺敬之面对桂林山水展开神思飞跃的抒怀时,亦非真正聚焦于山光水色,而是很快滑向"山水——国家——人民"的赞歌时代的惯性思维模式。在现代性的进程中,人类/我们/人民是土地的主人,土地是我们的财产附属物、是生产资料。

于坚关注的"大地的逝世"中的"大地"则是不同的概念。它不是一个农业文明的范畴,更不是生产或技术和功利改造开发的对象。相对于"土地"在二元对立中的客体身份而言,它更接近于指称一个元概念,是万物之源的大地之母,是精神家园的最后的守护者:"你是大地啊/我亲爱的妈妈 所有我热爱过的女人们 都会先于你死去/在死亡的秩序中这是我惟一心甘情愿的/你当然要落在最后 你是那更盛大的 你是那安置一切的……"(《哀滇池》[②])

大地逝世,意味着人类生存视野之内诗意的干枯与委顿。那个"山上有

[①] 艾青.我爱这土地[M]//谢冕,钱理群.百年中国文学经典.第四卷(1937—1949).北京:北京大学出版社,1996:251.

[②] 于坚.于坚的诗[M].北京:人民文学出版社,2000:108.

松树柏树　黄河两岸　柽柳芨芨草　芦苇中有野猪　马　鹿等物"(《读康熙信中写到的黄河》①)的诗意弥漫的世界已退出大地,退出人类的视野:"旧街区在阴暗中充满垃圾　派生着同样肮脏的黑话和日常用语/人们同样地感受着黄昏　这个词不是来自树林的间隙或阳光的移动/而是来自晚报和时针　从前　人们判断黄昏是根据金色池塘　现在/这个词已成为古代汉语……"(《在钟楼上》②)晚报和时针是现代文明的意象,它们作为时间刻度,挤走并取代了树林、阳光和金色的池塘。这意味着日益发展的工业文明,越来越深地阻挡了人类与自然对视的视野,使倾听自然的姿势无所适从。在失去了大自然气息之后的人类生存空间,充斥着肮脏的语词和空气。人类离自然越来越远,离生命的气息越来越远。

长久以来,大地以及那些在大地之上生生不息的生命成为诗意葱茏的文学园地里绵延不绝的灵感之源。大地和湖泊消失,带走了滇池原本的宁静、清新,诗意随之无从安放:"怎么只过了十年　提到你　我就必须启用一部新的词典/……/为什么我所赞美的一切　忽然间无影无踪?/为什么忽然间　我诗歌的基地/我的美学的大本营　我信仰的大教堂/已成为一间阴暗的停尸房?/……我从前写下的关于你的所有诗章/都成了没有根据的谣言!"(《哀滇池》③)一连串的问号,从没有标点的长诗中突兀而出,诗人的质问从平静的诉说中突然响起,异常的醒目。在漫长的质问之后,频频出现的感叹号成了对诗性沦落后的声声叹息。自然景物的消失引发的诗意沦落,终将在世界的荒芜之后将荒芜蔓延到人类的心灵:"如果黄河消失了/中华民族是否要再次游牧?　连黄河/(永恒的另一个绰号)　都有/死到临头的一天　一个诗人即便/姓李名白　又有什么可以有恃无恐?"(《读康熙信中写到的黄河》④)

于坚在对工业文明的质疑中,表达自己以诗意栖居取代技术栖居的理想。人类无休止的贪欲已使我们前进的脚步一往无前无所畏惧,科学技术的长足进展亦使人类在自然的怀抱里长驱直入所向披靡,人类对非人类的胜利更使征服自然的信心得到了前所未有的膨胀,而人类的目光在日趋加快的步伐中渐次短视。因而,一种来自少数清醒者的声音适时响起也成为必须,人类必须

---

① 于坚.诗集与图像2000—2002[M].西宁:青海人民出版社,2003:16.
② 于坚.于坚的诗[M].北京:人民文学出版社,2000:128.
③ 于坚.诗集与图像2000—2002[M].西宁:青海人民出版社,2003:113.
④ 于坚.诗集与图像2000—2002[M].西宁:青海人民出版社,2003:16.

在敬畏自然和敬畏生命中重新反省和定位自身。以敬畏之心修正现代文明方案设计中对自然的掠夺破坏以及由此形成的对人类亲近自然本性的异化,进而获得一种更为辽阔的仁爱之心。人类只有在与其他生命的和谐共处中,才能获得长久的审美生存和诗意栖居。

而诗人的职责,是"通过'存在'的再次被澄明,让那些无法无天的知识有所忌讳,有所恐惧,有所收敛。让那些在时代之夜中迷失了的人们有所依托。如果大地自己已经没有能力'原天地之美',如果大地已经没有能力依托自己的'原在',那么这一责任就转移到诗人身上。诗人应该彰显大地那种一成不变的性质。"[1]

2005年9月

---

[1] 于坚.于坚的诗[M].北京:人民文学出版社,2000:403.

时间对生命的唯一意义是淘洗

——《曾心小诗500首》中的诗质转换

　　我一直很想知道时间是如何完成对一个人滴水穿石的改变的，所以，我很喜欢那些时间节点标示非常清晰的写作。

　　在个体生命的坐标系中，一个人是欢呼雀跃一路高歌着突飞猛进，还是跌跌撞撞左冲右突鬼打墙似的向世界要什么它都不给你，抑或是一根草一口泥没有大悲伤大喜悦一天天聚沙成塔终有所成？这样动态的绵延的看得见起点走向和清晰的转弯的轨迹，是靠影像或者其他形式不能真正保存的——影像能保存的，仅与视觉对应。

　　所以人应该不断地写点文字，那些被写下来清晰排列的文字是一个人的结绳记事。尤其是那些在时间中始终保持生长的生命，他们在文字的不断磨洗中走向透明。

　　小诗的好处是轻盈的一个点，刚好够连成线的那种小小的点，瞬间成像的，是自在前行时留下的粒粒脚印。太长的作品更像一个长时间的逗留，是迟疑着停下来反顾或者眺望，是心潮起伏思绪万千，徘徊复徘徊地转着圈，停留太久往往成了原地踏步，终于踩出了一个面。在叙事/抒情时间与物理时间的关系中，后者是叙事/抒情时间远远大于物理时间的，而前者，则是约等于的关系。

　　对于一个诗人的写作而言，我们仅通过某本诗集所看到的数量当然不一定是全部，但选择本身也意味着呈现的偏好。我带着好奇和好玩的念头把泰国诗人曾心500首小诗写作时间的相关数据画成一条线，它是这样的：

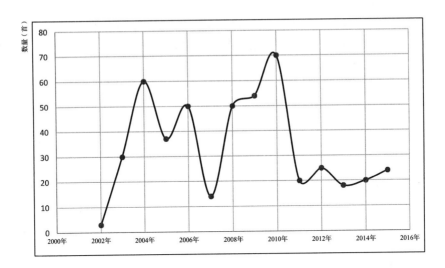

一

当然，如果诗的存在仅仅是为了作为记录与时间同步，那是诗的浪费。我关心的是，在时间的流逝中诗有没有被磨洗，有没有从粗砾的原石中一点一点看见琥珀的出现。时间对于生命最好的意义，是沉淀然后淘洗。

作为起点的一些诗作，在质地上离诗境还是有明显的距离的，比如：

《树叶独语》

  那时荡着嫩绿
  挡风雨输营养
  为它尽心竭力

  如今面黄肌瘦
  飘零街头
  哎！连风也敢欺负我

2003年6月1日

这首写于2003年国际儿童节的诗歌，本身并无歌谣的质地。刻意提醒时间的存在恰恰凸显和加剧了反差：这是儿童甚至纯真质地的反义词。它是在假借叶落感叹世态炎凉，而后者恰是成人世界独有的幽暗。

它有着斤斤计较和未能如期得到回报的愁苦。生命的姿态是匍匐的，悲苦、被虐、自怜和哀怨的,少有飞升的质地。在"树"与"人"的对应中,甚至没有曾卓《悬崖边的树》和牛汉《半棵树》那样的个体生命与时代抑或命运之间的张力。

在我个人的阅读经验中,关于树,清澈的诗是这样的:

花谢了,果熟了,
果子落下来,叶子掉光了,
然后又发芽,开花。

就这样要重复多少次,
这棵树
才可以歇息呢?

[(日)金子美铃著《果树》]

生命是一场漫长和循环往复的劳作,但这劳作的意义不是悲苦。诗中是一个人注视一棵树的四季产生的体恤,是轻叹和柔和的,质地清澈。

沉静与舒展的诗是这样的:

所有的杨树都会落光叶子
你一定不知道
哪一片曾被我捡起 带走
这又有什么关系
冬天会把每一截枝桠、每一片残叶都冷透
而大地从未感到失去过

(冯娜《消逝》①)

浩荡与饱满的诗是这样的:

它并不关心天气 不关心斧子或雷雨或者鸟儿这类的事物

---

① 冯娜.无数灯火选中的夜[M].北京:中国青年出版社,2016:68.

它牢牢地抓住大地　抓住它的一小片地盘
一天天渗入深处　它进入那最深的思想中
它琢磨那抓在它手心的东西　那些地层下面黑暗的部分
那些从树根上升到它生命中的东西
那是什么　使它显示出风的形状　让鸟儿们一万次飞走一万次回来
那是什么　使它在春天令人激动　使它在秋天令人忧伤
那是什么　使它在死去之后　成为斧柄或者火焰
它不关心或者拒绝我们这些避雨的人
它不关心这首诗是否出自一个避雨者的灵感
它牢牢地抓住那片黑夜　那深藏于地层下面的
那使得它的手掌永远无法捏拢的
我紧贴着它的腹部　作为它的一只鸟　等待着雨停时飞走
风暴大片大片地落下　雨越来越瘦
透过它最粗的手臂我看见它的另外那些手臂
它像千手观音一样　有那么多手臂
我看见蛇　鼹鼠　蚂蚁和鸟蛋这些面目各异的族类
都在一棵树上　在一只袋鼠的腹中
在它的第二十一条手臂上我发现一串蝴蝶
它们像葡萄那样垂下　绣在绿叶之旁
在更高处　在靠近天空的部分
我看见两只鹰站在那里　披着黑袍　安静而谦虚
在所有树叶下面　小虫子一排排地卧着
像战争年代　人们在防空洞中　等待着警报解除
那时候全世界都逃向这棵树
它站在一万年后的那个地点　稳若高山
雨停时我们弃它而去　人们纷纷上路　鸟儿回到天空
那里太阳从天上垂下　把所有的阳光奉献给它
它并不躲避　这棵亚热带丛林中的榕树
像一只美丽的孔雀　周身闪着宝石似的水光

(《避雨之树》[①])

---

① 于坚.于坚的诗[M].北京:人民文学出版社,2000.

而至于一片落叶如何成为坦然舒展的生命形态,我更喜欢《一片叶子落下来》[①]的温润与安详:

> 天亮时来了一阵风,把弗雷迪从他那根树枝上吹了下来。一点也不痛。
> 他觉得自己安静地、轻飘飘地往下掉。
> 他往下掉的时候,有生以来第一次看到了整棵大树。它是多么壮实啊!
> 他断定它能够活很久,他知道他曾经是它生命的一部分,这让他感到自豪。

这不是文体意义上的诗,但生命的大喜悦中有诗的质地。

我用来自不同时空、性别和篇幅的诗作展示对于树的书写中种种可能性向度,但这中间的差别与文体、篇幅甚至语言无关,而在于对生命的感悟层次与精神维度。所以,2003年写作那首小诗时的曾心还有很长的路要走。

八年之后,我们看见了时间的意义。关于树,以及人与树的关系也发生了变化,生命终于会和解,是我们想要看到的一个人和这个世界的和解。尽管这和解里依然有着明显用力的痕迹。

《树的生活》

> 园里那棵无名的老树
> 日出晒晒,雨下淋淋
> 秋来落叶,冬去吐绿
>
> 天无边,地无边
> "恩恩怨怨随风卷"
> 静静过着自己的日子

2016年1月3日

[①] 利奥·巴斯卡利亚.一片叶子落下来[M].海口:南海出版公司,2009.

《爬树》

生活＝爬树
爬上滑下
再爬上又滑下
X次以至无止尽

老了坐在树下
看月亮数星星

2016年1月3日

在这本诗集的结尾处,我们看到了这样的两首诗作。前一首从树/世界的关系写历经风雨之后的淡定与接纳,后一首是从人/树的关系写起落颠沛之后的淡然与宁静。当然,这两首诗作的切入层面和角度并无殊胜之处,且在美学品质上依然有同质感。但对于生命的体验已然从躁郁转向清凉。

或许真的如他在很多年前写下的那样,从酸甜苦辣到澄澈的宁静:

《行囊》

年轻时
捡一囊方块文字

中年时
装一囊酸甜苦辣的果实

年老时
修一囊澄澈的宁静

2004年6月26日

在生命层面,只看见物质世界的实体和经济关系,而不把反复打磨自己作为起点和目的地的人,是应该去研习社会科学而不是写诗。而诗是无边浑浊中最后的清澈——如果你不能总是清澈至少偶尔清澈。

二

而更值得关注的,是在起点和终点之间呈现了不断淘洗的过程。写于2006年的两首关于树的诗,是看见淘洗发生的关键点:

《老树》

只剩下几片黄叶
随着秋风飘零

望着一抹夕阳
似乎还有梦

2006年2月25日

《退休即景》

事务与愿景
消失

孤冷的身躯
对着病树
残月……

发呆

2006年3月9日

第二首诗中的"退休"是关键词。河流转向,生命面临重要的冲击,所以充满了对自身与社会关系的疑问,于是此前的愤愤不平与浓郁的失落气息均有了注解。肉身的衰老和梦想尚未消散之间形成了清晰的冲撞感。西川在《一个人老了》中书写肉身衰落与心灵蓬勃之间的撞击时,也曾用"未完成的画像"作为意象,传达生命有限和愿望无穷的被动感。

三年之后,我们看到抒情主体从对人与社会关系的失落中渐次复原,由对世道人心的愤愤转向对生命的观照:

《树自语》

绿色满树时
不觉有甚么

黄叶凋零时
始觉:时间
偷走我的叶绿素
蚕食我的生命

2009年10月25日

所以,时间才是一个人和这个世界之间最初和最后的对手。从对物种内部个体之间利益恩怨放手,转而经由时间开始重新定位自我与世界的关系。从人际利益的纠纷转向与宇宙时空关系的审视,所谓格局转换。

又过了八个月之后,我们看到一个可以随意切换的关于生命的新视角的诞生:

《老树静观》

扒在峭壁上
欲坠不坠

近观
"独钓寒江雪"

远观
"大江东去浪淘尽"

2010年6月19日

于诗而言,指向世俗的机巧,是浑浊的;指向对生命的灵悟,则是清澈的。这是《菜根谭》和《幽梦影》的差别,是钗黛的差别,是这首《老树静观》和七年前《树叶独语》的差别。

一个人从对个体与社会、与他人之间世俗利益的关注,转向对生命与时间关系的追问,经由这样的淘洗,从此看山不是山看水不是水,所以看世界时也有了新的视角。有独钓寒江雪的天地之清宁,也有大江东去的磅礴,而这两者的转换竟能在俯仰之间的远近切换中毫无违和感地完成。

所以你看到了,所谓生命格局的转换,诗里都是有的,都看得见。

肉身的长途跋涉是终于要化腐朽为新生,所以走过很多路是为了让自己更辽阔和更充盈、更纯净和更坚韧。即便尘世是狭窄的,诗也依然应该长久地保存对浩瀚的敬畏和向往,这是我们在尘世中最后的指望。

所以诗的使命是在单薄中想念丰盈,是超越在泥泞中抱怨泥泞然后在时间的淘洗中沉淀和澄清。

三

淘洗是分为两个层面:生命的,语词的。生命的淘洗完成之后,接下来应该是语言。在语言层面,时间的作用更清晰地呈现反复淘洗直至透明。

最初的语词是喑哑、滞重和充满怨气甚至戾气的。与此时的生命状态相对应,词汇较多出现"沧桑"(《老井》2003)、"血汗"(《牛》2003、《万年青》2003、《桂河桥》2003)、"酸甜苦辣"(《风铃》2003)、"身心憔悴"(《雕刀》2004)、"忍"(《日记》2004)、"无奈"(《人工雨》2004)、"千疮百孔"(《脸》2004)、"不耐烦"(《椅子》2004),等等。

而在抒情图式上,通常充满愤愤不平:在牛身上看到的付出与回报的不公("稻田中/灌满/它的血汗//热锅里/炖烂/它的筋肉",《牛》2003),万年青被书写为"伴着血汗活着",暗礁是"不敢露出水面/还常被挨骂",乌龟是"遭受欺压"(《龟》2004),芭蕉是"风雨翻了脸/把它打得遍体鳞伤"(《芭蕉叶》

2004），连通常与轻盈和自由相对接的风亦被书写成"唠叨"和"诉说酸甜苦辣"，或"忘乎所以"和"迷失方向"（《风车》2003）。即便是在春天里，松鼠也是在"独啃着早春苦涩的青果"（《鸟》2004），红玫瑰的红是"爱你的人的血"（《红玫瑰》2004）。这是一个多么悲苦的世界，所有的生命都在挣扎和叹息，背负着琐碎、粗粝和伤痕。

这种山河愤懑、草木哀戚是流沙河《草木篇》的传统。但《草木篇》写于那个凛冽的年代，颠倒混乱是那个公共的时间节点上的集体情绪。而曾心的这些诗写在21世纪初，一个人是这样怀抱怨愤、潮湿不肯松手地走过这些年的吗？在这些年中他看不见阳光和花开，也不曾被照亮和晒干。

但这些湿漉漉的情绪终究已是无源之水。无源之水的意思是，它既失去了时间的语境，亦因为远离故国而失去了空间语境。所以，这一时段的抒情图式是经过两次嫁接而渐失生命力的。像流沙河一样，曾心习惯于在万物和人世的荒谬不公之间对接；和流沙河不同，他的对接因缺少具体的作为主干的社会语境而像一段被折下的断枝，时时闪现着剥离所指之后的生硬。

1938年出生的曾心先生，在写这些诗时已过花甲之年，从1967年毕业于厦门大学到1982年返回曼谷，他确实亲历过流沙河《草木篇》同样的语境。但写这些诗时，时间已经过去了整整三十年，一个人是怎样怀抱着三十年前的记忆在诗歌中复活的呢？

这种已然失去共鸣的美学惯性思维，阻止了更为丰富的诗性体悟产生的可能，从而很容易沦为情绪宣泄的便利贴。它们急促而无处不在的救场功能，成为作者一个阶段的诗语风格。

这究竟是审美惯性的延续还是生命体验隔着久远时空的回声？是审美选择还是生命感知模式的因袭？以及，更为至关重要的是：这些还会改变吗？

答案是肯定的。我们在翻山越岭般地翻过长达数百页的旅途之后，终于看见那些具有浓郁的负面情绪含量的词与物一丝一缕地从文字的水位中下降，退去，时间消化了它们。那些掉落在河里的东西，落叶、虫尸和鸟羽，真的会化成石头，累积成河床。

《有缘的一滴水》

不知何处飘来一滴水

从头顶百会穴沁入我的心坎
　　又从脚底涌泉穴流入大地

　　偶尔在波涛浪尖上
　　见到那滴晶莹的水
　　欢乐地飞来与我拥抱 亲吻

2016年8月30日

"飘来"与"沁入""流入"与"飞来",这些语词的质地都是轻盈的。由此对接的情绪亦有着舒展的自在感,郑重专注又随缘欢喜。一滴水穿过肉身,流向大地,是我与物之间的一期一会;一滴水和一个人之间从飘来到流走,是一期一会;而波涛浪尖的那滴水拥抱亲吻的"我"是另一次的一期一会;当下之人与造物者的相遇,一个物种和另一个物种连接,也是一期一会。

水在水中。他这样领悟了"缘":倏忽而生,倏忽而散,不问前缘,不求后会。

当然,仅仅时间的力量是不够的。我们看到很多元素的入场与离席,它们参与了对浑浊的涤荡和对生命的充盈:行走、书法、绘画、禅,甚至包括那些具有摧毁力的大灾难。

　　2008:越南行
　　2009:四川行
　　2010:泰西行
　　2011:黄山行
　　2015:广西行

　　2011:古寺、露水、未名湖、荷塘
　　2012:种子、雪
　　2013:佛、草木
　　2014:书、圆月、萤火、乡村
　　2015:砚边觅诗、跳绳、看花

2003：伊拉克战争、非典
2004：禽流感、印度洋海啸
2008：地震
2014：雾霾

  一个人经历很多的动荡与生死，是否会对生命本身终有所悟？
  一个人要走多远，才能看见天地与众生。要穿过路远迢迢，才会看见那些种子、露水和雪，古寺、萤火和乡村，那些书与砚。它们涤荡着那些原本难以释怀的小怨毒，在渺远的时间之后，在人类的大灾难面前，有了谅解、悲悯和遗忘："海啸太无情了 / 一下子卷走 / 她爱抚着几十多万孩子…… / "（《太阳哭了》，2004年12月28日于印度洋海啸）。
  那些沉静澄澈的时刻终会降临——即便只是偶尔降临。即便是在此前此后仍有不断闪回的纠缠与挣扎。
  生命是这样走向澄澈和宁静，生命只能这样走向澄澈和宁静。

2017年10月

第三辑 文学现象研究

"问题"之问:"问题孩子"的历史修辞与新时期写作

"问题孩子"是一种"能在任何一个问题上找出可能的说服方式"①的社会修辞对某一类群体的命名。因为其中隐含着否定性价值判断而给人某种隐隐的不适甚至是不安。社会对现实的修辞方式,是把一切"旁逸侧出"称为"例外",进而形成正常/反常、常态/变态的泾渭分明的划分。命名的确立,必须有一种作为参照的坐标系。对于"问题孩子"而言,这种参照就是假定一种没有问题的"好孩子"的存在。在当代文学的历史语境中,构成"好孩子"的基本要素是:有共产主义理想、遵纪守法、尊敬师长、团结同学、举止文明、热爱劳动;每天在午夜前睡去,在黎明时起床;好好学习,天天向上。

"问题孩子"因为"问题"而被关在"好孩子"的门外,因为"孩子"而不能纳入犯罪学意义上的"危害社会行为"的"犯罪"之列。他们面临的除了"治疗"和"拯救"还是"治疗"和"拯救"。作为社会修辞的投影的文学,在社会编码的树荫下,对"问题孩子"的修辞阐释可以顺理成章、秩序井然。与之相关的批评心平气和、波澜不惊。

事实上,在新时期以前的20世纪文学史中,我们可以看到长长的一串可以引起相关联想的"准问题孩子"的文本:《药》、《狂人日记》、《斯人独憔悴》、《咆哮的土地》、《激流三部曲》等等。它们未获命名的共同原因是,是对家庭/旧的社会秩序而言的"问题孩子",而在唯新是举的进化论的保护下,在宣布"旧"的合法性丧失的同时,却预设了另一种社会秩序中的"合法性":代表了社会进步和历史前进的方向。

新时期文学分享并改写和添加了这一命名的重要参数,因而真正获得对"问题孩子"的"立案审查"的可能。二十年小说潮流的车水马龙中,关于"问

---

① 亚里士多德.修辞学[M].罗念生,译.上海:生活·读书·新知三联书店,1991:24.

题孩子"的话语的悄然演变与更迭成为一个颇有意味的话题。新时期写作中,"问题孩子"浮出话语表面成为一个充满播散力的符号,抑或是一个意味深长的隐喻。

现象异彩纷呈,理论只能删繁就简。本文的论述将以不同文化空间中的文本"个案"作为索引,描述在"问题孩子"的历史修辞中,不同的编码方式从能指到所指的距离差异。这些作为个案的文本是,刘心武的《班主任》,王安忆的《好姆妈、谢伯伯、小妹阿姨和妮妮》和部分"七〇后写作"的作品。它们分别诞生于1977年、1986年、1997年,十年一步。

一、"设问":理所当然的命名和步履艰难的诊断

1977年11月的《人民文学》上,刘心武的《班主任》在历史的雨后初晴时,以一声"救救被'四人帮'毒害的孩子"的呼喊,把一个真正的"问题孩子"放到了时代的乍暖还寒中。

在《班主任》中,我们可以读到频繁出现的来自医学方面的隐喻:"中毒""对症下药""治疗我们祖国健壮身体上的局部痈疽""只要倾注全力加以治疗,那些'四人帮'……播下的病菌,是一定能够被杀灭的"……而班主任的"家访",从程序上也类似一次中国医学中的望、闻、问、切。"医治'四人帮'给青年一代造成的内伤"的内在焦虑使"班主任"对"问题孩子"的命名,类似于一次治疗活动,如同一次诊断、一场手术、一次开方和服药,态度严肃,神情庄重。

按医学常识理解,"诊断"应该是一种由"症状—病理"从现象出发走向结论的过程,应该是一种"归纳",但在"班主任"对宋宝琦的"诊断"过程中,结论却是预先知道的——一切病因都源于"四人帮"。诊断/叙述/命名只是一种为"论点"寻找"论据"和组织"论证"的过程。因而《班主任》的"诊断"中一个颇有意味的句式是:"这是多么令人震惊的一种社会现象/谁造成的?谁?/当然是四人帮。"结论和问题接踵而至,没有必要的推理过程因而使"当然"中显出一份不能理直气壮而又似有难言之隐的牵强。似乎暗示,在文本之外,在"班主任"的诊断之前,事实上已经有过一次权威的诊断结论,本文只是在上述隐匿不出的初次诊断笼罩下的一次"设问",是以"演绎"的方式进行的"二度诊断"。

这样,看似毫不费力的诊断实则从一开始即处于一种左右为难的特殊境

地,因而命名常常显出力不从心的尴尬。

这种尴尬在于,在《班主任》诊断的开篇,必须首先给予"问题孩子"的存在一个温和的逻辑定性与历史定位:"我们祖国健壮躯体上的局部痈疽。"承认整个"躯体"的"健壮"和"痈疽"的"局部性"是获得叙述/诊断权的前提。

"班主任"的叙述/诊断因遵守上述法则,而必须"一望而知"地承认"白里透红的肤色,充分说明他有幸生活在我们这个不愁吃不愁穿的社会里,营养是多么充分"。整个"诊断"和"治疗"过程的对象都是"精神"和"思想",而对于社会的"感恩"却只能借助于肉体的"肌肉"的健壮和"肤色"的白里透红。"肉体"对"精神"的置换,是一次在上述逻辑指引下的欲盖弥彰的缝合。肉体的借用以偷梁换柱之策彰显了健壮躯体的精神上的匮乏。诊断/叙述者的尴尬和全部无奈在于——试图在"社会"中寻找病因,却首先必须承认生存于"致病"的社会是一种大幸。

接下来的问题是,文本的"设问"性事实上只赋予文本中的叙述/诊断(这一事实上的"复诊")以"论证"的功能,叙述只能在步履艰难中小心翼翼地穿行,集中注意力以便绕开那些不能触摸之处。"绕开"意味着其间有某种模糊的属于文学之外的禁忌,而绕开的动作,作为遮蔽的权宜之计同时也是一种暴露。因而,在本该是论证的诊断/叙述中,常常发现的却是一些不无害处的论据:已被命名的"问题孩子"的已确诊的病因是"被四人帮坑害""满脑子资产阶级思想"和"读了有毒的书而中毒受害"。而呈现在文本中有目共睹的却是既无追求"个性解放"、呼号"自由、平等"的思想行动,也从未想到过"博爱",更绝无"知识就是力量"的观念,甚至从不读书。这些,即便只有这些,事实上也已经撑破了"'四人帮'的毒害"的既定结论,而追溯到更远。这样,叙述常常不由自主地"越权"形成对原初诊断的不易察觉的僭越(这种僭越在文本的这种后设的叙述/诊断中常见的句式是"不能笼统地……要……""出乎一般人的逻辑推理之外,并非……恰恰是……")。为使叙述顺利进行,叙述/诊断者使用的策略是,不断地以"是被'四人帮'毒害""当然是'四人帮'""'四人帮'不仅糟蹋着中华民族的现在,更残害着中华民族的未来!"之类的话语的文不对题的重复,以维系并试图缝合着"复诊"的逻辑推理对原初诊断的步步远离所形成的缝隙——文本的诊断/命名在不断地偏离和接近中飘移。

原初诊断这一始自意识形态话语的判断,在故事开始之前即已结束,而匿名的结论却作为缺席的在场者,盘旋在叙述/诊断的现场上空,乌云压城,成为一种无法超越甚至不能质询的律令,使正常推理的每一步推进,都让叙述惶然,而不得不中止诊断,喊几句"当然是'四人帮'"以返回原初结论的安全线内。整个"设问"文本中,以一个摇摇欲坠吹弹得破的话语试图弥合"论证过程"中"论点"和"论据"的自相矛盾。

《班主任》是以作者/叙述者/主人公三位一体的视角,合力促成一个文学对意识形态的合法性编码。这样,在深层阅读中,文本中叙述/诊断者在对"问题孩子"行状的叙述/诊断时,并未获得袖手旁观的超脱或者居高临下的优越感。二者之间的这种"同构"性甚至是某种更深层的隐而不显的症状的折射:在1978年第6期的《北京文艺》上刘心武的创作谈[①]中,密度极大(而又在文本中分布均匀)地一再强调"一定要沿着毛主席《讲话》指引的道路走下去,努力改造世界观,坚持从生活源泉出发……严肃认真地进行创作",而在1978年第9期《人民文学》转载[②]时,更是作了条分缕析的修改和补充,从人物、情节、等诸多方面论证自己是"从生活出发",而不是"主题先行"——这种"我这么做……是按照《讲话》的要求"的声明,是为自己的创作"追加"一个起点、"后设"一个开头。这种行为,与谢惠敏"报纸上没有推荐……(所以)就不能读"的经典性"问题"逻辑在深层结构上是一致的,报纸—讲话,倡导—推荐,二者之间在功能上是可以互换的,是一对逆否命题,逆否命题是等价的。

文本叙述作为文学方式对社会学结论的重新编码,在不断地偏离和接近中,暴露了"伤痕文学"自身的"伤痕"。命名的尴尬,是文学在自身的主体性话语确立之前的屈辱和绥靖之策。

《班主任》和刘心武后来的《穿米黄色风衣的青年》《醒来吧,弟弟》,以及尤凤伟的《白莲莲》等文本一起,试图命名"问题孩子"以命名历史,或代替历史实施命名,在命名中实现对一段历史的审判,从而参与"伤痕文学"在社会历史批判大会中的小组讨论,然后推出那个著名的思想命题。

只是,问题并未就此打住。"问题孩子"及其文本在时过境迁之后依然后继有人和不断推陈出新,使我们的阅读开始隐隐地不安:当年那个关于"问题孩子"的结论,似乎并未终结。在历史的满面灰尘中,一定是遮蔽了什么或被什么所遮蔽。

---

① 刘心武.有根花才香[J].北京文艺,1978(6):66-68,70.
② 刘心武.根植在生活的沃土中[J].人民文学,1978(9):72-76.

二、"疑问":历史的无能为力和命名的无所皈依

"伤痕文学"试图从历史中拯救个人,"问题孩子"作为"文革"的"创伤"之一,和那些成人受害者并列,使对"文革"的讨伐得以全面展开,一个都不能少。"诊治"成了社会历史批判的代名词。

与《班主任》在一个"结束或开始"的时代中出场的轰轰烈烈相比,王安忆的《好姆妈、谢伯伯、小妹阿姨和妮妮》[①](以下见简称《好》)在1986年1月的诞生是太不显眼。1985年带给文坛的眩晕还依然持续,而在新年伊始,文学史上作为标志性事件的是"胡风追悼会的召开"[②]。作为一个毫不张扬的文本,它引起我注意的是,妮妮的古怪而固执的"偷"给阅读带来的生理上的恐惧和无法言说的绝望。

如按常规来搜索,很容易对《好》与"问题孩子"之间的丝丝缕缕的联系视而不见。正如文章标题中排名的并不重要一样,妮妮的"问题"行为在文本中只是作为彰显其他人物"心理"变迁的道具和推动情节发展的因子。这种"边缘"位置,使"问题孩子"深藏在历史/政治话语无法照亮的暗夜里,隐匿在难以进入的语言屏障之后,从而改写了《班主任》对"问题孩子"的"危害性"的理解。

"危害"和"拯救的意义"是在同一句陈述中的"因"与"果"。"伤痕文学"的命名因为对个体和群体对应关系的指认把危害上升到国家和民族的高度,"拯救"变得异常重要——"这类青少年的进一步发展在相当大程度上决定着我们祖国我们民族的前途。"[③]与此同时,在1980年由北大中文系汉语专业几位教师最终审定的版本的《汉语成语小词典》中"掉以轻心"的词条[④]上,保留这样一个例句:"教育子女是培养无产阶级接班人的大问题,绝不能看成是家庭琐事,掉以轻心。"这与刘心武的看法不谋而合。这种深刻而庄重的使命感形成的"互文性",成为那个时代语言学和文学二者之间对主流话语的不同的编码方式达成的共识,殊途同归。而《好》中则有了全然不同的理解:"你偷东

---

① 王安忆.好姆妈、谢伯伯、小妹阿姨和妮妮[J].收获,1986(1).
② 尹昌龙.1985:转折与延伸[M].济南:山东教育出版社,1998:233,96.
③ 刘心武.根植在生活的沃土中[J].人民文学,1978(9).
④ 汉语成语小词典[M].北京:商务印书馆,1981:69.

西,叫爸爸妈妈出去怎么做人?""你长大了……谁看你得起,谁把你当正派人看?"没有什么神圣和宏大,一切都是实实在在而又贴心贴肺的琐碎、日常和微观。文本中,妮妮的每一次"问题"的出现、"诊断"的无措和"治疗"的无效,都是更尖锐地逼近好姆妈、谢伯伯人性最深层"无名"的敏感和恐惧,使"好姆妈""谢伯伯"和"小妹阿姨"之间的关系重新分化和组合,成为家庭的风平浪静中纤细而致命的振荡。"问题孩子"可以是悬在"维护作为一个幸福母亲和完美女人"的好姆妈上空的一缕稍触即发的寒光和威胁谢伯伯"体面"的隐患,甚至是小妹阿姨地位升转迁降的秘密之因。只是,走不出家门,"问题孩子"的事件成为一部无须公开上演的家庭故事、一出历史的目光无法穿透的室内剧。

民间话语对问题孩子的修辞方式,戏谑地颠倒并越过了"社会问题"与"家庭琐事"之间轻重缓急的辩证关系,使《好》成为《班主任》所继承的经典叙述的历史倒影。

妮妮与宋宝琦最根本的区别还不在于篇幅、地位乃至于危害性的差异。对于"社会修辞的演变"这一话题而言,此文本的意义在于提供了另一种有意味的诊断/命名方式,一个"疑问"的深层结构。

在《好》中,已寻找不到时代的气壮河山作为致病之因和依靠(甚至缺乏《班主任》中一提而过"缺乏丰富而有意义的精神生活"的父亲来辅助承担一些"问题"的责任)。"'文革'开始了……"在文中只是作为一种时段的标志,而在故事发展和话语使用上一切如故。如同那些画宣传画和贴标语的行为一样,都被关在门外,谢家似乎是"文革"中的一片真空,除了"换旧床单""划破皮鞋"之类星点语丝,一切日常饮食起居一如既往,与"文革"话语系统无关。谢先生听"社论",只有"听"的形式动作,并未呈现内容,选择频道的决定因素是"女声"的"悦耳动听",而声音的所指无足轻重。叙述选择的不屑一顾,意味着"文革"并未成为"问题孩子"致病之因。妮妮的"问题行为"主要表现为"偷","偷"的行为自"文革"前始,"文革"结束后仍未停止,从另一角度形成对"'文革'致病说"的质疑。

既然"'文革'—致病"的推理不成立,试图在"粉碎'四人帮'"和"病愈"之间寻求对应也不复存在。这样,没有"文革"可以作为故事层面的万恶之源来承担一切,渺小单薄的个体脱离气壮河山的时代背景,不得不摆脱衡量和解决问题的习惯模式,采取另一种视域和思想姿态。"语录式"的政治话语在《班主任》中得心应手,而到了《好》中,妮妮能够熟练地使用这些作为检讨的理论依据,却没有任何实际的作用,因而成了缺乏执行可能性的程序。妮妮的初次检讨选用"三大纪律八项注意,不拿群众一针一线……""选用的可说是恰当的",重犯时则引用"错误和挫折教训了我们,使我们比较的聪明起来了……""选用得也恰当"。只是,"检讨"是用来"治疗"的,但"写了再犯,犯了再写"却又表明,"语录"对精神治疗的事实上的"失效"。

这种失效,在妮妮写给叔叔婶婶的一封信中得到呈现。尽管这封信在被读过程中因大人反应的插入而断断续续,但如同"问题史"的碎片,破碎而不消失,依然存在和可以复原:

世界上绝没有无缘无故的爱,也没有无缘无故的恨。
亲爱的叔叔婶婶:
我已安全到达上海。你们对我无微不至的关怀,使我非常感动。我做了一件**对不起党和人民**,**对不起毛主席**,对不起叔叔婶婶的事,**经过斗资批修**,我决定坦白交代。我偷了抽屉里的五块钱,我是拿去买饼干吃的。用掉后,我一直很后悔,叔叔婶婶对我这样好,我却偷了你们辛辛苦苦用血汗换来的钱,希望叔叔婶婶对我进行批评帮助,**使我回到毛主席革命路线上来**。此致敬礼!

妮妮

这是妮妮唯一的一次被完整地呈现的表达,一次没有外部命令要求的自觉的表述。从表面上看,历史叙述的话语已悄然侵入,深入细读,这种"侵入"的作用,正如同"文革"之于"谢家",一切都只是"在"而"不属于"。事实上,话语只是被用,并未进入和真正影响深层思维。文本中妮妮的"问题行为"与"党""人民"和"毛主席"都关系不大:"党"太远,"人民"和"毛主席"太抽象或太具体。真正可以作为"对不起"宾语的,对妮妮的内心而言,只有"叔叔婶婶"。上文中黑变体部分(论者所标)作为本体之外闯入的话语,显得异常生硬和苍白,闪烁着明显的异质性光泽。那些在《班主任》中衷心仰望和深信不疑的指令,在此都和好姆妈的叹息一样柔软而无助。信中的两种解释同处一室而又形同陌路,如同《好》和《班主任》这两种文本,"并置"却不能相互理解,不同的修辞方式使它们在如此接近中远离,咫尺天涯。

在历史叙事/诊断无能为力之后,试图求助于来自教育机构的判断。在这一带有学理意义的"诊断"中,妮妮的"偷"先是被理解为"嘴馋"(匮乏),

开出的药方是"不要管得太严,随便她吃"(予以满足),只是这种方式并未奏效。而且,后来,"偷了小朋友的一支铅笔和几张白纸头""打破了是因为嘴馋而偷的说法"。经过"教育""家访"等一系列"检测"手段之后,作为国家机构的学校也只有无奈地承认"妮妮的偷,越来越成了有趣的谜语","无法推出动机和原因"。

这样,历史叙述的无所适从,教育的虚无主义,使对"问题孩子"的诊断成为没有答案的追寻,没有前方的起步。

在"1978的激情岁月"中,强烈的启蒙情结和参与意识曾使刘心武写下了《班主任》《穿米黄色风衣的青年》和《醒来吧,弟弟》这些"问题孩子"的文本及其"续篇"和"后传",以对"问题孩子"的书写来批注历史。而十年之后,王安忆则在都市平民的心态中关注在当代人行为中的那些不能为社会政治理性完全规范的部分。在她看来,"文革"与"问题孩子"只是一种奇迹性的大相遇,一个大邂逅。外在世界只不过碰巧为个体提供了某种情境——"问题孩子"成为纯粹的"个人性问题",不再是"社会问题"的玩偶和例证。没有"诊断"和"治疗"的信心百倍("春风送来沁鼻的花香,满天的星星都在眨眼欢笑,仿佛对张老师那美好想法给予着肯定和鼓励"),也不再承诺"治愈"的希望,妮妮的再次乘上火车,似乎是"五元钱事件"的又一次轮回。没有答案,一切悬而未决。"问题孩子"妮妮成为好姆妈、谢伯伯、小妹阿姨和文本叙述的一个没有下文的问号。没有下回分解,不知后事如何。

文本的"疑问",是"命名"背后一种惯常力量的渐次薄弱和失去信心,也是命名者言说立场的无所皈依。

1986年,是一个被文学史以着重号圈点了的年份:"实验小说"被《收获》以大标题推出,"新写实"的指纹也开始在文学的方格纸上出现;加上"第三代诗人"出场和"中国新时期文学十年学术讨论会"召开……,"80年代进入中期后,在文学基本理论、文学基本观点、文学基本思维方式方面,已全面地、正面地建述了自身的话语体系"[①]。

从1977年到1986年,十年间社会变迁、月转星移,相应的是文坛众多目光浩浩荡荡的转向,"新"族的写作,越来越多的是对"历史"和"真实"的怀疑,对日常叙事的迷恋。从"大海"到"海",从"我们"到"我",一切都是"重

---

① 尹昌龙.1985:转折与延伸[M].济南:山东教育出版社,1998:233,96.

新命名","而不是命名"①。

就这样,"问题孩子"的社会修辞在新时期写作旗幡招展的裹挟中不动声色地前行,走在前面或后面。

三、"反问":七〇后写作的命名之"命"与命名之"名"

1997年,七〇后写作的存在,以一种特有的优势使"问题孩子"再度被文坛所关注。

七〇后写作这一现象的涌现,似乎是在文坛的熙熙攘攘中突如其来的一声尖叫。某些纯文学期刊打着旗号招兵买马(《小说界》《芙蓉》等)和另一些不打招牌者争先恐后地参与,使之成为1997年后文坛的话题。很快又迅速结集出版,个人专集大量出现和合集产生,后者(如《"七十年代以后"小说选》)为一些尚不足以出专集者提供"互助组"。接着是长篇和丛书(《上海宝贝》《糖》和"突围丛书""文学新人类"系列)。外部社会的运作和内在的精神气质似乎在某处"合拍",然后共振和互动——一种在追赶什么或被什么追赶的仓促。与此同时,新闻媒体和各种时尚休闲杂志纷纷以不同的话语参与,咸与维新,共同分享时尚。所有的现象,更像大学校园里一张标题新鲜的讲座的海报效应:蜂拥而至,同时不断有人退场,正当观众悄然转移注意力时,一种来自官方的干涉重新吸引了大量的围观、起哄和攻击。

在文学已然失去吸引力的时节,一切都像是一个事件。

理解七〇后写作对"问题孩子"的讲述,可以以棉棉小说②中的一句对白作为索引,他们似乎是无意中窥破了"命名"这一社会修辞的秘密:

> 每个好孩子都有糖吃
> 我们不是好孩子,我们没有糖吃

这是一个完整的三段论式的逻辑推理,原命题"每个好孩子都有糖吃"

---

① 于坚.拒绝隐喻[M]//吴思敬.磁场与魔方——新潮诗论卷.北京:北京师范大学出版社,1993.

② 棉棉.啦啦啦[J].小说界,1997(4).

（这种没有名额限制的奖励）是三段论的前提（前提是无须论证的公理），一种永久驻存于社会幼儿园内的游戏规则。糖作为一种柔软而无害的甜蜜，来自"孩子"群体之外的召唤，以"利益分享权"来吸引从"孩子"到"好孩子"的源源不绝的走向，以此制造一种井然有序的现场。一旦成为好孩子，即被认可，被纳入一种合法性公转，获得置身大众时的安全感。"问题孩子"因未能聆听这种召唤，而做不成好孩子。

上述新时期文学，分享了这一命名的重要参数。七〇后写作开始，则试图对这一程序的设计进行改写和添加一些新的质素：

> 我们是好孩子，我们的故事就是我们的糖

他们试图以扩大"糖"的外延这种"偷换概念"的方式，对社会修辞的命名方式作出修改，除此之外他们的能力还不足以作出一种自成体系的东西以完成自我表达。创作之初和其后复杂情形导致对最初心态的涂抹，使他们对命名之"命"与命名之"名"的态度前后不一。对于"问题孩子"的身份的指认，他们在"承认"与"否认"之间漂浮：承认时，是以"另类"自居，他们乐于将"问题孩子"的命名理解为从"循规蹈矩"中分离，对权威精英乃至知识的背弃。这有助于接近对"另类"的想象："我是第一个把头发染红的公务员""我始终不明白为什么要让我成为一个先进，我认为这个先进是我的耻辱。"[①]因而，在"回忆做一个问题少女的时代"成为叙述的基本姿态时，选择"怀念"作为回忆时的情感倾向。他们乐于在这个意义上接受命名并推波助澜。"不是在学校中长大而是在街上长大"的生存状态，使他们的成长常常被有意无意地疏漏和遗忘。他们和"好孩子"们共同的历史性处境是，可以读书上学时，恢复高考和对"知识"与"科技"的重提，激发了父辈的沉寂已久被压抑了的渴望，他们背上的书包从一开始就是沉沉的。随着千军万马冲向黑色七月，成了20世纪70年代出生的一代人的公共性事件。与新一轮"公转"中的琅琅书声的充实和忙碌相比，"问题孩子"们斜背着书包在街上摇摇晃晃的身影太不显眼，他们的存在就像不存在一样，那些对于"理想""前途""栋梁"甚至"未来"的指认和许诺都与他们无关。他们总是在某种陪衬性的历史场合、否定性的存在状态中出现，被命名为"问题孩子"。他们的"八九点钟"因在历史注视

---

① 周洁茹.出手[J].小说界,1998(6).

的"死角"里而无法灿烂。因而当一个特定的文化空间不期然地似乎是在一夜之间垂降时,他们的"问题孩子"的身份突然作为一种象征性命名而被获准甚至欢呼着登堂入室,他们最初几乎是在热泪盈眶的惊喜中对这一指认爱不释手和心存感激。他们带着这种欣喜和感激抚摸着他们仅有的资源——作一个"问题孩子"的历史,开始"回忆"。

他们接受"问题孩子"的身份指认,是想以此被关注从而获得与会资格,以便进入历史会场和获得发言权。这种最初的接受,很像是一次顺水推舟的借用。一旦在会场中得到一席之地并获准发言,即开始滔滔不绝。

他们的发言从"反诊断"开始,把那些历史叙述和社会修辞在他们身上堆积如山的大量判断——扔回去。丁天的《青春勿语》①中的一个场景,颇有意味地呈现了"问题孩子""反问"的开始:

我拍着桌子也站了起来,"我怎么了?"
我冲他嚷嚷,眼睛恶狠狠地盯着他。

这里的"我"是"问题孩子","他"是"班主任"。自诩健康的"班主任"在不同的场合讲述着丁天的"问题行为",并沾沾自喜地夸耀着自己的诊断,期待着各方力量的共同参与,以便使之被"治愈"和回到"好孩子"的群体中。他的自以为是和喋喋不休使"问题孩子"终于拍案而起:我怎么了? ……这样的一个无意为之的场面,似乎是大有深意,这是"问题孩子"在新时期写作中历史处境变迁的一次微缩处理的场景,寓言般呈现了"问题孩子"由"被说"到"说"的现实命运。

七〇后写作者丁天的《青春勿语》中"班主任"和"丁天"谈话的场景和刘心武的《班主任》中的"谈话"构成了意味深长的对比,班主任"王克坚"和"张俊石"、"问题孩子"宋宝琦和丁天,两组人物之间有一种同构对应的关系。两个文本间的差异,似乎只是视角的小小的转换(前者是"班主任"的视角,后者是"问题孩子"的视角),却出现了迥然相异的叙述效果。"视角"的转换,类似于一次医疗器械的移交,比如听诊器或温度计,从"班主任"手里转移到"问题孩子"的手里。这样,"班主任"的"说"的动作和内容,恰恰成了"丁天"眼里的"被诊断"的对象。"问题孩子"开始"恶狠狠"地盯着"班主任",并宣布那

---

① 丁天.青春勿语[J].上海文学,1999(6).

些诊断结论都是"误诊":班主任把"丁天"对那个小女生刘倩的躲避行为"诊断"为"早恋",进而开始"治疗",而真正的所谓"早恋"却未被发觉。他用来表扬"丁天"的"诚实",其实只是"懒得撒谎"——"我更懒些罢了,我觉得说瞎话不值得,累。"——批评和表扬都不得要领,证实了"诊断"的失效。"失效"的药理学意义在于时间上的滞后引起的病症和药效之间的变/不变的错位和脱节。张老师的那套攻无不克的话语程序,到王克坚手里却成了一次非法的操作、一份有待升级的杀毒软件。

丁天的拍案而起,是一群人的拍案而起。宣布他们从此"也"站了起来,开始对历史的讲述/诊断作出"反问"——"我怎么了?"众多的文本纷纷出示自己被"误诊"的经历,以加重这种反问的语气:如同丁天的"被冤枉了的打架"和"被连错了线的恋爱",棉棉的《糖》①中"我"看蒙娜丽莎幻灯片时因恐惧而出现的"持续尖叫"和"喉咙发紧",被老师"当作坏学生罚站",被"叫到教导处训话",并被"追问是否看过黄色手抄本《少女之心》"。卫慧的《黑夜温柔》②中温亮和舒昕的青春的清纯的"出走"却被以"奸淫幼女,诱骗出走"的名义,交给社会和法律审判。

"诊断"既是"误诊","治疗"何以为继?在一个本来以教育为己任的单位,"教育者"失去了自身的教育能力,甚至自身就是病态而丧失诊断资格(如"王克坚"或是周洁茹《回忆做一个问题少女的时代》③里的那个喜欢给学生"吃耳光"的"项胖")。正如棉棉的《一个病人》④中的那个"把戒毒病人和杀了人的精神病人放在一起共同治病"的戒毒所中,女医生强迫"我"吃红烧肉的"非治疗性"行为,实则是"病态心理"导致下的"迫害"。学校、医院等社会机构是以集中、控制为共同特色,因而在功能上具有相似性。从这个意义上讲,《一个病人》和《青春勿语》具有某种同构对应的关系——"施暴者(精神或肉体)"和"医疗者"身份的重合,使"治疗"等同于"伤害","治病"转化为"致病"。这是七〇后写作者获得发言权后做出的充满委屈的解释。

"问题孩子"在新时期文学中最初的"立案审查"是以"诊断"的方式予以命名的,"七〇后写作"恰是以反对"诊断"(诊断的失效和诊断者的丧失资

---

① 棉棉.糖[J].收获,2000(1).
② 卫慧.黑夜温柔[J].小说界,1997(6).
③ 周洁茹.回忆做一个问题少女的时代[J].作家,1998(7).
④ 棉棉.一个病人[M]//每个好孩子都有糖吃.石家庄:花山文艺出版社,2000.

格)来反对"命名",给"命名"以釜底抽薪的一击。他们以否定历史的讲述/诊断来否定命名,在对医疗神话消解的同时,也摧毁了启蒙精神内部的神话。在"七〇后写作"中,秩序被颠倒,抑或是颠倒了曾被颠倒的秩序。他们试图以反对命名的方式——命名之"命"——来反对命名之"名"。

他们在否认了来自他方的"诊断"与"治疗"和获得话语权之后,开始以"自我诊断"和"自我治疗"的方式试图对"问题孩子"的原有命名作出修订——在原命名中添加一个"生命和艺术"这一新的参数:"我们的故事就是我们的糖"。他们把自己定位为因为更接近生命的本真而远离社会而特异突出而成为"问题"。在七〇后写作的文本中,"堕落、青春、进步以及自我表现,有着完全不同的含义"[1]。他们在自己的诊断书上写着:病因,"受尽成人世界的恫吓之后,对成人世界绝对不理解,永远无法长大的""我有问题是因为我无知而又炽热,我因此燃烧并展现了我的热量。"[2]他们自述"我从小在一个破碎、压抑的环境中成长……我的童年和我度过无数个黑夜的记忆使我成了一个虚无主义者和怀疑论者"(《黑夜温柔》)。"我们所有的痛苦都来自年轻,来自爱"[3],他们为自己开出的药方是"音乐""绘画""写作""爱":"现实是一堵病欲的墙,我们要穿越那堵墙,音乐可以拯救我们";"他知道他是破碎的,他希望用破碎来搜索破碎,他的音乐像一种祈祷";"用颜料和线条抒情,以此拯救他眼中失去秩序的世界和他自己";"写作,也许是我走向天堂的阶梯";"我在音乐、亲情、友情、爱情中学习,我不通过其他方法学习。"[4]

"反问"和"设问""疑问"句式在修辞意义上的区别在于,反问自身包含着肯定性的判断。问题孩子自诩"痛并快乐着"的生存方式在成为众多"七〇后写作"底本的同时,也无可避免地成为某种"时尚"的筹码和资格认证,并在阅读中引导了对"另类"的误读:使"另类"(alternative)原义(在"全球化进程所构造的乏味整一的生活模式与价值观念"的前提下,"向往有所选择提供选择的世界和人生","对时尚的拒绝和说'不'")被取消,一变而为主流的时尚先驱[5],并被后来的写作大量地复制。他们的"说"的声音和宋宝琦、妮妮的"失语"形成对比。他们大声地说,不停地说,反复地说,以完成一个巨型的"我

---

[1] 李凡.人体标本[J].小说界,1997(3).
[2] 棉棉.糖[J].收获,2000(1).
[3] "70年代"的爱与责任[N].南方周末,2000(21).
[4] 朱文.断裂:一份问卷和五十六份答卷[J].北京文学,1998(10):19-40,47.
[5] 戴锦华.文学备忘录:质疑全球化[J].山花,2000(3):85-89.

怎么了"的"反问"文本。

"问题孩子"的命名历经了二十年社会注视的转移与衍变,从在"设问"中小心翼翼地求证,到"疑问"中悄无声息地改写,再到"七〇后写作"中不无得意的"反问",似乎是真的成了默默长诗《争取未来》中的那句:"失效的药方满天飘散……该了,该重新命名全部存在了。"

四、结语:不同命名的"相遇"和多种话语的"并置"

写到此处,本可以结束了。偶而浏览我所在的城市的一份晚报[①],却使本文的思考欲静而不止。吸引我注意的是其中的两则社会新闻和一份简单的文学评论。两则社会新闻分别是发生在南京的"夜猫子迪吧血案"和北京一家酒吧的"外籍色狼逞淫威,大学女生断其舌"。而那篇《注意力阅读下的"她们"》,是关于上海的另类作家的评论:"为了浓化小说文本的另类气质,不惜把小说人物囿于狭仄的酒吧、舞厅等精神容易失控的地方,将人物的生存状态勾勒得极其新潮和尖锐,从而谋求'搏出位'以拽住公众的注意力。"

酒吧/迪吧已然成为时代的表征,使出现在中国三大城市的"事件"间产生不易察觉的巧合,这种巧合是颇有意味的,它使本文对于"问题孩子"的思考进入一个新的维度。

在第一则新闻配发的照片和文字介绍中,13名罪犯在年龄上符合"七〇后"特征,而且生活方式和作案情节往往是沿着或接近"七〇后写作"文本中预设的发展(新闻报道中的"沉重思考"部分作出的分析是"他们不思悔过,好逸恶劳,恶习极深,整天在社会上打流混世""成为社会的毒瘤")。而"外籍色狼"和"大学女生"的事件,除结果相异之外,整个过程(从相遇到相识)可以作为《上海宝贝》中Coco和马克之间故事的一个场景或另一种可能性。只是,社会新闻背后的法律内涵和道德指向,加之文学和社会学的不同的编码方式之间的张力,阻止了本文对"罪犯"与"问题孩子"之间关系的进一步探索和相似联想。

另外,"在审讯过程中,3月15日中午,迪吧血案参与者王念在法律政策的威慑下,向看守坦白交代……接着一口气供出谈敏、胡宏坤、汪先、王俊等人",这是社会机构借助法律的仪器和社会学术语作出的诊断。在话语使用上,

---

① 扬子晚报,2000-4-30.

与刘心武的《班主任》中一段叙述"在审讯过程中,面对无产阶级专政的强大威力与政策感召,他浑身冒汗,嘴唇哆嗦,作了彻底的坦白交代,并且揭发检举了首犯的关键罪行"极为相近,足以引起很强的似曾相识感。

世纪交替之际的新闻叙述方式,与新时期写作二十年间不同文本话语之间盘根错节,纠缠不清。作为意识形态载体的新闻语言从容地追上了文学话语二十年前的指纹的同时,文学早已另辟蹊径,对虚构的特权不再坚守,"七〇后写作"中作者和人物间的半推半就的相互指涉产生的"半自传"标签,开始对新闻的"纪实"有意无意地掠夺。

此时,文学的评论和社会新闻的结论,作为文学之内和之外的关注同居一室而又相安无事。社会的"疗救"和文学的"疗救"在同一份晚报上各行其是。社会学的命名与文学的命名如此之近又如此之远,是社会宽容了文学抑或是文学终于回到了自身,是真正的宽容抑或是无暇顾及,我们的思考在惊诧、欣慰和疑问中穿梭往返。

不同命名的相遇和多种话语的"并置",作为新的一轮关系的出现,是现实追上了隐喻抑或是现实本身就是隐喻,而二十年间,有多少东西倏然而逝和一成不变?对于本文的写作而言,话题的着陆与再度起飞,仅仅是同一点上的不同瞬间。

2000年6月

新时期中国大陆生态写作的本土化路径

在20世纪中国文学发展至新时期之前,并无"生态文学"这一概念。在20世纪80年代以后,现代化进程中生态危害的产生与渐趋严重,促使新时期文学通过文学叙事回应生态思考。与较早进入工业社会和面临生态思考并将其诉诸文学的西方世界相比,世界范围内的中国大陆新时期生态写作呈后发之态,因而对外来文学的借鉴与吸收是其必然面对的语境。这种跨文化的借鉴和吸收经历了复杂和微妙的本土化进程。

"跨文化传播包含着异质文化的引入、同质文化的延伸与近质文化的改造等内容";在中国,生态写作的产生和发展过程,正是大致经历了由"异质文化的被动引入到同质文化的自然延伸,再到近质文化的主动选择几个阶段"。[①]自20世纪80年代至今,生态写作经过30年的发展,以大量涵蕴深厚的文本实现生态写作的本土化进程:首先是面对生态灾难与现状,以报告文学的纪实方式开启生态思考的话题;其次是通过借鉴、模仿、消化吸收本土和西方生态写作的思想资源与文学资源并最终形成自己的美学特征。而在形成自己的美学特征的过程中,与本土最有影响力的文学资源结合是根本途径。

"任何一个民族的文化只能理解为历史的产物,其特性决定于各民族的社会环境和地理环境,也决定于这个民族如何发展自己的文化材料,无论这种文化是外来的,还是本民族自己创造的。"[②]新时期文学中生态伦理立场发展过程中本土化策略及其途径的探索,正是全球化格局中中国文学走向世界必经的实验。

---

① 梁笑梅.文化地理影响电视剧在中国的跨文化传播[N].中国社会科学报,2011(224).
② 李娜.浅析中日民间动物报恩故事的异同[J].科技信息(学术研究),2007(30):113.

一、问题的提出：本土生态危机与文学切入点的错位

从写作时间看，本土生态写作源于20世纪80年代生态问题的渐次凸显，最先迅速作出反应的文体是报告文学。

从20世纪80年代中国生态环境的状况看，问题主要集中在水土、森林等方面的宏观环境问题，中科院学者在1998年对之前10余年的中国生态问题的一份研究报告表明，1980年代以来中国面临的生态问题主要包括：植被破坏、土地环境恶化、环境污染严重、农业污染突出和自然灾害频繁[①]。

1980年代的报告文学创作基本上与当时生态科学领域对生态问题的审视、判断和建议相一致："在问题报告文学中，一些作家和作品集中对人与自然之关系进行了科学探讨。其中有代表性的作品先后有钱钢的《唐山大地震》，沙青的《北京失去平衡》《皇皇都城》，刘大伟、黄朝晖的《白天鹅之死》，殷家璠的《孤独的人类》，岳非丘的《只有一条长江》，张雅文、吴茜的《呐喊，不仅仅是为了一个人，一座山……》和徐刚的《伐木者，醒来！》与《沉沦的国土》，以及乔迈、中夙、李树喜等人报告大兴安岭火灾的作品等。这类作品主要从社会学和未来学的角度，以全方位的观照方式提出了保护自然资源、注意生态平衡的问题；……在这方面徐刚、沙青、中夙等较有代表性。"[②]报告文学的切入点在水土、森林资源的破坏方面。其中在大兴安岭火灾一事上尤其凸显其对生态问题的及时和有效关注，"报道大兴安岭的作品集中在1987年，主要有中夙的《兴安岭大山火》，李树喜的《大兴安岭火灾纪实》，杨民青、王文杰的《大兴安岭大火灾》和乔迈的《火后论火》《漠河大火记》与《到大兴安岭火区去》等。这几篇作品也和钱钢的《唐山大地震》一样，写了灾难的危害及其严重性，写了抢险救灾的过程和应吸取的经验教训，其中贯穿着一种科学与民主的反思精神。这种精神体现在：对官僚主义与管理体制的批评，从人与自然的角度说明保护森林资源之重要，等等。"[③]1980年代的报告文学切入点基本上与生态现实相契合。

---

① 王占礼,彭珂珊.特大洪灾后对中国生态环境问题的思考[J].桂林工学院学报,2000, 20(1):44-50.

② 章罗生.中国报告文学发展史[M].长沙:湖南人民出版社,2002:311.

③ 章罗生.中国报告文学发展史[M].长沙:湖南人民出版社,2002:314.

从文学切入点看,报告文学紧密关注生态危机的现实,并从土地、河流等自然环境的恶化为切入点展开书写。而当时自然科学研究给予的16项生态建设的具体建议措施中,仅有"保持生物多样性"一条与人类和非人类的关系直接相关①。这就意味着,在纯粹自然科学的生态视野中,无论是生态灾害状况,还是治理措施设计,人类与非人类的关系都非生态调整的主要着眼点。但有意思的是,从新时期小说中生态伦理出现的文本状况看,随之而来的以小说为主的生态文学创作的切入点,却并不与生态现实直接相关,亦不与报告文学呈现不同文体间的呼应之势,其基本切入点落在人与动物的关系上。

于是,一个理论设想由此产生:是否因为人与动物的关系容易在民族文化中唤起审美冲动,容易在传统母题中寻找到资源与呼应,更容易与本土文化对接,也因而容易被作家的审美潜意识不约而同地认可和选中?

中国古典小说中,以森林、河流等自然物象作为主要书写对象的数量非常少,相对而言,人类与非人类关系作为切入点的文本,则无论是在数量还是对伦理传达的容量看,都是蔚为大观。以《太平广记》②为例,排在前三位的题材领域分别是人、神/鬼、动物,在现代自然科学的视界之下,人神关系的维度不再具有合法性,因而人与动物的关系成为重要的叙事领域。

附:《太平广记》各类题材分布情况

题材	分布	卷数
人	卷1—275	275
梦、巫、神、鬼、怪	卷276—392	97
气候	卷393—396	4
地舆	卷397—399	3
矿产	卷400—405	6
植物	卷406—417	12
动物(人与动物关系)	卷418—479	62
蛮夷	卷480—483	4
杂传/录	卷484—500	17

从上表的数据统计可以看出,以气候、地舆、矿产等为书写对象的小说,

---

① 王占礼,彭珂珊.特大洪灾后对中国生态环境问题的思考[J].桂林工学院学报,2000(1).

② 李昉.太平广记(1—10册)[M].北京:中华书局,1981.

加在一起共计13卷,仅占《太平广记》总卷数500卷的2.6%;而人与动物关系的题材,占62卷,达总卷数的12.4%。由此可见,在传统的伦理体系中,山川河流、土地森林等物质的自然环境,很难成为伦理思考的对象,因而也无法承担在文学叙事中伦理角色的隐喻功能。这样,传统文学中审美惯性对人类与非人类关系的严重倾斜,导致生态文学写作不约而同地从人类与非人类关系入手的集体无意识。

因而,在具有生态伦理立场的写作中,情节元素多从人类与非人类关系的本土化母题入手,并最终以诗性的本土化话语形态予以呈现,以此实现生态写作的本土化历程。

二、叙事模式:情节母题的本土化元素

如前文所述,生态写作最初是从写实性强的呈现生态灾难的报告文学为开端,但在生态写作发展过程中,越来越不满足于仅仅对生态科学结论的诠释,于是情节元素的创造成为迫切的需求。

在新的叙事模式生成与情节元素的创造中,与古典小说中成熟的叙事母题结合,生成新的生态伦理主题与情节单元是其醒目特征。"一个原型的影响力,不论是采取直接体验的形式还是通过叙述语言表达出来,之所以激动我们,是因为它发出了比我们自己的声音强烈得多的声音。谁讲到了原始意象谁就道出了一千个人的声音,可以使人心醉神迷,为之倾倒。与此同时,他把他正在寻求表达的思想从偶然和短暂提升到永恒的王国之中。他把个人的命运纳入了人类的命运,并在我们身上唤起那些时时激励着人类摆脱危险、熬过漫漫长夜的亲切的力量。"①

现代生态伦理学认为,人是地球上唯一具有主动选择能力的伦理主体,因而人类应该承担更多的生态责任。而人类对待非人类生命的立场则是生态叙事的重要切入点,"生态意识中一个重要的视点,是关注人类和大自然、人类和其他非人类生命之间的关系。是否和如何关注成为生态意识的有无以及在多大程度上相关的一个重要因素。因而艺术作品中对于动物角色功能的设定,很大程度上对应了人类对非人类生命的态度,是人类如何处理自身作为一种

---

① [瑞士]C.G.容格.试分析心理学与诗的关系[M]//叶舒宪.神话-原型批评.西安:陕西师范大学出版社,1987:101.

生命与另一种生命关系的重要立场。"①但在具体的情节生成中,常见的"动物报恩""杀生报应""放弃行猎"等母题或情节单元,皆与古典小说有着密切的渊源。古典小说叙述人与动物的关系中,通常蕴含"报恩""杀生报应"等常见情节模式。前述《太平广记》中即有大量的例证。新时期生态写作在古典小说叙事母题的资源中,延续对人类与非人类关系的书写,成为呈现生态危机、拯救生态困境的重要叙事视角。

与西方生态写作中人与动物的感情通常体现为心灵陪伴不同。中国传统文化在伦理本位思想的影响下,则以"劝善"为重要目标,因而文学作品的接受者,在审美习惯上认可"知恩图报"与"善恶有报"等叙事模式,从而以"施恩—报恩"的方式缔结人类与非人类之间的关系,并通过善行与善果之间的对应实现文学作品"警世劝善"的最终目标。

(一)动物"报恩"母题

受佛教思想的影响,中国古典文学自六朝以来直至明清,皆有大量动物报答曾经善待它的人类的故事,由此形成"动物报恩"母题②。《搜神记》《搜神后记》《异苑》《幽明录》《续异记》等六朝小说中,常见的情节模式是"动物受困——人施恩以助——动物报恩",报恩的动物有中国传统文化中常见的龙、虎、鹤、蛇、龟、雀、蚁、蝼、狐、象、鼠等,其困境通常为受伤、生病、难产、水淹、受困等,人类对其救命、疗伤、喂食,动物获救后采用进献财宝、化灾救命、代主雪冤等报恩方式。

中国古典小说中动物报恩与佛经故事不同之处在于,"外域佛经故事原本强调的是我佛多么慈悲,冒险为虎疗伤;而为中国小说误读的母题则突现为接受恩惠的动物是如何讲求报恩,显示了一种强烈的伦理型有意误读的倾向,增加了故事警世劝善的社会意义"③,由此形成较为明显的本土特征。

新时期文学在借鉴本土古典小说"动物报恩"母题时,融合了中国古典小说中"动物寻宝""通达鸟兽语""人兽相映""睡显真形"等母题而产生不同的情节变体:

---

① 李玫.从动物的角色功能看当代电影的生态意识[J].辽宁师范大学报(社会科学版),2006(5):95-98.

② 刘惠卿.佛经文学与六朝小说动物报恩母题[J].重庆工学院学报(社会科学版),2007(5):151-154.

③ 刘卫英.金庸小说动物求医报恩母题的佛教文献溯源[J].海南师范学院学报(社会科学版),2005,18(3):109-112.

1. 动物寻宝

中国古典小说中有"动物寻宝"的母题,其常见的情节为人类曾在某种情境下救助过动物,之后动物通过寻找到宝物送给恩人以报答救命之恩。在古典小说中,在"劝善"的伦理预期下,这一报恩方式的设定以财富的赠予强化具有吸引力的丰厚报答,来肯定行善的价值。新时期生态写作在动物报恩的母题中融入"寻宝掘宝"等情节元素,如《怀念狼》中狼能找到世间珍稀的金香玉送予救命恩人;《银狐》中在老铁子、白尔泰陷入生存困境的时候,白狐带领他们寻找到深藏在大漠旧城遗址地下的粮食等。

2. 通达鸟兽语

新时期生态写作在书写人类与非人类之间的情感时,在人物设置上通常会有因为爱护动物生灵而能与之跨物种语际沟通的人物,这与古典小说中的"通达鸟兽语"遥相呼应:如《银狐》中姗梅能懂狐语可充当人狐间的翻译,《山鬼木客》中陈华能理解动物们的表情进而与岩鼠们沟通,《大绝唱》中女孩尖嗓子用歌唱来吸引雌狸香团子家族的交往。古典小说中"通达鸟兽语"往往用于预知灾难从而进行规避,或获取藏宝信息由此获得财富,新时期生态写作中,通过与鸟兽沟通,往往意味着更方便与生灵之间的情感连接,更容易达到物种间的关爱与谅解。

3. 禽兽义感

在古典小说中,"动物报恩"往往与"禽兽义感"母题相衔接,如情节设置上的"人兽相映",即"感恩动物忘恩人"。新时期生态写作中,《猴子村长》《怀念狼》《沙葬》等大量作品在叙事模式设计上沿袭这一情节架构:受恩的人早已忘记感恩,甚至以怨报德,但受恩的非人类却滴水之恩报以涌泉。……同样的受恩经历,人与兽对待恩人却呈现截然不同的态度,延续了古典小说中"感恩动物忘恩人"①的母题。之所以大量出现将人类放在非人类的对立面,成为忘恩负义的载体,在于新时期生态写作中一个重要的价值立场是,作为物种之一的人类是生态失衡的元凶,是人类在欲望的诱惑之下迷失本性,由此导致为谋财而过度索取导致生态失衡。而这一构思很容易在中国古典小说"人兽相应"中寻找到情节支点。

从创作主体的文学资源与思想资源看,在新时期生态写作中"动物报恩"的叙事中,呈现与本土资源之间显性渊源关系。如有狼送道士金香玉以报答

---

① 王立.佛经文学与古代小说母题比较研究[M].北京:昆仑出版社,2006:295.

治病之恩和金丝猴化作女人以报答救命之恩的《怀念狼》中,多次提及《聊斋志异》;写白狐寻埋藏粮食的洞穴以报恩的《银狐》中,罗列大量关于本土人狐关系的不同文本;而在叶广芩的散文集《老县城》中亦收集多篇蛟报恩的故事,亦可看出在叶广芩的阅读视野中有来自本土民间的神秘话语素材。

只不过她在写作秦岭系列文本时,用现代自然科学话语将其重新叙述成为符合现代自然科学认知的文本,关注的重点在非人类对人类的信任、感激与情感回馈。

(二)杀生报应

在中国古典小说中,与"动物报恩"相对应的另一种模式,是人类在面对非人类时不但不施以恩助,反而杀之甚至是虐杀,由此带来的是遭受惩罚的后果。"杀生报应"故事在古典小说中广泛存在,魏晋南北朝的志怪小说、唐代的文言小说、宋代的白话小说中,以及明清时期的各种题材、形式的小说中均可发现。

与动物报恩类故事的"劝善"功能相对应,杀生报应故事则具有伦理意义上的"诫恶"功能。善待动物可得良果,而残害生灵则必遭报应。《太平广记》卷第131至第133收集的"报应"类文本中,杀生遭到报应的篇目总计64篇,招至报应的杀生方式有杀孕猴/鹿、杀猿/鹿子、宰犊于母前、煮蛇卵、杀求救鹿、杀拜求之牛、积代为屠、刺牛目、以蔷茨喂幼燕、割(或以绳勒)牛舌、断雀舌、炙鱼眼、折鸭脚、以汤灭蜂、涸湖取鱼、以热油注/五味汁饮等方式虐杀龟驴、以乌梅饲马至不能食、火烧蚁子等。其中对杀的否定多以传统伦理道德作为参照:包括对猎杀对象的强调,如杀幼、孕、求救、拜求者;对情境的限制,如杀犊于母前、涸湖取鱼;对方式的强调,如上述种种虐杀等。在古典小说中,强调杀生会有可怕的后果,杀生者通常遭受到种种神秘力量控制之下的具有明显因果逻辑关系的报应,需要承受和被杀动物们曾经遭受的同样的身体痛苦,甚至丧失生命并延及子孙。杀生者中尤以屠户与行猎者为罪孽深重,遭受的报应也更为可怖。

"杀生报应"与"动物报恩"以相反相成的姿态,共同书写了人类与非人类关系的多种可能性。

西方文学传统中,亦有杀生遭到惩罚的叙事母题,但多是从宗教维度建构情节模式,"西方文学的动物叙事具有宗教伦理的视野""随着基督教发展,人类与其他动物平等的观念被进一步强化,人类无权随意剥夺动物的生命,否则将受到上帝的惩罚。"①塞缪尔·泰勒·柯尔律治《古舟子咏》中老水手曾经射杀一只海鸟，给全船人带来灭顶之灾，最终受到上帝的处罚而悔愧终生；迪诺·布札蒂的《骑士的罪行》中骑士杀死一只猫而遭受上帝的惩罚中蕴涵了宗教的意志，作品中水手、海鸟、猫、寻猫者、国王等都具有宗教内涵。"基督教伦理关注人与动物的关系，旨在宣扬博爱思想，爱人类，爱动物，爱上帝创造的一切，灵魂才能向善。"②在现代西方生态写作中，人类的捕杀行为带来的后果往往是动物的直接反击，如"大象将长长的象牙刺进了捕猎者的心脏（《横冲直撞》）；狮子愤怒地撕碎了捕猎者（《狮王》）；狼在人类的大肆围捕下走投无路，绝望了，疯狂地袭击人类（《断头台》）；就连鱼也发怒了，身陷囹圄的鱼王疯狂地冲向捕鱼者的船，将捕鱼者掀翻入水，欲与之同归于尽（《鱼王》）。动物袭击人类成为大自然报复人类的形式之一。"③

  与西方文学相比，中国传统文化中缺乏基督教的宗教伦理维度，更多受佛教因果报应思想（"六道轮回观"）与道家"承负说"的影响，"杀生报应"的情节模式呈现出明晰的本土特征。《搜神记》卷二十中"虞荡"条，虞荡射杀麈而死："冯乘虞荡，夜猎，见一大麈，射之。麈便云：'虞荡，汝射杀我耶！'明晨，得一麈而入，即时荡死。"④《异苑》中"射蛇暴死"，主人公杀蛇而暴死于路："永阳人李增行经大溪，见二蛇浮于水上，发矢射之，一蛇中焉。增归，因复出市，有女子素服衔泪，持所射箭。增怪而问焉，女答之：'何用问焉？为暴若是。'便以相还，授矢而灭，增恶而骤走，未达家，暴死于路"⑤；《宣验记》中"吴唐"条则讲述吴唐射杀鹿母子而祸及自己的儿子；《搜神记》中"陈甲"条叙述陈甲杀蛇三年后腹痛而死⑥；《三言二拍》中，《通言·计押番金鳗产祸》《初刻·屈突仲任酷杀众生》皆可见"杀生报应"情节。上述情节模式隐含的共同逻辑是：倘若人类荼毒无辜生灵，通常会触怒上天遭到相应的报应——损失功名、财产、生命，甚至累及子孙。中国传统文化的叙事逻辑对上述文本的解读中，"因果报应"思想是重要依据。儒家思想体系中有"天道福善祸淫"⑦，《周易·坤·文

---

① 黄伟.西方文学动物叙事的伦理视野[J].求索,2008(12):195-196,184.
② 黄伟.西方文学动物叙事的伦理视野[J].求索,2008(12):195-196,184.
③ 黄伟.西方文学动物叙事的伦理视野[J].求索,2008(12):195-196,184.
④ 干宝.搜神记[M].北京:中华书局,1979:242.
⑤ 刘敬叔.异苑[M].北京:中华书局,1996:20.
⑥ 鲁迅.古小说钩沉[M]//鲁迅.鲁迅全集.第八卷.北京:人民文学出版社,1973:552.
⑦ 尚书·汤诰[M]//李民,王健.尚书译注.上海:上海古籍出版社,2000:116.

言》云"积善之家必有余庆,积不善之家必有余殃"。①道家经典《太平经》则以"承负说"进一步对其解读:"力行善反得恶者,是承负先人之过,流灾前后积来害此人也。其行恶反得善者,是先人深有积畜大功,来流及此人也。能行大功万万倍之,先人虽有余殃,不能及此人也。"②佛教传入中国后,其三世因果观念亦与本土因果报应思想实现了较好的对接。

与西方文学中杀生受罚情节模式中惩罚者(上帝)与惩罚方式(心灵的痛苦)的单一性相比,中国传统文学中的"杀生报应"具有惩罚者与惩罚方式的不确定性,因而报应更具有神秘性与威慑力。新时期文学受传统文学审美惯性的影响,在生态写作中,大量"杀生报应"的情节单元延续了这一本土特征。在人类与非人类的关系中,人类的不良行为及由此产生的生态恶果,是生态写作中惯常演绎的故事模式。这一常见故事模式在情节上与古典小说中的"杀生报应"主题颇为相近。新时期生态写作在发展过程中,将现代生态思想注入到中国文化中较为熟稔的"杀生报应"模式中,实现生态伦理精神的本土化叙事模式。

古典小说中的杀生报应类文本,对重建人类与其他生命之间的生态伦理关系具有参考意义,因而在新时期生态写作中,将现代生态观念与古典而成熟的民族形式相结合,产生大量类似的情节模式。《怀念狼》中曾经参加过捕狼队的猎人,纷纷生怪异之病导致全身萎缩而死;丁小琦《红崖羊》中猎杀被视为神灵的红崖羊,则遭到神秘火灾;《银狐》因招惹银狐,村里的女人中蛊患上怪病,而带头疯狂捕杀群狐的胡大伦,则在捕狐中被咬发疯患上传说中的"失魂症";《狼图腾》中掏狼崽招致群狼疯狂的报复;《大漠狼孩》中人杀死了狼的幼崽之后导致人的孩子被母狼带走抚育并终身拒绝回归人类;《黑鱼千岁》中杀鱼的儒最后和黑鱼一起沉入滚滚水流而丧命;《长虫二颤》中因无休止的贪欲而疯狂捕蛇的余震龙终被砍掉的蛇头咬伤中毒险些丧生。

这类文本中,对杀生之后的恶果成因,起初不作具体和理性的分析,由此导致结果在真幻之间神秘可怖。但此后,则在传统"因果报应"止步之处通过情节补充给予科学的解读:从心理学或病理学的角度,分析上述诸种怪病背后的精神心理诱因,由此淡化其神秘可怖之感。

---

① 周振甫.《周易》译注[M].南京:江苏教育出版社,2006:51.
② 俞理明.《太平经》正读[M].成都:巴蜀书社,2001:36.

（三）放弃行猎/弃猎行善

狩猎是以人类对非人类生命剥夺的方式来呈现二者之间激烈冲突的极端形式。现代生态伦理观认为，在农业文明之前的时代，狩猎作为人类谋求生存的基本方式具有其存在的合理性。但工业化时代到来之后，人类在解决基本生存问题之后，纯粹为消遣娱乐而对非人类生命的猎杀则违背了生态伦理的基本准则。人类是地球上唯一具有道德关怀能力的物种，因而人类自觉放弃行猎的行为就具有自省意义，从而成为生态写作中重建生态伦理规范的重要途径。由此文学叙事通过建构猎杀者放弃行猎的情节，探询人类对非人类生命敬畏的重要途径。

中国古典小说中，通过惯杀者放弃屠杀行为，来寻求神灵的宽恕进而终止遭受处罚的境遇。《太平广记》收录的小说文本中保存大量"放弃行猎"的故事，《元稚宗》《王将军》《姜略》《李寿》《方山开》等皆为好猎者"遭报—省悟—放弃行猎以求赎罪"的故事模式。主人公最初"好猎"，后因杀生过多遭到报应，由此放弃行猎并虔诚赎罪。从叙事模式看，放弃行猎通常是"杀生报应"之后的结果，因而可与前文的"杀生报应"形成情节序列。

新时期生态写作中，在情节书写中与古典小说的"弃猎"母题的丰厚资源对接，衍生大量放弃猎杀的情节。如《猴子村长》中的长社父亲，在举起枪的瞬间，被猴子身上的巨大母性感染，从此不再行猎；《银狐》中的老铁子，在得知白狐救了他的生命后，跪地感恩，并与仇视了大半辈子的白狐达成和解，化解了师徒两代人与白狐之间的仇怨；《山鬼木客》中陈华的父亲为曾经开枪射伤已经避闪的"木客"而愧悔终生；《额尔古纳河右岸》中伊万看到怀孕的狐狸"像人一样站直了，它抱着两只前爪，给猎人作个揖"而放弃追杀，"我"因为"想那四只小水狗还没有见过妈妈，如果它们睁开眼睛，看到的仅仅是山峦、河流和追逐着它们的猎人，一定会伤心的"，从此不再捕杀水狗，并因为自己"在那片碱场受了孕，我不想让一只母鹿在那儿失去它的孩子"，反对小鹿被杀；《野狼出没的山谷》中狐狸身体被虐杀的场景，刺痛了老猎人原本冷酷的心，进而改变其生命立场和行事方向；刘醒龙《灵猩》中曾是优秀猎手的老护林人，在猎杀一只美丽而充满灵性的小獐子之后，遭到灵猩的惩罚，自断指头谢罪后放弃行猎；雪漠《猎原》中的猎人孟八爷，在认识到生态保护的重要性之后，重新看待野狼、野狐的价值，停止猎杀行动；（蒙）满都麦《四耳狼与猎人》中猎人巴拉丹在与狼建立感情之后放弃行猎。

三、现代维度：本土元素的现代生成

新时期以来，生态写作在情节母题上借鉴古典小说中经典叙事母题，实现了故事形态的本土化。但在现代生态意识与本土文学传统结合的过程中，不完全等同于古典小说中的叙事功能，在对古典小说的借鉴过程中，吸收其情节母题的同时，淡化了另外一部分元素，使文本在价值定位和审美取向等方面更具有现代品质。具体体现为：

（一）神秘性的淡化

"神秘主义起源于先民的巫术和神话，是人类原始的宗教哲学活动中重要的组成因子。它包含的内容非常丰富，涉及宗教、巫术和各种超验现象……表现形式多种多样，在哲学、宗教、心理学、美学和文学上均有其独立的存在形式，往往是直觉主义哲学、秘教、精神分析学和浪漫主义的重要源泉。"就本文所论的文学叙事而言，其神秘性主要是指叙事逻辑具有"不可验证、荒诞、非现实的特征，呈现出较强的非理性色彩"[①]。

古典小说中通常具有神秘性思维特征，体现在"动物报恩"模式中是超常规的报恩方式：报恩的动物通常具有一定的法力，能够化身人形、发现宝藏等。新时期生态写作仅部分文本保留其神秘性思维特征，《怀念狼》中被救的金丝猴化为黄发女人向傅山磕头谢恩并送以蜜桃；《额尔古纳河右岸》中狐狸化作干女儿为伊万送葬等。更多的则是用现代理性思维重新解读，淡化了其中的神秘色彩，并赋予其报恩方式的合理性因素。贾平凹的《莽岭一条沟》中，民间医生为狼医脓疮，狼衔银项圈和铜宝锁送给医生以报恩；《猴子村长》（叶广芩）中众多的金丝猴在长社祖父迁坟时以哀啼送葬；《山鬼木客》（叶广芩）中，陈华长期对周围的云豹、黑熊、岩鼠、熊猫友善亲切，换来雨天门外一束鲜红的羊奶子野果；《藏獒》（杨志军）中的藏獒更是用乳汁、鲜血乃至生命报答有养育和救护之恩的人类，寄宿学校的孩子平措赤烈因曾爱护过小狼，后来在饥饿的狼群入侵时独独幸免。非人类报答人类的方式甚至是纯粹的精神层面：《大绝唱》中智慧生物河狸用飘忽的香气回应女孩尖嗓子的友善；《那——原始的音符》（赵本夫）中羲狗对人类的救护等等。

"杀生报应"叙事在延续古典小说杀生和报应之间的因果关系的同时，亦

---

① 光复书局编辑部百科编辑组.大美百科全书[M].台北：台湾光复书局，1991：33-34.

对"报应"增加了新的科学维度的解读。因而"杀生报应"母题也由此衍生出两种基本形态：因果报应与直接反击。前者在承继古典小说中神秘性思维之外，以现代科学视界重读因果之间的逻辑并以此添加其理性维度；后者则是由于现代科学视界的引入，以科学的维度重新将"报应"转换为不同物种之间为生存而进行的"报复"行为，由此消解"报应"所对应的神秘性维度。

在新时期生态写作中，保有少量古典时期"因果报应"的叙事元素。

但更多的文本，则是将"报应"的神秘性取消，而将恶果叙述为动物在人类的残害之下愤而产生的"反击"行为，即将叙事元素中的"报应"转化为行动的直接"报复"：《黑鱼千岁》中的儒热爱捕杀各种动物并食之，后在捕黑鱼过程中被苏醒后的黑鱼拉入水流中，最终与黑鱼同归于尽；《长虫二颤》中佘震龙为谋利而日夜捕捉山间之蛇，取蛇胆而售予酒店，后在一次杀巨蛇时，误踩中被砍掉的蛇头而被离奇咬伤几近丧命；《豹子最后的舞蹈》从豹子的视角讲述了面对猎杀自己母亲和兄弟的猎人时，它的复仇的心理和行动；《大绝唱》在围剿了河狸家族之后，人类的孩子也落入水中而死；《大漠狼孩》中猎杀幼狼者其子被掳走；《狼图腾》中牧民掏狼窝捉狼崽，引起狼群疯狂的报复；《狼祸》（雪漠）中，因人猎杀了狼的配偶、孩子而遭到牲口和家人被咬伤、咬死的报复。

事实上，在上述文本中，有部分文本是"报应"与"报复"的融合，如《黑鱼千岁》和《长虫二颤》，先是叙述人类的杀生行为导致神秘报应，这在《黑鱼千岁》中是儒的死，在《长虫二颤》中是佘震龙被死去的蛇头咬伤而中剧毒。其中渲染了结果的神秘性——杀死儒的是一条已经干死了的大鱼，而咬死佘震龙的则是已经被砍掉多时的蛇头。"已死"和"已与身体分离"使它们不再具备复仇的能力，由此暗示神灵的在场。但很快文本又以现代科学话语重新解读了上述文本，并用自然科学知识解释了前述情节的可疑性，重置情节的合理性。《黑鱼千岁》《长虫二颤》分别用物理学、生物学的知识来解释"报应"，《怀念狼》也试图从心理学与现代医学的角度解释人在失去精神支点之后导致肉体的萎缩，以此建构文本的理性维度。于是，将因果之间的联系由"报应"解读为"报复"，以现代科学话语取代古典时期的神秘话语。在古典的情节模式的审美惯性延续中添加了现代维度，使其具有现代品格。

在"弃猎行善"叙事中，现代科学视界的介入为"弃猎"行为增加了更为现代的理性气质。如，在郭雪波的小说中，对生灵的关爱中通常蕴涵着自然科学的生态认知，以自然生态的科学定位为指归，以此确定自然和不同生命的生态价值：

> "郑爷爷，你为什么不打死那只恶狼放它跑了！"明明仰起脸问。
> "孩子，你不懂。沙漠里凡是有生命的东西都珍贵，包括狼。我们这世界是由万物组成的一大家子，一物降一物，相生相克，少一个也不行……"
>
> （《苍鹰》）

> "孩子，不能逮它。咱们这儿，一棵小草，一只小虫子都要放生。"
> "放生？为啥？"
> "因为咱们这儿活着的东西太少了。孩子，在这里，不管啥生命互相都是个依靠。等你长大就明白了。"
>
> （《沙狐》）

在中国古典小说中亦有大量"放生"的情节，但通常与"报恩"相关，其伦理支点是人际伦理中的"积德行善"，在"善恶有报"的因果逻辑中修得最终的"善果"。此处，郑爷爷/老沙头/人类爱惜沙漠生灵，则基于强调生态维持的需要，在对生命的价值判断与伦理定位中，不因"狼"危害人类的生命财产而欲将其赶尽杀绝而后快，亦不因草虫之微小而随意草菅其命，一切皆以科学的认知取代神秘因果，以此区别于古典小说中行为预期的神秘性。

至于新时期生态写作中"弃猎行善"模式中的"弃杀"动力，亦不同于古典小说中"诫恶"的人际伦理准则——认为杀生行为会致使杀生主体品质和德行受损，由此通过文学书写提出对杀生行为的批判和阻止。而是从现代生态理念出发，强调保存物种多样化，由此禁止随意捕杀，如郭雪波的小说《沙狐》等文本，皆强调生物多样性对保持水土和保护生态环境的重要性。

这样，新时期写作在借鉴古典小说情节元素的同时，因现代自然科学视野的介入，用自然科学话语重读了"因果报应"的神秘逻辑，承继五四以来的"科学"立场，建构自然科学维度，在价值立场上超越古典小说中的单一立场而呈现多元化解读，在话语、叙事模式和生态立场上皆呈现实证精神支撑下的理性气质。

（二）伦理模式的转型

在古典小说的叙事母题中，人际伦理模式是唯一的伦理参照。新时期生态写作,由于受现代生态伦理观念的影响,部分作家不同程度地认识到人际伦理与种际伦理的差异,因而在对古典叙事模式借鉴中,新时期以来的诸多文本不同程度地发生情节偏移:"动物报恩"母题中,古典时期小说因人际伦理中的忠孝节义是"劝善"的重要参照,通过动物的"报恩"行为增加人类善行的回报率,强化喻世的效果。与此同时,动物的报恩行为,被赋予知恩图报等人际伦理所重视的品质,因而常出现"禽兽比德"的惯性思维模式,即"把动物的某些生物特性与人的道德观念相比附,赋之以人的某种品德"[①]。而这种模式其本质上是"以人为尺度"观照自然,观照自然中的动物,尤其是动物中的"禽兽",这是"人类中心主义"的生命伦理观在人类审美思维中的表现,它以审美形式确立人作为万物主宰的同时,加剧了人与自然的紧张关系。

近年来生态伦理理论的研究进展,促进文学创作中生态意识的提高,越来越多的作家日益明晰地认识到,"报恩"是人际伦理规则,作为各独立物种的非人类不必遵循也不适用于人际伦理,人类与非人类之间的伦理关系应该遵守新的跨物种间的种际伦理原则,即将非人类视作独立的生命存在,从生命的尺度去关照动物行为的意义。赋予笔下的动物等非人类生命"以'主体'地位,把它们从'禽兽比德'的'比'中解放出来,成为与人'肩并肩'的生命存在,并相互映照着,突显生命在荒原中生存的孤寂、沉默与坚韧,从而初步形成了'人兽互证'的叙事模式,其间蕴含的生命伦理观念具有现代的理论视野与维度。"[②]

在对"杀生"行为的批判方面,现代生态写作在对古典小说"杀生报应"母题借鉴时,亦通过对故事伦理和叙事伦理的分离,建构与古典小说不同的伦理参照系与是非逻辑,进而呈现出伦理模式的现代品质。"杀生报应"母题在古典小说中往往融入"灵畜复仇"的情节元素,而"灵畜复仇"故事可分作"为自己""为同类"和"为恩主"等不同叙事模式[③]。新时期生态写作在使用上述母题的情节元素时,进行了重新整合:动物复仇的情节模式中,有一部分是与"动物报恩"的情节元素相拼接的——动物以代人复仇的方式向曾经关爱过它们的恩主报恩,使作恶之人间接得到了报复,由此出现新的情节模式。在故事伦理层面,此类文本书写为向恩主报恩而实施复仇并因此献出生命的文本,

---

① 姚立江.羔羊之义与禽兽比德[J].黑龙江教育学院学报,2001(1):63-64.
② 李兴阳.哑默的生灵——柏原小说、散文研究[J].唐都学刊,2003(4):55-59.
③ 王立.中国古代复仇文学主题[M].长春:东北师范大学出版社,1998:276.

是延续人类中心的价值观,以人际伦理中的"忠""义"等价值参照来肯定非人类的品质与价值,是现代生态写作中尚待改进之处,如《藏獒》《那——原始的音符》等文本中竭力书写的为报答人类而献出生命的狗们,它们与人类并非处于平等地位的生命体,而是与主人类似"主奴"关系。但在叙事伦理立场上,则通过对其生命终结的叹息,体现对其报恩行为的质疑,因而使其伦理立场出现现代生态伦理的新维度。

这样,20世纪80年代以来的中国大陆的生态写作借鉴了传统文学中"杀生报应"的情节模式,实现对杀生行为的否定,由此实现生态写作的本土化。但新时期生态写作中在"杀生报应"等叙事逻辑与古典小说模式相通的同时,更具有现代品质,生态写作通过将现代生态意识与本土化叙事模式的创造性结合,建构了本土特色的生态写作。

(三)情感元素的强化

首先,古典小说中的"动物报恩"多为寻珠宝以回馈或助其成就功名(如六朝至唐时期),或助恩主报仇雪怨(明清小说),这符合古代士人对财富与功名的向往,具有明显的传统价值取向。在动物选择上,多以传统价值系统定义的灵禽、义兽为主,尤以"义犬报主"最为常见。新时期生态写作,动物对人类友善的回馈基本上是以情感上的回报为主要形式,通常以对人类的亲近和依恋为主要方式,体现现代生态写作对人类与非人类之间情感建构的新吁求。在人类与非人类关系的书写中,所涉及的动物种类也更为广泛:狗(《爱犬颗勒》《那——原始的音符》)、狼(《狼图腾》、《怀念狼》、郭雪波"狼系列")、鹿(《额尔古纳河右岸》)、狐(《银狐》《沙狐》)、雁(《大雁细狗》)、蛇(《长虫二颤》)、猴(《猴子村长》)、马(《白马》)、河狸(《大绝唱》,不仅限于古典小说中的义兽、灵禽,而更多关注生命之间的情感互动能力。通过情感回报元素的强化,在叙事立场上将动物的报恩行为解释为不同物种之间的情感互动,强调非人类的高贵品质和情感世界,因而更具有现代品质。

在对传统"杀生报应"叙事模式的化用中,新时期生态写作以情感需求取代伦理认知来支撑"不杀"的合理性,以"感情"疏离取代厄运威胁展示杀生的恶果,亦是其突出的特点。在古典小说中,"杀牛遭报"是常见的题材,这缘于牛是农业文明时代的耕作主力,因而对牛的禁杀成为长期以来中华民族的普遍伦理诉求,因而《王昙略》①《齐朝请》②《阮倪》③《刘知元》④等文本皆书写主人公因长期杀牛而遭到恶报。而在新时期生态写作中,同样是对杀牛的批判,则更多凸显牛这一沉默坚忍生命引发人类内心的怜惜与敬重,来实现对屠杀行为的批判,如《怀念狼》《无土时代》等文本皆详细铺叙对牛的虐杀给人类心灵带来的痛苦,后者还在对牛的感情中延伸出对土地的依恋。至于非人类的"报复"类叙事中,其报复的原因多出于情感上的"仇恨",而非借助神灵之力实现报复。

与之相应,在中国古典小说中,"放弃行猎"往往是以被动的途径实现,即长期杀生/虐杀遭到报应之后的悔改行为,其弃猎的动力往往是出于对报应的恐惧。新时期生态写作中,放弃行猎通常是受动物灵性或母性的感召,内在的情感被触动,从而放弃猎杀。比如《猴子村长》中,长社父亲猎枪下的母猴,在最后一次哺喂了幼仔后,从容地将身体里的剩余乳汁挤在它们能够喝到的树叶上,然后捂住眼睛示意猎人可以开枪了,长社父亲被金丝猴的母爱触动了于是决定放弃行猎;与之类似,郭雪波的《沙狐》中,老沙狐被枪杀之后,叙述视点转向正在哺乳的身体和含着乳头的幼崽:

> 它的胸脯中了弹,鲜红的血像水一般淌出来,染红了它美丽雪白的皮毛,滴进下边松软的沙土里,那片沙土很快变成了黑褐色。它的一双眼睛还没有来得及闭合,还留有一丝微弱的生命的余光,呆直地望着沙漠的蓝天,透出无可奈何的哀怨。眼角挂着两滴泪。它那只可怜的小崽子,仍然扑在母亲的肚皮上,贪婪地吮吸着那只已经供不出奶的带血的奶头。
>
> 大胡子见到这情景傻了,两只眼变得茫然。接着,他抱住头低吟了一句:"天哪,我干了什么……"
>
> 他颓然坐倒在沙地上,望了望那只死狐和它的不断哀鸣的小崽,又望了望手中往下垂落的猎枪。一生认为捕杀猎物是天经地义的他,今天突然感到惶惑、迷茫,怀疑起自己的行为。他觉得周围的旷漠荒沙在扩

---

① 李昉.太平广记·第三册[M].北京:中华书局,1981:929.
② 李昉.太平广记·第三册[M].北京:中华书局,1981:931.
③ 李昉.太平广记·第三册[M].北京:中华书局,1981:932.
④ 李昉.太平广记·第三册[M].北京:中华书局,1981:941.

展，同时向他挤压过来，人们在这里显得多么弱小无助、孤单而无能为力啊！

（《天出血》P260）

猎杀者的内心被眼前画面所触动，因而放下猎枪幡然醒悟——情感维度的添加，使新时期生态写作中的放弃行猎具有了敬畏生命的现代质感。

对于新时期文学生态伦理精神的建构，研究者们较多地注意到了西方文化和西方生态观研究的影响，用西方生态观的研究进展对照发掘中国本土文化中的生态意识，这是一种"引入"与"输入"意义上的生态观，它并不是从中国的文化土壤中生长出来，总不可避免地带有西方标准的影子。而事实上，纵观新时期写作中的生态伦理精神的建构过程，可以看到生态伦理精神的形成，大体就是在这种外在的观念输入与内在的文化需求的张力中不断地较量、冲突、融合中逐渐产生的，通过在本土文化资源中寻求对接点，在生态伦理立场上以传统儒道思想为依据，实现了在生态伦理立场上的本土化。又通过对本土叙事模式中"动物报恩""杀生报应"和"弃猎行善"等模式的回应，实现审美特征的本土化。

新时期生态写作受到西方生态伦理思想影响，这是不争的事实，亦是不可回避的，但在将西方生态伦理思想与中国传统文化中富有东方特质文化特点的部分相结合的过程中，开辟了具有本土化特征的生态写作维度，亦为全球化进程中本土文学与世界的接轨探索了新的思路与可能性。

2012年9月

新时期生态写作中的自然科学话语

生态写作中大量自然科学话语的存在,是与其产生的特定历史机缘密切相关的。"'生态'这个概念本身,从一开始就不是从文学中生成,而是从生态科学、生态文明理论出发而转换过来的概念。"而"生态学对于'生态'的界定,主要包涵了生物的生理特性和生活习性以及生物的个体、种群或群落所在的具体地段环境、生物所必需的生存条件"。[①]在从生态科学向生态文学转换的过程中,部分文本借鉴了自然科学本身的话语特征和内在的逻辑思维。因而在20世纪80年代中后期出现了中国当代文坛的生态写作中具有较明显的自然科学话语特征。

自然科学话语进入生态写作叙事的符号层面,从符号代码角度看,主要表现为三种维度:其一是自然科学知识、术语的直接镶嵌对文本形态的影响;其二是自然科学的思维特征、研究方法对文体特征的影响;其三是自然科学认知推动生态写作中叙事模式、伦理立场的现代化、本土化。

一、自然科学话语:理性认知的文本特质

自然科学各学科的专业知识、术语直接镶嵌入生态写作中,成为文本醒目的组成部分。与通常意义上的文学文本的感性、诗性的总体风格不同,具有自然科学话语特征的生态写作在文本构成上,通过大量的自然科学知识传达对自然、生命的认知。除"生物链""沙丘两翼之间的交角""土质、水位""行间距离""覆盖度"等生态学领域的专业词汇外,现代生物学、气象学、地理学、物理学、现代医学、营养学、甚至土木工程学等学科的术语均有大量出现,构成其独特的文本质感。

---

① 徐肖楠,施军.生态文学的情感空间与审美意向[J].珠海城市职业技术学院学报,2006,12(1):57-65.

叶广芩秦岭系列文本在对自然空间的书写中,常直接以"气流涡旋"(《黑鱼千岁》)等气象学术语展示其自然气候特征,以地理学的专业术语描述其地形地貌:"天花山脉属于秦巴山系的延伸,面积广大,南高北低,南部是由英岩片组成的岩石,北部是浅变质性粉砂岩,中心地带为裸露的泥盆系地层,地面结构复杂多变,气候阴湿多雨。"(《山鬼木客》)自然生物的介绍中除了"丛生木本植物""株高""ailuropodidae,哺乳纲大熊猫科大熊猫属"等专业术语大量使用之外,更有较长篇幅的生物属性陈述,如"羊奶子果学名苦糖果,忍冬科类植物,生长在海拔1000米左右的河坝地带,状如羊奶,粒大汁多,酸甜可口……"(《山鬼木客》)小说使用植物学专业术语介绍其种属及生物特征。弥漫着神秘气息的《怀念狼》(贾平凹)亦用大段的篇幅论述真菌和动植物的关系:"通常认为真菌与植物的亲缘关系要比与动物的关系近得多,而分析了某一核蛋白、核糖核酸的排列顺序,发现人类与真菌的共同祖先显然是远古时代的一种鞭毛类单细胞动物。既然动植物有着共同的祖先,那么太岁就是由原始鞭毛的单细胞生物分化而来的,其自养功能的加强和动物功能的退化,便进化到单细胞绿藻,由之发展成植物界,相反,运动功能和异养功能的加强和自养功能的退化,便进化到单细胞原生动物,由之发展为动物界。"高频度的专业术语显示出极强的异质性。

从叙事功能角度看,物理学、营养学等学科的知识夹杂其间并参与情节的推进。姜戎《狼图腾》以理性的声学知识解读狼智慧,"狼鼻朝天的嗥叫姿态,也是为了使声音传得更远,传向四面八方。只有鼻尖冲天,嗥声才能均匀地扩散音波,才能使分散在草原四面八方的家族成员同时听到它的声音";叶广芩《狗熊淑娟》则以"正在发育期的母虎一天的消费是八公斤的上好牛肉,二斤牛奶,四十片维生素C,二十片维生素E,六个生鸡蛋外加一只白条鸡……"等现代营养学的数据计算动物的生存成本进而推论出淑娟悲剧命运的必然性。诗歌中涉及生命、生态话题一向诗性盎然[①]。但于坚《事件:棕榈之死》在言及现代文明进程中一棵棕榈树的死亡时,亦有土木建筑学术语和详细的工程设计细节,"图纸中列举了钢材油漆石料铝合金/房间的大小窗子的结构楼层的高度下水道的位置/弃置废土的地点处理旧木料的办法",在全诗中呈现了异质性思维和语体特点。高行健戏剧《野人》在对野人的寻找中更是包含生态学、地质学、医学等多学科的自然科学知识的直接穿插,"麻醉了

---

① 李玫.于坚诗歌中的生命旋律[J].云南师范大学学报,2006(5):125-131.

的野人,一定要严加护理。一,密切注意呼吸、心律、体温的变化,每两小时测定一次。二,预防感染,供给抗菌素和大剂量的维生素C、复B和B6。三,再就是操作万万不可以粗暴,要注意瞳孔反射",术语之密集,操作方法介绍之规范,如同严谨的临床医学教科书。

上述小说、诗歌、戏剧诸文体中,大量的自然科学术语以不同的方式镶嵌其中,并以较大的比例存在,对各文体既有形态构成冲击,形成新的文本质感。

二、语体:超越感性的实证精神和逻辑推理

除各学科自然科学话语的直接镶嵌冲击文本的表层特征之外,自然科学话语更是以富有实证精神的科技思维和逻辑推理支撑文本的内在张力。在郭雪波《白狐》《沙葬》《苍鹰》等书写草原沙漠的文本中,通常以具体的数字、实验数据、百分比来传播生态学的基本知识,呈现生态问题的严峻,体现自然科学的实证方法,具有严谨、精确的语体特征:

> 沙害是人类面临的四大灾害之一,全世界37%的土地已被沙漠吞没,成为不毛之地,而且这个面积以惊人的速度日益扩大。
>
> (《沙葬》)

> 一百多公斤的大熊猫母亲产下的婴儿仅十克左右,存活率也只有百分之十。……人类已开始退化,现在的一个正常的男人排精量比起五十年前一个正常男人的排精量少了五分之一,稀释度也降低了百分之二十。
>
> (《怀念狼》)

与上述文本以数据分析结论的实证精神相对应,在思维方式上体现科技思维的严谨和注重因果推理和逻辑关系:

> ……拿出笔记本,查看起这片实验地的植物生长情况、种植特点,以及面积、土质、水位等等一系列问题。她发现,主人的确谙熟沙漠和沙漠植物,他在迎风坡下半部先成带种植了黄柳,带的走向与主风方向垂直,带的宽度为二行或四行,行间距离三四厘米。在沙丘较缓处选用双行带,

以沙丘起伏较大处选用四行带,沙丘坡度越大,带间距离越小。黄柳生于流沙地,枝条密而柔韧,防风固沙力很强,被沙压埋后能生出很多不定根,当年可长出二米多高的新枝条。在沙坨的半坡以上种了胡枝子,覆盖住了原先赤露的沙质土。胡枝子分枝多,萌发力强,根多呈网状,很发达,耐沙地的贫瘠和干旱。由于枝叶繁茂,对地面的覆盖度大,仅五十平方米的面积上就有近七百多个枝条,每年的枯枝落叶可达七十斤,具有改良土壤的作用。所以,主人很内行地在胡枝子中间栽活了樟子松。而选种樟子松也是高明的主意。这种树耐寒性强,能耐寒零下四十至五十摄氏度的低温,对土壤要求也不苛,正适于沙质土壤的贫瘠。

(《苍鹰》)

整段文字的思路:带的布局特点一(走向、带宽、行间距)—黄柳特点(生存条件需求、枝条特点、不定根)—布局特点二(半坡以上的植被设计)—胡枝子特点(分枝、网状根、地面覆盖度、土壤改良作用)—布局特点三(植被之间的相互配置)—樟子松特点(耐寒性、土壤需求),以所选植物的自身特点和对生存环境的需求情况的介绍,论证实验带在布局设计方面的专业、科学,总体思路逻辑严谨,颇具科学的实证精神。文本以清晰的叙述线索,呈现必然因果推理的内在逻辑,正如董小英在《叙述学》中阐述科技语体特征,"以概念的循序渐进的出现为叙述的层次""前面一定是铺垫前提,之后是推理过程,最后才是结论。一个科学文本是不会把没有经过论证的结论首先拿出来的。由此,这样的叙述方式就构成科学文体最基本的特点,最基本的叙述框架"[①],大量具有自然科学话语特征的生态写作,在实现生态知识传达的内容部分,具有上述科技语体的内在逻辑特性。

在文体特征上,具有自然科学话语特征的文本中,经常基于自然科学的研究方法影响,插入其他科技文体的实验报告、考察记录等,以呈现生态现状的真实处境。《山鬼木客》中考察野人的片段,完整而典型地呈现了自然科学的研究方法和研究流程:

站起身时,他发现了身边巨大的脚印,才下过雨的湿地上,一行足印伸向前面的冷杉林。也就是说雨停以后,在黎明时分,它在这里走动

---

① 董小英.叙述学[M].北京:社会科学文献出版社,2001:290.

过,……仔细测量着那些与人十分相似的印迹,长42厘米,深3~5厘米,步幅80~100厘米,应该是个身高2米、体重150公斤的大块头……在不远的灌木上,他发现了一撮褐色的毛发,他小心地将它们取下来,夹在他的标本夹子里,类似这样的东西他搜集了不少。窝棚里,他保存了300多个胶卷资料,写有170万字笔记……

从脚印出现时机推断研究对象的出没时间;通过测量足印的长、深、步幅判断该生物体的身高、体重;在附近环境中敏锐发现毛发等标本并将其科学保持,拍摄胶卷和撰写实地考察笔记以积累研究对象相关资料;最后通过研究所法医组的化验报告,得出结论。其中涉及的科学术语有作为研究方法的"压膜制片、毛干切片、毛小皮印痕检查、血型物质测定和毛发角蛋白的PAGIEF分析",作为动物分类学知识的"高级灵长目",作为解剖学术语的"眉间垂距、枕骨大孔、枕骨粗隆"等,在此研究基础上,最后附加一份完整的考察报告:

农民李春桃,1902年生,女性,天花山核桃坪人。1930年3月在田间劳动,被一直立行走的不明物掠上山,两个月后自行逃回。回来后怀孕,于当年12月产下一子,取名王双财。据当地人回忆,王双财从生下起周身便生棕色短毛,足大臂长,面目似猿,身材低矮,不会言语,举止怪异,但能解人意。其兄王双印介绍,王双财活至二十三岁,自然死亡。王氏家族中兄弟六人,只有王双财"与众不同"。征得家属同意,2001年7月19日将王双财的遗骸取出,初步测量结果如下:

从腿骨判断,死者生前1.42米,臂长与腿长不成比例。头骨高8cm,前额低窄,眉脊向前方隆起,脑量不大,是正常人的三分之二。眼眶部结构特异,眉间垂距5cm,猿人为5.6cm,现代人为2.8cm。枕骨大孔较一般人小,枕部平展,枕骨粗隆不明显,与我国晚期化石智人相接近,显示了脑髓不发达的特质。

从以上粗略情况看,核桃坪王双财颅骨与类人猿接近……

区别于文学叙事"以颠倒、隐瞒、伪装等剪断事理的线索,打乱条理,制造悬念,延宕故事的信息,却在话语中掺杂后设命题,以新奇的方式,以最能唤起读者情感、最能触动人心的方式来组织篇章结构"的话语风格,科学语体是"以最清晰的叙述线索,所遵循的是必然因果推理,作者想得到的结论必须完全叙述出来。要开宗明义,开门见山"①,文中"简要报告"所述内容,如以文学话语叙述,则可能更为丰富和生动,甚至可能充满悬念和具有可猎奇性,但文中作为研究报告,强调信息的传达,因而文字简约、平实、规范、明朗,如"农民李春桃,1902年生,女性,天花山核桃坪人。1930年3月在田间劳动,被一直立行走的不明物掠上山,两个月后自行逃回。回来后怀孕,于当年12月产下一子",事实清晰,而"足大臂长,面目似猿,身材低矮"则以极其简约的文字概括研究对象的特点,极富自然科学话语色彩。此外,《怀念狼》中详细保存了一份关于大熊猫生产的观测记录,记录人子明在2个半小时内选取了17个观测时间点完成大熊猫生产过程的详细考察,以此呈现这一濒危物种生育的艰难及其面临的生态困境。

大量科学术语的存在,展示生态环境,呈现生态危机,以实证的思维和严谨的逻辑彰显了生态写作中沉稳的理性气质。

三、叙事逻辑:"因果报应"模式的消解

在人类与非人类的关系中,人类的不良行为及由此产生的生态恶果,是生态写作中惯常演绎的故事模式。这一常见故事模式在情节上与古典小说中的"杀生报应"主题颇为相近。

"杀生报应"故事在古典小说中广泛存在,魏晋南北朝的志怪小说、唐代的文言小说、宋代的白话小说中,以及明清时期的各种题材、形式的小说中均可发现。该情节模式隐含的逻辑是:人类若荼毒无辜生灵通常会触怒上天遭到相应的报应——损失功名、财产、生命,甚至累及子孙。中国传统文化的叙事逻辑对上述文本的解读中,"因果报应"思想是重要依据。

新时期生态写作中,以自然科学的认知消解古典伦理时期"杀生报应"故事模式的内在逻辑,强化生态伦理关系中理性因素。以叶广芩《黑鱼千岁》《长虫二颤》为例,在总体情节上,二者皆似古典小说中"杀生报应"故事模式,前者是杀鱼的人类最终与鱼同归于尽,后者则是杀蛇的人类最终被已死的蛇头咬而中毒失去一条腿。但文本是以科学话语即通过用现代科学知识重新作了解释,以使其因果逻辑符合科学认知:

---

① 董小英.叙述学[M].北京:社会科学文献出版社,2001:290.

被身首分离的蛇头撕咬,听起来是奇事,但据动物学家解释却不足为奇,离开身体的头在一定时间仍可存活,这是脊椎动物的本性,人不行,可是蛇可以……

(《长虫二颤》)

死了的儒和鱼被麻绳缠在一起,如同一个庞大模糊、伤痕累累的包裹。人们在解那根绳时才知道这项工作的艰难,浸过水的麻膨胀得柔韧无比,非人的手所能为,只好动用了刀剪,于是大家明白了水中的儒为什么在最后的时刻也没有解开绳索逃生。

(《黑鱼千岁》)

《长虫二颤》中,同是取蛇胆,中医学院教师王安全以此治病救人是积德行善受尊重,所以王安全救人受尊重,佘震龙则是利欲熏心差点送命,如此情节序列蕴涵一个因果分明的"善恶有报"逻辑。但文中自然科学话语的出现,从生物学的角度解释了该现象,由此解构了因果报应的故事模式。而在《黑鱼千岁》中,儒试图捕杀黑鱼最终却与黑鱼同归于尽,亦颇近"杀生遭报"模式,但文本却用物理学的常识来解释绳子浸泡之后发胀的现象,为儒在水中未能脱身提供了更符合科学的理由。

体现在叙事模式上,自然科学认知实现了现代生态写作对古典小说中"因果报应"叙事模式的重述。

四、超越古典与援助民间:生态伦理精神建构的本土化与现代化

生态科学和生态文学最初都源于西方现代自然科学的发展与生态观念的传播,在与中国本土语境的对接中需要经历本土化过程才能建构真正属于中国文学的生态写作,而在本土文化资源中寻求生态呼应是对接的重要途径。本土生态文化资源既包括源自中国古典文化核心体系儒道佛的生态思想,亦包涵长期沉淀于民间的朴素生态立场。

自然科学立场的介入,超越古典时期生态伦理的被动处境,凸显人的主体力量,推动了新时期生态写作中伦理精神的现代化。生态伦理精神在中国文化中有着深远的思想基础。在中国古典伦理体系中,"无论是儒家道家或

者佛教,在本体论或本根论的层次上都承认'天人合一'"①,而"天人合一"的实现则是以人对天的自觉顺应实现天人和谐,在"人—地—天—道—自然"的单向师法关系中,人位于最被动的处境。儒家思想中"与天地合其德,与日月合其明,与四时合其序,与鬼神合其吉"②,道家思想中老子的"人法地,地法天,天法道,道法自然"③,庄子的"同与禽兽居,族与万物并"④,皆强调在人与自然和谐相处的理想生态建构中,人对天地、自然、日月、四时的顺应,对万物生灵的敬畏。传统"因果报应"叙事模式中,以神灵执法的外力干预的方式保障人与自然、人类与非人类生命关系的和谐,人类的作用是被动的。

现代自然科学话语的介入,在对"因果报应"模式的解构中凸显现代生态伦理立场:人是地球上唯一具有主动选择能力的伦理主体,因而人类应该承担更多的生态责任。"生态危机源于人的心态危机……",生态灾难的避免与自然生灵的获救,并不是完全来自生态保护技术的更发达,或者自然界的自我修复,更多地相信拯救最终依靠人类的自省——人类的觉醒,进而使来自人类内心的精神生态和精神空间得以重建。叶广芩颇富理性精神的秦岭系列文本中,侯长社在失掉村长之职后,在父辈故事中的自省(《猴子村长》),佘震龙在失掉腿之后的"自新"(《长虫二颤》),都是一种全新的伦理关系重新建构的希望的出现。"人类不是万物之灵,对动物,对一切生物,我们要有爱怜之心,要有自省精神。"既然是人类"在生存的过程中,逐渐生成了以自然为敌、以征服自然为目的的理念"导致自然生态的灾难,因而拯救之旅的起点也应源于人类精神理念的改变,"……一切的症结所在,在于人心。"⑤郭雪波的沙漠系列小说中,亦是在通过数据呈现生态灾难的同时,强调人类的不当行为与生态现状之间的渊源关系,并把具有强烈的意志力和生态使命感的"沙漠人"的出现,作为解决生态问题的关键和希望所在:"倘若每座沙坨子都守留着这样一个郑叔叔,这样一个沙漠人,那大漠还能吃掉苦沙坨子,还能向东方推进吗?"(《苍鹰》)此文以大量而具有说服力的数据,在凸显生态问题的严峻的同时,肯定了"人"在沙漠生态恶化中应承担的责任。《苍鹰》《沙狐》《沙葬》《大

---

① 胡伟希.儒家生态学基本观念的现代阐释:从"人与自然"的关系看[J].孔子研究,2000(1):4-14.
② 李鼎祚.周易集解[M].上海:上海古籍出版社,1989:19.
③ 王弼.老子注·道德经上[M]//国学整理社.诸子集成·三.北京:中华书局,1954:14.
④ 王先谦.庄子集解·马蹄[M]//国学整理社.诸子集成·三.北京:中华书局,1954:57.
⑤ 叶广芩.老县城[M].北京:中国工人出版社,2004:231,243,229.

漠魂》等文本,皆以类似郑叔叔的老沙头、白海夫妇等形象,将人类定位为宇宙间唯一有能力作为伦理主体调节自身行为实现生态和谐的生命体,因此人类应勇敢地正视自己的生态责任和伦理义务。

基于自然科学认知的现代视野的出现,对人与自然关系重新解读和定位,即超越古典生态伦理中"天人合一"的诗性维度和感性维度,转化为突出历史发展中主体精神的理性伦理,凸显在人与自然关系中人类应承担的生态责任,锐化了生态伦理的现代色彩,实现生态伦理从古典伦理向基于自然科学认知的现代伦理体系的转化,从而建构生态伦理精神的现代维度。突出历史发展中主体精神的自我选择与努力超越,这与五四时代精神中对于人的理性的张扬与强调是一致的[①]。

自然科学话语的存在,还通过对民间伦理立场的援助实现生态伦理精神的本土化进程。在现代生态伦理体系的建构过程中,民间生态伦理立场的尊重与合理借鉴是生态伦理精神本土化过程的重要思路。新时期中国生态写作中,自然科学话语往往置于民间自发的生态伦理话语之后,以现代科学知识佐证长期保存于民间的某些生态伦理立场的合理性,进而点燃其现代意义。方式之一,是以现代自然科学认知,检视民间宗教文化中与现代生态伦理精神的相通之处,肯定其中涵蕴的符合现代唯物观的认知的精髓。《大漠魂》展示安代舞的内在之魂与现代生态伦理精神的相互呼应。《狐啸》挖掘民间宗教"孛"教教义在"对天、地、自然、万物的认识"中,蕴涵的现代生态伦理立场,并通过白尔泰的思考在宗教教义与科学治沙之间寻找到精神层面的相通之处:"你对长生天长生地的崇拜,你对大自然的认识,以及对大漠的不服气、在黑沙坨子里搞的试验等等,你全是按照'孛'教的宗旨在行事。"(《狐啸》)既阐明了民间宗教的生态伦理意义,也为郭雪波小说世界这一人物系列(老双阳、云灯喇嘛、老铁子、老沙头、老郑等)的富于神性的行为寻找到了基于生态维度的合理性。方式之二,是以自然科学的认知,解释神秘现象中符合生态学的元素,论证在民间人与自然、与其他非人类生命之间的相处模式的科学性,证实民间伦理中具有生态意识部分的合理性。姜戎《狼图腾》中一面展示狼之生命的神奇魅力,一面不断通过陈阵和杨克的思考努力把关于腾格里神秘力量的叙事推向科学的本质:以草原生态学和生物学的知识,实现对毕利格老人的"长生天"草原民间话语的敬重。文本中,科学话语和扎根于草原民

---

① 刘为民.科学与现代中国文学[M].合肥:安徽教育出版社,2000:287.

间的神秘话语多次发生直接对话,其中牧民利用小狼设置圈套试图诱捕狼群,但后者在关键时期神奇地撤离了。毕利格老人的解释是"瞒谁也瞒不过腾格里。腾格里不想让狼吃亏上当,就下令让它们撤了。"在老人的话语中,腾格里即长生天,是掌握草原一切生命的至高无上的神灵,腾格里帮助群狼逃生以保存草原大命。而同样热爱草原的牧场场长乌力吉则尝试用富有推理和逻辑性的科学知识完成对上述现象作出解释:因为小狼长期生活在人群中不会说狼语,无法与狼群沟通,被视地盘为命的群狼疑为外来户而放弃救援。并从狼之敏感多疑的习性出发,分析狼王的行为逻辑,整个推理过程严谨而富有说服力。在一部具有显著的理性精神和强烈的现实关怀的文本中,神秘话语的说服力往往是虚弱的。科学话语的出场,帮助源自草原民间的神秘话语完成对草原狼令人惊叹的生存智慧的解读,有效补充了唯物论视野之下民间神秘话语在认知层面上说服力的不足。

本土民间文化特点之一是天人和谐精神[①],自然科学话语的存在,一方面提炼了民间生态伦理中的合理性成分,凸显民间话语中对人与自然之间伦理关系的定位与现代生态伦理不谋而合,具有理论上的合理性;另一方面,民间话语中对神性力量的保存和敬畏,一定程度上弥补了现代人对自然敬畏之心的缺失,具有精神建构的有效性。在现代化进程中,科技发展在赋予人认识、改造和征服自然能力的同时,亦在很大程度上破坏了民间文化中对自然神性的敬畏,进而影响了人与自然的和谐关系。新时期生态写作以自然科学话语对民间生态智慧的援助,促进了生态伦理精神的本土化转向,以此实现对自然神性的重建。

五、结语

新时期生态写作中,自然科学话语的介入,在文本形态、叙事模式等方面凸显了前所未有的理性气质。在接受现代科技知识的同时,尊重民间生态伦理实践中的合理性成分,破除迷信但尊重其间蕴涵的伦理立场,并最终以精神生态的重建来实现自然生态的恢复和保护。在历史理性和道德感性之间,寻找到了很好的平衡点,推动了生态伦理精神建构的现代化、本土化进程。

2012年3月

---

① 黄永林.中国民间文化与新时期小说[M].北京:人民出版社,2007:4.

"身体"审美范式的生成与生态伦理意义的构

——新时期文学中生态伦理精神的"身体"话语解读

与西方美学史中身体美学对人类身体的关注不同,本文的"身体"是指生态伦理视阈之下的非人类的身体。生态伦理区别于传统的人际伦理的重要一点在于,人类之外的其他非人类生命被作为伦理关怀的对象,进而使人类和非人类的关系成为该伦理体系的核心问题。而文学文本中,对于非人类身体的书写,很大程度上体现了人类对待其他生命的伦理倾向和价值立场。在"身体美学在全世界范围内尚处于前学科状态"[①]的今天,对文学作品中非人类身体书写的关注亦只能以文本的叙事形态作为切入点,以对身体的叙述中所呈现的不同生态伦理倾向作为理论探索的最终落脚点。

在生态写作出现之前,非人类的身体书写一直是"人"的文学遮蔽之下的叙事盲点。伴随着自20世纪80年代以来的生态写作的出现所带来的一系列文学新质的涌现,对非人类身体的书写已经在一定程度上实现和建构了属于自己的身体美学,而这一身体美学的背后又蕴涵着深刻的伦理立场的突破。

一、"身体"书写在新时期写作中形成特定的审美/伦理图式

在新时期之前的20世纪中国文学中,关于非人类的身体书写总体上的特点是:出现的频率低,身体书写简单模糊,不具备独立的叙事功能。首先,设置非人类角色的文本所占比例较低,鲁迅现实题材的小说总计25篇,提及非

---

① 王晓华.身体美学:回归身体主体的美学——以西方美学史为例[J].江海学刊,2005(3):5-13.

人类的仅有《鸭的喜剧》中的鸭,《故乡》中的猹,《兔和猫》中的兔和猫,《祝福》中的狼等。此外,沈从文《边城》中的黄狗、《三三》中的鸡和鱼,茅盾《春蚕》中的蚕、《林家铺子》中的"小花"(猫),老舍《骆驼祥子》中的骆驼等,是新文学前二十年中为数不多的有非人类角色出现的经典文本。但即便是有非人类角色出现,其对身体的书写无论是字数还是次数基本上都可以忽略不计。除鲁迅的《兔和猫》有3处简短的身体书写外,其他文本中非人类的出场几乎不伴随对"身体"的注视,仅仅以物种(狗、猫)加模糊特征(黄、黑、大、小)或昵称("小花""阿随")作为书写的角色符号。而《百年中国文学经典》书系所收录的1937—1978年间的小说文本[①],非人类角色几近消失,与之相应的身体书写当然亦无从谈起。即便是1980年代之后的文本如宗璞的《鲁鲁》,以小狗鲁鲁作为书写对象,但除了零星的动作之外,对鲁鲁的身体也几乎未作关注。"身体"的模糊,成为非人类角色的共同特性,这一特征是与非人类角色在文本中的道具身份相吻合的。

在具有生命和生态意识的写作出现后,非人类的"身体"作为书写对象,在新时期文学的文本形态和叙事功能方面均呈现明显的演变态势:

(一)从文本形态看,其新质体现为身体出现的频率渐增和描写渐趋细腻、详赡。

首先是身体描写出现的频率渐趋增加。新时期文学,尤其是生命和生态意识出现之后的写作中,在以非人类作为主要书写对象的文本比例渐趋增多的同时,身体书写的频率也相应大幅度增加。仅以部分中短篇小说文本为例:《狗熊淑娟》(叶广芩)、《那——原始的音符》(赵本夫)中直接的身体书写达7次,前者持续关注淑娟身体的变化,后者在情节的打开中依次呈现白驹的神秘、白驹的雄健、狗们被杀前的悲惨、白驹的消瘦、黄狗被屠的场景、白驹的愤怒、白驹的悲壮;《野狼出没的山谷》(王凤麟)直接的身体书写有6处,分别展示头狼的雄壮、人类虐杀狐狸的凶残、狼的进攻、贝蒂(狗)的沉着勇敢、贝蒂的受伤、贝蒂的愤怒;《母狼》(郭雪波)中有4处,依次对应哺乳期母狼失子后身体的痛苦、母狼的自我防护、哺喂人之子时"神态慈柔"和最后为救人子而丧命留下的身体定格;即便是篇幅超短的《大雁细狗》(叶广芩)、《梦中苦辩》(张炜)身体书写也达3处之多,前者关注雁的斑斓美丽、黄儿的漂亮、大白的严肃郑重,后者书写狗的美丽无邪、狗的温柔友善、野鸭的美丽

---

① 谢冕,钱理群.百年中国文学经典·第三至六卷[M].北京:北京大学出版社,1996.

可爱;更多的文本则在总体上持续充满对身体的关注和书写,离开身体书写则很难保持故事的完整,因而很难进行具体的次数和详细的数据统计,如《狼图腾》(姜戎)、《大绝唱》(方敏)等。

其次是直接的身体描写渐趋细腻、详赡。从现代文学初始阶段文本中涉及非人类身体书写的只言片语,到世纪末《怀念狼》(贾平凹)、《老虎大福》(叶广芩)等文本中越来越详细地对各部位、具体形态、重量、解剖特征、功能等的关注,非人类的身体书写在文本叙事中日益详细并由此引发文本形态的根本性变化。从身体出现次数与身体书写字数的比例看,鲁迅《伤逝》中油鸡和阿随分别被提及8次和11次,沈从文《边城》中陪伴老船夫和翠翠的"黄狗"总计出场34次,但上述二文本身体书写的字数均为0;茅盾《林家铺子》中一只叫小花的猫在第一部分中出场5次,除了"跳""挨"和"咪呜"的叫声外,并无与身体有关的文字书写。《春蚕》中关于蚕的身体亦仅有两次"蠕动"和"乱晃"等表示神态的只字片语。即便是出现于1980年以小狗鲁鲁为主角的《鲁鲁》(宗璞),关于身体书写也仅提及"四腿很短,嘴很尖,像只狐狸;浑身雪白,没有一根杂毛"[①]。除鲁迅的《兔和猫》中有3处关于兔身体和神态的书写总计有91字外,在漫长时空的众多文本中,诸多非人类的身体被抽空成抽象的符号,穿行在情节叙事的间隙。直至伴随着具有生命和生态意识写作的渐趋增多,对于身体的凝视才日益丰盈。仅以对非人类身体的切割展示场面为例,《怀念狼》中宰杀活牛的场面叙写了牛的骨骼架、后胯、肉、血、四肢、眼睛、泪水、脸颊等,整段文字计341字;关于剖狼的叙述涉及狼的皮毛、尾巴、头、狼肉、眼睛、牙齿、狼奶、内脏等,计621字。《老虎大福》中对大福的叙述包括身体、四爪、身长、体重、尾长、肠肚、虎油、虎头、虎骨、"有小孩子脑袋大的绿色苦胆"和"皮毛、骨架和红彤彤的肉",总计约700字;《大漠狼孩儿》(郭雪波)中瓜分狼的场面述及狼皮、狼嘴、眼圈、狼皮、狼肉,甚至皮和肉之间的那层薄膜,计1500余字;《一匹倒挂在杏树上的狼》(莫言)中对狼身体的分割和讨论更是详细至狼毛、狼尾巴、狼皮、狼油、狼胆、狼肺、狼心、狼肝、狼胃、狼肛门、狼尿脬、狼眼、狼舌、狼脑子、狼肉、狼骨、狼鞭、狼粪,总计约700余字。众多文本以对身体的繁密检视和琐细铺陈形成了全新的文本形态。

除此而外,在直接身体书写的基础上,对属于身体的生理性感受、欲望在众多非人类视角的文本中得到关注,从而强化身体之于生命的重要性。《豹子

[①] 谢冕,钱理群.百年中国文学经典·第三至六卷[M].北京:北京大学出版社,1996.

的最后舞蹈》(陈应松)在叙写神农架地区最后一头豹子"斧头"的孤独感时,充分的强化了与心理的孤独相伴生的饥饿、情欲,其中属于身体的"饥饿"和"情欲"在全文中占有醒目的篇幅,强调了"身体"在生命中所具有的无与伦比的重要性。

(二)从叙事功能看,身体书写的新质体现在叙事功能的系统性和全方位建构的态势。

在新时期之前的中国现当代文学作品中,对非人类的身体书写既是匮乏,其叙事功能当然更是无从谈起。与此前非人类角色的道具性相比,新时期文学对其身体书写的关注使相应的叙事功能在文本中渐次增多,从故事的开端、衍生到结局,身体的叙事功能获得全方位和系统性提升。与之相应,不同的身体叙事中蕴涵着较为复杂的话语修辞指向。

"身体"在叙事中的功能首先是激发行为动机。身体的冲突,是人类和非人类之间冲突的基本方式。人类对非人类的使用,集中体现在对其身体的控制或情感的索取。非人类身体的"被发现",往往是诱发人类产生欲望从而衍生一系列行动的最初动机。《黑鱼千岁》(叶广芩)中黑鱼身体的庞大和神奇,使与黑鱼的身体进行较量并最终实现对其"身体"的控制成为儒实施猎杀的行为动机,从而引发后来的故事:

> "儒看到了鱼的眼睛,那双大而黑的眼睛满是湿润,不知是水还是泪。鱼身是纯黑色的,脊背的鳞甲泛着蓝光,在夕阳的辉映下反射出了殷红,淡紫,橘黄……彩色斑斓,如同雨后的虹。鱼的嘴圆圆的,像是他的小侄子吮奶水的模样,粉嫩的唇边伸出两根弯曲的须,很可爱的滑稽的须,须和唇沾满了泥,有一种落难的凄惨。儒有些心软了,他看着鱼,鱼也看着他,儒想,要是它眨一眨眼,或者稍稍给他一个暗示,他就换一种处理方式,将这条鱼拖到主流去,去与它的同伴会合。
> 但那条鱼自始至终眼睛也没有眨一下。
> 鱼是不会眨眼睛的。
> 鱼的倔强惹怒了儒,儒举起锄头照准鱼头砸下去……"[1]

在舒缓而细腻的身体书写中,鱼的色彩斑斓、神态可爱乃至动作的倔强

---

[1] 叶广芩.老虎大福[M].西安:太白文艺出版社,2003:43.

所凝成的"傲慢"共同成为诱惑并激怒儒采取行动的主要因素。

《猴子村长》(叶广芩)中对金丝猴"身体"的捕杀成为促进整个故事情节延伸的开端。《怀念狼》中对狼身体的追踪成为一行三人寻狼之旅的情节起点,非人类"身体"在人类视野内的浮现成为情节启动的关键因素。

身体的叙事功能还体现为作为推动情节发展的动力。非人类与人类之间感情的建立和破裂,是推动各文本情节运转的重要动力。而非人类与人类的情感交流,往往是通过身体——身体的接近和分离,是非人类和人类关系分合变化的重要标志。以《狗熊淑娟》为例,"身体"是文本推动情节发展的核心元素:最初因为身体的可爱被地质队收留,后因身体为城市空间不容而被迫送进动物园,最后因为身体中的精华部分——熊掌成为人类垂涎的对象而被杀。此文中淑娟那只凝结着丰富生命质感和强大叙事信息的左前掌所蕴涵的叙事功能,在与宗璞同样写熊掌的《熊掌》(1981)对比中尤为显著,后者中那对被挂在房檐下终于被虫蛀烂的干巴巴毫无生命感的棕黄色的熊掌,"像是一双黑色的翻毛皮靴,甚至发出一股毛皮气味"[①],以无生命的物品形态存在,未曾引发任何与生命相关的思考,在叙事功能上,亦未对情节发展起到推动作用。而《狗熊淑娟》中,那个长着"乌黑圆润……小石头般光滑""鸽蛋般大小的肉瘤"的左前掌,在文本中先后6次出现,那个"如同握着一枚黑石子"的熊掌的每一次伸出和打开,都向人类释放着属于生灵的生动和温暖,成为推动不同物种之间情感交流进展的阶段性标志。此外,《野狼出没的山谷》中狐狸身体被虐杀的场景,刺痛了老猎人原本冷酷的心,进而改变其生命立场和行事方向;《那——原始的音符》中黄狗被屠时身体细节的展示让白驹看清了人类的真相,并在此后的情节剧转中坚定了白驹返归荒野的信念;《大绝唱》中雌狸香团子以体态、眼神以及弥漫的香气应答女孩尖嗓子的歌声,使不同的物种之间建立友谊,从而使两种物种的交往得以绵延不息;《越过云层的晴朗》(迟子建)中,狍子憨厚的身体在人类屠刀之下的颤抖,强化了作为叙事主体的狗对人类的齿寒。上述诸文本中非人类身体的出现,成为推动情节发展的重要动力。

此外,身体的叙事功能还体现为对行动结果的展示。在人类与非人类的较量中,能否以及如何实现对身体的控制成为行动结果的重要分野。当人类借助武器的先进展示自己的强大和不可战胜时,较量通常以非人类的被捕获

---

① 谢冕,钱理群.百年中国文学经典·第七卷[M].北京:北京大学出版社,1996:200.

结束。在行动结束后,对被控制的非人类身体作详细的定格成为常见的叙事模式。《长虫二颤》(叶广芩)中,为赚大钱进山捕蛇的老佘经过周密的算计最终捕获并杀死了富有传奇色彩的老蛇,文本以对老蛇身体的详细书写展示了这一行动的结果:"……老佘破开蛇腹那层薄薄的皮,没有了头的连接,蛇的内脏哗地全掉在地上,王安全才知道,原来蛇的肚肠只是隔着一层皮,紧贴着地面,并没有肌肉的阻隔,跟人肚的结构完全不同。蛇的心脏比他想象的要大得多,肝脏也很红润,那个小小的肺泡细而长,粉色的,颇像东面即将升起的一缕霞光。没费多大劲儿,老佘就在肝脏下面找到了蛇胆,老佘小心地割下那个柔软的囊,浸泡在白酒瓶子里。空了多日的瓶子里终于有了内容,黑绿的,深沉的,圆润的一颗胆,沉在瓶底,如一颗宝石。阳光下,那瓶酒泛出了晶莹的绿色,艳丽得让人惊奇,/这不是人间的颜色。"① 在实验记录般详细的展示中,流露出目睹非人类的神奇生命被人类的贪欲所扼杀的感伤,具有较明显的生态伦理倾向。《怀念狼》书写了商州最后几匹狼生命的终结,人与狼的每一次交往,都以狼的身体被控制而终结,而被控之后人类对其身体的切割、使用过程往往伴随着对身体的充分展示和书写。《老虎大福》中生产队长二福爹带领村民捕杀大福成功后,在公社书记的领导下对大福的身体进行切割和分配,身体书写亦是行动结果的展示。《一匹倒挂在杏树上的狼》中章古巴对狼身体的展示和兜售亦是大狼被捕获之后的结果。对身体的控制,实现了人类对非人类生命所有权的确认,作为行动结果展示的非人类身体书写,在叙事特点上往往细腻并具有明显的伦理倾向。

非人类的"身体"书写在生态写作中的演变态势表明,全新的身体审美范式已经在一定程度上实现和建构,与之相应的身体美学与生态伦理内涵亦随之生成。

二、身体美学生成的原因及其生态伦理功能的开启

在新时期文学的生态伦理精神建构过程中,非人类的"身体"承担了重要的使命。从作为叙事支点到审美维度的建立再到伦理主体生成,层层深入地构建了生态伦理精神的内在逻辑。

---

① 叶广芩.老虎大福[M].西安:太白文艺出版社,2003:169.

(一) 为什么是身体:身体美学与生态伦理意义生成的逻辑必然

首先,为什么在具有生命意识和生态伦理维度的作品中"身体"成为叙事的支点? 在具有生态意识的写作中,人类和非人类的关系是文本叙事的重要一维。重视身体之审美主体性的美学家梅洛·庞蒂在论述人类的身体时说,身体"本质上是一个表达的空间""世界的问题,可以从身体的问题开始"[①],对于从属于不同物种的人类和非人类之间的关系而言,身体的意义尤为突出。

在人际交往中,语言等交际手段的存在,使话语的沟通和呈现成为分析、判断人际伦理的重要参照。人类和非人类的交往,则因物种之间交流的障碍,使话语的作用降为次要,"身体"是交往的主要载体,人类通过饲养、食用、捕杀等方式干预非人类的身体,并与之建立不同的伦理关系:尊重、审美或是控制。非人类则通过"身体"形成的肢体语言传达与人类的交往中的情感、意志:淑娟用熊掌抚摸金静以示友好,用"打"表示对已经陌生了的林尧的亲昵行为的排斥和反击(《狗熊淑娟》);熊猫碎货用"咬"表达不满(《熊猫碎货》);黑鱼千岁用身体的竭力逃离表达意志的不屈服(《黑鱼千岁》)。同样,与身体相关的声音等亦是常见的有效表达途径,母狼用凄厉的嗥叫表达失去狼孩之痛,《狼图腾》中小狼对草原狼嗥的共鸣铭记着自己的野性。物种的特性决定人类和非人类之间不可能有直接的人生观和价值立场的冲突和碰撞,身体的冲突是两者冲突的基本形式,对非人类"身体"的不同处置方式成为种际伦理的重要关注点。

在文学叙事中,身体一向是作为失语者存在和表达的重要之处,当弱势群体失去话语权,对其身体的书写就成为伦理关系体现的重要场所:女性写作对性别话语的建构首先从女性身体的书写开始。与女性的性别处境引发的话语权缺失相比,非人类话语的生理性缺失尤为彻底,以身体作为叙事支点进而实现主体性建构的旅途因而更为繁难和漫长。话语的本源性缺失造成精神/心灵世界无法展示,身体是它们的全部。话语的缺席,使身体成为非人类与人类交往过程中生态伦理的集散地。心理与话语的困境,引发身体书写的必然出场,在对非人类的书写中,如何叙述它们的"身体"成为文本叙述中重要的修辞策略。

(二) 从"被看见"到审美:作为生态伦理主体的身体生成的逻辑起点

就审美/伦理范式建构而言,身体书写中生态意识的建构首先是身体审

---

① 谢有顺.身体修辞[M].广州:花城出版社,2003:8,13.

美性的确立。身体是"主体与世界的接触点与落脚点"①,在具有生态意识的写作中,非人类身体的呈现使其作为个体存在得到确认。身体呈现首先意味着身体的被"看见",与既往文学中非人类角色的象征、道具功能不同,被"看见"是其作为生命个体价值、权利等被发现的前提。五四一代作家对人的发现是对人的权利和尊严确认的前提,新时期以来的生态写作对非人类的"看见",亦是认可其价值的必要条件。在"看见"的基础上,对其审美性的挖掘,是建构其主体性的重要程序。很多研究者注意到了生态写作中对动物之高贵与尊严的书写,却忽视了一个更根本的问题:身体的审美性才是其主体性获得的第一步。在既有的人类中心的价值体系中,对非人类存在的价值判断往往依据其对人类的"有用"与否,而"有用"的功利性特征决定了对其"审美性"的忽略。对非人类身体审美性的发现,正是摆脱对其实用性关注的重要体现。

"身体"审美性的建立,首先通过人类的视角直接书写非人类身体的魅力。《七岔犄角的公鹿》[(鄂温克族)乌热尔图]、《狼行成双》(邓一光)、《慕士腾格冰峰的雪豹》(东苏)、《大绝唱》等文本都有对非人类身体美丽与庄严的叙写。《七岔犄角的公鹿》中,面对作为猎杀对象的七岔犄角公鹿,"我着迷地瞅着它,它那一岔一岔支立着的犄角,显得那么倔强、刚硬;它那褐色的、光闪闪的眼睛里,既有善良,也有憎恶,既有勇敢,也有智慧;它那细长的脖子,挺立着,象征着不屈;它那波浪形的腰,披着淡黄色的冬毛,真叫漂亮,四条直立的腿,似乎聚集了它全身的力量。啊,它太美了……"②从鹿的形态、力量、色彩等角度作直白的赞美。除此之外,《猴子村长》对金丝猴的美丽作温情展示,"(猴子的)……长长的金色的毛在阳光下随着风颤动,像女孩儿柔韧的发"③,《大雁细狗》对雁羽斑斓美丽的神奇光泽的注视,《狼图腾》对小狼充满力度和强悍之美的迷恋,都是非人类身体审美性的文本体现。

除身体的生理特征和仪态之美外,动作的灵活矫健也是非人类身体审美性得以建立的重要方面,《长虫二颤》(叶广芩)中叙述一条蛇夜行时动作的敏捷流畅:"……它索性转身向下,尾巴绕紧了篮子,脑袋和上半身轻缓地垂

---

① 欧阳灿灿.欧美身体研究述评[J].外国文学评论,2008(2):24-34.
② 吉狄马加,玛拉沁夫.中国少数民族文学经典文库·短篇小说卷·上[M].昆明:云南人民出版社,1999:308.
③ 叶广芩.老虎大福[M].西安:太白文艺出版社,2003:129.

下来,探了几次,感觉差不多,于是一个漂亮的软着陆,到达了地面。蛇尾从上面下来时到底弄出了轻微的声响,老蛇很冷静地滑到桌下,闭气凝神地蜷缩了一会儿,见无动静便舒展开身子,让那些包块依次向下滑动,滑至半截,老蛇将身体来了一个翻转,又一个翻转,绸带一般,接连不断地扭转,用身体的转动将体内的鸡蛋撞碎挤烂,那些包块奇迹般地消失了。"①在这里,"漂亮的软着陆""冷静""奇迹般地"等语词体现了叙事立场在身体书写中的审美倾向。《豹子最后的舞蹈》中豹子动作的迅疾和步履的孤傲,《大绝唱》中河狸的憨态与稚拙,《藏獒》(杨志军)中冈日森格的王者之风,《大漠狼孩儿》中母狼举止的慈柔之仪,同样以动作之美丰富了身体的审美性内涵。与此同时,在诗歌领域可以作为不同文体间呼应的例证是,于坚的《对于一只乌鸦的命名》《赞美海鸥》等诗歌文本,关注它们的"红色的有些透明的蹼"等属于身体的"细枝末节",以理论的高度和完备的诗学价值体系强调"身体"之于生命复魅的意义,身体成为生命复魅的关键点。

非人类的身体美学,某种程度上显示了新的伦理特质,以新的伦理立场和伦理倾向传达了身体丰富的生态伦理内涵。

(三)人际伦理义务的剥离与生态伦理主体的确立

审美价值的确认,只是非人类主体性建构的开始,审美性之于主体性而言,是必要而不充分条件。在生态伦理学中,人类与非人类之间的关系是不能用人际伦理原则来判断的。因而,在对非人类的价值判断中,亦不能用人际伦理的忠诚、无私等品质作为评价指标,非人类应该有属于自身的价值体系与相应的叙述话语。人类中心意识的文本中,非人类的身体被以人际伦理义务的标准判断、压抑和扭曲。全新审美范式的建构,则需要在身体的审美性确定之后,进一步对其人际伦理品质进行剥离,才能真正实现其主体性。从这个意义上说,《藏獒》是个有意义的个案,文本一方面承认藏獒作为生命体其身体的健美,是速度、力量和智慧的完美统一。但另一方面,这种完美的存在又是以保卫人类的财产、人类的家园和人类的生命时的忠诚和绝对服从作为肯定依据。因而,就身体审美主体的生成而言,尽管实现了非人类身体的审美性,它的伦理立场依然是人类中心的。

在以人际伦理作为参照的身体书写中,"身体"被赋予忠诚、顺从、甘于奉

---

① 叶广芩.老虎大福[M].西安:太白文艺出版社,2003:167.

献等原本属于人际伦理属性的种种伦理义务。《白唇鹿青青的故事》①中"身体"是作为国家财产被书写的:青青被人类捕获并进行以获取鹿茸为目的的饲养,其间经历了由追求自由的出逃到自觉回归为国家贡献鹿茸的心理和行动过程。在这一过程中,曾经的出逃被叙述为错误,而后来的回归则被指认为对错误行为的修正,叙述背后的价值立场显而易见是将对国家的忠诚和把自己身体无私奉献作为重要的肯定指标。如果说《白唇鹿青青的故事》中是将个人/国家作为切入点来对非人类进行伦理定位,《藏獒》中则是将藏獒的身体作为向人类奉献的祭品,藏獒的价值体现在对人类的奉献(以乳汁、血乃至生命)。上述评价体系中,人际伦理品质的存在与否往往成为能否获得肯定的重要参照,非人类通过献出自己的身体的全部或部分(往往是精华部分,甚至是亲生骨肉)来实现自己"忠""义"的伦理义务。《那——原始的音符》(赵本夫)、《野狼出没的山谷》(王凤麟)、《退役军犬黄狐》(沈石溪)等亦是如此。非人类被作为人类的附属品而存在和接受评价,它们没有属于自己的身份、角色和评价系统。当个体的存在价值需要依据他者的评价体系来予以定位时,是不可能建构真正的主体性的。

真正摆脱人类中心的文本,则是对非人类的人际伦理义务予以否定,对人类理直气壮地征用非人类身体发出不同的声音,在叙事特点上体现为以叙述伦理和故事伦理②的分离实现对既有人类中心伦理关系的批判和修正。从叙述伦理与故事伦理的关系看,在前述人类中心意识的文本中,对于故事伦理中赋予非人类的人际伦理义务,叙述伦理持默许甚至声援的立场。《藏獒》中獒王之妻那日用自己的乳汁(乳汁流尽后继之以鲜血)/身体拯救人类的生命时,后者贪婪索取毫不顾惜獒的死活,叙述伦理亦未对此予以指责和批判。而在具有生态意识的写作中,叙述伦理对故事层面叙写的非人类身体被侵犯和人类对此惯常的漠视持批判立场,因而叙述伦理和故事伦理往往是分离的。同样是关于非人类的"身体"处置,《狗熊淑娟》体现了与前述《白唇鹿青青的故事》《藏獒》等文本迥然不同的伦理指向:当淑娟的熊掌最后被砍下送到曾经和它建立深厚感情的人类手中时,人类的内心受到强烈触动而不忍动手烹制。在伦理立场上,与鼓励颂扬非人类将身体中的精华乃至整个生命的献出并以此作为肯定其价值的重要指标的叙事模式相比,《狗熊淑娟》体现了摆脱

---

① 陈士濂.白唇鹿青青的故事[J].人民文学,1978(1):88-97.
② 伍茂国.现代小说叙事伦理[M].北京:新华出版社,2008:91-97.

人类中心意识之后的生态伦理倾向。除此之外，《老虎大福》中，在代表国家权利的公社书记分割和分享大福的身体时，故事伦理层面充满了对老虎身体的各种经济价值、医用价值的清算，堂而皇之，理所当然，而叙述伦理层面则对最后一只华南虎的被猎杀充满了沉重和惆怅；《怀念狼》中故事层面的剖狼现场充满戏谑和民间狂欢，叙述伦理层面则是伤感失落；而《长虫二颤》是以叙述伦理的愤慨声援故事层面对巨颤被杀的失落。

人类中心意识的淡出体现了身体书写中的生态伦理立场的建构，在对身体的多元价值的肯定中，凸显了"身体"在人类与非人类关系确认中一直被忽视的根本性地位。

三、结语：身体审美范式的文学史意义

对人类身体的书写，是20世纪以来的中国文学中弱势话语群体寻求突围的重要突破点，也是人文精神建构的理论切入点。非人类身体的参与，在丰富生态写作审美新质的基础上，从上述两种角度实现对文学史内涵的丰富、拓展和深化。

首先，在美学意义上，以身体维度的添加丰富生态写作的审美新质。在生态写作出现之前的文本，非人类的存在除道具式的功能外，其存在的意义主要从精神/情感层面得以确认。生态写作中对非人类身体书写范式的开启，丰富了非人类生命的美学内涵：精神并不是与"身体"毫无关联的孤立存在，而是与身体之美的建构相互援证的。以身体之美和精神层面的智慧与尊严，共同确证"它们"与"我们"在生命价值上的平等。《大绝唱》《狼图腾》《狼行成双》等书写的河狸、狼等的智慧、友善、坚毅或忠贞等重要的精神品质，《黑鱼千岁》《长虫二颤》《熊猫碎货》等文本中非人类的高贵与尊严，都与身体的审美相依存，身体维度的存在以身体之美实现对非人类精神领域建构的应答，刷新并拓展生态写作的审美内质。

其次，非人类身体的发现与书写，拓展了20世纪中国文学中身体叙事的广度与深度。20世纪中国文学中对人类身体的书写，对应着弱势话语群体——权力控制下的普通民众、男权视野中的女性——的境遇和突围。在世

纪之初的"前身体时代"[①],鲁迅曾以《头发的故事》《风波》《春末闲谈》《说胡须》《从胡须说到牙齿》《病后杂谈》《关于女人》《略论中国人的脸》等文本,解读从脸、头发、脚到胡须、牙齿、皮肤等身体的各组成部分所遭受的权力规训,及其主体性的丧失。身体经历了近半个世纪的压抑和蛰伏后,在新时期写作中以莫言《红高粱》系列文本对身体的展示和张扬,对抗"种的退化"。陈染、林白、伊蕾等女性写作亦以"身体"书写作为突破点,以女性身体的觉醒来引领女性精神的独立,以身体的独特体验和审美视角,建构属于女性性别的独特话语,并以此对抗无处不在的男权樊篱。"非人类身体"的参与,以对非人类伦理权利的主张实现对人类中心伦理体系的突围,丰富了弱势话语群体集体突围的阵线,在另一层面上实现对中心的叛离和回击。

再次,非人类的身体书写通过对"身体"的公开展示/被围观的书写,拓展了启蒙主题的理论内涵,并在全新的维度上实现与人文精神的对接。作为现代小说起点的鲁迅写作,曾通过民众身体的看/被看传达了重塑人性的启蒙立场:"一个绑在中间,许多站在左右,一样是强壮的体格,而显出麻木的神情……"[②]以"身体"的强壮反衬灵魂的苍白,而围观者目光和表情(身体)的麻木,使"看"和"被看"者同时暴露着灵魂的愚昧和茫然。大半个世纪之后的生态写作中,人类通过武器的先进实现对非人类身体的控制之后,在对非人类身体的分割、展示、围观和分享中,重现了人类自身的冷漠、凶残和自以为是的虚弱。《怀念狼》《老虎大福》《大漠狼孩》《一匹倒挂在杏树上的狼》等一系列文本都不约而同地设置了非人类身体被公开屠杀和分割的场景,以人类的"围观"与非人类的"示众"复现了鲁迅《药》《阿Q正传》《示众》等文本中看/被看的模式,也在更高的层面上重启了"示众"场景的启蒙效果——对"人"的更进一步的启蒙,将人与人之间的尊重与仁爱延伸到其他生命与物种,以此实现生态伦理和人文精神的对接,进而建构和实现21世纪中国文学中"人"的概念中生态和神性维度:"生态的人的发现是对人在宇宙体系中地位的重新审视,是在新的参照系中对人的价值意义的重估。"[③]

对于非人类的身体书写,是具有生态意识的写作中一个全新的审美范式,

---

① 孙德喜."前身体时代"的历史叙述——鲁迅小说中的身体镜像[J].南京师范大学文学院学报,2007(1):70-74.

② 鲁迅.呐喊·自序[M]//鲁迅全集·第一卷.北京:人民文学出版社,2005:428.

③ 刘青汉.中国现当代文学史上第四次人的发现[J].文学评论,2009(6):106-111.

这一审美范式已然出现,并展示了前所未有的特质。它也许不能影响文学的总体发展方向,但已经、正在并会持续给一个世纪以来中国文学的发展带来全新的审美视角和伦理维度。

2011年1月

自我建构的深渊、歧途与眺望
——从鲁迅的《奔月》到鲁敏的《奔月》

毫无疑问,整个《故事新编》①都是在借历史表达现实,鲁迅先生用一个个历史故事宣告自己对1920—1930年代乃至更深广现实的立场、判断和结论。但仅仅这样解读是不是浪费了很多信息?比如说在指向目的地之前的那些一步一步铺就的情节和细节,那些具有丰富质感的元素中无意为之的关于"人"的建构的倾向。比如《奔月》,它的叙事母本当然来自古老的嫦娥奔月,而在与现实对接的层面,它是关于被背叛的愤慨。但是这样一个距离"五四"并不遥远的文本中,不可避免地会有对理想的"人"和理想生活的构想问题。

这个构想是有迹可寻的,写于1925年的《伤逝》和写于1924年的《幸福的家庭》②,都探讨过什么是那个时代有质量的生活,或者理想的家庭生活应该是什么样。这三篇小说中婚姻生活都是指向黯淡和挫败的,从表面上看,都可以理解为情爱在生存压力面前的溃退。《伤逝》是爱情坠入柴米油盐的烟火气之后日渐磨损终至崩塌,《幸福的家庭》则是以一个具体的夫妻生活场景呈现这种崩塌的细节与特写。从这个意义上说,《幸福的家庭》可以看作是对《伤逝》的补充和证实。

而《奔月》更像是对《伤逝》的一次修订和升级——后者给性别研究者留下了太多的漏洞或口实。羿对婚姻的黯淡是有自省和愧疚的,他不是像涓生那样明里暗里地抱怨和推脱,而是勉力改进并对改进的效果微小和进展缓慢怀有愧意;选择放手和离开的是嫦娥,是嫦娥厌倦了日复一日的灰败而出走。而且,与子君离开时留下他们共同生活仅剩的全部物品相比,嫦娥留给羿的却是失去了仙药的空首饰盒——羿比涓生的表现要加分得多,嫦娥却远比子君绝情,她的离开是掠夺式的,是子君的反义词。所以,这是一个更加低配版的

---

① 鲁迅.故事新编[M].上海:文化生活出版社,1936.
② 鲁迅.彷徨[M].上海:北新书局,1926.

嫦娥和升级过的羿,但破碎的结局是相同的。这提示了另一种可能,即便是涓生更努力、更体贴和更能肩负起责任,共同的生活依然可能解体。

然而我们要探讨的真正问题是,在爱情共同体的解体中,暴露了什么问题,或者说,解体是不是必然。如果是必然,那换由谁来去摁结束的按钮其实无关紧要。那么,这三篇作品中,致命的问题是什么? 都是物的匮乏。

一、没有了物的遮蔽之后

在凸显"物"的残酷与羁绊中,相关细节是让人印象深刻的。《伤逝》中子君离去时,留下了触目惊心的物品是"只是盐和干辣椒,面粉,半株白菜,却聚集在一处了,旁边还有几十枚铜元"。《奔月》中的羿和涓生一样,外出归来看到人去楼空,眼前的物品是:"房里也很乱,衣箱是开着""少了首饰箱……那道士送给他的仙药,也就放在这首饰箱里的。"

《奔月》中羿和嫦娥是一对为吃饭而唠叨不止的凡俗夫妻,如同涓生和子君是一对凡俗夫妻,《幸福的家庭》中青年作家和妻子是一对凡俗夫妻。他们的共同之处,是都为物质的局限所困。《幸福的家庭》中纠缠的"物"是大白菜,《伤逝》中是油鸡和阿随,《奔月》中是乌鸦炸酱面,它们困住了他们,成为凡俗人生的表征。在鲁迅的小说世界里,跨不过鸡、狗、大白菜和炸酱面的人生是不值得过的,所以总有一方要逃离,不过是摆脱的方式不同:涓生以为障碍在子君,所以以自己率先逃离出家门的方式逼迫子君自行离去;青年作家把思路中断的稿子揉成擦拭鼻涕的纸,这更像是自毁;而《奔月》中是嫦娥奔向月亮,似乎是一劳永逸地解决了凡俗,不止是凡俗,甚至是更彻底的人间世。

这个结论及其所承载的价值观安抚甚至引领了文学很多年,同类故事都到此为止,直到池莉的《烦恼人生》和刘震云的《一地鸡毛》都对此深信不疑,差别无非是后者完成了自我抚慰从而不再焦躁不安,是"认命"了。也有不认命的,比如苏童的《已婚男人》中杨泊从楼上纵身一跃实现了终结。

但无论认不认命,"物"的困窘产生的影响力与致命性,以及由此生成的叙述范型一直被重申、从未被超越。直到将近一个世纪后"八〇后"作家张悦然《家》的出现。我们看到又一个同居的女性裘洛在离开前花了很长时间给同居男友井宇留下丰富的物质:

"10点钟,她来到超级市场。黑色垃圾袋(50 cm×60 cm),男士控油清爽沐浴露,去屑洗发水,艾草香皂,衣领清洗剂,替换袋装洗手液,三盒装抽取式纸巾,男士复合维生素,60瓦节能灯泡,A4打印纸,榛子曲奇饼干。结算之前,又拿起四板五号电池丢进购物车。

12点,干洗店,取回他的一件西装,三件衬衫。

12点半,独自吃完一碗猪软骨拉面,赶去宠物商店,5公斤装挑嘴猫粮,妙鲜包10袋。问店主要了一张名片,上面写有地址和送货电话。在旁边的银行取钱,为电卡和煤气卡充值。"①

裘洛出走前给井宇购置了大批的物,跟子君当年的半棵白菜几只辣椒几枚零落铜板的萧瑟相比,此处的"物"是丰富和堆积的。"物"的困窘没有了,相反,"物"从不足,走向富足,甚至是多余。但在这里,"物"对人的引领与阻碍作用都已退去。

这部写于2009年的文本彻底推开了堆积已久的文本惯性,它提供了一对像涓生子君一样同居的青年男女井宇和裘洛。他们是一对没有重负的涓生和子君、羿和嫦娥。他们过着一个世纪前的那个青年作家或者涓生的理想生活:在大城市里,有高品质的日常生活,喝红酒、咖啡,吃意大利面和披萨,出入中产以上的社交场合,阅读伍尔芙,谈论精神层面的话题。再也没有了堆成"A"形的大白菜、没有油鸡和阿随。钟点工小菊的存在也使裘洛不会再有粘在额上那缕头发和日渐粗糙的手,良好的生活品质和习惯甚至可能保证裘洛至少到离家出走时也没有变得"红活"和"胖"。涓生和青年作家视为烦恼的日常的细节都一扫而空了,自然也不会再有乌鸦炸酱面式的单调困扰,升职后的井宇也不会再重蹈涓生和羿的落魄,连裘洛养的猫都有充足的猫粮和"妙鲜包"——一切都像是《伤逝》《幸福的家庭》和《奔月》的反义词:所有的障碍都一扫而空了,男人厌倦的和女人畏惧的都消失了,那么爱情可以地久天长了吗?换句话说,爱情可以不再磨损了吗?

并没有。他们在同一天不约而同地出走了。《家》并不是本文关注的重点,张悦然也未必有向鲁迅致敬的主观意图,但它的存在是颇有意味的。它像是一堵墙,鲁迅《奔月》等文本中提到的问题因撞上这堵墙而激烈地弹回来,每

---

① 张悦然.鲤·逃避[M].南京:江苏文艺出版社,2009:159-160.

一点都弹回来。所有鲁迅认为通道已堵没有出路之处，《家》都打开了。如果说鲁迅的小说是铁屋子一样的存在，很多点都是此路不通，那么张悦然的小说简直是门窗大开，上帝不用关上门，也肯打开无数的窗户，条条都是路。然而一个令人惊讶的结局等在那里：爱情并没有真的变"好"了。它用一个相互离弃的故事迫使我们重新打量一对对单向逃离的男女。所有磨损爱情的因素都取消了，爱情竟然依旧没能长治久安。我们曾经寄予厚望的爱情，竟然辜负了我们。

这个文本撕开的另一个一直未被真正面对过的真相是，没有了共同面对外力时的共患难的绑定之后，爱情成了两个人真正的赤裸相向。在"物"的蒙蔽之下，人在精神上是容易"共患难"的，他们以为共同的敌人是物的匮乏。但当共同的敌人消失了，他们终于携手打败了那个敌人，却发现自己依然是未能填满的，这真是太打击人了，他们手足无措，竞相逃离了真相被揭示后的衣食无忧的现场。没有了"物"的匮乏作为遮挡，情爱坍塌就没有了责任方，他们必须面对更逼近自我的真相，这才真正是难堪和不知如何面对的。

"现代化国家的一个重要标志就是人变得比物更为重要。"[①]鲁迅在《娜拉走后怎样》中指出经济基础是至关重要的。这没有错，但经济基础是必要但不充分条件，这一点却是要越过"物"的羁绊之后才会有机会直面的。鲁迅没有提及，后来的很多文本也因此没有提及，直到《一地鸡毛》《烦恼人生》都没有越过"物"，甚至在"物"的牵绊中生出相依偎的温情。

井宇终于"成功"了，所以，他得以窥见"物"背后的深重，属于意义寻求和个体生命虚无感的深重。厌倦、畏惧和逃离第一次被如此真切地追问和逼视："我有时候早晨醒来，想想剩下的大半人生，觉得一点悬念都没有了，就觉得很可怕。我知道现在这样离开，会失去很多。可是我怎么也说服不了自己，留在这里继续过毫无悬念的人生。"在2009年电子邮件即时通信如此发达和选择项繁多的情况下，文本为井宇保留了写信这种古典的交流方式，因为慢，而带有沉思的气质，也非常适合信的内容和写信人的理想主义气质。所以，裘洛或者说爱情的存在对他来说就是"希望你可以给我一点热情，一点理想化的东西。我非常害怕变得像那些同事一样无趣，一样庸俗"。

作为一个彻底摆脱物的牵绊而终于可以纯粹地做一次形而上思考的人，井宇看清楚自己想逃离的是什么。

[①] 乔纳森·布朗.自我·序一[M].王伟平,陈浩莺,译.北京：人民邮电出版社,2015:Ⅱ.

二、是什么阻止了"奔"的有效性

如果将不同的文本放在文学史的宏观序列中打量,2017年出版的鲁敏的《奔月》很像是接着《家》的继续追问。在此未将这一系列文本从性别角度来解读,因为这些都是人的困境而不是性别困境,前者比后者更深重。事实上,"奔月"者的构成也是超性别的。

《家》中的井宇知道自己不想要什么,但不知道想要什么和想成为怎样的自己。在升职加薪的世俗成功之后,"那个下午,我整个人好像被掏空了""很可怕""非常害怕变得像那些同事一样无趣,一样庸俗"。他已经开始审视自身、批阅未来,并知道自己"不想成为某种人",甚至意识到出走必须付出的代价,并选择承受。但对于最核心的问题,"要去哪里,要做什么,我并没有打算","离开家之后,到处游游荡荡,好像终究也找不到什么可以停留的地方。"他已经在摧毁,但重建的规划还没有备好。

如果一个人不知道自己想要什么,只知道自己不想要什么,那么,逃离是必然的,逃离的失败和人生的胶着和焦灼也是必然的。从这个意义上说,《家》对这个话题虽有推进,但幅度是有限的。文本对于主人公自救的设计太过偶然和脆弱。灾难是偶然出现的,仿佛一根救命稻草,暂时地接管了他们,填充了他们,让空洞的自我在对别人帮助中暂时获取一些充实的存在感,"……'生命迹象'。这个词总是能够让我兴奋,仿佛抓住了生活的意义""帮助别人让他们有满足感,而且这是唯一不会带来指责和否定的工作。善良成了他们最后一把庇护伞"。在此井宇由单数变成了复数,成了"井宇们","这里的志愿者像蝗虫那么多。"结尾以支教作为实现精神拯救的途径,同样因为仓促、粗疏而明显是权宜之计。

鲁敏《奔月》①中的小六用"消失"的方式做了一次随波逐流的出走尝试,但她也不知道自己想要什么。小六在成为"谁"的问题上充满了偶然和随意。她是在一场车祸的死里逃生之后,把随身携带的AA包中所有跟自己身份有关的东西都扔到河里,然后捡了一个包里的身份证,由此成为那个身份证上的女人。这个细节微妙之处在于,这个女性是谁、是个什么样的人,小六一无所知。也就是说,她对自己即将成为的那个人并无明确的构想,一切都是随

---

① 鲁敏.奔月[M].北京:人民文学出版社,2017.

机的。那个女性和她从长相、年龄、居住地等都不同,但她毫不介意地"扮演"了"她"。下一个颇有意味的节点是,乌鹊镇的林子帮助她重新置换了身份证。用她自己的照片填充了原有的信息,于是,一个拼接的人出现了,这个人肉身是小六,但其余信息是另一个人。这是个意味深长的时刻,小六并未由此找到自我,不但没有,她甚至陷入分裂:一个人的肉身被合法地贴上了另一个人的标签。

鲁敏说,"这当然不是女性觉醒的娜拉出走,也不是中产阶级的'兔子跑了',更不是高更式的月亮与六便士。"[1]这是作者明确和清晰的自我定位,但这种区分恰恰提供了宏阔的文本谱系中诸多的参照点:那些知道自己想要什么的出走应该是什么样的。

在易卜生的写于1879年的《玩偶之家》中,娜拉为自己的出走提出的新命题是:"我不能一味相信大多数人说的话,也不能一味相信书本里说的话。什么事情我都要用自己脑子想一想,把事情的道理弄明白""要想教育孩子,先得教育我自己。"[2]娜拉想要的是自我认知和自我判断的能力,这是自我建构的开始,是目标清晰和主动选择的。

毛姆的《月亮和六便士》[3]中最醒目的,则是男主人公思特里克兰德在各种场合面对不同的追问时,一遍又一遍地重复"我要画画""我就是要画画"。这部在1919年和五四平行出现的文本中这种清晰的动机感和行动力同样是罕见和让人惊喜的:这个人居然知道自己想要什么。除此之外,对于"成为自己"这个命题而言,该文本提供的新元素是:"成为自己"是要付出代价的。这个代价就是对其个人而言是对前半生经营成功初具规模的生活彻底推翻和遗弃,包括中产阶级的职业、收入和相应的社会身份地位,体面的配偶、家庭、良好的声誉和社会关系,可预知的清晰前途和安稳的余生,等等。既包括物质上、心理上的,也包括道德上的。对行动代价的清醒认识是为出走做的心理准备,他的准备很充分,这在后来无论遭遇何等困境都从未想到折返中可以看到。

而出现在1960年代的兔子哈利一直试图以更换伴侣的方式来提升生活和改变现状,他以为眼前的泥淖是因为伴侣庸俗和生命力衰退。从一场厌倦

---

[1] 鲁敏.倘若在另一个空间,成为另一个人[N].《文艺报》公众号"文艺报1949",2017年11月10日.

[2] 易卜生.玩偶之家[M]//潘家洵,译.易卜生文集·第五卷.北京:人民文学出版社,1995:202-203,201.

[3] 毛姆.月亮和六便士[M].傅惟慈,译.上海:上海译文出版社,2011.

逃到另一场厌倦的频繁逃离，注定是失败的。但其中一段本应可以唤醒主人公的电视发言却值得关注：

> "……做一个真实的自己，不要去学隔壁的萨莉、约翰尼或弗雷德，你就是你自己。上帝不会要一棵树成为瀑布，也不会要一朵花成为石头。上帝赋予我们各自的特长……上帝要我们一些人成为科学家，一些人成为艺术家，一些人当消防员、医生和杂技演员。他赋予我们成为这各种人的不同特长，但我们必须努力去发展这些特长。"①

这段在中国现当代文学中少有的文字清晰地呈现了"成为自己"的必备元素：一是认清"属我"的特质，这是一个人区别于其他人的最本质的特征，也是自我建构的基础；二是认可自己的特质，即坚定"成为自己"的信心，这是对自我和他者差异的确认和厘清；三是为"完成自己"必须付出不断的努力，这是从理念指向实践的过程，是成为自己的最终保障。

综上可见，一次成熟和有效的"奔"至少需要具备以下元素：对当下处境的感知、判断和不满，主动的出走动机，明确的出走方式以及想成为什么样的自己的清晰规划，对出走代价和自我承受能力的预知，以及，与之相应的出走准备。

那么，以此为参照，我们的"奔月"缺少什么？尽管五四已经激烈而兴奋地呼吁过人的解放，但并没有完成相应的自我建构。五四试图把人从家庭中抽离出来，个人不再是家庭的组成部分，而是具有独立权利的个体生命，但并没有提及对自我的寻找、发现和建构。也就是说，没有提问过"我想成为谁"。

"人们的生活发生重大变化时，尤其可能主动寻求自我认识"②，《玩偶之家》是娜拉第一次遭遇人生重大冲击时才有的醒觉。鲁敏的《奔月》中也是小六遭遇生死之时才产生的自我审视，但这个审视并非由小六本人来完成。小六的"我是谁"的问题，文本是借助一个叫张灯的男人的出现来探索的。张灯存在的意义，是借助技术，窥探隐于网络的小六的另一个层面。也就是说，对于娜拉想要通过出走才能完成的知道自己是谁的使命，在小六这里通过一系列的"检测"就方便快捷的得以完成，当然，这些检测方式依然是来自他者，小

---

① 约翰·厄普代克.兔子，跑吧[M].刘国枝，译.上海：上海译文出版社，1987.
② 乔纳森·布朗.自我[M].王伟平，陈浩莺，译.北京：人民邮电出版社，2015：75.

六自己并没有拥有认识自我的能力。

关于小六乃至其父亲的"出走"行为,文本通过其母亲之口,试图将其解释为一种奇特的家族遗传病。这与其说是生理上的疾病,毋宁说是精神密码。他们需要出走以寻找自己,父女两代恰好让人看到出走的欲望如此绵延不绝,但"自我"的建构始终空缺。所以出走只能是前仆后继的逃离,一次次出发,又一次次地不了了之。他们的出走从"我们究竟是谁?"开始,但却终于未能抵达"我们想成为什么样的自己"。

嫦娥的奔月是个原型,一切出走的冲动不过是对当下处境的不满足。但仅有冲动是不够的,还需要客观地评估和理性地规划。小六的所谓准备不过是随机捡到的身份证和四千元现金,并不是自觉的准备。而神话中的嫦娥的出走从来都是靠仙药的神力,驱动力是外在,是他者的全力相助。

对"自我"没有明确的建构意识的出走,仅仅靠"奔"的愿望和行动并不能解决根本问题。仅仅靠随机和随遇而安来确定去向也是盲目的,自我建构是应该指向清晰的,是误打误撞和随波逐流的反义词。

三、"我是谁"如何变成了"我是谁的"

"嫦娥奔月"的古老故事中有很多版本,但版本差异区别的主要是在吃药的动机:是为救羿,为救苍生,还是为了不让坏人抢药得逞。吞吃仙药的动作都是"仓促"和"情急之下"的,因而缺少对于"奔"去之所的详细规划。奔月的"月"是不可知的,是找不到出路时的权宜之计和一走了之。"月"作为去途是由仙药的功能预先设定的,服药人没有选择权。也就是说,服药人可以选择是否服食,但服食后去往何处是绑定的,是没有选择项的。这沉淀在民族文化的基因里。

五四是个基因重组的时期,被选择进行基因匹配的是《玩偶之家》。但这次配型依然是有隐蔽的排异反应,以及由此产生变异的。娜拉出走的目的是想由自己判断自己是谁——"我是谁",但到了子君这里,这个命题变成了"我是我自己的"("我是谁的")这样一个所有权问题。种下一粒"我是谁"的精神种子,如何最终收获了"我是谁的"的果实?这实在是一个被遮蔽已久的值得困惑的问题。鲁迅先生并没有特别指出,其他作家关注的重点也不在此,比如叶绍钧《这也是一个人》关注的也是"她是谁的"。所以这是个集体事件,值得注意。

那么，娜拉本来的困境是什么？她要摆脱的是什么？中国最早的女性读者/观众是在哪种意义上接受她的指引，这是个重要问题。

在易卜生的《玩偶之家》中，娜拉是个自我缺失的瓷娃娃般的存在，是单纯和没有威胁地成为丈夫海尔茂宠物一般的配偶。她原本是满足于那样的生活——没有自由的生活。但债务事件让她看清了这种没有自我也因此没有自由的依附生活是有破绽的，她开始有了看清自己的需求，所以，她离家的目的是希望有机会看清自己到底是谁。

1914年中国话剧界的先行者陆镜若最早在春柳社演出《玩偶之家》，1918年6月，《新青年》的"易卜生专号"刊载了罗家伦、胡适译的《娜拉》，1918年10月商务印书馆印出陈嘏翻译的《傀儡家庭》，1927年欧阳予倩也译过《娜拉》。此剧在中国的影响巨大，"娜拉的形象，深刻地印在每个青年人的心坎里"，"在中国妇女中出现了不少娜拉"[①]。五四一代的文学作品中，观看《玩偶之家》差不多是女性启蒙过程中的经典情节。这个情节的意义如同革命成长小说中的入党仪式，作为观众/读者的女性在这个仪式中有"终于找到组织"的归属感。但她们学到的，是摔门而去的动作，是身体乃至思想可以由自己支配的兴奋感。但对于这一动作面向的最核心的因素——"自己"却忽略了。"自己"是谁？"自己"有能力管理和支配身体和与之匹配的精神吗？子君喊出了"我是我自己的"，她从旧的家庭中拿回了对于"自己"身体的支配权，但接下来怎么办她并没有清晰的概念，她和她同时代的女性都不知道怎么办。是从父亲那里拿来然后交给丈夫吗？这显然不应该是理想的途径，但子君似乎除了把自己交给涓生然后嵌入涓生的人生之外，并没别的计划。她把"我是谁"的命题简化成了"我是谁的"。

《玩偶之家》是五四一代青年的启蒙读本，但该剧中提供的思想资源只是不成为男性的玩偶和附属品，这太容易被简单粗略地解读为人身自由的获取了。一个人不成为另一个人的附庸只是第一步，成为什么样的自己才是更重要的命题。接下来的功课是找到自己，然后，尽力去完成自己，这才是重中之重，该剧并没有完成。娜拉只刚出发，剧情就停止了。所以，鲁迅先生指出经济支撑毫无疑问是重要的，但除此之外，自我的发现、认知和建构也是重要的，这才是出走时必须携带的精神地图和源源不断支撑的体力与能量。

---

① 阿英.易卜生的作品在中国[M]//阿英.阿英文集·第二卷.上海：生活·读书·新知三联书店，1981：740-741.

《玩偶之家》中的出走是没有地图的,因而把它当作精神资源和思想资源的五四文本中也是没有的。这个命题一直是空洞和模糊的,所以我们看到,鲁迅的《过客》中,过客被一个声音召唤着不断行走,但声音是什么,却指向不明。这个音质模糊的声音在田汉的《南归》中吸引过流浪艺术家,在冯至的诗《那时……》中吸引过那些不管不顾只是要冲出去的人。他们冲出去,有时候遇到了革命,就把自己依附于革命,比如江玫或者林道静,从依附一个群体改为依附另一个群体。如果遇到灯红酒绿,他们就可能依附于灯红酒绿,比如陈白露。也可能找不到可以依附的,于是回去或者死掉,比如子君。这里说的是女性,但男性也并不例外,比如夏瑜、吕纬甫、魏连殳。

革命可以提供一个集体的大我,但并没有属于个人的自我,这意味着,大我完成之后,自我的问题依然不会自行解决,他们暂时的目标明确思路清晰,不过是替代性的满足,是被遮蔽和忽略真正需求的。所以田汉的《南归》中流浪艺术家从北方走到南方,从南方回到北方,始终不能安居。在仓皇中,也同样试图寻求爱情的抚慰,但终于还是又出发了。

所以,子君、嫦娥、青年作家抑或是井宇,都不知道自己想要成为怎样的人,她/他们关于"成功"的人生规划中并不包括发现和成为自己。基因重组中的命题置换,使指向不明的空洞自我成为奔月者们一次次追逐的镜花水月。

四、结语

奔向哪里才是解脱的问题一直悬而未决。值得思考的是:奔月者们真正的困境是什么?正面回应的"面对"为什么比选择躲闪的"出走"难?以及,怎么办。

自我建构的根本动力是一个人的内驱力,是靠内在驱动,而不是他人的驱使和推动。艾丽丝·门罗的《逃离》[①]中,出走的女性卡拉借穿给她鼓励并帮助她成行的朋友西尔维亚的衣服上路,但最终又半途而废,由愤怒的丈夫前来归还了衣服并谴责了衣服的主人。这个情节是如此有隐喻意义,即便是作者无意为之。沦为家庭妇女的卡拉衣着随意到了不堪的程度,借衣服穿很大程度上是重塑自我形象并借此弥合与社会的长期脱节。但终究没有成功,就像借

---

① 艾丽丝·门罗.传家之物:艾丽丝·门罗自选集[M].李玉瑶,译.桂林:广西师范大学出版社,2017.

来的衣服终究和自身面目模糊的鞋子不般配一样,脚才是出走或折返的关键。衣服的凌乱模糊很像是自我苍白的隐喻,借来的衣服和自己的鞋子的不搭正是缝隙所在,一个人没有办法借别人的鞋子上路,终极的内驱力只能自己产生和不断生产。

鲁敏《奔月》中,小六初到乌鹊时的衣着也是模糊的。作为卡通人和保洁人员的职业装彻底掩盖了自身,而那个希望经由消失找回自己的小六最初是喜欢这种隐匿的,她害怕必须面对成为一个什么样的新自己这样的追问。改变自己是疼的,所以人的本性是会逃避和躲闪,是会希望改变关系来代替自我更新。《奔月》封面上的一段话是:"我们这一生/在艰辛地日夜经营自己/也在层叠地禁锢自己//唯有失去/是通往自由之途。"在封底的另一段话是:"我要从这个世界消失/我要我是我自己"。文本将"失去"和"消失"作为建构的途径在完成度方面是有待提升的,尽管这是作为原型的嫦娥奔月故事中预设的去向。

一遇到困难就想逃走,这是人的本能。但建构意味着人不能只靠本能,我们需要在想要逃离的时候稳住自己,在想要退却的时候逆风而行,这才是"人"的建构中应该注入的精神内核。也只有不退却,才能自我审视,自己督促自己,自己完成自己,这是鲁迅乃至五四一代不曾揭开和直面的残酷。

一个世纪以来两种性别的并肩前行中,对爱情/家庭生活的畏与烦,遮蔽了自我缺失的恐慌。于是奔月式的逃离被当作一再提请的解决方案,不断重复的逃离失败长久掩盖着自我空洞的基因匮乏,让身在其中的人误以为自己败在缺少出逃的勇气而不是缺少自我建构的能力。裘洛和井宇的双双离开证明了勇气可以生成,但仅有勇气是不够的,而小六的意义则是残酷地呈现了盲目的"奔"不过是以一种歧途替代另一种歧途。

他们可能真的不知道怎么建构一个丰富和完整的自我,不知道怎么逃离自我的无力和渺小感,所以不断用爱情更新的命题来替代自我的完善,以谈论爱情来逃避对自我的直面。明明是对自我不满意,偏偏用医治爱情来代替建构自我,代替可能需要刮骨疗伤的疼,这是怎样的南辕北辙啊。井宇希望裘洛能给他一点热情,可自行生出生命的热望不是每个人自己的功课吗?一个人自己不产生热量却指望抱团取暖是很难的。涓生自己找不到出路,却认定是因为子君掣住了他的衣角。嫦娥自己百无聊赖,却以为人生悲剧全在于乌鸦炸酱面。人们是如此习惯躲在期待爱情的伞下逃避自我,厌恶自己平庸的人总是责怪爱情不够有力,一个世纪以来,我们延续着把爱情和自我混为一谈的思路：试图用爱情自由来代替自我的完整。

　　一个缺乏自我的人，靠更换生存空间以及与之相绑定的全部关系是不能自救的。自我缺失才是"奔"的共同深渊，而对缺失的觉知与建构性探索，是当下写作面对的功课，也是我们需要踮起脚尖去眺望的未来。

2018年2月

成长·异化·幻灭：1930年代都市小说主题话语分析

　　文学史上的分期，并不总能甚至时常不能以十进制为单元规则地划分。本文所谓的20世纪30年代，大致相当于文学史上20世纪的第二个十年（1928—1937年），五四时代"把每一个人的声音都变成它的声音"①的宏大旋律一去不返，而1937年后的抗战、社会主义、"文革"、反"文革"的时代主题尚未出现，旧的已去，新的尚未到来，盟主性意识形态的缺席，成就了无名时代的一场涣散而复杂的众声喧哗。都市小说在众声喧哗中浮出历史地表。

　　30年代的文坛，是个容量太大的器皿，都市小说撑起的仅仅是一角（钝角三角形中的一只锐角）。而都市小说，是一根太长的飘带，30年代只是其中一段斑斓。于是，我们的论述将在斑斓的一段与小小的一角间立足。

　　30年代的都市小说，"以都市为题材，侧重再现以宗法社会向半殖民地社会转换中的都市风貌、生活方式、生活节奏的变迁或者表现、剖析奔走及挣扎在都市风景线上各色人物的心理现实，以及孕育这种心理现实的诸种历史文化基因。"②新感觉派以真正的都市之子的身份写都市感觉，光彩炫目而又光怪陆离。左翼文本关注的是奔走在游行队伍中借新兴文化以剖析眼下的都市人生。而京派作家无论由乡下入城如沈从文，还是出身名门如林徽因，都是站在都市之外正在沦为过去的世界透视都市。京派与左翼都缺少与都市的亲和，只是，用以照出现代都市文明缺失之镜的，前者是对乡村文明的回首，后者则是对人类未来远景的前瞻。

　　"都市"是都市小说共同的"底本"，都市小说是叙述、加工"底本"以形成不同的"述本"。我们难以还原都市的原生态，甚至没有一种与之相应的原生

---

① 张爱玲.谈音乐[M]//张爱玲全集·第一卷.海口：海南出版社，1995：215.
② 冯光廉，刘增仁.中国新文学发展史[M].北京：人民文学出版社，1994：305.

态的语言。我们的论述,只能在不同述本的相互参照中,考察形式的意味,探求文本与多重历史语境的关系。各种话语形式诚然彼此不同,但都依据审美法则去呈现历史从而都有其存在的理由。至于历史,它自在而又令人难以捉摸,我们只能凭借一定的话语形式去试图规范它。只是,我们能看到的究竟是历史的真实还是话语的变形这无疑是耐人寻味的。

重要的不是话语所表述的时代,而是话语产生的时代。各个时代都有自己的问题让每一个言说者不能避而不谈,那些被滔滔不绝地谈论着的,是时代的主题话语。无论怎样的话语形式的变形,共同话题使喋喋不休的言说不再是各自为营的漫无边际的自言自语,而是一场热烈而嘈杂的对话。

对话是对话者之间"同意或反对关系,肯定或补充关系,问和答的关系"[①]。30年代的都市小说,在横向上与同辈对话,又在纵向上与历史交流。纵横交错,使相互补充又相互拆解的对话热烈而持久。都市,是那头一再被触摸的大象。隔着半个多世纪,无法目睹。我将用自己的方式倾听,想象着每一种触摸的方式和理由。

主题是现实生活中所感知的程式化了的观念内容向艺术形式的积淀演化,从而形成的特定表现模式。主题的形成事实上需要母题、问题、作者三种要素,一个被历代题材肯定下来的"母题"必须与人们生活处于其中的"问题"结合起来,才会产生作品的实际主题,而作者是这两者之间的中介。

都市和都市问题是30年代的客观存在,只是"我们无法理解错综复杂千头万绪的社会历史,除非把它讲成一个有头有尾地向着未来发展的情节统一的大故事"[②]。面对共同的母题与时代问题,真正的区别在于叙述,叙述使创作主体得以各显其能,叙述的本身是一种加工,对于一个混沌状态的都市底本的命名,以组成一个话语网络从而完成一次井然有序的叙述。叙述包含着价值判断和情感倾向,呈现什么,遮蔽什么,现实中不一定详略得当而又服从前因后果,只是在文本中才被叙述成某个进程的一部分。形式比内容更有历史感,叙述本身比叙述对象更意味深长。

对于20世纪的都市小说和30年代的文坛做一次纵向穿越与横向并置的阅读,30年代都市小说对于"成长""异化""幻灭"等老而又老的话题提供了

---

① 董小英.再登巴比伦塔——巴赫金与对话理论[M].上海:生活·读书·新知三联书店,1995:3.

② 华莱士·马丁.当代叙事学[M].北京:北京大学出版社,1990:59.

群体的内部个体之间的与众不同的言说。

对于主题话语的梳理,总是难以穷尽,而主题之间又是盘根错节、纠缠不清。20世纪系统论方法提示我们,文学作为一个活动着的系统存在,其内部结构中,各分散主题相互关联,"成长——异化——幻灭"是30年代都市小说中一个小小的主题话语群落,都市人在都市中成长,又在成长中异化。从这个意义上讲成长是成长者的墓志铭,"异化"是成长者脚下铺花的歧路。不同文本对于"异化"感受,然后表述,无数次豪情万丈地试图逃离,又无数次满怀疲惫地大败而归,而"幻灭感"在对"异化"的感受与言说中,在逃离之前与失败之后,挥之不去。"成长"与"异化"常常同步,而"幻灭"又与"异化"在言说与摆脱中相伴相生。这种同步与相伴相生使本文在看似不相干的三者之间拓展了可供言说的论述空间。

一、成长

"成长"不是生理学意义上的长大,而是从某个设定的点上的水平向某种理性方向的提高。

30年代之于文学中的"成长"主题而言,既不是最初也不是最后,西方文学史上18世纪出现在德国的"成长小说"是其遥远的渊源与原始模式。只是"成长"主题在30年代都市小说的不同流派之间,经历了一场各取所需的断章取义。

"欧洲经济恐慌影响到当时中国的民族工业……民族资产阶级为了挽救自己,就加强对工人的剥削……这就引起了工人的猛烈反抗"[①]。这样,城市工潮成为主体成长的叙述空间。在30年代初的短短几年,一大批涉及城市工潮的文本纷纷涌现:丁玲的《一九三〇年春上海》《消息》《夜会》,王西彦的《曙》,刘呐鸥的《流》,穆时英的《PIERROT》,沈从文的《大小阮》《知识》等。如果不把其中任何一种文本看成孤立的存在,而在文本的相互参照中加以阐释,在不同文本的无数次互文关系中遗忘其情节内容和情节动机使文本抽象化,则上述文本中美琳、陈月娥、镜秋、小阮、潘鹤龄等尽管主体性格、行动方式存在种种差异,但在深层结构上有着共同之处:主体都是从某种匮乏的状态开始,在助手的帮助下,最终成长为或将要成长为革命的领袖或主力。"成

---

① 茅盾.再来补充几句[M]//茅盾全集·第三卷.北京:人民文学出版社,1984:561.

长"成为此类文本共同的主题模式。特定的表现模式,使上述诸多看似毫不相关的文本,在整体或某个局部则是在讲述同一个故事。任何事件的"意义"都是被叙述出来的,当现实被理解成一个进程的一部分或是某一种意义时,叙述已经组织了这种意义。同一故事在不同流派的作家笔下有各自的讲法,而不同的讲法,使同一故事扑朔迷离、歧义丛生。

(一)政治焦虑的审美置换:左翼文本中互为反方向的"成长"系列

在《一九三〇年春上海》《曙》《夜会》等左翼文本中,根据成长主体的不同,可分两类:

一类的成长主体是工人,结构是多层次的,以王西彦的《曙》为代表。其中作为成长主体的"金小妹"和次主体的"我""任老三""阿眉"等是在同一方向上不同层次的成长。在文本层面,作为成长的参照物的"他者"胡兴林并未出现于情节中,在情节开始之时,他已以牺牲为由退出前台而成为相对遥远的背景。但从叙述功能讲,胡兴林作为主体金小妹成长的"助手",在文本背后的深层结构中作用不容忽视。正是在他的影响下,金小妹由普通的工人而觉悟而成长为工人运动的领袖,完成了第一层次的成长。在成长后的金小妹的影响下,作为次主体的"我""任老三"等也不断觉醒,由不反抗最终走向反抗,是第二层次的成长。这种多层次成长的结构是开放式的:上一层次的"主体"在下一层次的成长中又充当"助手","助手"和"主体"的成长方向一致,"主体"也就是"助手",或者,确切地说,过去的成长"主体"是现在的"助手",而现在的"主体",可能在下一层次的次主体的成长中充当"助手"……随着"层数"的增加,次主体的数目也不断增多。这种多层次逐渐扩展的结构本身就喻示力量和影响的不断扩大。《曙》的标题是意味深长的,逐渐走向光明强大是情节上明显的向度。

"成长"主题在左翼文本中第二种模式的角色功能上与前一种是不同的,成长的主体是知识分子,而工人则在对知识分子的影响中发挥着"助手"作用。《一九三〇年春上海(之一)》中作为成长主体美琳的助手的若泉,其身份是知识分子,但在文本中的若泉已被"工人化",融入工人的生活方式以此作为生命形式,意味着放弃知识者的立场而使其内质为工人所置换,真正发挥"助手"作用的是工人,知识者成为被帮助的对象。而完成"工人化"之后的知识者又转而帮助下一批有待成长的知识分子,这种"金字塔"式的开放式结构在叙述模式上与前一种一致。不同的是,这种"成长"的推进方式是两种力量的撕扯较量,是在左冲右突拉拉扯扯中的前进,因而"成长"不像前一类模式那样顺流直下、所向无敌,而是在不断的回旋中艰难地推进。在文本的故事层面若泉和子彬分析代表了两种力量,而实质上绞扭着的两股力量都源于主体内部,文本的分裂寓示着主体内部的分裂,若泉和子彬实则是美琳内心矛盾的两个侧面、两种选择的外化。说到底,"助手"和"对头"都是自身。而美琳最终弃子彬而去是向知识者自身告别,从而完成其内在的置换。这种"知识分子工农化"的置换是30年代左翼小知识分子寻求转型再生的必然归宿,因而左翼文本中"成长"主题模式的一再复现就成为这一时期知识分子寻找出路的政治焦虑在文本实践中的审美置换。

"成长"和"进步"一样是具有鲜明的目的论色彩的词,"成长"的主题性结构因与30年代社会历史发展有着同构联系而具有深层意蕴。上述两种叙述模式中,分别作为主体的工人与知识分子在角色功能上是互换的。角色在两类文本中叙述功能的错倒,使这两种模式的成长是互为反方向的。这寓示着知识分子与工人的关系在"历史"的话语系统中是一种似是而非的隽语,是一种悖论。《子夜》中知识分子所用的"术语"被陈月娥"死死记住又转而灌给了张阿新和何秀妹"。话语的传递,寓示着某种思想影响的前承后继。话语的作用在这类文本中是颇有意味的,知识分子所属于的"术语系统"对于革命的言说不同于工人的"俗语系统"的解说。陈月娥最初因不懂术语系统的革命理论而面临一种表达的困境与失语状态,后来由半懂不懂到模仿,慢慢学会"斗争情绪"等术语,又在教育下一层次的次主体时使用。知识分子掌握着革命的"命名权"和话语解释权,陈月娥使用的话语不断"进化"寓示着"术语系统"对"俗语系统"的侵入、占领并最终取而代之的趋势,这意味着知识分子是意识形态话语的创造者,他们创造话语以教育工农,而在他们创造的话语中,知识分子又成了革命中被教育被改造的对象(上述两种模式共同体现了这一点),而教育和改造他们的,又恰恰是在他们的话语教育下成长起来的工人阶级,用来批判和改造的工具又正是知识分子当初自己创造的话语。这一悖论在20世纪中叶的相当长一段时间内一直是喋喋不休的话题。讨论是为了超越,而在长达几十年的时间内热烈而持久的谈论似乎是暗示了它难以解决的宿命。这种焦虑与困惑需要寻求外在的发泄与释放,当其原本所属的政治途径本身无法满足这一要求时就不得不另寻他途,于是,30年代知识分子转型再生的政治焦虑在审美方式中得到置换,这样出现了上述互为反方向的"成长"系列文本。

（二）成长在别处：京派与新感觉派的"伪成长"系列文本

与左翼都市文本相比，京派与新感觉派因缺乏对于社会现实的强烈关注而在涉笔"城市工潮"时产生了迥然相异的讲述。

如果以成长主体的成长过程在文中所占的篇幅看，左翼文本中，成长史与文本几乎相始终，文本就是主体的成长史。而在其他流派的都市文本中类似的情节则要萧条得多，也隐蔽得多。沈从文的《大小阮》整个文本的结构是以分叙与合叙交替的构图勾勒大阮与小阮的行为轨迹及各自最后归宿。其中小阮的"杀人闯祸——逃离校园——参加革命——几经沉浮终于牺牲"的人生轨迹的粗线条勾勒中可与"知识分子走向工农"的成长模式相近。但在《大小阮》中这一"成长史"在文本中已不再是独立的故事而成为文本中的一个"道具"。《大小阮》中有三层故事：小阮的故事、大阮臆测中的小阮的故事和叙述者讲述的故事，小阮的故事作为小阮的"成长史"其本身由于大阮和叙述者的支离破碎的讲述而虚实错杂、真伪难辨，成为难以触摸的历史真实。小阮的主要成长经历仅从"消息"的传来获得"死亡"和"牺牲"的勾勒。文本中的小阮（其经历事实上是被置于文本之外），丧失了自己的经验、记忆，丧失了自我命名与解释的能力而沦为一个玩偶、一个故事所需要的角色。文本的主体不是小阮由知识分子走向工农的艰难蜕变史，而是作为聚焦者同时作为聚焦对象的大阮对小阮故事的臆测和指定。大阮的讲述和重新命名使小阮的"成长"被吞噬在故事中。三层故事中，最精彩的部分在第二层即大阮的臆测与评价。小阮的杀人闯祸、逃离母校、参加革命，在文本中直接导致的是作为叔叔的大阮"忍痛借钱""暗用心机"，小阮的死讯的确证则是为了写大阮的"本题之外"的难受及其为自己的"稳健"而自鸣得意。

沈从文与茅盾及左翼作家的不同，是执著人性拯救与关注社会历史的分野。沈从文着力关注的不是小阮在城市工潮中的成长及与之相应的对艰难蜕变之旅的展示，而是借对这段历史的不同截取、虚拟和推测泄露推测者自身的秘密。小阮的故事如在左翼作家的笔下会是出身封建家庭的小知识者逐渐抛开家庭终于走向革命并最终光荣牺牲的故事。而在大阮看来则是一个逐渐偏离"正道"越来越荒唐并最终毁于荒唐的过程。左翼作家兴奋不已的"成长"故事在沈从文笔下成了一幅被随意涂抹的背景，而大阮的胡涂乱抹的臆测行为则成为一个诊断人性的病例被置于前台，小阮的"成长史"被忽略成道具。文本着重在大阮的臆测行为上定格，然后放大，以昭示那些人性丝丝缕缕的"稳健"上爬满了的虱子。

京派作家如沈从文很少关注社会热点如城市工潮，即便偶尔一瞥，也与左翼作家产生不同的理解，在另文《知识》中，哲学硕士张六吉走向革命的"成长"仅仅成就了一个断断续续的模糊的框架，而真正填充其内的，是对知识的控诉。

如果把"成长"粗略地等同于"走向革命"的情节，则新感觉派与左翼文本的区别在于不同的叙述对于"走向革命"的动机作了迥然相异的解释：左翼文本从阶级的压迫和觉醒中寻根求源，而《流》与PIERROT则返回"成长"主体的内心，在潜意识中挖掘其行动的潜因。镜秋（资本家的准女婿）、潘鹤龄（作家）从资本家的高级雇员，从那些高谈阔论的智识阶层中走向罢工者的行列，深层结构上类似于上述左翼文本中"知识分子走向革命"的成长模式。只是，面对新感觉派的文本，作出任何从经济的压迫剥削的归因分析都会使分析者自感尴尬和不合时宜。如果因为没有一种原生态的语言表述而勉强借用左翼意识形态话语把镜秋的耳闻目睹称之为"资产阶级的腐朽没落"已属牵强附会（"腐朽没落"明显带着批判的感情色彩而事实上新感觉派文本中真正弥漫的是对于灯红酒绿的迷恋），用"哪里有压迫哪里就有反抗"理论来诠释《流》与PIERROT则因为误读甚至很快走向对新感觉派的亵渎。镜秋走向罢工队伍根本算不上一种"反抗"行为，而原因也不是痛切感到了"压迫"。他们根本无意于探讨与"工运"有关的话题，在文本中成长经历的事件的交代，只是传达他们各种感官的感觉和情绪的触发手段而已。如果删去大段感觉化、情绪化的描写和场景的渲染则所谓情节异常简单与枯瘦。但只有在这种简单与枯瘦中，才与"成长"主题的深层结构不谋而合。而那些血肉一旦恢复，则文本面目全非，引人注目的是那些血肉中的五光十色。感觉与情绪的渲染分解了"成长"的完整性与实在性，声色犬马淹没了情节本身。以左翼文本中的角色功能来分门别类，镜秋是成长的"主体"，则晓瑛相当于"助手"（晓瑛的吸引力，促成了镜秋走向罢工队伍）。只是，这里的"成长"已不再具有和"进步"一样的鲜明的目的论色彩了。镜秋的"走向革命"是因为与老板龃龉和爱上老板的家庭教师（实则是罢工领导者），既不是阶级觉醒思想进步下导致的行动，也没有明确的行动目标，从一种群体转而置身另一种群体只是空间的转移而无时间的发展与理性方向的提升，甚至根本没有理性方向的存在。因而主人公的变化是纯个人的、偶然的事件，而拒绝与社会历史之间的认同。潘鹤龄的"成长"史中，"革命队伍"只是他众多行程中的一站，就像他那次回到乡下的"家"一样，没有政治意义上的进步可言，甚至仅仅是出于好奇，只是他众多探寻出路的尝试中一次偶然的涉足,然后又同以前的许多次一样悄然离去。这一行为只不过是一种生命的连续与延宕,一种可有可无的重复与轮回,左翼文本中的艰难蜕变,在此只是简化为漫不经心地伸出手去,然后缩回,最终走开的动作。

如果把左翼文本中的"成长"主题视为正统,则前述非左翼文本中的"成长"事实上应称之为"伪成长"主题。在"伪成长"主题的文本中,主体的"成长"不再成为文本关注的重心而被放在文本之外的可有可无的"别处"。

"伪成长"主题的写作倾向,构成了对左翼作家"社会剖析"的反驳和消解。他们以全然不同的观念,改写了左翼作家对"存在"与"发展"所作的种种解释,悄无声息地对左翼文本中的"神圣性"作了质疑和追问。《流》中镜秋走向工人队伍是源于性的诱惑和与老板的龃龉,加上《大小阮》中小阮"胡闹"的背景,共同重读了左翼文本中"知识分子走向革命"的真实原因,颠覆了"为建设一个公平世界"的神圣动机,"伪成长"主题的存在构成了对"成长"主题的戏拟与拆解。

(三)延伸:"前成长"主题与"伪前成长"系列

阿兰·丹迪斯指出,"任何一个民间故事中的主题的段落,都将可能有两个或更多的选择主题。也就是说,将出现相关主题,如果我们对一个故事进行全方位的比较研究,我们就可能对任何一个主题群的相关主题的范围是什么,有一个清晰的了解。"[①]

在30年代的都市小说中,"成长"主题并不是孤立存在的,与之相关的有"前成长"与"后成长"主题,"前成长"主题以蒋牧良的《夜工》为代表。主人公三姑娘在文本中已经具备了内在的觉醒条件,而外因尚不具备。作为先进思想进步理论的载体的引导者的缺乏使这种"万事俱备,只欠东风"的"前成长"小说中主体无法成长。但主体已逼近"成长"的起点,稍触即发,三姑娘已经经历了种种肉体的折磨和精神上的侮辱,已"怀疑着勤奋和省俭会碰壁,还有贞操是假的"。种种磨难使旧的信仰开始被质疑,原有的生存哲学无法解释新的疑问而开始动摇,但先进和思想理论尚未出现。旧的已去,新的没来,精神支柱断裂的信仰空白使主体处于黎明前最黑暗的精神匮乏。可以说,"前成长"小说的结束之处,正是"成长"主题开始之时。"前成长"小说中,主体缺

---

① 阿兰·丹迪斯.相关主题的象征类同:分析民间故事的一种方法[J].民间文艺季刊,1989(2).

乏的是引导,没有领导者的教育,真正的"成长"不可能发生。主体不能单独成长,必须依靠外力的帮助,这外力是作为先进思想载体的党的领导者,这是"前成长"主题的深层意蕴。

"后成长"主题(或称之为"分化"主题)中的情节模式则是主体成长后达到预定的理性方向,就意味着力量的重新分配组合,原有的平衡局面出现新的不平衡。《一九三〇年春上海(之二)》中,望微成长之后,与未能同步成长的玛丽发生分化,"成长"与"分化"是相互印证和紧密相联的,"分化"主题的开始之处,正是"成长"主题的结束之时。

"前成长""成长""分化"三者相互补充又相互印证。以知识分子作为成长的主体,《一九三〇年春上海(之一)》是正在进行时,《子夜》是将来时,《子夜》中知识分子成长为工人运动领导者的活动,提供了"美琳成长之后干什么"的答案,而《一九三〇年春上海(之一)》则补充了蔡真、玛金等人在《子夜》中不曾交代的来历。以工人阶级作为成长主体,《夜工》是过去时,《子夜》是现在时,《曙》是将来时。《子夜》中的"成长"在《曙》中已成为"过去完成时",《曙》提供了知识分子退席与工人领袖成为主角的归宿,因而也成为联结两种主体成长未来的交点。《夜工》《子夜》《曙》的标题含义是一种巧合,而这种巧合意味深长:《夜工》是漫漫长夜中缺乏指导者的摸索,《子夜》中,指引者开始出现,"子夜"是夜与昼的交替之时,而"曙"的诞生,则意味着光明在前。

这样,左翼文本中的"前成长"与"分化"作为对"成长"主题的印证和补充,共同组成了"成长"的主题性结构。在京派与新感觉派文本中,与"伪成长"主题相应的有"伪前成长"主题:主体已经历经种种磨难,但在觉醒的前夕再度迷失。《断了一条胳膊的人》(穆时英)和《奔》(丁玲)对比明显,而《泥涂》(沈从文)与《曙》(王西彦)的主要部分故事的情节模式相似。前一组是由乡入城者遭受压迫后的走投无路,后一组在深层结构上都是"压迫——反抗——失败"的模式。两组内部的区别都在于结尾:《断》中主人公因工伤事故丧失劳动能力被踢出厂门而导致妻离子散、家破人亡,终于忍无可忍欲杀厂长,但看到"天下不知道有多少砖厂……给砍的不只他一个"而放弃念头。仿佛是看到了"给砍的不只是他一个"而获得心理平衡,逼近了觉醒之点的阶级仇恨又轻而易举地消解,使习惯了左翼文本中"走投无路——反抗"模式(如《奔》的结尾,被压迫者发出愤怒的声音"孙二疤子,你等着",意味着即将踏上反抗之旅)的阅读对主体反抗的期待落空。《泥涂》与《曙》的结尾的不同之处在于后者是愈挫愈勇,在暂时的失败中坚信曙光在前,即使是"被绑着手时"依然可以发现自己的队伍在不断地壮大,而"雨霁了"更是预示"光明在我们前面"。而《泥涂》的结尾却是"她站了一会儿……打了个冷噤……悄悄地溜进自己的小屋去了"。反抗者在失败后没有"醍醐灌顶"式的阶级觉醒和奋起反抗的激昂,也没有任何"再崛起"的可预测性情节暗示,同样的素材的不同加工,使"泥涂"的现实拆解了"曙"的光明理想。这一区别正是前述"伪成长"主题与"成长"主题分野的延伸。"伪前成长"重复了"前成长"的结构方式,但表达了不同的命题,以一种反模式的模式构成了对原模式的颠覆,而叙述模式的颠覆同时意味着对原有价值观的拆解。"伪前成长"与"伪成长"之间亦是相互印证又相互补充。"伪成长"主题宣扬了"反抗"行为本身并不根源于主体内在的动机,而"伪前成长"主题则从另一个角度表明真正的所谓"压迫"并不一定必然导致反抗。《油布》(穆时英)中带病工作受尽折磨的阿川甚至可能死了,死的结果堵住了任一反抗的可能性。

新感觉派文本与京派一起分别用欲望符码和人性符码取代政治经济归因的社会剖析对世界重新解码,因而展现了全然不同的景观。非左翼文本消除左翼文本中以一种预设的情节对意义的假定,不再一味用"阶级论"思维方式来观察和解释世界,不相信一切存在都必然和可能从政治、经济中寻找原因。于是,非左翼文本在消解左翼文本赋予世界意义和神圣性的同时,也对其信奉的"乐观主义"表示了怀疑。事实上,"伪前成长"文本的结束之处,对于"成长"的呼唤遥不可及,在左翼文本中惯常的"哪里有压迫哪里就有反抗"的"前成长"主题中的信心和"发动无产阶级进行反抗"的理想主义蓝图在"伪前成长"主题中也杳无踪迹。

"成长"主题性结构,作为30年代小资产阶级知识分子寻求转型再生的政治焦虑的审美置换,在左翼都市文本中得心应手、长驱直入,成长的意义在于成长自身。而在京派与新感觉派的创作中,"成长"的情节框架因无法容纳人性剖析与众多的感觉与欲望的内容而顾左右而言他,显得支离破碎。于是"成长"主题成为京派文本中剖析人性的道具和新感觉派渲染情绪与深入潜意识时招之即来的情节外壳。在非左翼文本中,"成长"的完整性与实在性被分解,真正被关注的不是主体"成长"过程自身,因而"成长"的意义也被置于文本之外的"别处"。此类"成长"也因丧失应有的理性方向而拒绝与社会历史认同,从而失去"成长"的含义,沦为"成长"主题又一次"伪化"的戏拟。

"成长"是都市人在正午的阳光照耀下,在闪耀着梦想和激情的空气中的一次奔跑。正午的狂热,让他们在朝向黄昏和暗夜的途中手舞足蹈,而都市的"异化"之力也如暮色悄然降临,作为主体的人在暮色四起中举步维艰。

二、异化

"异化",是"在特定的历史条件下,特定的主体或劳动者所创造出来的东西或结果变成了同自己对立的一种异己力量,即主体或劳动者不仅不能支配这种力量反而受到这种力量的支配"①。主体具有双重性,从语言学角度看,主体性(subjective)在英文中有两层不同的含义:一方面,它是主词,先行于受词,带动客体,因此它是动作人,具有积极性、能动性。另一方面,它是臣民,受制于绝对的权力,具有受制性、被动性。主体的"异化"则意味着主动性、个性的消失,只剩下受动性。

城市相对于乡村而言其本质是人工的而非天然的,都市的存在成为一种强大的"他者"力量,并不友好地矗立在进入、占领并在都市中成长的主体的面前。都市与人的基本关系颠倒了人类最初的愿望,都市成了现代人存在的规定性力量,不仅仅外向视野被严重吞噬,更重要的是内在精神的逃亡与沦丧。30年代不同流派的都市文本中,作茧自缚的异化力量无处不在。只是,不同文化驱动下的叙述,在文本中呈现不同的景观:

(一)海派:"物"的挤压

二三十年代的上海,与作为皇城古都的北平的停滞、平稳和从容相比,由于文化的驳杂和新思潮的层出不穷而更多地显示出与传统疏离的商业文化取向,在新感觉派的文本中,这种"他者"是"物"的力量。人创造了都市的百货公司、舞厅、跑马场……而人在他自身创造的环境中常常是"手里拿着一堆物品,被大百货店筑建的怪物吐在门口"。人同物一样为都市随意吞吐而失去了把握世界的主动,这是《流》中镜秋蓦然回首时看到的追逐享乐的姨太太青云的处境,寓言般呈现了被异化的都市人对自身处境的一次浑然不觉的观照。

人类在器物层面上创造了都市的物质文明,而物质文明铺天盖地,使作为主体的人在客体(物)面前束手就擒,被理所当然地推上了"异化"的断头台,于是,在新感觉派的文本中出现了"物化"的人、"物化"的故事以及与之相应

---

① 于俊文.马克思主义百科辞典·上卷[M].长春:东北师范大学出版社,1984:89.

的"物化"叙述文本。

1. "物化"的人。"物"的挤压，使人的精神超负荷，丧失理性而想入非非，于是巨大的畸形都市物质文明压迫下的"物化"的人成为众多文本的主体。《魔道》中主人公在去乡下朋友处度周末的路上遇一位普通老妇，而在他的眼里却是满脸"邪气的皱纹"好像"擅长透视""阴险……神秘……怪诞"，连不喝茶而要喝白开水这一普通行为也被解释成"因为喝了茶，她的魔法就破了"。直到到朋友家中，还疑心朋友妻为老妇所变，"每个动作都是可疑的"。正如"邪气""阴险""神秘""怪诞"的描述源于作者对词汇的选择一样，所有可疑之点、邪气之举都源自主人公的内心。"物"的挤压，使人产生理智与情感的紊乱，丧失了理性和判断力。而物的流通的商品价值观又诠释并取代和支配了人的行为准则。"流通越快越升值"使"从未跟一个gentleman一块儿过三个钟头以上"成为都市女性寻求露水姻缘的理论依据。理性的丧失和心理层面上价值观、道德观的转变，诞生了"物化"的人，进而成就了"物化"的故事。

2. "物化"的故事。在故事层面，物物交换的方式渗透到男女之情之性，成为故事中推动男女之间分分合合的情节因素。"物"的力量改变了传统故事的叙述模式。在古典爱情故事中，经典性障碍是天灾、人祸、战乱、流离，父母之命、媒妁之言等外部因素的介入与干扰。而在《热情之骨》《游戏》《方程式》《被当作消遣品的男子》等新感觉派文本中，男女交往成了都市空心人之间的交易。为"物"所渗透的人的观念成为对爱情釜底抽薪的致命一击。商品价值观对人的行为方式的渗透与支配，改变了故事惯常的情节向度。《游戏》中步青和女友的分手，表面上是父母之命的介入使其另有所嫁，事实上，五四时代惯常的"父母包办"作为悲剧根源的叙述模式在此已难以为继。所谓"父母包办"并未呈现于文本，行为策略的不屑一顾，或许也暗示在现实中并未成为实际的障碍，所谓反抗，轻而易举。只是即便是唾手可得也懒于一唾。新感觉派的男女之性成为"五四"时期男女之情叙述模式的历史倒影，五四文本作为悲剧根源的"父母之命"，在"物化"故事中成为一种虚拟的障碍，一个在分道扬镳的前提下恣意寻欢时的冠冕堂皇的借口。女主人公的选择，只是醉心于"嫁给一个人而把身体交给另一个人"的游戏的无规则的规则的诱惑，情爱的商品化使她不再像子君那样视爱情、婚姻为神话，而是将男女交往视为一场物物交换的游戏，任意参与与退出。"物化"的故事，戏谑地颠倒了五四追求自由的神话凝定而成的叙事模式。

3. "物化"的叙述文本。"物"的异化力量对于话语层面的挤压,产生了文本层面的物化的叙述。体现之一,是物象的堆积。正如新感觉派文本中从来没有过"革命"和"反革命"的激烈较量和反帝反封建的时代主题一样,他们的话语中,也从来没有过1930年代如火如荼的革命运动中的"社会"和"人民"的概念。占据文本主体的,是前所未有的"物象"的堆积。穆时英、刘呐鸥们甚至借用电影艺术以组织文本使画面组接,物象纷呈:奥斯汀赛车、福特、别克跑车、八汽缸、六汽缸和舞厅、电影院、郊外花园、海水浴场、旅社、酒吧、跑狗场、夜总会一起充斥文本,都市的五光十色、声色犬马在充斥文本的同时也塞满了都市人的眼眶。文本层面对于"物"的存在的空前关注与强化,寓示着现实生活中"物"对于生存空间的主宰和占领。

物象的堆积,分解了故事情节的完整性和实在性。"物化"的叙述体现之二,是"感觉化"叙述与情绪性文体对于故事性的僭越。《两个时间的不感症者》似乎是要叙述一女二男之间性游戏的故事,一对单身男女在赛马场相遇,然后相约去吃茶,去舞厅,在舞厅里又遇到女子事先约好的另一男子。在作者的叙述中不断暗示女人同两个男人中任何一位发生性关系的确定性,但女人的言行又不断地对这些确定性进行否定最终扬长而去,去赴第三个男子之约。如果删去大段的物象展示与情绪渲染,则上述所谓情节异常简单与枯瘦。感觉化的叙述与情绪性的文体完全分解了这一逢场作戏的两性游戏过程的完整性与实在性。字里行间感觉与情绪的恣意生长喧宾夺主地转移了读者对故事性的审美注意力。故事发展的因果向度需要理性思维的判断和推理,而"感觉"与"情绪"因缺乏深度而更接近"物性"。感觉化的叙述与情绪性文体对故事性的僭越,正是"物性"对于人的理性的异化的文本体现。

(二)京派:"智"的束缚

对于京派而言,异化的"他者"之力是"智"。

城居生活是对人的自然天性的缴械。都市人"不是在创造哲学,而是被哲学所创造"的生存处境使生命的自然活力在道德名分、文化理性的压抑下一点一点地退化。在沈从文的《八骏图》《有学问的人》,林徽因的《窘》中,"欲望下的软弱"是常见的模式。《有学问的人》写绅士与妻子的女友独处时欲望的潮涨潮落,绅士想动手(欲望)而且知道可以动手(时机),只是不敢(软弱)。于是用一些言不及义的语言代替行动并聊以自嘲自慰直到妻子出现结束这一场面。置身于古今中外文化夹缝中的绅士们总在欲望产生之后很快又被压抑,欲望与软弱的结合使人显得渺小,可鄙而可笑。《八骏图》中,"海"作为一种诱惑的隐喻是贯穿着全文的总体象征,分布在三层故事中。最高的叙述层是叙述者讲述的包括达士在内的"八骏"的故事,是超故事层;故事层是达士讲述的"七骏"的故事;而次故事层是七教授中教授丙等人讲述的"X先生""若墨先生"的故事,三层故事以达士为联结点(分别作为被讲述者、讲述者和听众),不同人物的共同"初始情境"都是为智所异化,竭力压抑自己的自然天性,但"诱惑"的出现使主体的行动具有正反两方面的可能性:拒绝成功,拒绝失败(见下表)。拒绝成功,则意味着人性的扭曲与异化的加深;拒绝失败,则从相反的方向论证了人的自然天性的无法抗拒。于是,文本叙述在深层结构上相应出现两种模式:诱惑——拒绝诱惑——拒绝成功;诱惑——拒绝诱惑——拒绝失败。两种模式相互参照,共同传达了对那些崇尚有悖于人性的禁欲者人性扭曲的揶揄:"智"的异化,使人性扭曲,道貌岸然而又口是心非。

叙述层	一	二	三	
人物	达士	七骏	X先生	若墨医生
初始情境	自诩健康 诱惑出现	道貌岸然	宣扬精神恋爱	声称讨厌女人
可能性	拒绝成功 拒绝失败	拒绝成功 拒绝失败	实施成功 实施失败	远离女性 接近女性
现实化	黄衣女一再出现(沙滩上的字、"眼睛")	甲:读香艳词 乙:捡女人脚印中的蚌螺壳 ……	坚持精神恋爱	口头:讨厌女人 行动:裙子下讨生活
结果	推迟归期(拒绝失败)	有病(拒绝成功)	妻死(拒绝成功); 再婚(拒绝失败)	结婚(拒绝失败)
原因	自然天性,无法抗拒;人性压抑,使人异化			

故事层面的"异化"常常在文本(Text)这一由语言学符号组成的一个有限的,有结构的整体中显现。在话语层面,"智"的异化常常体现为智识阶级的绅士们"想/说"的对立。在叙述文本中,直接引语可以而且应该在最大程度上保留人物语言的原生态。而间接引语中,叙述者才尽力发挥权限让人物言语融入叙述语流以保持叙述主体的权威。都市的绅士们在叙述话语的尴尬处境是,直接的想法被叙述语流所控制,牢牢地把握在叙述者手里,无法以原生态形式在文本中进入引号被"说"的位置而无法获得"呈现"的主体地位,

因而只能永远在引号外被悬置。《有学问的人》中绅士心中的潮起潮落与口中的滔滔不绝之间,《窘》中主人公看到朋友的年轻女儿时内心的不为人知的波动与口中可以人知的表述之间,引号内外的不一致,正是想/说的矛盾,尤其是《八骏图》中达士先生与教授丙之间关于班上女生杨秀青的一场对话,耐人寻味地呈现了"想/说"的分野与对立。教授丙看墙上的爱神照片,"好像想从那大理石的凹凸处寻觅些什么"时想到杨秀青。在引号之外的"想"的领域,二人可以"同时有一个苗条圆熟的女孩子的影子在印象中晃着",而在引号之内,他们进行一场堂而皇之的"说"的谈话,内容只能是关于"这孩子聪敏,书读得不坏"。达士先生的"她是班上顶美"被"她是我的内侄女"打断。关于女人的想法似乎只能借伦理层面的关系,才能被合法地关注而谈论。只有"读书""用功"等智能品德方面的评论才能被合法地"表达",内心的真实想法只有被叙述者"加工"之后,才能进入"引号"从而获得"呈现"的主体性地位,以直接引语的方式,参与到正常的叙述语流中去。

为"智"所异化的绅士们内心所"想"的内容在叙述语流中的被控制,寓示人物的真实欲望被掩饰、被遮盖,主体性被阉割。间接引语/直接引语在话语层面上的错位对接正是"想"与"说"在话语之外形成的悖论。话语在叙述语流中"合法"地位的确立,正是依赖话语所代表的价值观在特定的社会秩序中的被承认。叙述语流内部合法性的获得与否,与之相应的是社会秩序的褒贬取舍。绅士们为他们所信奉的"哲学"所"创造","想"的内容被都市的智者用"文明"制造的种种绳索无形地捆绑。叙述者对于话语层面的控制似乎是社会秩序的执法行为,言与不言,都依据一定的价值尺度。而这个尺度就是"文明"的标尺。文本层面的引号内部等同于社会主义秩序中合法呈现的舞台,真实的欲望被拒之门外,"伪化"成为获得参与权的前提。众多绅士们的真实欲望的主体性丧失,而"伪主体"却以一种道貌岸然的形式和冠冕堂皇的理由在话语层面同时在真实的社会处境中形成对主体的僭越。

话语层面的"异化"正是生活中的异化在叙述语流中的折射。话语层面内部权力的争夺与言和,与社会秩序的认同与否是同构的对应关系。叙述者在话语层面的操纵使真实的欲望必须经过"化妆"才能合法呈现。文本呈现真实想法被"化妆"的过程即异化的过程。"想/说"的对立是"化妆后"的结果,也即真实处境中的"异化后"状态。

生命的被戕害,变得营养不足、睡眠不足、生殖力不足是违反人性的"文明病"的病象。城市生命在都市文本中呈现出一片"死"和"萎缩"。

(三)左翼文本：政治话语对人性的覆盖

"五四"到30年代，从个性解放到社会解放的社会注视的转移与衍变，使个人解放湮没在社会解放的宏大叙事中。

事实上，左翼文本在素材和故事层面上最接近"异化"的本源意义：城市工人被劳动异化。只是，如以城市工人的觉醒、反抗为界，觉醒之前，《夜工》《泥涂》中蝼蚁般的生命，是被作为劳动的工具，麻木而忍耐，是被劳动而异化。而在"革命""信仰"传入之后，则又是政治因素对人的自然天性的异化。他们是劳动的机器，然后是阶级斗争的工具。前者因处于故事层面且在此后长达几十年的历史中一再成为不断变换的各种主流意识形态所用而被一再关注。后者则因为其中作家本人亦浑然不觉的政治因素的敏感而长期被解读者有意或无意地视而不见，淹没在主流话语的光芒万丈的诠释之中。

政治因素对于人性的异化首先是在文本中女性意识的淡化而产生女性的"非女性化"。30年代的左翼都市文本可以说是对女性自我的一次集体回避和否定。丁玲早期作品中那种梦珂、莎菲式的目光和女性的自我审视、自我拷问的意识消失。美琳们走上街头并融入工人运动的浩荡队伍的同时意味着放弃女性的观察视角和话语的主体性地位。《一九三〇年春上海（之二）》中冯飞对女性的选择期待是以革命的价值观来作价值判断的。"她是那么朴素，那么不带一点脂粉气而又能干，脸色非常红润，一种从劳动的兴奋中滋养出来的健康的颜色"所描述的女售票员，是有着"阶级意识"的无产阶级革命女性。阶级意识观照之下的女性，总是以否定其女性特征作为否定其性别意识的前提。美琳的娇憨、玛丽的"妩媚"终究被逐渐弃置。从容貌、服饰的"非女性化"到《野祭》中的淑君则进一步完成性别意义的置换：从天真文静的普通女性成长为慷慨激昂、思想觉悟高的革命者。女性的种种困惑在这一过程中为阶级解放的理想所遮蔽。素裳（《到莫斯科去》）、金小妹（《曙》）、美琳（《一九三〇年春上海》）、奶妈（《奶妈》）……甚至连《消息》中的"老太婆"都仅在姓名及称谓上尚存有部分女性特征的残留，而在文本中她们走向革命则意味着女性意识作为一种单独的社会意识都或早或晚地终将被"阶级意识""革命意识"所替代，从而销声匿迹。她们不论原先的相貌、身份、性格特征如何，其个人命运一旦与某种政治力量或社会变革力量结合在一起并献身政治斗争或社会解放运动，她自身的一切就为这种外在的力量所忽视。美琳在前半部分丰富的内心情感在参加革命之后化为匆忙的脚步。"老太婆"即使有心理活动，也是革命者的，而非女性的。在左翼文本中，女性成了由社会性、阶级性等政治因素遮掩下的一种性别存在。在这样的遮掩下，女性的所指僵硬化、虚无化、空洞化，女性"非女性化"。

女性的性别因素被政治立场所置换，使女性"中性化"甚至"男性化"，从而使男女之间的性别关系为政治因素异化而成为"阶级关系"。在左翼文本中，男/女关系模式主要有三种：一是同志式，男/女关系实则等同于男/男关系，即便是恋人之间也只是阶级兄妹、革命同志，是先觉者、引路人和被启蒙者的关系，唯独不是情爱关系。在若泉/美琳、胡兴林/金小妹之间表现方式为共同战斗、前仆后继，只是没有情感的纠葛。美琳弃子彬而走向若泉，所有的"因"都是思想觉悟和现实原因。在胡兴林死后，邓六代之而成为金小妹思想上的启蒙者，他们在《曙》中深夜交谈充满了革命者的正气和光明，任何不纯洁的猜测都会使猜测者自感内心龌龊而羞愧，因而文本中对金小妹有意的任老三的嫉妒显得异常可鄙与可笑。在此类模式中，即使死亡也以献身革命共同牺牲的"殉道"代替了源远流长的"殉情"模式。二是阶级压迫式（如《夜工》等），其中工头对于三姑娘的欺负被叙述话语称为剥削阶级对无产阶级女性的侮辱。这一行为因被赋予政治因素而具有阶级压迫的意义。三是小资产阶级在走向革命或从事革命的过程中作为"个人主义"而终于被弃置的情爱，在美琳和子彬之间，望微和玛丽之间，后者代表的是个人主义的"小我"。望微在玛丽与革命同志之间奔波而最终玛丽无法忍受而分道扬镳。如果说这种弃小资产阶级个人情感而走向"大我"是一种"被动"行为，美琳离开了与子彬的共同生活方式而从事革命活动则完全出于主动的选择。情爱在此类叙述模式中从破土而出之日起就注定开始了不断被拒绝、遭批判的漫漫征程。否定的词汇不断出现让情爱只有招架之功而无还手之力，最终被淹没在一片指责声中。在上述三种模式中，第一种模式是被努力"提倡"和大声"呼吁"的最高目标与合法形式。第二种模式是被"反抗"的。第三种模式则是需要极力"克服"的。上述不同的动词的选用，肯定与否定，依据的是阶级立场和政治标准，性别因素被权力话语所覆盖。

政治因素对人性的异化在文本的话语层面的体现是"术语系统"对工人日常生活中用来思考和表达的"俗语系统"的侵占和遮蔽，《子夜》中陈月娥的"成长"是不断学习运用术语来完成自我的表述。"成长"过程与术语系统对俗语系统的异化同步，这样，成长主体的"成人仪式"是术语系统对俗语系统的最终占领。仪式的完成，则意味着主体本真体验的丧失，从这个意义上说，"成长"是成长者的"墓志铭"，"异化"是成长者面前铺花的歧路。两种不同的话语系统形成了两套命名、两种判断推理的逻辑,因而实质上构成了两重视点、两种叙述。两套话语同时在同一文本中出现,形成文本内部的分裂与张力。正是在分裂与张力的缝隙间,"异化"才清晰可见。异化的呈现方式有两种,其一是命名,在术语系统进入俗语系统之间,工人们处于自足的话语状态中,他们关注的是"工钱"、"吃饭"、生老病死,他们聚在一处合伙不去上工的目的仅在于赶走那两个"拍老板马屁"的桂长林、"屠夜壶"……他们有一套足以自行运转的话语系统,这种话语系统有自己的秩序和规则来解释他们的言行举止、喜怒哀乐,是与术语系统并行的。随着文本主体的"成长",他们逐步学会用"术语"来给上述工人的行为以"反抗""牺牲""为建立一个公平的世界而奋斗"等命名。正如历史教科书曾给予农民的某种集体行为以"起义""推翻"等定义一样,我们需要一种命名以超越混沌,只是命名本身是呈现与遮蔽的同在,当它与另一套话语系统撞击时,工人的真实欲望与动机都被重读和赋予意义。胡兴林的"死"在《曙》中被两次讲述,一次是"死",另一次是"为建立一个新世界"而"牺牲",两次讲述有着不同的意味。"牺牲"在生理意义上等同于"死",都是生命的终结,只是一经赋予意义和神圣性的阳光,这种"死"立即灿烂无比。用"反抗""阶级斗争"来替代俗语系统内部"要工钱""吐唾沫"的行为,用正大光明完成对卑伪琐屑的重读,变化的不是事实,而是解释事实的话语,区别不在于叙述的对象而在于这种叙述的虚构方式。术语系统因处于意义形态中心位置而激昂明亮,它理直气壮地给工人每一种行为以崇高的命名,而命名本身使能指威力压倒所指甚至于使所指成了一片空白,淹没在能指的耀眼光辉中,这样,"为建立一个新世界"的镜像与幻觉替代了他们作为人的本真记忆和经验,而按镜像的要求去组接,阶级性置换人性,而自己的本然历史成为话语之外的巨大不明物。话语层面的异化方式之二,是阐释。阐释是命名功能类似于从"组词"到"造句"的扩展。术语系统通过上述命名对现存的一切活动作出合法性定义进而完成一次井然有序的叙述并作出振振有词的解释。蔡真在批评玛金时称"因为你怀疑群众的伟大革命力量……看不见群众斗争情绪的高涨"就是"右倾",而"解决工会内部不同派别之间的矛盾"是"联合一派去打倒另一派",是"机会主义"。而在她(蔡真)看来,问题非常简单,"'工人斗争情绪高涨',因为目前正是全中国普遍的'革命高潮'来到了呀! 因为自从三月份以来,公共租界的电车罢工,法租界水电罢工,全上海各工厂不断'自发的斗争',而且每一个'经济斗争'一开始后就立刻转变为'政治斗争',而现在就已经'发展到革命高潮':——这些,她从克佐甫那里屡次听来,现在已经成为她思想的公式了",上述推理是术语系统内部的经典逻辑。命名之后连词成句从而使术语系统对俗语系统的异化在深度和广度上纵横拓展,接受术语系统对于本质和意义的命名之后,随之而来的是接受所命名对象的发展变化的合法性阐释。术语阐释的驾轻就熟和长驱直入意味着术语系统对俗语系统的"异化"之旅的凯旋。

"异化"作为文学母题,曾被西方现代派的大师们声嘶力竭地集体声讨过。而这一母题经由不同流派的创作文本与20世纪30年代中国的社会问题相结合,铺演出了自己的特色。

20世纪30年代的中国都市缺少西方文明的高度发达。而中国文化的实用理性也停止了对于终极价值的逼问。因而西方文学的"异化"母题的锥心痛恨在30年代都市小说中变成了略带伤感的几句抱怨。京派作家与现代都市的"在"而"不属于"的关系,使作为都市挑战者的他们的这种抱怨成为一种有意为之的嘲讽。而作为都市之子的上海现代派甚至来不及抱怨就沉迷于都市的五色斑斓中。左翼文本的"异化"更多的是文本层面的身在其中的浑然不觉,是被"读"出来的,这种"读"需要拂去历史的尘埃而到字里行间去"发现"。

上述都市小说,在自觉与不自觉中或显或隐地争相呈现"异化"。于是,"异化"成为30年代都市文本从素材到故事再到本文的多层次展示的景观。事实上,不论有意与否,对于"异化"的言说,或多或少都源于内心试图摆脱的愿望。不同的文本成为在不同方向上对于摆脱之旅的探索。

只是,出发点和归宿都是都市的探索,注定是一次试图扯着自己头发离开地球的妄举,一场错误的投奔,一次失败的回家之旅。

30年代的都市文本中,"家"是都市人在疲惫空虚中、潦倒厌倦时念念不忘的宾语。只是,都市人从来没有赋予"家"以清晰的所指和准确的命名。他们无数次地祈盼过"回家",而"家在何处"的疑问却使问者和答者一样困惑不明。事实上,"家"作为一个具体所指和含义都被悬置的空洞能指,使"回家"成为都市人长期翘首以望的动作,一个举起而无法放下的手势。

当"回家"之途走投无路时,"幻灭"主题应运而生。

三、幻灭

历经了一次关于"成长"的诗性许诺和一个对于危机四伏、险象丛生的

"异化"之痛的抚摸之后,一个洋溢着激情与梦幻的时代结束了。都市人满怀疲惫地归来,归来在冰冷的现实,在现实中品味"幻灭"。

中国文学作品似乎从来没有真正的,对于"幻灭"的体验,或者说,从来没有坦率传达过对于幻灭的体验。20世纪30年代的社会现实提供了言说"幻灭"的语境。帷幕拉开,都市文本全方位和多层次地展示了都市中触目惊心的"幻灭"。

(一)全方位、多层次的幻灭景观

在30年代的都市文本中,茅盾的《幻灭》到《追求》最完整因而最典型地展示了从豪情万丈出发,耗尽所有希望的因子,终以满怀疲惫而归的"幻灭",也因此获得了对这一类主题模式的命名权。恰恰也正是在这一点上改变了经典的左翼文本惯常"上行"的情节向度。事实上历史的发展总是充满巨大而沉重的代价,呈现着合理性与不合理性的悲剧性交织,而那些悲剧性代价却往往被时间压入人们的记忆和无意识深层。只是,实际上在历史发展中起决定作用的往往不是历史表层的乐观主义的进化,而是被当作"代价"压进历史深层的因素。于是在文本世界的激昂明亮的缝隙处,幻灭之感悄然而生。《热情之骨》、《被当作消遣品的男子》、《如蕤》、《一个女剧员的生活》、《都市一妇人》、《幻灭》、PIERROT、《夜总会里的五个人》、《子夜》、《追求》等一大批文本中从爱情婚姻到革命与事业的各层面的"幻灭",《篱下》《李先生》《张先生与张太太》等文本中对于都市人情的"幻灭",甚至是《夜》《街景》《上海的狐步舞》中的一种无所为(wèi)因而无所为(wéi)的幻灭。幻灭是一个幽灵,在都市的街头昼伏夜出,在四面八方的每一根柱子上题字。30年代的都市文本展示了全方位的"幻灭感"。

上述文本中的"幻灭"主题,从所在境界与精神品位看,可分为三层。

一是生活层面的幻灭。生活层面的幻灭是一次手执现实主义的利剑,在文本中游刃有余地左冲右突。1927年大革命的失败,给昂扬奋发的追求者以晴天霹雳,而1929年那次蔓延世界的经济危机又让中国民族工业的参与者与旁观者一样感受到风雨飘摇。政治理想的难以为继与经济现实的七零八落,是一场歪打正着的冷雨,在现实的层面催生出一簇簇幻灭气息扑鼻而来的蘑菇。生活层面的幻灭文本多是不大关注都市自身而以社会历史话语置换了都市小说的内质。以对社会现实的幻灭取代对都市的幻灭。静对于读书、爱情、革命,每一次从希望到失望的一再重复;仲昭的"半步政策"的步步倒退终于破产;曼青的"教育救国"试图前行最终夭折(《蚀》)。吴荪甫在事业之线上的节节败退(《子夜》),在叙述模式上都是"希望——追求——失望"过程的反复叠加,为"幻灭"的产生从政治经济中寻求注解。上述"幻灭主题"的都市文本是以政治历史话语表现社会现实的政治主题,对社会历史与特定社会关系中的人进行反映和图解,其本质是功能的,而非本体的,呈现在文本中主要是认识论的意义。

二是生命与生存层面的"幻灭"。与上述生活层面的"幻灭"对于都市的"视而不见"相比,生命与生存层面的幻灭是反都市的"冷眼相向"。任何一个文本都是呈现与遮蔽的同在,在开辟一种可能性的同时关闭了其他可能性。任何文本都只是一定的视界而不可能是全视。《李先生》《篱下》(凌叔华)、《如蕤》《一个女剧员的生活》《都市一妇人》(沈从文)等文本中,故事依然在生活中展开,只是,在生活层面的"幻灭"停止之处,在人性的文化层面的寻寻觅觅中继续思考。(1)对都市人性的幻灭。环哥(《篱下》)随母亲到城中姨母家之行,是乡村进军都市对都市人性的一次"观光"。表弟的软弱如同脸色一样苍白,姨父的虚伪如他吐出的那口浓痰般的龌龊。父子两代展示了都市人性的萎缩。只是,乡村被都市鄙视,活力为死气所斥责。母子离开都市开始的没有方向的出发正是淳朴在都市中历险因终无立足之地而被迫走开的隐喻,是魔鬼对于天使的驱逐。如果说《篱下》还是以乡村的淳朴透视都市,《李先生》中李先生在人情之网中挣扎的疲惫,则是都市人对自身的反观,被兄嫂邀请时送礼物的困惑之重使亲情变得不能承受之轻。上述文本对都市人性的幻灭甚至让都市人自己眩晕在街头。(2)对于"新"的寻找与失望。如蕤(《如蕤》)、萝(《一个女剧员的生活》)、都市妇人(《都市一妇人》)都感到都市的"异化"和人性的萎缩而试图摆脱。在行为序列上都经历"原有的生存模式——主人公对原有生存模式的厌倦——新的生存模式的出现——选择新的生存模式",只是"去旧图新"之后,"新"依然令人疑虑重重。"我似乎在什么地方见过你"是绅士们在与陌生女性搭讪时的常用语,加之许多似曾相识的绅士之举,暗示海边所遇的"新"的青年,终会成长为"成为公式"的男子之一。所谓"新的爱情"重新沦为她所厌恶的"成为公式"的爱情,"新"依旧是"旧"的重复。结尾处如蕤飘然而去的背影暗示去旧图新之举的幻灭。女剧员萝所选择的作为"新"的宗泽,除求爱方式略有特别外并未见有生存本质的新的质素。去旧图新的选择一完成,叙述即戛然而止。"新"是什么的疑问依然让问者和答者一样困惑不明。充满希望的"新"或许如封面①女郎嘴里那串肥皂泡一样虚幻美丽转瞬即逝。此类文本着力展示都市人性的"死"和"萎缩"。并在对现状不满和对追求无望的"幻灭"中反思"智"对于都市人性的残害。在文化与人性层面呼唤拯救"为都市教育与都市趣味所同化"的人性。

　　三是存在层面的幻灭。与生活层面的幻灭文本的"视而不见"和生命与生存层面的"冷眼相向"相比，存在层面的幻灭文本对都市的关注是"青眼有加"。对个体存在的关注是西方现代派文学常见的母题，尽管刘呐鸥们还不能体验到真正意义上的焦虑、孤独、荒谬的感受以及由此所凝成的形而上的悲剧意识。但是，"他们相当深密与复杂的教养，使他们们产生深密与复杂的感受"②。《夜》《黑牡丹》、PIERROT等文本中，个体的存在如同游走在都市文本中的一个逗号，没有社会历史归因的背景，也与人性与文化的挖掘话不投机，而只是在"对都市文明的厌倦，对人性堕落的恐惧，对人生无常的感伤，对孤苦无靠的体味"中感受"一种黑色的、阴郁的孤独感和焦虑感"③，关注个体存在的"累"与"孤独"。《夜》中那个"我的家在鼻子里，我的鼻子忘在家里"的醉鬼成为都市人孤独存在的隐喻。失去逻辑的醉言疯语恰好暗示了都市人在疲惫不堪中无家可归和有家不归的悖论。都市的声色犬马让他们厌倦而又迷恋，不能"冷眼相向"甚至难以"视而不见"，只能"把家放在鼻子里"，把精神的归宿放在此处与现在，在歌舞正酣中流连忘返，有家不归。而"鼻子放在家里"的"家"是灵魂的栖居与游牧之地，鼻子是肉体中的自我，"我的鼻子在哪儿"的迷惑是方向之于自我的迷失，是本源意义上的无家可归。"无家可归"的幻灭感如林中响箭，穿越生活、生命、生存的层峦叠嶂、翻山越岭，直逼存在。《PIERROT》可以看作是人的孤独存在处境的寓言。"人在母亲的肚里，就是一个孤独的胎儿，生到陌生的社会上来，他会受崇拜、受责备、受放逐，可是始终是孤独的……直到宇宙消灭的时候。"文本选取了大量的黑色的意象以传达这种孤独，"黑色的笔，黑色的墨水瓶，黑色的石膏像……钟的走声是黑色的，古龙香水的香味是黑色的，空气也是黑色的。""黑色"是都市幻灭者一种类似于"世界之夜"的深渊体验，人试图摆脱孤独而不断逃离，又不断地

---

①　沈从文.一个女剧员的生活[M].上海:上海大东书局,1931.
②　楼适夷.施蛰存的新感觉主义:读了《在巴黎大戏院》与《魔道》之后[J].文艺新闻,1931(33).
③　尹鸿.徘徊的幽灵——弗洛伊德主义与中国二十世纪文学[M].昆明:云南人民出版社,1994:134.

重新沦入孤独之中,于是文本中最醒目因而也最令人心颤的是不断"走"的动作:从秋巷走到街上,从国内走到东京,从东京走到乡下,从乡下走向革命,从革命队伍走向牢房,走回又走出……最后,"走着,走着,茫然地望着天"。在孤独与无望的存在中,"逃离"的努力如加缪的西绪弗斯一样陷入妄想和徒劳。

这样,30年代的都市文本,从生活到生命、生存,再到存在,从不同层面对社会现实、人性与文化,以及个体存在的"幻灭"作了俯仰自如的剖视。"幻灭"主题在层层剖视中蓬蓬勃勃、枝繁叶茂。

(二)叙述和叙述的意义

蓬勃繁茂的"幻灭"感是都市文本中一道心灰意冷的景观。"幻灭"是幻灭主题文本中共同言说的宾语。不同的眺望与言说,不同的删削与重组,组织了不同形式的叙述。叙述形式是源于文化的触动,在叙述的背后,意识形态如影随形。

幻灭主题的文本在叙事频率上不约而同地选择"重复"。文本中某些东西不止一次地反复呈现,在每一次呈现之间约略相似但又有变化。"重复"表明了失望的连续性发生。"幻灭"说到底是失望的不断叠加终至耗尽所有希望的因子从而终止希望产生的任一可能性,不断重复的类型纷纭繁复:《子夜》中吴荪甫的事业之路上的幻灭,《幻灭》《追求》中静对于读书、革命、爱情,仲昭、曼青之于事业的幻灭。在故事层面上,都是"计划——客观条件变化——失败"的行为序列的重复,文本着力于客观条件的关注。PIERROT则是在友情、恋情、亲情……中的"失望——逃离——逃离失败"所衍生的失望情绪的重复。《夜总会里的五个人》则是以文本层面的话语的重复强调命运相似的五个人的幻灭。如第一部分的五个场景的开头都是"一九XX年,星期六下午",而结束处是"上排牙齿咬着下嘴唇/嘴唇碎了的时候……"

无论具体的类型如何,重复的东西显得格外突出或具有特别的意义。重复的不同类别根本区别之处在于选择不同的叙述重点作为"被重复者"以反复呈现。"选择"隐含着选择者的价值观。《子夜》中吴荪甫的行为模式的重复发生又被重复讲述,着力强调失败的必然性。吴荪甫(也是《蚀》中的静、仲昭、曼青、章秋柳们)的"幻灭"的结果并不重要,重要的是深究其背后根本的社会经济原因,对原因和过程的兴趣胜过了对于结果的关注。这样叙述重点的安排,体现了创作主体在文艺作品中探究社会问题的文艺观的文本实践。文本为吴荪甫设计了事业总线上多条支线上的挣扎,将其置身于复杂的人物关系中着力铺叙其作为实业救国界工业王子的所有魅力和刚毅果敢的素质。这样,吴荪甫具备了成为强大资本家的一切素质、一切主观条件,而节节败退的事实暗示了失败的原因不在其本人,其意所指不言自明。社会剖析的创作观决定文本的叙述重点:在纵向发展中,伴随着吴荪甫滑向失败终点的每一步,都有一定的篇幅展示相应的客观背景(政局的动荡、军事的进退等),主体处境逐步恶化,是社会条件不利化的结果。与《子夜》等文本相比,PIERROT中潘鹤龄只是在一连串的"失望之门"中穿行,呈现于文本层面,我们只看到主体对每一扇希望之门打开又关上的动作,情人的背叛、亲人的冷漠、革命同志的不信任……"幻灭"的每一环节都很难作出相应的社会背景的归因。拒绝解释,文本只是向我们展示一幅幅失望的图景,并不呈现每一幅图的背后到底有些什么。没有背景,仅能从人物的交谈中仔细聆听以获得一点有关社会背景的推测,除此之外,一无所知。《夜总会里的五个人》中这一特色尤其意味深长。胡均益和吴荪甫的"幻灭"有着刹那的相似性(在破产和破产后的狂欢这一点)。或许,吴的"奋斗——失败"的幻灭正可以作为对胡的历史在纵深方向上的寻根求源的重读。在胡的"没有历史"的简单与吴的"历史悠久"的丰富之间,差异并不在于长篇与短篇的不同体制。问题是,"感觉"与"分析"在不同叙述动机驱动下形成了文本叙述的差异。

在心理学上,"感觉"与"分析"是不同的概念。感觉是最简单的心理现象,是脑对直接作用于感官的刺激物的个别属性的反映,而"分析"则是一种思维过程,是揭露事物本质特性和内在联系的认识过程。以"感觉"和"分析"的不同动机组织的叙述会在同样的"底本"上产生迥异的述本。新感觉派把社会剖析文艺观奉为圭臬的"社会原因"的"分析"拒之于文本之外,以"感觉"来组织文本。以视、听、触、味等感官的敏感,对洋场的节奏、光色、气氛刻意追求,从而使来去匆匆的印象形成"感觉流":"红的街、绿的街、紫的街……强烈的色调化装着都市啊!霓虹灯跳跃着——五色的光潮、变化着的光潮——泛滥着光潮的天空"。文本的感觉化的叙述方式着力呈现的是都市幻灭者在失意的一瞥中的五色斑斓。缺乏分析,因而缺乏寻根求源的深度追踪。而茅盾等社会剖析的文本更愿意把人物置于广阔的社会历史背景中去"分析",因而诞生人物的典型环境,也在文本中备受关注。在组织事物之间的前因后果的内在联系时,"分析"之法在文本中得心应手。

生活是无结构的,而叙述作品是有结构的,叙述加工最基本的方法在于不同的叙述重点的选择。对于"感觉"与"分析"的不同信奉,使文本呈现不同的叙述特点。不同的述本对于都市底本的"叙述"都是一种加工。叙述加工"删削"底本以选择不同的叙述重点,又"重组"成不同的故事。"重组"是删削之后的再加工。对于典型环境的关注使文本在事件的进程中加入大量的背景描写与人物历史的回顾,使述本时间总是长于底本时间。而"感觉"的"瞬间即时性",使"关注感觉"的文本更多由底本时间与述时间约略相等的"场景"组成。"场景"的静止性特点,使场景之间的交叉分割呈现在叙述的深层结构上是"横向并置"的共时性,而社会剖析的文本因注重事件的前因后果更侧重"线性发展"的历时性模式。下文将在具体的文本细读中比较两类叙述模式的差异。

在线性发展的叙述模式中,主体在文本中呈现"节节败退"的深层结构(《子夜》《幻灭》《追求》等),我们的论述将从这样一个片段开始:

> 吴荪甫气忿地将自己掷在沙发上……带着质问的意味说:
> "佩瑶,你怎么不开口,你想什么?"
> "我想——一个人的理想迟早总要失败的。"

这是《子夜》第五章中双桥镇陷落后,吴荪甫刚从回忆中急剧抽身回到现实与佩瑶之间的一场对话。谈话的错位对接,注定这是一次擦肩而过的交流。但佩瑶对于自己爱情而作的"一个人的理想迟早总要失败"的断语,却谶语般地成为吴荪甫在事业上难以逃脱的宿命。

《子夜》原本可以有多种可能的情节向度,作者选择吴荪甫而不是赵伯韬抑或是蔡真、玛金等人作为主体,意味着同时选择了一种挥之不去的幻灭感,从这个意义上讲,《子夜》是吴荪甫的一部幻灭史。从奋斗挣扎到失败破产,吴面对的是三方力量:设定吴荪甫为 X,代表买办资本家的赵伯韬就是反 X,工厂的工人和双桥镇的农民可以视为非 X,而其他与吴紧密相关的人物(杜竹斋、屠维岳及吴的家人亲友等),则是非反 X。这样,在《子夜》错综复杂的人物关系中,作为主体的吴荪甫处于一个不利的"符号矩阵"中,不利的处境注定其幻灭的必然性:

这个关系网络可以视为以吴荪甫为代表的民族资本家的实业救国在1930年代现代处境的模式化表达。

①和②的关系是敌对的,敌对局面中双方力量的消长是经过两个寓言般的场面展示的。赵与吴的第一次直接面对,是在吴老太爷的葬礼上,此时吴

正处于巅峰和中心,而赵亲自到吴府寻找的本身无疑突出和垫高了吴的中心地位。然而正如吴荪甫的"巅峰体验"从上升那一刻起就注定必然下滑一样,吴听完报告后立即去找赵,找/被找的错倒在瞬间完成。初始状态中的"中心地位"也在片刻辉煌之后悄然倾斜,这种倾斜在此后的情节发展中与日俱增。到第二次会面时,吴的益中公司已全面失败,与第一次的赵找吴而不得相比,此次是吴发现赵并过去见赵,吴由会面前"麻痹神经骤然受一针"至会面时语言的含糊,"失去自信力"而弱化到只想"投降了吧"。第二次会面,仪式般地完成了"主""客"的易位,吴荪甫在这一过程中日渐尴尬、举步维艰;主体的不断弱化和对手的逐渐强大驱动了"幻灭"的推进。

①和③的关系本是"非敌对"的,但上述①和②关系中②的渐强使其代表的"资本"的力量加紧封锁与扼制,加之军阀混战,促成了双桥镇破产和城市工潮的风起云涌。这样③和①的关系由非敌对关系向敌对关系转化。

在初始状态中,①和④之间本是友好关系,杜竹斋是合作者,手下人是得力助手,家庭成员各就其位地安居于后方。但随着②的力量渐强,引起杜竹斋的倒戈、手下人的不力,加之家庭内部的后院起火共同摧毁了初始状态中的和平,而②③④三方力量的消长又是相互推波助澜:赵的封锁与扼制,促成杜的倒戈和对于工潮的火上浇油,而工潮渐成燎原之势又使手下人手足无措,三方力量事实上的"合谋"使吴荪甫在危机四伏的不利处境中一退再退,三方合谋使主体幻灭的对象单一化而使这种幻灭是线性的,交易所、双桥镇、益中公司在叙述功能上是一致的。这样,不同战线的溃败,最终汇聚为"事业之线"上主体的节节败退。

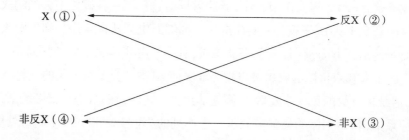

这种线性发展的"幻灭"主题在茅盾的《蚀》中是静、章秋柳之于理想、爱情,仲昭、曼青之于事业、婚姻,线性发展的叙述结构共同之处是面对同一对象,在情节的推进中逐步走向幻灭(革命、事业、爱情实则是作为动荡社会现实的不同表征,三者的幻灭都可以归因于社会形势的急转直下)。强调不同

事件的相互作用与其间千丝万缕的联系,使无结构的现实被归纳成一种前因后果的"叙述"。

与上述线性发展的叙述结构相比,注重"感觉化"叙述的文本多是以静止的"场景"代替"叙述"呈多线并置的叙述模式。PIERROT共九部分,分别是酒吧、秋巷、街上、东京、乡下、革命队伍、牢房等不同的画面,对应恋情的受骗、交流的隔膜、亲情的冷漠、革命的打击等。各方力量既不交流也无法相互作用,主体与各对象之间是均等的距离,文本内部不同场景依次排列并不寓示着一种因果向度,前事之果不再是后事之因,"情人的背叛"放在对"亲情的失望"之前但并不是其原因,而此后"革命的打击"也并非结果,多方力量各自为营共同指向主体,在线性发展的结构中吴荪甫只是在事业之路上行走,从起点出发到终点失败,而潘鹤龄则是在不同的路上一再地"再出发",每一次"再出发"都是调转方向的前行,变换的只是路边风景的朝云夕雨。《夜总会里的五个人》则是五个"从生活跌落下来"的人在"幻灭的瞬间"的并置,呈现的是不同主体的绝望,无力回天的绝望感在平行着的五条线上同时加深,呈现幻灭感的无处不在与都市人的无地可逃。主体之间互不干涉只有"并列"关系而无"承接"关系,场景之间,只有"并置"而无"因果"。横向的并置,使"叙述"的作用不再举足轻重。

小说的叙述不仅仅是一种行文策略,一种文学现象,而且是人类体验、理解和解释世界的一种方式,诚如法国新小说家布托尔所言,叙述是一种整理经验、把握世界的方式,"不同的叙述形式是与不同的现实相适应的"[①],任何叙述中的事件之间都有一种"可跟踪性(followability)"以形成叙述顺序。上述分析"幻灭"文本中线性发展与横向并置的文本的结构上是"时间序"和"空间序"的分别对应。

线性发展结构的特点,一是相信发展,二是突出中心。在线性发展的结构中,主人公是不断发展的。对于"发展"的信赖,是西方自文艺复兴以来决定论、进化论、社会进步与发展等理性方式组织起来的宇宙观的体现。时间发展是具有目的性的,匆匆奔赴的是一个预定的点,是线性地从过去向未来的发展,时间序中隐含着因果序,"事出有因"(motivation)是此类文本的基本特征。融入主人公的时间是历史时间,因而主体的成长发育与历史的发展具有同步对应的关系。正如左翼文本中"成长"总是在理性方向上与社会历史认

---

① 陶东风.文体演变及其文化意味[M].昆明:云南人民出版社,1994:134.

同一样,吴荪甫的"幻灭史"与社会发展的总趋势一致:由自信、自负到犹豫不决,由强到弱,由盛到衰,由阳到阴,由中心到边缘,由抗拒到屈服的生动的"弱化"过程。从社会学和认识论的角度出发,是与中国民族资本主义命运的发展是一致的,而从深层符码和语义符号转换的角度看,又是潜本文和隐喻意义上近现代中国被西方文化暴力施虐与吞噬的过程。从这个意义上讲"成长"与"幻灭"是在30年代都市文本中被历史性地凝成两个互补的瞬间姿势:上行则为"成长",下行即是"幻灭"。无论上行下行,都与历史的发展同构对应。

与"相信发展"的主观性一致,在人物关系的配置上,突出中心。吴荪甫在人物关系的符号矩阵中处于中心地位,其他人物的设置则是作为陪衬和反衬(即便在故事层面上大获全胜的赵伯韬在人物关系网络中依然只能甘居次位,写赵伯韬,只是为吴的"幻灭史"上设置一个"致命"的道具)突出中心,使原本纷纭繁复的世界被理解为有明确中心/边缘的有序世界了,主观性在此居主要地位,突出中心和相信发展一样,都是源于对理性的信仰,因而在文本中充满自信地试图按照自己的理解来前因后果地叙述故事。

在"横向并置"的结构中,以"场景"的并置来代替叙述,潘鹤龄从城市到乡村,从闺房到革命队伍,不同画面之间的切割是一种跳跃式转换。时间性的匮乏使主体在文本中是常态的,变化的只是他置身其中的环境,带有静止特征的个人肖像和社会画面组成了名副其实的"都市风景线",这样文本的叙述就具有一种反叙述的性质,文本中流动的是空间和情节的循环往复,没有向度,因而也不指向任何具体的特定目标。

没有发展与对发展原因的深层探究,使无论是潘鹤龄、胡均益抑或是《夜》《街景》《上海狐步舞》等文本中人物仅仅是在文本世界的字里行间穿行的符号,其性格都不再是故事的中心,居于中心地位的是一种失意与放纵的情绪,每个人都各行其是而又都仅仅是"幻灭"情绪的载体,区别仅在于姓名的有无与不同,而没有性格的差异。《上海狐步舞》中刘颜蓉珠与刘小德、珠宝商与电影明星殷芙蓉,两对之间在舞场交换舞伴,却依然用句式甚至标点符号都完全相同的语言调情,对象的变化与使用话语的不变,暗示此类文本中所谓主体只是贴着五颜六色标签的批量生产的复制品,没有性格的差异因而无所谓中心与边缘的对比与衬托。中心的播散,隐喻着价值世界的迷失与隐含作者的不知所措。与都市亲和的创作主体因身在庐山而对都市的病因和拯救都不甚了然,当"幻灭"感一再向他们袭来时,他们甚至不知道风从哪一个方向吹来,因而躲闪与出击的动作都显得慌乱而没有目的,他们缺乏运筹帷幄的自信以居高临下地对人物指指点点、说长道短,因而也很难组织起一个前因后果、主次分明、井然有序的叙述。发展的匮乏与中心的播散,暗含着对理性信仰的怀疑与拒斥。

"幻灭"是都市人在歌舞正酣的灯红酒绿中最为悲伤的一次集体回首,不同的文本因立足点的不同,对于"幻灭"的言说各怀心事、各执一端。叙述方式的因地制宜与幻灭层次的异彩纷呈使"条条大路通罗马"的叙述引人入胜。

"成长""异化""幻灭"是30年代都市文本共同关注的主题话语。对于同一主题的不同讲述方式以及与之相应的解释是不同流派的分野。同一符号与四面八方所指之间每一种对应关系,都有一套自己的符码,京派是人性符码,新感觉派是欲望符码,而左翼文本的解读依据是政治历史符码。不同的符码各行其是,复杂难辨。于是我们对于不同叙述方式梳理的解码之行成为山重水复间一次又一次柳暗花明的往返。

1999年3月

迪斯尼动画片中的生态叙事
——从《小鹿斑比》到《海底总动员》再到《熊的传说》

随着生态问题的日益被关注,人类与非人类之间的关系逐渐成为众多有关生态的话题中备受瞩目的部分。人类与非人类之间面临的生态伦理问题,很大程度上对应了人类对非人类的生命态度,是人类如何处理一种生命与另一种生命关系的重要立场。

相对于其他类型的影片来讲,动画片因更大比例地出现动物/非人类主角,而面临更多接近这一话题的机会。如何处理非人类的问题,如何看待人类与非人类的关系,是不再坚守以动物指称人类某种品质而逐渐赋予其生命特征的现代动画片所无法避开的敏感地带。于是,从生态视角关注故事的发展,以及故事中的矛盾的产生与解决,成为迪斯尼动画片中渐次浮现的生态叙事的选择。影片叙事中的生态意识,是通过叙事结构、叙事视角等方面体现的。

一、迪斯尼动画片中非人类角色的叙事功能

在迪斯尼大半个世纪的历史中,以动物为主角的40部影片约占其总作品量的50%。但此类以动物为主角的影片中,动物的功能多是传统的童话寓言等儿童文学中动物功能的承继——动物是人类某种品质的隐喻,以一种符号承担着某种伦理道德观念。或者是在非人类模糊面目之下发出人类的声音,是人的角色的动物化,是赋以动物外形的人。

在迪斯尼动画片中,赋予动物角色上述功能的影片基本上有几种模式:"成长故事""历险故事""救援故事"等。

在"成长"主题故事中,主人公从某种匮乏状态(身体的缺陷或者意志品质的低下)作为起点,通过经历一系列磨难,获得诚实、勇敢、信心、爱等品质,最终被认可从而完成成长的过程。如《木偶奇遇记》(1940)中小木偶通过克服自己的贪玩和惰性成为真正的孩子,《小飞象》(1941)中小飞象克服自卑

最后成长为大明星,《狮子王》(1994)中小辛巴在狒狒的开导下学会承担生命的责任等。此类文本中,动物/非人类的成长历程很大程度上是对人类成长过程的一次模仿,以非人类的成长讲述人类成长中必然遭遇的爱、磨难、责任等问题,从而实现美式的"寓教于乐"功能。

与上述成长故事不同,在《伊老师与小蟾蜍大历险》(1949)、《小姐与流氓》(1955)、《猫儿历险记》(1970)、《小熊维尼历险记》(1977)、《奥丽华历险记》(1988)、《唐老鸭俱乐部之失落的神灯》(1990)、《跳跳虎历险记》(2000)等影片中,非人类主人公为去某地,或者得到某物、完成某项使命,而在友谊与爱的帮助下历经种种艰险最终实现愿望,在叙事模式上属于"历险"主题的故事。

当"历险"类叙事结构中的使命为"救助某一朋友或者某项重要事件"时,"历险"便与"救援"主题相遇。救援主题的叙事结构通常为"和谐——坏人出现破坏和谐——战胜坏人——援助朋友/事件"。此类影片包括《101忠狗》(1961)、《救难小英雄》(1977)、《救难小英雄澳洲历险记》(1990)等。

上述动物角色的不同叙事功能中,一个共同的特点是,动物身份只是穿行其间的一个道具,影片讲述的依然是一个人类的故事,人与人的故事。而仅仅关注人与人之间问题的叙事无疑是缺乏生态意识的。

在这样一个生态意识匮乏而人类中心意识繁盛的特定时空里,另一类以非人类或者非人类与人类关系为主体的文本因闪耀着异质性的光泽而使它们的存在显得异常醒目,它们是:《小鹿斑比》(1942)、《海底总动员》(2003)和《熊的传说》(2003)。三部出现于不同时期的以迪斯尼原创故事为主的作品,展示了迪斯尼影片对生态问题的动态讲述过程。在这些隔着浩渺的时间长河遥相呼应的影片中,非人类以一种有着鲜活质感和尊严的生命体与人类对视。同样是对前述三种叙事功能的重组、交叉和并立,却因为生态视野的介入而讲述了别样的故事。

二、"成长"和成长的意义:叙事结构中的生态意识

正如在今天的高科技技术参照之下显而易见的动画简单技术粗陋一样,产生于1942年的《小鹿斑比》从故事情节上看是一个最单纯的关于"成长"的故事。描述的是斑比(Bambi)从跟跄学步开始,与森林伙伴们一起历经季节轮换,在神奇的大自然里学习和成长。当人类带枪闯入森林,屠杀了它们的亲

人、摧毁了它们的家园，它们最终用爱抚平了内心的伤痕。在斑比的成长过程中，叙事序列为：出生——学习（认识世界、说话等）——历经磨难（人类入侵、丧母、森林失火、女友遇难）——战胜磨难，最终成长为一个真正的王子。

在这一表层故事背后的深层逻辑序列，实则是"和谐——和谐被破坏——躲避破坏因素——重新获得和谐——和谐再次被破坏——战胜破坏力量——和谐"。在这一序列起点的和谐是生命本身的喜悦，后一和谐源于成长之后爱情的和美，在影片中分别呈现为"生机勃勃"和"温柔细腻"的审美形态。两次打破和谐的破坏力量都是猎人/人类的出现，"猎人"是持枪的人类。在这里，人类以先进的武器对待非人类的赤手空拳，是否拥有武器成为对另一种生命拥有管理权的决定性因素，其间隐隐传达出在人类与非人类的关系中由来已久的一种生命在对另一种生命强行掠夺的不公。

从叙事结构的角度看，产生于61年之后的《海底总动员》（2003）不仅以三维动画的生动形象远胜《小鹿斑比》的简朴，其叙事结构也更为复杂。这一文本结构是两个叙事功能的重合，两个故事、两种叙事结构的互补、交错与叠合。其中第一序列是"寻找尼莫"的故事（影片的英文题目是 *Finding Nemo*），在小丑鱼尼莫被牙医/人类出于一种无视生命的玩乐之心捉走之后，失去了生命重心和意义的父亲莫林经过各种磨难与历险，重新得到儿子的过程；第二序列，是被牙医放到水族箱内的尼莫，在被送给素有"Fish killer"之称的达拉之前，和水族箱内的朋友们为争取自由而运用智慧重新返回大海的过程。

第一序列是亲情/伦理层面，莫林在寻找爱子过程中历经磨难终于实现父子团聚。第二序列是个性/自我层面，尼莫和水族箱里的众朋友在重返大海的过程中，历经种种挫败最终获得自由。在后一层面中，事实上还蕴涵着一个关于成长的次序列，即尼莫的成长过程。影片之初尼莫为了显示自己不是胆小鬼，而游入浅海误入人类之手。尼莫自身是有残疾的，它的其中一个被父亲称为"幸运鳍"的鳍是生来不完整的，所以在整个逃离水族箱的过程，事实上又等同于一个不断克服自身缺陷最终成长的故事。正如尼莫重返海洋的双重内涵，在尼莫身上也因此重叠了两种层面的含义：其一是伦理层面的寻找父亲，其二是自我层面的重返海洋寻找自由。尼莫有两次破坏清洁系统的努力，前一次是模糊的寻父意识下贯彻了水族箱精神领袖吉哥的寻找自由的意志，最终失败；第二次是在听到祖哥讲述了父亲的传奇经历后受到鼓舞主动行动并取得成功，从而完成成长。

《海底总动员》叙事序列的两个层面，共同的内在逻辑结构都是"平衡——平衡被人类破坏——寻找平衡——寻找成功"。在这一叙事逻辑中，人类一如既往地充当了"破坏力量"，而重新找回平衡的共同需要是爱、勇气和智慧。这些质素的获得过程是与成长同构对应，这一点与《小鹿斑比》一致。

在影片的叙事过程中，水族类生命先后两次战胜人类，最终完成上述各序列的叙事内涵。第一次，在水族箱内，牙医/人类用捞网捞到了尼莫，在关键时刻，水族类的精神领袖，那个一直怀念大海味道的吉哥指挥众水族，大家一起跳进去并向下游，最终致使捞网跌落水中。第二次，在尼莫和莫林团聚之后回家的路上，一群路过的鱼们被一支大网网住，曾陪莫林历尽艰险一起寻找过尼莫的失忆鱼多莉也在其中。尼莫钻入大网，发动多莉和莫林一起分别在网内和网外鼓励鱼们齐心协力"swimming down and keep swimming"，最终让大船倾斜，渔网跌落海底——尼莫从"自救"到"救人"，完成了一条鱼的"长大成鱼"过程。

或许，这其中隐含了另一层面更为隐秘的谶言：非人类用"爱""勇气"和"智慧"这些本应属于人自身的良好品质，战胜了片中人类/入侵者的贪欲、自私和愚蠢。正如片中众水族生命在破坏清洁装置后所言，"人类以为他们拥有一切""人类哪里知道这是我们鱼类的杰作"。

从小鹿斑比的成长过程中对来自人类的破坏力量的恐惧，到小丑鱼尼莫父子及水族箱中寻找自由的众生对战胜人类的信心和勇气以及最终大获全胜的结局，历经了半个多世纪对生态问题日新月异的关注之后，似乎预示一种对待人类与非人类关系的全新视角：在人类无休止的无情侵犯中，非人类终会摆脱无声息的消极逃避与退让，最终走向反抗，人类必将承担自己对自身之外其他生命的不尊重行为带来的后果。

从这个角度看，与《海底总动员》产生于同一年而仅有几个月之隔的《熊的传说》，却从一个全新的角度叙述一个男孩通过变成一只熊而成为男子汉的故事，使迪斯尼动画片中的生态叙事视角进入了一个全新的维度。该片背景设置在地球刚刚渡过酷寒的冰河时期的远古时代，在一次与熊相互搏斗中大哥席卡意外丧生，心中充满仇恨的弟弟肯耐于是深入森林杀熊报仇，却在杀熊的瞬间触动了神秘力量，因此幻化成熊。变成熊的肯耐遭到同样发誓复仇的二哥狄纳希追杀，他唯有寻找到传说中的极光与大地接触之点才能复原。肯耐在寻找的途中与失去母亲的小熊柯达为伴，克服北渡的重重险阻，并在生存的压力下学会以熊的眼睛看世界，与柯达培养出兄弟之情，并意外获得了对于生命真谛的全新体验。

在这里,成长的主体是人类,而成长最终指向的是作为非人类生命体的熊。人与熊从相互捕杀走向最终的拥抱,使一直处于对立状态的人类/非人类关系走向了和解,这种和解不是靠一方战胜另一方取得胜利,而是靠人类通过自己成为熊/非人类,并从熊/非人类的视角看待人类自身的行为之后获得的一种反省的力量。

或者,正如美国的环境伦理学家霍尔姆斯·罗尔斯顿在20世纪末即已认识到的那样,作为生物圈内唯一的道德代理者,人类和非人类的真正的具有意义的区别是"动物和植物只关心(维护)自己的生命、后代及其同类,而人却能以更为广阔的胸怀关注(维护)所有生命和非人类存在物,人能够培养出真正的利他精神:不仅认肯他人的权利,还认肯他者——动物、植物、物种、生态系统、大地——的权益。这种终极的利他主义应该是人的特征。在地球上,只有人才具有客观地(至少在某种程度上)评价非人类存在物的能力,人的这种能力应该得到实现——饱含仁爱地、毫无傲慢之气地,那既是一种殊荣,也是一种责任,既是赞天地之化育,也是超越一己之得失"[①]。在从人到熊的成长过程中,成长的内在动力是熊像图腾所寓示的"爱"。肯耐在这一过程中经历了一个漫长的自我迷失与身份困惑,一个逐渐指认自我的艰难过程。这一过程刚好对应了生物圈内人类反省自身过程的重重困境和人类对生态问题的重新思考。

肯耐最初在水的倒影中发现了一个"他者"(熊)身份存在的自我,他大声、愤怒、狂躁不安地向女巫塔娜娜抗议,但被塔娜娜以听不懂熊语为由拒绝了。于是肯耐开始了一个漫长的寻找"恢复自我"的过程。这一过程对应了人类重新认识自我和重新评价其他非人类生命体的过程。事实上,身为熊形的肯耐在寻找摆脱这一身份的整个历险中,历经了一个从否认到认可的过程:

在向麋鹿探听通往神光之路时,他向麋鹿解释"I'm not bear, I'm man",虽被麋鹿嘲笑而仍不改;在和小熊柯达交往的过程中,向柯达讲述哥哥被熊杀之事时,以"怪物"代替"熊"表明困惑的存在——熊的身体和拒绝为熊的内心之间的矛盾。面对壁画中"人猎熊"图,肯耐的表情茫然掩盖了内心的挣扎痛苦和无所适从。或许当初作为人的肯耐也曾面对此画内心涌起身为万物灵长的勇气和自豪感,然而此时已为熊身的他却刚刚逃离被兄长/猎人/人类

[①] 霍尔姆斯·罗尔斯顿.环境伦理学:大自然的价值以及人对大自然的义务[M].北京:中国社会科学出版社,2000:18.

追杀的恐惧。此时,面对人熊之间猎杀图的肯耐,内心充满了自我迷失的困惑。在小熊柯达追问"人为什么要杀我们"时,肯耐和柯达之间有过"谁先动手"的争执,此时的肯耐仍然试图站在人的立场上为人类的杀戮辩护。只是,此次辩护最后却以顾左右而言他的支吾搪塞不了了之——在经历了一连串的一让再让仍被无辜追杀之后,连自己也无法说服自己。后来,他脱离险境和柯达一起到了熊们的天堂鲑鱼产卵之处,众熊欢腾普天同庆之时,肯耐仍表示"I'm not belong here",尽管熊领袖说"All bears belong here",依然未能促使他完成自我身份的认同。直到向柯达忏悔之后,终于在神光降临之时重新恢复人形的肯耐才在瞬间完成了自我身份的认同——因为柯达需要,愿意重新为熊。此后,真正成为熊的肯耐与柯达、狄纳希拥抱,最终完成了自我的定位和自我身份的认定。

肯耐最终选择重新为熊,正如影片中所说:无论是人是熊,都是兄弟——肯耐通过成为熊而成长为男子汉,以熊的掌印印在了标志长大成人的人的掌印之间。小熊柯达和人类的孩子在燃烧的篝火旁共同见证了这一意味深长的结局。肯耐向柯达的忏悔,是人类向自身曾经滥杀无辜的忏悔。人类以成为对方的方式表达了这种忏悔的诚意。人类的孩子和小熊仔的平和友爱似乎是预示了一种生命与另一种生命的和解,一个困扰已久的人类和非人类的对立与冲突问题,在人类获得自我反省能力之后得到化解。

三、谁的眼睛"看"世界:叙事视角中的生态意识

三部影片的英文名称本身,似乎就喻示了文本叙事动机的差异:《小鹿班比》(Bambi)是以小鹿班比为主体,讲述一个"成长"的故事;《海底总动员》(Finding nemo)叙事关注的是寻找尼莫的"寻找"历程;《熊的传说》(Brother bear)则是叙述人与熊之间的关系。

从叙事视角看,《小鹿班比》和《海底总动员》采取的是动物/非人类视角,来表述非人类在人类以先进武器入侵时的恐惧与愤怒。在《小鹿班比》中,人类的凶残与可怕,先是通过班比母亲之口叙述,再由班比听到枪声和看到烟雾弥漫中一个模糊的人类的影子,渐次使"人"的可怕依稀可辨。在画面上以人类出现之前森林中众生的平等与和美来对应人类入侵后丛林的失衡与不宁,从小鹿班比的视角完成对"人"的种种行为的观察和指责。到了《海底总动员》中,人类以牙医及其侄女达拉的明确身份在画面中频频现身,甚至以素有

"Fish killer"之称的达拉的照片悬挂在透明水族箱的上方,使恐怖的气氛在水族箱中日益弥漫。人类形象在此清晰可辨,以牙医身份及其工作场面描述中所隐含的暴力指称着人类形象中的暴力因素对非人类心理的重压,而照片上达拉形象的可怖与终于出现时的动作粗暴更是加剧了这一效果。在以非人类的视角观察和评价人类的行为时,《小鹿斑比》以斑比母子两代非人类个体视角的叠加,纵向重申了非人类对人类行为与本性的总结与判断。而《海底总动员》则是让更多的水族生命从横向上共同见证人类不管不顾捕捉非人类生命以供自己玩乐这一行为的自私与霸道。

与上述两部影片不同的是,《熊的传说》采用的是非人类与人类两种视角对等使用,在叙述视角的相对参照中,获得一种全新的视野。

先是"人眼看熊"。在人的眼里,熊的表现是狰狞的、凶暴的,在人与熊的对峙中,人类的眼神流露出恐惧与仇恨相叠加的复杂体验。席卡/人类在杀熊的过程中失去生命,在弟弟肯耐看来,是熊害死了大哥,欲杀之而报仇。在"人眼看熊"阶段,人在捕杀熊的过程中对熊的种种惊惧、愤怒,使这种叙述视角影响之下的观看行为也与人类的视角、心理一致,对熊的行为充满怨愤,认为人类是在万不得已的情况下才进行的反击。但结尾处与这一片段相对应的小熊柯达的叙述中,这次人熊之战却是人先动手的。他的母亲只是为了保护自己的熊仔才被迫自卫。该片在结束之前给小熊仔柯达一次重新叙述这一事件的机会,使两种视角形成对立参照,人的"报仇说"和小熊柯达的"被迫防卫说"形成相互对立相互拆解的两种系统,在两种视角的相互参照中,显示出人类对熊的意图的一厢情愿的解读,实则是一种误读,而熊没有自己的语言/叙述能力,除了吼出简单的音节之外只能沉默不语。

接下来的"熊眼看人"阶段,原先的兄弟狄纳希和肯耐变成了人/熊对立关系。以身为熊形的肯耐的视角来看人之行为的狡猾(使用陷阱)、凶狠(对于熊的躲闪一再追击、步步紧逼)。肯耐/熊的眼睛里分明流露出对人类追捕的惊惶、恐惧和无助,带领小熊仔为了生存不断地逃、逃、逃。在"熊眼看人"的过程中,熊的种种行为带有太多的无奈和不得已而为之的因素。人类对非人类的杀戮先后进行了三次:①肯耐和熊仔柯达在冰洞中躲过追杀。②肯耐和柯达在即将逃过山涧时被狄纳希抽去独木桥,九死一生。狄纳希仍不肯放弃,却害了自己,使自己误落山涧。③狄纳希追杀过程中,柯达为了救肯耐抢走了长矛,面临危险时,神灵的光降临,肯耐恢复人身,兄弟相认。在这一过程中,熊对人的恐惧随着人对熊的威胁而与日俱增,使肯耐更好地从熊的视角看待猎人/人类的行为。

肯耐以熊的身份,熊眼看人,深入熊群。有一个情景是颇有意味的:肯耐和小熊柯达一起站在一幅"人猎熊"的岩画面前时,"熊"心的震动。在壁画中,呈进攻姿态的人以长矛的锐尖直指一只直立着的熊。毫无疑问,这幅"人猎熊"图的作者是人,人类利用书写权,宣布人对熊的敌意和不让步的进攻,画面简单而充满张力。

至此,两种叙述视角互为参照:人总是自以为正义,想当然的把熊当作进攻者,当作敌人,进而毫不留情地捕杀;而事实上,不能用语言向人类质疑的熊们却始终未能理解人为什么要杀他们,小熊柯达稚气的疑问,震动肯耐/人类的心灵,使其无法回答而仓皇回避。

如果对影片进行细读分析,在两种视角的转换过程中,人熊交流从不可能到可能先后经历了几个阶段:第一次,肯耐、塔娜娜之间。这里有一个视角转换的过程:先是刚刚被神力变为熊的肯耐能够倾听塔娜娜表述的内容,并试图向塔娜娜表明自己的想法,但视角在那一瞬间转换为塔娜娜的视角,肯耐的表达成了一声声音节单调的熊叫声。作为巫师的塔娜娜以"我听不懂熊语"为由转身而去,人类不肯或是不能倾听熊/非人类的声音。第二次,肯耐、狄纳希之间。这次相遇视角也是经过多次转换的。兄弟以人/熊两种对立身份相遇。肯耐/熊向狄纳希/人类表达内心的百感交集,但他的表达在狄纳希听来成了凶残的熊叫,于是人类/狄纳希向熊/肯耐举起了长矛。已化身为熊的弟弟试图向曾经所属的人群表示友好,却在两种视角的不能沟通中被误读和报以杀戮。最后一次,是恢复人身的肯耐和小熊仔柯达之间。肯耐在神光降临之后恢复人身,兄弟相认,此时的肯耐眼里,柯达的发音又变成一串串单调音节的熊的叫声。人/熊两种物种的语言交流再次中断。但当化身为人的肯耐向柯达伸出手告诉熊仔他就是原先与之相依为命的那只大熊时,柯达投进了他的怀抱。或许对于同是生命的两种物种来说,语言只是交流的一种手段,没有语言他们仍然可以交流——用心与心,用彼此的爱、微笑、关怀,抑或是,为什么只有熊可以倾听人的表述而人不能倾听熊的声音? 或者,这恰恰表明了话语权的拥有和长期以来的以人类为中心的文化影响之下两种生命的真实处境。

从《小鹿斑比》中以非人类的视角,看待人类与非人类之间的杀戮和逃避杀戮,到《海底总动员》中的水族类生命为了自由面对人类捕捉时的反抗与逃离,再到《熊的传说》中人熊之间"对视"、和解和隐寓其间的兄弟血缘关系,似乎暗示着人类对自身与非人类关系的重新认识,或许,人类原本就不曾和不应该被赋予管理非人类生命的权力,而一种生命和另一种生命之间本来就是"相互对视"的对等关系。又或是,作为自然界唯一有能力保护生存其间的生物圈的人类,曾经被赋予过管理大自然和其他生命体的使命,但他们却因为滥杀无辜和滥用职权而污辱了这一使命,他们不得不为自己曾经的过失反思和心痛。

四、深层探寻与叙事的限度:迪斯尼动画片中生态意识的局限

事实上,在这跨越的60年间,还先后有过《救难小英雄澳洲历险记》《泰山》等涉及与自然融合和动物保护等与生态有关的问题,但因没有形成足够的阶段性的标志特征而被本文的论述删繁就简与忽略不计。而仅以在迪斯尼动画史上具有标志性的几个点,连点成线从而勾勒迪斯尼动画片中生态叙述的地形图。

从1941年的《小鹿斑比》到2003年的《海底总动员》《熊的传说》,迪斯尼动画片中的生态意识经历了一个由自发到自觉的过程。生态意识在影片中的功能,也由原先叙事中推动情节发展(人类的入侵是小鹿斑比成长过程中的一种灾难性因素),而发展到《熊的传说》中,成为文本的主体部分。就其间的时间跨度和分布密度而言,也从最初对于生态问题漫不经心的一瞥到后来的喋喋不休,都似乎在传达着类似的结论:迪斯尼动画片中的生态意识在不断增长。

除此之外,迪斯尼影片中惯常使用的煽情手段,以细节营造质感,以夹杂其间的妙语使对弱小生命的疼惜之情涓涓而出:

从《小鹿斑比》中,打小兔手的妈妈教育孩子的"吃花果留下绿叶",到《海底总动员》通过鲨鱼布鲁斯、安安和小沈组成的协会宣言宣称"鱼是朋友,不是食物",再到《熊的传说》中狄纳希之口向熊兄弟肯耐说的"不论你是什么,都是我的好兄弟"。三句话的共同之处在于,都表明了食物链中高一层生物对低一层生物的关爱。由"保护"到"朋友"再到"兄弟",关系逐层推进。加之,影片的主题曲和大量插曲,重复吟诵着生命的平等,一唱三叹。在熊和麋鹿之间,和山羊之间,人之外的其他物种/生命之间是可以相互交流的。弱小的生物骑在獠的背上……伴随着影片插曲《众生平等》旋律的和美悠扬,共

同组成了一幅明朗流畅的众生欢乐图。

影视艺术中的生态叙事成分的日益增强，很大程度上来源于大半个世纪以来环境科学与伦理学领域的不断发展。此间欧洲的许多学者开始对人与动物的关系作出了反思：1967年，中世纪研究学者怀特，发表了《生态危机的历史根源》，对人类破坏生态环境进行了反思。这部作品引起了很大的反响，直接促成了绿色思想的产生和发展，人们开始关注动物问题；20世纪70年代初期，英国的一些年轻学者对"人类中心论"质疑，把人类的道德关怀延伸到动物身上，并于1972年出版《动物、人和道德：对非人生物所受虐待的探究》；1975年，彼得·辛格发表《动物解放》。大量的思考，影响到普通人的观念，人们逐渐意识到，在人类之外，动物的生存也是有意义的，地球是人类和非人类的共同家园。从哲学的认识到艺术表述，其间尚有漫长距离需要在文学自身的努力中不断缩短。

但迪斯尼动画片的制作者在此问题上一划而过并未深究。美国动画片对幽默的追求，注定影片中鲨鱼协会本应庄严的宣誓以娱乐化的方式结束。迪斯尼动画片更多的商业使命，以影视带动影视和图书之外的周边产品（相关玩具、商标、歌曲磁带等）的制作动机，使其更多地关注推出形象及如何加深印象，因而在涉及生态问题上只是在表层划过，并未作深层探究。从二维到三维，动画片的"图画性"与"趣味性"特征，使他们的兴奋点更多地集中在对形式美的追求。

与日本动画片尤其是宫崎骏作品中的生态意识相比，迪斯尼动画片的生态意识还只是其商业使命的副产品，在环境科学与生态伦理日益发展之后，我们期待更多的影视作品以其独特的话语系统和人类自身清醒的使命感，自觉而郑重地参与到生态叙事的行列中。"人应该有一种伟大的情怀：对动物的关心，对生命的爱护，对大自然的感激之情"[①]，这种情感可以使人类获得一种更为辽阔的情怀，以穿越某些生态意识匮乏留下的道德空白地带。

2004年12月

---

① 霍尔姆斯·罗尔斯顿.环境伦理学：大自然的价值以及人对大自然的义务[M].北京：中国社会科学出版社，2000：20.

从动物的角色功能看当代电影的生态意识

生态意识中一个重要的视点,是关注人类和大自然、人类和其他非人类生命之间的关系。是否和如何关注成为生态意识的有无以及在多大程度上相关的一个重要因素。因而艺术作品中对于动物角色功能的设定,很大程度上对应了人类对非人类生命的态度,是人类如何处理自身作为一种生命与另一种生命关系的重要立场。

在当代电影的发展进程中,动物/非人类角色的存在在相当长一段时间内其功能是工具性的而非本体的。在"人类中心"意识笼罩之下,动物和其他非人类生命长期以来从来没有作为具有同等地位的生命物种与人类对视,而仅仅是作为生活的点缀存在于人类的视野之中。于是,在当代电影漫长的叙事之旅中,动物角色在影片中并非作为与人类相对视的生命体存在,而是仅仅作为推动情节发展的道具,或者是渲染气氛、寄寓象征含义的一个支点。

从这个意义上讲,"人类中心"叙述视野之下的当代中国电影与"生态意识"之间的距离无疑是遥远的。

一、从阶级叙事到人性叙事:"人类中心"叙述视野之下生态意识的缺席

在过滤掉儿童题材的作品中各种拟人化的动物角色和战争题材中枪林弹雨下轰然倒地的战马之后,在当代中国电影作品中寻找动物角色无疑是需要耐心和细心的。动物角色在局部的存在和以道具功能出场,使这样的寻找一不小心就会在情节汹涌中被忽略和淹没。

而从另一角度来说,这种艰难的寻找过程恰好对应了动物作为生命体在人类中心的叙述视野之下浮出历史地表这一漫漫长途的繁难与重重困境。历

经了数代导演在当代中国影坛的辗转更迭,动物角色始终在人类中心视野的边缘处隐约闪烁,忽隐忽现。

这种生态意识的缺失,首先表现在动物叙述功能的工具化。

1960年,由"十七年文学"代表作品《红旗谱》改编的同名影片中,脯红鸟的出现在于给地主阶级冯兰池一个表现其欺压穷苦农民的机会。孩子们捕到脯红鸟,地主强买和遭到拒卖,最终引发阶级矛盾然后导致大贵被抓壮丁。贫苦阶级孩子们的捕鸟卖鸟是维持生计的手段之一,鸟在此的情节推动作用完全可以由其他的物品替代,鸟的生命在此尚且可以忽略不计,何况奢谈有人考虑鸟的自由甚至生态作用。所以,最终脯红鸟被不知道哪里来的野猫吃掉的情节,也只是提供了一次表现运涛和大贵这新一代阶级兄弟真挚情感的机会:大贵留鸟被吃导致重大损失,运涛把兄弟情感看得比财物更重。在这里,脯红鸟的价值是三十吊钱,叙述功能上是引发阶级矛盾并为下一步矛盾的激发作铺垫,进而表现阶级情感,这是第三代导演凌子风们的意识形态视野的一次完美展现。脯红鸟作为道具,其功能已经超额完成。这一特征延续到"文革"期间的《春苗》等影片中的小猪被抢救也是以无产阶级公社财产的身份才获得的殊荣。

拍摄于1982年这一"文革"结束之后新时期的作品《城南旧事》中,同样是展示了一群毛茸茸的小鸡,但在小英子和小伙伴小妞子秋千的摇摆和小鸡仔的憨态可掬中展示的是人性的美好,而对于真善美的执著追求,是第四代导演吴贻弓们的不懈努力。20世纪80年代初期,正是在人性和人道主义的思想指引之下,在对"文革"的批判中呼唤美好人性的复归。此时的《城南旧事》的出现,正是对这一人性关怀的应答,因而非人类小生命的存在成为展示这一应答的柔和道具。

而到了1987年文化寻根大潮裹挟之一的第五代扛鼎之作《红高粱》中,一头牛被活剥的血腥实则只是剥人皮的一个序幕,在刘罗汉被活剥的惨烈画面和音乐中,牛作为生命的死亡和被剥时充满血腥气的细节和质感实在可以忽略不计。这也似乎隐喻了在第五代导演以及此前的诸多视野中,对于人、人性和人的文化的展示已是应接不暇,期待非人类作为生命被关注,显然是不合时宜的奢望。

其次,从叙述视角上看,前述生态意识的缺失还表现在,即便表现人类与非人类两种生命的关系,也很少采用非人类的视角。

2003年上映的《卡拉是条狗》中,狗和人相依为命,讲的是小人物的悲喜和生存的艰难。动物和人终于有感情了，离生态意识的距离却到底还是远和牵强了点。卡拉作为与人类相依为命的生灵，在影片中依然只是人类生命的组成部分之一，作为生灵，没有自己的生活、立场、利益，甚至少有自己的情感倾向。

路学长和其他第六代导演一样，关注的重心是边缘和小人物的生存，依然是对人的故事的讲述。卡拉尽管有了人的名字并成为影片的片名，但正如片名本身作出明示的明晰判断：卡拉是条狗，仅仅是一条狗，在剧中被当作主人公黯淡生活的精神寄托。

从这个意义上讲，中国当代电影在《卡拉是条狗》中终于让人类和动物相依为命，但与世界同类题材相比，差距依然是显而易见的。无论是《灵犬莱西》《白马飞飞》中动物对人类的报答，还是希区柯克《群鸟》之类的影片中在人类的屡屡侵犯之下终于忍无可忍奋起反抗的鸟类，都是和人类并列的生命形态，并肩站在地球家园。迪斯尼动画片更是以《小鹿斑比》《海底总动员》《熊的传说》演绎了动物对人类入侵的恐惧、愤怒到反抗，以及人类由最初的粗暴入侵，转而被战败，最后通过化而为熊完成自身的反省，从而完整地叙述人类和非人类之间关系的发展——这种发展是由非人类和人类共同努力双向衍化的成果。

相比较而言，《卡拉是条狗》中，没有给观众机会来了解一条狗在整个事件中的处境，进而关系其与人类对等的生命尊严。影片中卡拉是只能"被看"和"被讲述"的，没有叙述视角意味着没有话语权，说到底，其存在只是人类生活的组成部分或情感的寄托物。没有自己对人类的选择权，只能被动地顺从爱抚或者承受伤害的生命是没有自己的存在的，非人类只有作为与人类相对视的另一种生命，其存在才能被重视。从这个意义上讲，那些书写非人类报答和报复式反抗文本更能接近生态意识的思考：只有有了足够的回应能力来表达自己的存在，才是生命之间真正意义上的平等。这种回应能力既包括以友好来对待友好，也包括以报复和反抗来还击恶意和伤害。从这个角度来说，《卡拉是条狗》中，人类与非人类之间，讲述的依然只是对小人物人性的话题，其视点是非生态的。

这一话题延续至国内两部影响较大的近作《孔雀》和《可可西里》，动物角色的存在依然未能真正成为生态聚焦瞩目和定格的切入点。

《孔雀》虽以"孔雀"命名，但在影片的发展过程中，孔雀并未作为动物角色或生命体进入情节发展之中，迟至结尾的出现，也不过是个模糊了的象征。

傻哥哥把父母偏爱而多给的糖分给心爱的鹅吃,有一点生命之间相互疼惜的味道。而母亲当着全家的面在鹅的身上演示姐弟二人未遂的阴谋时,鹅的死作为哥哥之死的一个象征更具有一点生命的意味。但,父母把糖给弱小的孩子,孩子又把这糖分给鹅,这之间似乎有一种结构和情感指向上的同构对应关系,加之此后姐弟两个买幼鹅以偿还哥哥的情节,最终昭示的是亲情的回归。至此,在顾长卫手中重复的依然是一个人性框架之内的平凡人生的话题。

《可可西里》作为第六代导演陆川的力作,把镜头转向了藏羚羊生命的遇害,终于开始有一些生态的意味。但陆川本人说这不是一部跟生态有关的作品:"我觉得可可西里最打动我的,就是这些队员他们的生存,和他们在另外一块土地上的那种挣扎,最能折射去一部分,或者绝大多数中国人现在内心的那种挣扎"[1]。说到底仍然是一个关于"人"的讲述,是人和人之间的故事,尽管其间的猎杀与反猎杀在客观上与藏羚羊息息相关。

陆川颇具希望的拍摄之旅,却在最接近生态意识的地方止步、转向、然后擦肩而过。如果一定要说《可可西里》讲述了与生态有关的话题,那就是在生态问题面前人类面临的困境。影片讲述的是对生态的直接破坏者——盗猎者,但在批判的矛头还没真正指向他们时就已经无力地放下了,在批判开始之前就放弃了批判。《可可西里》为盗猎者马占林设置的盗猎原因是,"原来放牧的羊、马、骆驼都死了"。陆川在可可西里时曾赶上过盗猎分子被抓获,他蹲在身边与他们聊了一下午。他们打了700只藏羚羊,做了很凶残的事,但同时他们都是很简单的人——破衣烂衫,吃不饱饭,被西宁等地的老板雇佣盗猎。所以,陆川说:"对可可西里的掠夺是盗猎分子的一种生存方式,饥饿、贫穷则是造成这种状况的直接原因,所以真正的解决办法并不是鞭挞这些人,如果一个风雪之夜,一个人站在一棵树的旁边,他就要被冻死了,那么就算他知道这棵树是世界上最后一棵树,也会把它砍倒用来生火的。面对一双双饥饿的眼睛,一个个贫困的家庭,我无法说出道德,我只是想真实地反映盗猎者的生活。"[2]

这样,当代中国电影在历经了几代人的辗转递传,从阶级叙事到文化与人性叙事,伴随着动物角色功能的始终未能回归生命本体,生态意识和生态视野

---

① CCTV东方时空·东方之子[EB/OL].http://news.sohu.com/20041119/n223076622.shtml.

② 马戎戎.藏羚羊保护的两难迷局[J].三联生活周刊,2004(40,41):102-105.

一如既往地缺失着。

二、当代中国电影中生态意识缺席的原因探寻

动物角色功能在当代电影漫长发展过程中的细微而不显著的变化，很大程度上对应了中国当代电影中生态意识的薄弱和被忽略。这种薄弱和被忽略，是由多种因素共同作用的结果。

首先，是思想领域内生态意识的匮乏，导致当代中国电影与其他艺术作品同样面临生态视野的集体缺失。

在西方现代思潮影响之下，20世纪中国的两大思潮是人本主义和科学主义。在整个20世纪中国历史的叙述中，"科学"以压倒一切的合法性而所向披靡。每一个新中国受教育者耳熟能详的一个马克思主义的经典概念是"生产力是人类改造自然和征服自然的能力"，预期结果"社会财富的极大丰富"被认为是"'人'的自由解放"的基本特征——人类把战胜自然万物看作人之为人的必要历程"。而在思想文化领域，"我们尚在现代化的途中，还沉浸在发现人的狂喜中（'文学是人学'仍是中国文艺批评十分流行的命题），依然以人本主义为解构传统文化和意识形态的工具体系。"①

西方20世纪后半叶生态思考的思潮开始风起云涌，史怀泽的敬畏生命理论，罗尔斯顿的生态整体主义思想等，先后影响了欧美电影中生态意识的发展。欧美生态电影的思考主要集中在欲望批判、工业与科技批判、征服统治自然批判等价值立场，以及对人类生态责任和重返自然的呼唤。集中批判人的欲望和科技发展给地球带来的危害，以及进一步发展的灾难性预见，因而产生了《哥斯拉》《迁徙的鸟》等与生命和生态相关的电影艺术作品。

与欧美生态思想中生态伦理思考的明确和系统性相比，中国当代思想界的生态意识相对零星和感性。甚至在一些以生态批评自诩的理论著述中，把"环境"与"生态"不加界定地相互置换与混用也时有存在。概念的未能廓清是思想乃至思维有待进一步深化的一个明证。在由来已久的人类中心的人文视野背景下，作为群体的当代中国思想界距离实现将人文关怀与生态关怀完美结合的远程目标依然是路漫漫其修远兮。追求人文关怀与生命关怀、生态关怀、宇宙关怀相统一，依然是思想文化领域内一个需要从体系的重新建构

---

① 王晓华.当代中国文艺批评的三重欠缺[J].文艺理论研究,2001(3):34-40.

开始做起的恒久方向。

其次,当代文学创作领域内生态意识的淡漠,是影视作品生态意识缺乏的另一原因。

当代电影与文学创作之间关系密切是不言而喻的:从第三代导演对现代文学经典著作的改编,到张艺谋和莫言、苏童、余华等先锋作家的联袂,当代文学的写作源源不绝地为当代电影的发展提供过和持续提供着丰沛的艺术资源。而当代文学作品,尤其是文学思潮的兴奋点,从"十七年文学"对革命史叙述的激情,到新时期以来的"伤痕""反思""改革"再到"寻根""先锋""新写实",从晚生代到"七〇后",从女性主义到个人化写作,从历史到现实,从政治到文化再到人性,从宏大叙事到私人化写作,从男性中心到女性写作,从强势话语群体到弱势话语群体,从中心到边缘,从喧嚣到平静……"人的文学"旗帜高高举起,引领着当代文学创作的浩浩荡荡。

在对"人"的话题的熙熙攘攘中,一些零星出现的带有自觉的生态意识的文学作品,如方敏的《大绝唱》等,尽管写得灵动湿润充满生命的质感,但终因未能形成文坛中足够醒目的风景而并未引起电影界导演们逡巡的目光。如郭雪波、张炜、沈石溪等对于动物角色和自然无力关注较多的作家,因各自都有一套写作的话语习惯,有自己的起点、走向和关键词,各自为营,而亦未能引起应有的瞩目。张炜的《三想》《问母亲》《梦中苦辩》《怀念黑潭中的黑鱼》等文本,基本的立足点是谴责人类的贪婪、自私和自以为是,呼唤"融入野地",以实现人性的净化和世界的良性运转;被作为"环境文学"重要作家的郭雪波的写作,则被定位为:"作品大都围绕人与自然、人与环境的主题来写,从各个角度再现了内蒙古东部科尔沁沙地艰苦、复杂、惊险的生存环境,讴歌了生命的坚韧、顽强和不屈不挠。"[1]以儿童文学创作为起点的沈石溪则是延伸出另一种走向,"以动物世界的各种复杂斗争和丰富的思想感情来折射人类社会。"[2]与新时期文坛20年间的旗幡招展呼朋引伴的"潮流化"创作相比,这些具有准生态意识的作家们的这种孤军奋战、散兵游勇式的写作很轻易地就可以滑落并淹没在各种流派的熙熙攘攘之间,而很少有机会获得关注。

---

[1] 舒晋瑜:《郭雪波:为了哭泣的草原》[EB/OL].http://grzy.ayinfo.ha.cn/love2000/art/txt/4.htm.

[2] 施荣华.新时期动物小说的嬗变——兼论沈石溪的创作[J].云南师范大学学报(哲学社会科学版),1998(6):78-82.

再次,电影界尤其是导演自身生态视野的匮乏,是电影作品生态意识缺失的最直接原因。

中国当代电影先后历经了"意识形态电影——人性电影——文化电影"的线性发展流程。第三代导演关注的是"阶级附属的人",连同那些对于真实性的艺术追求,成就了《红旗谱》《伤逝》《祝福》《早春二月》等影片中对于阶级话题的重现、改编和强化叙述;第四代导演关注的是"人性的人",在对《老井》《青春祭》《城南旧事》等的讲述中,执意探寻人性中失落已久的真善美;以张艺谋为首的第五代导演,在沉重的历史感和文化意识的笼罩中,完成了对"东方文化"进而对"东方人"的展示和关注,以东方民族文化的独特引领中国电影走向世界;此后的第六代导演则以一种平民化的审美心态关注了东方人中的"边缘人",呈现小人物富有质感的凡俗人生。

一代又一代的中国电影导演因无暇顾及动物/非人类的存在,其视野自然也因此很难仰望到对"地球人"甚至"生态人"关注的高度。因而他们尚未能在阶级视野、文化视野和人性视野之外,拓展出生态视野的支点。这是中国电影生态意识匮乏的最直接因素。

加之商业化运营方式的出现,使即便是直接以动物生活与相应知识的介绍为关注点的作品亦未获得足够的重视。"动物片的可看性很强,除了动物本身呈现的观赏性外,它们生态学上的知识也是非常有趣的。……大家都很想看动物是怎样在自然界生存繁衍,动物片提供了这样的机会,它有很好的生态价值和社会价值",曾拍过大量动物题材纪录片的导演徐真在接受采访时却表示:"遗憾的是在中国还没有形成拍摄动物片的专业队伍。从1984年开始,我拍了《朱鹮》《秦岭大熊猫》《鹦》《灰喜鹊》《小熊猫》等多部动物片……发表过许多关于拍摄动物片的技术性的文章,但是至今仍然没有人能够长期做这件事情""我国拍摄动物片的零状态和市场需求比起来相差甚远。目前,大量进口的动物片节目使管理者充当买办的角色,经营着一块块动物片的殖民地,这跟影视媒体的垄断有着直接的关系,除了拍摄人员的匮乏,恐怕还有大家所不知道的内情。"①

此外,审美接受领域内导向的匮乏,也是影响导演视野的重要原因之一。当代中国电影自张艺谋以浓郁的东方风情备受西方电影界关注以来,"民族化"特征的强化,影响了相当数量导演在审美追求方面向文化视野转向。而

---

① 钱川子.采访著名动物纪录片导演徐真[N].国际先驱导报,2003-12-23.

从《十七岁的单车》《二弟》《小武》《任逍遥》《盲井》,直到近期的《世界》与《青红》,"青春残酷"又成为国际电影界对爱与暴力题材的认可在中国电影界的集中展示。于是,在人本主义艺术观指引下,对于青春、爱、暴力和残酷等人性话题的谈论热情在电影界持续不衰。加之"五个一工程奖"等对主旋律电影的指引,"金鸡""百花"传达的不同观众群体的诉求,共同阻挡了当代中国电影对于生态问题关注的可能性视线。

三、结语:"环保"影片的出现及其与生态意识的距离

面对日益加剧的生态问题,政治、经济、文化等领域先后作出了迅速和有效的反应,而作为引领人类精神走向的影视艺术作品对此反应的迟钝和滞后,无疑是非正常现象。20世纪以来,作为百年思想文化领域两大主潮的人本主义和科学主义日益显出了各自的盲点,而在二者走向融合基础上产生的生态意识逐渐走向被瞩目的位置。生态意识使艺术创作的背景置于地球生物圈这一大的语境之下,以其独特的生命视角对自然、人类和非人类生命前景的终极关怀而充满勃勃生机。

只有当人类之外的其他生命以其作为生命体本身的魅力和尊严进入当代电影的视野,才有可能期待真正具有生态意识的影视作品的出现。

近些年来中国影视界出现过一批具有环境保护意识的环保电影作品,但环保并不等于真正意义上的生态,其间的差别在于,"环境"这一概念本身带有"人类中心"意识,人类之外的其他生命都只是作为"环境"的组成部分而非与人类对等的生命形态而存在,因而环保的出发点依然仅仅是出于对人类利益的保护。

对自然和非人类的关注,是"生态电影"和有着生态意识的"环境电影"共同关注的话题。区别在于,"环境"这一概念本身带有人类中心的意味——是人类作为"中心",自然和万物才成为为人类而存在并为其所用的"环境"。"'环境'是一个人类中心的和二元论的术语。它意味着我们人类位于中心,所有非人类的物质环绕在我们四周,构成我们的环境。与之相对,'生态'则意味着相互依存的共同体、整体化的系统和系统内部各部分之间的密切关

系①。"环保影片"的概念中,保护是为了利用,即便是有对非人类生命的关心,也并非出于敬畏生命的生态思考,更多的是变"短期利益"为"长期利益"。利益指向的中心,依然是"人类"。其间非人类生命个体的生存与毁灭,其意义也只不过是等同于空气被污染和森林的被滥砍滥伐,对生命的怜惜是次要的。

从这个意义上讲,讲述人和环境关系的《大气层消失》(1998)、《零点行动》(1999)、《嘎达梅林》(2002)等曾让生态期待的目光激动不已的影片,很大程度上还只是重述环境保护的话题,而备受瞩目的《红飘带》中,爱情话题的炫目与喧嚣使期待已久的生态话题很大程度上沦为其中不甚醒目的一个"添头"。

但无论如何,当代中国电影的视野已从人类中心开始逐渐关注人类之外的自然,在走向生态之旅的路途已经起步,对于中国电影生态视野这一话题来说,我们有理由期待一种"在路上"的状态将超越由来已久的步履艰难。

2007年12月

---

① Chell II Glotfelty & Harold Fromm, ed. The Ecocriticism Reader, Landmarks in Literary Ecology. The University of Georgia Press. 1996.

后 记

出这样一本论文集,最初是出于教学的需要。

我给研究生上课时讲到学术研究的种种规范,总是会在对各种范式介绍之后讲更多的个人从事学术研究的体验。这是我比较喜欢的环节。那些讲述的过程伴随着我对自己大片大片模糊体验的梳理,比如感悟生成、角度选取、体系搭建、论述支撑、逻辑自洽、表达的节制与分寸感的控制,等等。论文集的存在会在很大程度上省去了时时翻检例证的烦琐,这是非常朴素的初衷。

但事实上我在选编过程中发现,自己的学术研究其实有着很明显的个人性,可能并不很适合作为范例。但好在其时我已经不是很介意,总有些思路是会从既定框架中逸出的,如同植物。这是它的生长,也是我的生长。生长是好的,生长中那些舒枝展叶的时光也是好的,我很喜欢它们。而一个人是要在和世界的不断碰撞中才会真正看见自己。

这些论文分别在《文学评论》《民族文学研究》《中国现代文学研究丛刊》《江苏社会科学》等刊物发表过。说起来,每篇文章都是有故事的。比如,2015年年初二的傍晚,我接到编辑的电话,希望能在第二天之前落实文章中若干问题的调整,以便尽快发稿。当时我正在南海的一个小岛上,正朝向洁净松软的海滩准备去看又大又亮的星星。接到电话后,我默默地返回住处,打开电脑开始工作,直到第二天凌晨六点把改好的文稿从邮件发出,然后,我好好地睡了一觉。

我很感念他们,如此专业和耐心地帮助一个素未谋面的作者打磨论文,他们是我离开学校、离开老师的教导之后在写作这条路上手把手地教过我的人,也是在驳杂的学术界让我觉得安心和沉稳的那部分。曾华鹏先生当年教我们修改论文时必说的一句话是"水落,才能石出",但如何分清水和石,却是大智慧。为文如是,人生亦如是。

感谢我的导师丁帆先生近20年来的言传身教,虽然谢字太轻。

感谢系主任王珂教授热情督促和"双一流"建设项目慷慨资助,使我的小愿望得以实现。

还有,感谢汪政先生在文集尚在萌芽之时题写过书名,这让我对书的完成充满期待。

2017.12.16